Zum Buch:

Weihnachtsabend, 2020: Eigentlich wollte Ben mit seiner Frau Daphne ein gemütliches Weihnachtsfest feiern, doch von Gemütlichkeit kann keine Rede sein. Seine Frau muss zu einer Büroweihnachtsfeier, und er weigert sich, sie zu begleiten – denn Daphne ist eine erfolgreiche Literaturagentin, und Ben wartet immer noch auf seinen großen Durchbruch als Autor. Während Daphne fort ist, erhält Ben eine Nachricht von einer alten Flamme und fragt sich, wie sein Leben aussehen könnte, wenn er sich damals für Anna entschieden hätte. Dann beschließt er, dass er als Ablenkung endlich das Schmücken des Weihnachtsbaumes in Angriff nehmen sollte, müde vom Alkohol und den emotionalen Aufregungen des Abends schläft Ben jedoch auf dem Dachboden ein. Als er aufwacht, befindet er sich plötzlich in seinem alten Wohnheim. Es ist der Abend des Theaterstücks, bei dem er Daphne zum ersten Mal begegnet ist. Ben scheint in der Zeit zurückgereist zu sein – doch kann er so herausfinden, was er wirklich will?

Zum Autor:

Tom Ellen hat als Journalist unter anderem für die Cosmopolitan geschrieben und ist der Co-Autor von Jugendbüchern, die Kritiker hochgelobt haben. Seine Romane wurden bereits in 15 Ländern veröffentlicht. »Zwischen hier und für immer« ist sein Debüt in der Erwachsenenunterhaltung.

Tom Ellen

Zwischen hier und für immer

Roman

Aus dem Englischen von
Tilly Johansson

HarperCollins

Die Originalausgabe erschien 2020 unter dem Titel
All About Us bei HQ, London.

1. Auflage 2021

Deutsche Erstausgabe

Published by arrangement with
HQ, an imprint of HarperCollins Publisher Publishers Ltd., London
Gesetzt aus der Stempel Garamond
von GGP Media GmbH, Pößneck
Druck und Bindung von CPI books GmbH, Leck
Umschlaggestaltung von FAVORITBUERO, München
Umschlagabbildung von Maxx-Studio, Vikoshkina,
Andrius Saz / shutterstock
Printed in Germany
ISBN 978-3-95967-554-3
www.harpercollins.de

Klimaneutral
Druckprodukt
ClimatePartner.com/15109-2009-1001

MIX
Papier
FSC FSC® C083411

PROLOG

Universität York, 5. Dezember 2005

Loszurennen war eine schlechte Idee.

Das wird mir jetzt klar. Es gab keinen Grund dazu. Wir spielen Verstecken und machen keinen olympischen Hundertmeterlauf. Außerdem haben sie noch nicht mal angefangen, nach mir zu suchen. Ich kann sie immer noch hören, draußen vor dem Irrgarten, wo sie unisono bis fünfzig zählen. Es klingt wie aus einer besonders lärmigen Episode der *Sesamstraße*.

Ich hätte mir in aller Ruhe ein perfektes Versteck suchen können, aber nein, die Logik des Betrunkenen sagte mir, dass fünfzig Sekunden eine extrem kurze Zeitspanne seien und dass es am besten wäre, keine Zeit zu verlieren und augenblicklich loszurennen. Während ich nun in der Dunkelheit meine Schritte verlangsame und beinahe stolpere, spüre ich, wie in meinem Magen die sechs Snakebites, die vier Sambuca und der Döner, den ich mir mit Harv geteilt habe, unheilvoll rumoren.

Ich bleibe stehen, um Atem zu schöpfen. Lege eine Hand an die Wand, um mich abzustützen, und erinnere mich zu spät daran, dass die Wand eigentlich keine Wand ist, sondern eine Hecke. Slapstickartig wie ein junger Buster Keaton stürze ich in sie hinein und schaffe es auf wundersame Weise, mir von den Dornenzweigen nicht die Augen auskratzen oder mich kastrieren zu lassen. Ich versuche mich aufzurappeln, aber scheitere kläglich und beschließe, dass die Hecke eigentlich ein cooles Versteck ist.

Die Zweige, die mich umgeben, kommen zur Ruhe. Das Zählen hat aufgehört, und ich spüre förmlich, wie der Boden unter mir zu vibrieren beginnt, als ein Dutzend betrunkener Leiber losstürmt und ruft: »Wir kommen! Wir finden dich!«

Ich hocke reglos da, versuche meinen trockenen Mund zu befeuchten, lausche meinem Herzklopfen. Ich wische mir über die Stirn, und als ich die Hand runternehme, ist sie mit Grundierung und Kunstblut beschmiert – Überbleibsel unserer Aufführung vorhin.

Sie lief so gut, wie man es von Studenten im ersten Jahr erwarten kann, was bedeutet, dass wir wahrscheinlich für keinen Olivier-Award nominiert werden. Aber niemand hat seinen Text verpatzt oder nervös ins Publikum gekotzt. In der Bar ging es dann anschließend hoch her. Alle redeten wir durcheinander, erzählten uns aufgeregt, was wir als Nächstes schreiben oder inszenieren oder schauspielern wollten. Vielleicht lag es am Adrenalin – oder am Sambuca –, aber plötzlich schien die Welt spannend und lebendig zu sein, voller Möglichkeiten, als könnte ich tatsächlich erkennen, wie meine ungeschriebene Zukunft sich vor mir auftut und mich heranwinkt. Wahnsinn, die Vorstellung, frei entscheiden zu können, was ich mit meinem Leben anfangen möchte.

Aber es ist schon komisch. So ulkig und brillant der Abend auch war, eigentlich dachte ich, es würde der große Abend für Alice und mich werden. Der Abend, oder besser die Nacht, in der wir endlich zueinander finden würden, nachdem wir ein ganzes Semester lang nur herumgeeiert haben. Es ist meine Schuld, wirklich: Ich war noch nie besonders gut darin, »den ersten Schritt zu tun« (in der Tat lässt mich schon die Formulierung »den ersten Schritt tun« so heftig zusammenzucken, dass sich mir die Netzhaut löst). Sobald ich auch nur den leisesten Verdacht hege, dass ein Mädchen an mir interessiert sein könnte, verfalle ich augenblicklich in die Angewohnheit, alle möglichen Gründe aufzulisten, warum sie eigentlich nicht an mir interessiert sein kann.

Aber mit Alice wird die Erstellung einer solchen Liste zunehmend schwieriger. In den letzten zehn Wochen – zehn Wochen voller Insiderwitze und nächtlicher Gespräche und gemeinsamer Mikrowellenmahlzeiten – wurde ziemlich offenkundig, dass sie mich tatsächlich mag. Und ich mag sie auch, glaube ich. Sie ist lustig und hübsch, und wir verstehen uns wirklich gut, und ich dachte wohl, dass es heute Abend – am Abend der Aufführung, am letzten Abend vor den Weihnachtsferien – genug Alkohol, Drama und Emotionen geben würde, um uns den nötigen Schub zu versetzen.

Aber dann tauchte diese Daphne hinter der Bühne auf und brachte mich aus dem Konzept.

Aus irgendeinem Grund gefällt mir die Formulierung »wir lagen auf einer Wellenlänge« nicht besonders, aber mir fällt nichts Besseres ein. Wie soll man es anders ausdrücken, wenn man sich eine Stunde lang völlig zwanglos mit einer Fremden unterhält und aus dem Lachen gar nicht mehr rauskommt? Und was ist mit dem Kribbeln, das ich jedes Mal, wenn ich Daphne zum Lachen brachte, im Bauch spürte?

Also läuft heute Nacht vielleicht doch nichts mit Alice und mir. Mal sehen.

Irgendwie aber kommt es mir so vor, als würde zumindest *irgendetwas* laufen.

Irgendwo in der Nähe vernehme ich aufgeregtes Geflüster – zwei Leute, die in der Dunkelheit gegeneinander prallen und auf der Suche nach mir eine kurzzeitige Allianz schmieden. Und dann ertönt das seltsame robbenartige Lachen, das einen der beiden Häscher als Harv entlarvt.

Ich krieche tiefer in die Hecke hinein, aber irgendwie weiß ich, dass er mich nicht finden wird. Es mag Intuition sein, eine Art sechster Sinn oder einfach nur meine Trunkenheit und Erregung, aber ich weiß, dass mich entweder Daphne oder Alice finden wird und niemand sonst.

Als wir nach Mareks Ausruf »Es wird Zeit für das Versteckspiel!« aus der Bar strömten, schaute ich mich um und sah, wie die beiden mich angrinsten. »Ich finde, Ben sollte anfangen«, sagte Alice, und Daphne nickte beipflichtend. »Genau. Ben ist der geeignetste Kandidat.« Ich nahm mir vor, ihre Bemerkung einer näheren Betrachtung zu unterziehen, sobald ich wieder nüchtern war, und stürmte augenblicklich in den Irrgarten hinein.

Der bloße Gedanke, mit einem der beiden Mädchen in dieser Hecke zu hocken, erscheint mir im Moment extrem verlockend.

Während ich mit pochendem Herzen am Boden kauere, kann ich mich allerdings nicht entscheiden, von welcher der beiden ich mich lieber entdecken lassen würde.

1. KAPITEL

London, 24. Dezember 2020

»Also, kommst du nun mit oder nicht?«

»Natürlich kann ich mitkommen. Wenn du es wirklich möchtest …«

Daphne atmet schwer aus, verweigert aber jeden Blickkontakt. »*Willst* du mitkommen?«, fragt sie ihr Ebenbild im Wandspiegel.

Ich bücke mich gelangweilt vor dem ungeschmückten Weihnachtsbaum und hebe ein paar abgefallene Nadeln auf. »Wenn du meinst, dass ich mitkommen soll, dann vielleicht. Eventuell.«

Mit beeindruckender Vehemenz rammt sie die Bürste in ihr Mascarafläschchen zurück. »Ben, im Ernst. Allmählich komme ich mir wie ein Quizmaster vor. Kannst du nicht einfach Ja oder Nein sagen?«

»Nun, ich bin mir eben nicht sicher. Letztes Jahr bin ich mitgekommen.«

»Ja, und was für ein Riesenerfolg das war«, sagt sie in Richtung Zimmerdecke, und es folgt eine Pause, während der wir uns beide die letztjährige Weihnachtsfeier bei ihrem Chef ins Gedächtnis rufen.

»Hör zu …«, sagt sie und kneift sich in die Nasenwurzel, »es ist eine kleine Feier, es gibt ein paar Drinks. Ich habe selbst keine große Lust hinzugehen, warum sollte ich dich also drängen, mitzukommen?«

»Wie gesagt, wenn du möchtest, begleite ich dich gern.« Sie ignoriert meine Worte völlig, weshalb ich anfüge: »Aber darauf scheinst du ja keine Lust zu haben, verdammt noch mal.«

Schließlich wendet sie sich um und funkelt mich an. »Ich möchte, dass du mitkommst, falls du dich tatsächlich mit den Leuten unterhältst und versuchst, einen netten Abend zu verleben. Falls du nur wie ein mürrisches Arschloch in der Ecke rumstehst, möchte ich dich nicht dabeihaben. Okay ...?«

Sie schnappt sich ihre Handtasche und geht in den Flur.

Daff ist der Meinung, dass es einer Beziehung guttut, wenn man sich hin und wieder streitet. Dass es gesund ist. Oder zumindest war sie dieser Meinung, als unsere Streite noch keine richtigen Streite waren, sondern dumme kleine Scharmützel wegen nichts. Manchmal wurde ich stinkig, weil sie so lange brauchte, um sich fertig zu machen, oder sie wurde sauer, weil ich gefurzt oder die Bettdecke nicht perfekt gefaltet hatte. Und dann, nach ein bisschen Gezeter, verstummten wir, umarmten uns und kicherten darüber, dass wir uns wie ein altes Ehepaar gezankt hatten.

Aber irgendwann in den letzten Jahren veränderte sich etwas. Aus den arglosen Zankereien wurden schreckliche Grabenkämpfe, bei denen keiner bereit ist nachzugeben und bei denen wir mittlerweile auch passiv-aggressive Handgranaten ins Niemandsland abfeuern.

Wie sind wir an diesen Punkt gelangt?, frage ich mich. Vom ruhigen Besprechen unserer abendlichen Pläne zum lodernden Zorn in – wie war das noch? – anderthalb Sekunden? Es muss eine Art Weltrekord in spontanen Wutausbrüchen zwischen Eheleuten sein. Denn bei uns kann inzwischen wirklich alles zum Streit führen. Jede kleine Geste, jedes

Nicken oder Murmeln scheint potenziell explosiv zu sein, hinter allem scheint eine verborgene Bedeutung zu stecken. Ich bin mir ziemlich sicher, dass es an mir liegt – genau genommen *weiß* ich es sogar. Es hängt alles damit zusammen, was in den letzten Jahren geschehen ist, und mein allgemeines Selbstwertgefühl geht zunehmend den Bach runter. Ich sehe die Probleme ganz klar, ich weiß nur nicht, wie ich sie lösen soll. Vielleicht kann man sie gar nicht mehr lösen.

Ich folge Daff in den Flur, wo sie ihre langen, lockigen schwarzen Haare auftürmt und eine Haarklammer hineinschiebt. »Tut mir leid«, sage ich. »Ich fühle mich bei diesen Anlässen einfach immer so überflüssig. Wenn ich etwas sage, habe ich das Gefühl, dass die Leute mich gar nicht beachten.«

»Ben, das stimmt nicht«, schnappt sie. »Und falls es doch stimmt« – was bedeutet, dass es tatsächlich so ist –, »dann weil du dir einfach keine Mühe gibst.«

»Ich gebe mir sehr wohl Mühe«, widerspreche ich, doch wir beide wissen, dass es Unsinn ist. Ich habe vor langer Zeit aufgehört, mir Mühe zu geben. Nicht nur beim Small Talk, sondern bei allem.

Seufzend nimmt sie ihren Mantel von der Garderobe. »Nun mach dir mal keine Gedanken«, sagt sie. »Du weißt doch, wie diese Abende ablaufen. Es gibt nur langweiliges Gerede über die Arbeit. Wenn ich jetzt losgehe, kann ich um zehn zurück sein.«

»Okay, gut«, sage ich, und ihr erleichterter Gesichtsausdruck bestätigt mir etwas, das ich schon seit Längerem vermute: dass ich bei diesen Anlässen zu einer Last für sie geworden bin. Oder schlimmer noch: einer Peinlichkeit.

Daff ist Literaturagentin. Sie arbeitet für eine große wichtige Firma, und ihre Kunden sind allesamt berühmte einflussreiche Schriftsteller und Drehbuchautoren. Bei einer ihrer Firmenfeiern mitzumachen ist, als würde man in einen brodelnden Kessel des Erfolgs eintauchen – man ist nie weiter als einen Schritt von einem BAFTA-Gewinner oder einem Booker-Preisrichter entfernt. Deshalb kann ich es ihr wohl nicht verübeln, dass sie sich fremdschämt, wenn ich diesen Leuten erzähle, dass ich mein Geld mit lumpigen kleinen Pressemeldungen verdiene. Ich fühle mich ja auch nicht toll dabei. Genau genommen frage ich mich in letzter Zeit immer öfter, warum Daphne eigentlich noch mit mir zusammen ist. Und ich weiß auch, dass die Leute sich bei der Feier nachher dieselbe Frage stellen werden.

»Wird Du-weißt-schon-wer auch dort sein?«, frage ich, während sie den Mantel anzieht. »Der große Mann?«

Ich hoffe, ihr damit ein Lachen entlocken zu können, nur um zu beweisen, dass ich wenigstens *das* noch hinbekomme. Schon ein sarkastisches leises Kichern würde mir genügen. Doch sie verdreht nur die Augen.

»Ja, Rich wird auch da sein. Willst du seinetwegen nicht mitkommen?«

»Nein, natürlich nicht. Ich habe nur …«

»Du weißt doch, dass du nicht mit ihm reden musst. Es sind genügend andere Leute dort.«

»Ich weiß. Er ignoriert mich ja sowieso …«

»Warum versuchst du es nicht mal mit ein bisschen Freundlichkeit, statt dich immer wie ein bockiger kleiner Junge aufzuführen?«

Da haben wir es wieder. Es ist so, wie ich es gesagt habe: Ganz gleich, worum es geht, bei uns führt alles zum Streit.

Was eigentlich bescheuert ist, denn Rich war immer Gegenstand unserer verlässlichsten Insiderwitze. Ein verlässlicher Klassiker, auf den wir immer zurückgreifen konnten.

Er fing etwa zur gleichen Zeit wie Daphne bei der Agentur an, und da er aussieht, als sei er eigens für die Verunsicherung nervöser Ehemänner im Labor entworfen worden, wurde der Gedanke, dass sie sich mit ihm einlassen könnte, schnell zum Running Gag zwischen uns. Wenn ich mal ein Toast anbrennen ließ oder so, pflegte sie dramatisch zu seufzen und zu sagen: »Ich wette, Rich ist ein *fantastischer* Koch …« Oder wenn ich mal abends allein ausging und Daphne zu Hause blieb, verabschiedete ich mich von ihr mit den Worten: »Wenn Rich gleich kommt, grüß ihn von mir«, worauf sie ein Oh-Mist-ich-wurde-erwischt-Gesicht aufsetzte und ich lachend losging.

Aber wie alle Witze, über die wir früher gemeinsam lachen konnten, scheint auch dieser schal geworden zu sein. Ich habe keine Ahnung, ob es daran liegt, dass Daphne tatsächlich anfängt, sich für Rich zu interessieren, oder ob ich es nur vermute. Jedenfalls ist er ein Womanizer ersten Ranges (Daphne hat mir mal gesagt: »Wenn Tinder ein Computerspiel wäre, hätte Rich es zu Ende gespielt«, was ich sowohl lustig als auch leicht einschüchternd fand), aber ich glaube eigentlich nicht, dass da wirklich etwas zwischen ihnen läuft. Der Gedanke, dass es doch der Fall sein könnte, trifft mich gelegentlich wie ein Schlag in die Magengrube. Wahrscheinlich kann ich mir einfach nicht erklären, warum Daphne *nicht* an ihm interessiert sein sollte. Oder vielleicht hat sie ja Interesse an ihm, aber sie ist einfach nicht die Art von Mensch, die dann die entsprechenden Schritte unternimmt.

Plötzlich fallen mir all die Nachrichten von Alice ein, die ich in meinem Handy gebunkert habe. Offenbar bin *ich* diese Art von Mensch.

Bei genauer Betrachtung ist das wohl der Grund, warum

Daphne noch bei mir ist: wegen der Dinge, die sie nicht weiß. Sie weiß nicht über Alice Bescheid, weiß nicht über Paris Bescheid. Das mit Mum weiß sie offenkundig, aber nicht, was ich davor zu meiner Mutter gesagt habe. Dinge, die mich nachts immer noch aus dem Schaf reißen.

Nach fünfzehn gemeinsamen Jahren, vier davon als Ehepaar, kennt Daphne mich immer noch nicht richtig. Täte sie es, wäre sie sicher nicht mehr bei mir.

Sie öffnet die Haustür und schickt sich an, in die kalte frühabendliche Dunkelheit hinauszutreten. »Ich muss los«, sagt sie, aber bleibt stehen und schaut stirnrunzelnd auf die Fußmatte. »Wir können nachher reden. Es ist auf der Arbeit momentan ziemlich anstrengend und dann komme ich nach Hause und hier ist es … sogar noch anstrengender.« Sie verstummt und schaut mich aus ihren großen haselnussbraunen Augen an. Sie sieht müde aus. Müde und zutiefst unglücklich. Und ich erstarre innerlich, weil ich mir plötzlich sicher bin, dass sie gleich etwas Großes und Schlimmes und Endgültiges sagen wird.

Aber dann schaut sie an mir vorbei ins Wohnzimmer auf den Weihnachtsbaum und schüttelt den Kopf, als wäre ihr eingefallen, dass dieser Zeitpunkt im Jahr für gewöhnlich nicht der Augenblick ist für große schlimme endgültige Erklärungen.

»Wie auch immer, wir können später miteinander reden«, wiederholt sie. »Und mach dir keine Gedanken wegen heute Abend – ich lass mit etwas einfallen. Vielleicht erzähle ich den Leuten, dass du noch den Baum schmücken musst.« Sie blickt erneut auf das kahle Ding. »Es wäre ja nicht mal gelogen, nicht wahr?«

»Ich fange damit an, sobald du weg bist, versprochen. Und die Geschenke packe ich auch ein.«

Sie nickt. Dann geht sie nach draußen, schließt die Tür und ist weg. Und obwohl eigentlich nichts Schlimmes gesagt wurde, spüre ich noch die Gewitterwolken, die sich in meinem Kopf zusammengebraut haben. Wir können später reden. Zweimal hat sie das gesagt. Aber reden worüber?

In meinem Hirn leuchtet Wort *Scheidung* auf und lässt mich zusammenzucken. Ist es das, was sie will? Könnte es sogar sein, dass ich es insgeheim auch will? Bei dem Gedanken zieht sich mein Magen zusammen, aber ich weiß nicht, ob es wegen der Vorstellung ist, Daphne zu verlieren, oder wegen der Scham darüber, mit vierunddreißig ein geschiedener Mann zu sein.

Ein weiterer Misserfolg, den ich meiner ohnehin schon langen Liste an Misserfolgen hinzufügen könnte.

Aber im Moment kann ich nicht darüber nachdenken. Daphnes Eltern, ihre Schwester, ihr Schwager und deren Kinder kommen morgen Mittag zu Besuch, und bis dahin gibt es noch jede Menge zu tun. Ich sollte mich schleunigst auf den Dachboden begeben, um die Weihnachtsdeko zu holen, dann den Baum schmücken und die Geschenke einpacken.

Das *sollte* ich tun.

Stattdessen beschließe ich, rauszugehen und mich zu betrinken.

2. KAPITEL

Der Abend vor Weihnachten ist so ziemlich die einzige Zeit des Jahres, in der Harv garantiert kurzfristig für ein paar Biere zur Verfügung steht. Heute Abend finden in der Regel keine wilden Clubpartys oder Sexorgien statt, und vermutlich geht es auch auf den Dating-Apps ziemlich ruhig zu.

Wir treffen uns im The Raven, einem urigen kleinen Pub in Crouch Hill, der auf halbem Weg zwischen meinem Haus in Harlesden und Harvs Apartment in Stoke Newington liegt. Als ich ankomme, ist es schon rappelvoll – vor allem sind beschwipste Büroangestellte da, die mit Lametta vom Weihnachtsessen behängt sind. Ich quetsche mich an einem alten vollbärtigen Kerl vorbei, der versucht, zwei betrunkenen Geschäftsleuten eine billige Rolex-Kopie anzudrehen.

Harv steht am Tresen. Er trägt einen so großen Parka, dass es fast wirkt, als hätte er sich einen Schlafsack übergestülpt. Er wedelt mit einer Zehnpfundnote, winkt mich heran.

»Alles klar? Was willst du trinken?«

»Erst mal ein Bier. Das gleiche wie du.«

Er zieht die Strin kraus. »Ich trinke kein Bier, Kumpel. Wusstest du, dass ein großes Bier zweihundert Kalorien hat? Da kann man sich gleich einen Zinger Burger reinstopfen.« Er klopft sich auf den Bauch; auch unter seinem T-Shirt ist die Waschbrettstruktur zu erkennen. »Ich bin gerade mit einer Fitnesstrainerin zusammen«, sagt er. »Sie kennt diese ganzen Fakten und Zahlen. Gestern hat sie erzählt, ein Guinness zu trinken ist so, als würde man ein Glas Schweinefett trinken.«

»Klingt nach einer echt erotischen Beziehung.«

»Na ja, unsere Gespräche langweilen mich manchmal«, sagt er. »Aber wir haben großartigen Sex.«

Ich schaue noch mal auf Harvs total flachen Bauch. Ich verstehe immer noch nicht, wie es möglich ist, dass fast jeder junge Typ heutzutage ein Sixpack hat. Es scheint so ziemlich über Nacht gekommen zu sein, vor etwa acht Jahren, und ich war anscheinend der einzige Mann auf dem Planeten, der nicht vorgewarnt wurde. Als ich Harv an der Uni kennenlernte, hatte er Übergewicht und ernährte sich hauptsächlich mit Carling Black Label und Chicken Nuggets. Heute aber sieht er aus wie Ryan Goslings Stuntdouble.

Für Jungs in den Zwanzigern, die mit Instagram und *Love Island* aufgewachsen sind, ist das in Ordnung; sie kennen es nicht anders. Aber diese Mittdreißiger, die plötzlich zu Eiweißschluckern mutieren – sie sind alt genug, um sich an die friedvolle Zeit vor David Beckham zu erinnern, als die jungen Männer alle eine Hühnerbrust und Streichholzärmchen hatten. Ich finde, diese Typen haben am Rest von uns Verrat begangen.

Ich bestelle ein Guinness, um Harv zu ärgern.

Wir setzen uns an einen Fenstertisch, er mit seinem Wodka Tonic, ich mit meinem Glas voll schwarzem Schweinefett. Eine weitere Gruppe von Büroangestellten, die von ihrer Weihnachtsfeier kommen, betritt lautstark den Pub, alle mit roten Zipfelmützen auf dem Kopf.

»Fährst du morgen zu deinen Eltern?«, frage ich Harv.

Er nickt. »Meine Schwester nimmt mich in aller Frühe nach Suffolk mit. Gehst du auch zu deinen …« Er zuckt zusammen und schüttelt den Kopf. »Tut mir leid, Mann. Hab nicht nachgedacht.«

»Schon gut, keine Sorge.«

Es ist jetzt zwei Jahre her, und manchmal vergesse ich es sogar noch. Ich lese in irgendeinem Buch oder sehe etwas im Fernsehen und denke: Oh, das würde Mum gefallen. Und im nächsten Moment fällt es mir ein, und ich bin am Boden zerstört.

Ich frage mich, ob das je aufhört. Wahrscheinlich nicht.

»Kommt Daffs Familie zu euch?«, fragt Harv.

»Japp. Ich müsste jetzt eigentlich den Baum schmücken und die Geschenke einpacken, aber …« Ich hebe mein Glas zum Mund und trinke einen Schluck.

»Wo ist Daff?«

»Bei der Weinachtsfeier in ihrer Firma. Eigentlich dachte ich, sie wollte, dass ich mitkomme, aber dem war wohl nicht so. Normalerweise will sie ja immer, dass ich neue Leute kennenlerne.«

»Aber du *hasst* doch neue Leute.«

»Eben.«

Wir lachen. Es fühlt sich tröstlich an, wieder in unseren alten Groove zu verfallen: ich als der Mürrische, Zurückhaltende, Harv als der schwungvolle Extrovertierte. Diese Dynamik zwischen uns existiert seit unserer ersten Begegnung an der Uni. Manchmal mache ich mir Sorgen, dass dieses Verhaltensmuster für uns zu einer Art Krücke geworden ist, ein Schauspiel, das wir voreinander aufführen, weil wir uns sonst nichts zu sagen haben. Zuweilen frage ich mich, ob wir ohne unsere gemeinsamen Erinnerungen und Witze überhaupt irgendetwas hätten, das uns miteinander verbindet. Im

Moment aber ist es schön, wieder in meine angestammte Rolle zu schlüpfen wie in einen eingetragenen Schuh.

Harv fängt an, von seiner Arbeit zu erzählen – er macht irgendetwas mit sozialen Medien, obwohl ich nie genau verstand, was –, und plötzlich will ich ihm alles erzählen. Ich möchte ihm mein Herz ausschütten über Daphne und Mum und die Nachrichten von Alice und dass ich mich allmählich fühle, als wäre mein ganzes Leben auf dem Bildschirm eingefroren und ich wüsste nicht, mit welcher Tastenkombination ich es wieder zum Laufen bringen kann. Aber ich weiß nicht, wie ich mit dem Thema anfangen soll. Ich kenne Harv seit fünfzehn Jahren – er war mein Trauzeuge –, aber über solche Dinge haben wir nie gesprochen.

Ich bin immer wieder erstaunt, wenn ich Daff mit ihren Freundinnen reden höre. Innerhalb von Sekunden kann bei ihnen aus oberflächlichem Small Talk ein tiefgründiges Gespräch werden. Als ich letztes Jahr mit Harv und ein paar anderen Kumpels in den Kurzurlaub fuhr, verbrachten wir die vier Tage damit, uns gegenseitig unser Wissen über Fußball, Filme und Hip-Hop aus den Neunzigern abzufragen. Andere Gesprächsthemen hatten wir nicht. Ich beschwere mich nicht darüber; es war toll. Ich nehme an, Frauen betrachten ihre Freundinnen als tiefgründige komplexe menschliche Wesen, während wir Männer uns nur als wandelnde Quiz-Maschinen sehen.

Trotzdem: Nachdem ich ein halbes Guinness intus habe, beschließe ich, einen Versuch zu wagen; Harv schaut gerade auf sein Handy.

»Also, ehrlich gesagt fühle ich mich im Moment nicht besonders gut, Harv«, beginne ich.

Er sieht mich an. Aus irgendeinem Grund – vermutlich um die emotionale Offenheit etwas abzupuffern – habe ich meine Äußerung mit einem komödiantischen Scouse-Akzent vorgetragen. Ich bin nie auch nur in der Nähe von Liverpool gewesen.

»Ah, lass dich nicht unterkriegen«, sagt Harv und ahmt den regionalen Slang nach.

»Äh … ist schon passiert, glaub ich«, entgegne ich, immer noch im Tonfall eines Liverpoolers.

»Ach, Kumpel …« Er leert seinen Drink. »So schlimm wird es schon nicht sein.«

Das Ganze bringt nichts. Wir sind nur zwei Männer, die die langweiligste Unterhaltung der Welt führen, mit einem Akzent, den keiner von uns richtig beherrscht.

Aber plötzlich will ich unbedingt einen Weg finden, um tatsächlich mit ihm zu reden. Weil es einfach zu viel verlangt ist, dieses ganze Zeug unausgesprochen mit mir herumzuschleppen. Es kommt mir vor, als ob irgendwo in mir ein Damm zu brechen droht, und fünfzehn Jahre unterdrückter Emotionen stehen kurz davor, aus mir herauszuplatzen.

Ich versuche mich mental auf das Bevorstehende vorzubereiten, als Harv grinst und mir sein Handy vor die Nase hält.

»Sieh dir das an … Ehrlich, Mourinho ist ein Wichser.«

Ich überfliege den Bericht, in dem Mourinho, zugegebenermaßen, wirklich wie ein Wichser rüberkommt. Grinsend steckt Harv das Handy wieder ein. »Okay, nur mal so: Meinst du, wir können aus dem Kopf alle Fußballweltmeister seit 1930 aufsagen …?«

Ich setze ein Lächeln auf und schlucke all die traurigen Dinge wieder hinunter, von denen ich ihm eigentlich erzählen will, von meiner Verwirrung, den Schuldgefühlen und meiner Reue. »Versuchen wir es einfach«, sage ich.

Er schlägt auf den Tisch. »Cool. Aber erst bestelle ich uns noch eine Runde. Wobei … eigentlich bist du dran.«

Ich gebe ihm einen Zehner und beobachte, wie er sich zwischen den Leuten einen Weg zum Tresen bahnt.

Und dann höre ich hinter mir ein heiseres Kichern: »Pech gehabt, mein Lieber. Sie waren so dicht davor …«

3. KAPITEL

Ich wende mich um und erblicke den alten vollbärtigen Rolex-Verkäufer, der nun in der Nische hinter uns sitzt.

Er trägt einen schlecht sitzenden blauen Anzug, der schon bessere Tage gesehen hat, und eine Krawatte voller kleiner gezeichneter Rentiere. Sein Karton mit den gefälschten Armbanduhren liegt vor ihm auf dem Tisch, daneben steht ein halb volles Bierglas. Er spielt mit seinem Bierdeckel und grinst mich durch seine struppige rostfarbene Gesichtsbehaarung hindurch an.

»Wie bitte? Was haben Sie gesagt?«, frage ich.

Er nippt an seinem Bier. »Na ja, es kam mir so vor, als wären Sie gerade kurz davor gewesen, Ihrem Freund einige wichtige persönliche Dinge zu offenbaren. Und dann zischt er einfach ab. Pech gehabt.«

»Hm«, mache ich. »Also, eigentlich war es ja ein privates Gespräch ...«

Der Uhrenverkäufer zuckt mit den Schultern. »Oh, ich hab Sie nicht belauscht oder so. Ich hab's einfach mitbekommen, das ist alles.«

Er lächelt mich wieder an, seine blauen Augen funkeln unter seinem wuscheligen kupfergrauen Haar. Irgendetwas an ihm, das ich nicht genau benennen kann, kommt mir bekannt vor. Vielleicht ist es seine Ausstrahlung, die vage an den Schauspieler Bill Nighy erinnert – drahtig und zerknittert und schelmisch. Sein Alter lässt sich jedoch schwer bestimmen, irgendetwas zwischen fünfzig und fünfundsiebzig.

Trotzdem, ich bin in meinem Leben von genug Kneipen-Langweilern in die Enge getrieben worden, um zu wissen, wie dieses Gespräch verlaufen würde, falls ich mich darauf einließe. Nach ein paar weiteren Höflichkeiten würde der Kerl seinen Stuhl an unseren Tisch schieben und uns den Rest des Abends mit langatmigen Anekdoten verderben, während er gelegentlich versucht, uns eine Uhr aufzuschwatzen.

»In Ordnung«, sage ich. »Schönen Abend noch.«

Ich will mich wieder umdrehen, aber der Kerl sagt noch etwas.

»Weihnachten ist eine gute Zeit, um zu reflektieren. Um sich bestimmte Dinge von der Seele zu reden.«

Ich seufze. Ich bin nicht in der Stimmung für ein vertrauliches Gespräch mit einem Fremden – vor allem nicht, nachdem es mir kurz davor nicht mal gelungen ist, ein Gespräch mit meinem besten Kumpel in Gang zu bringen. Aber es macht mir ein schlechtes Gewissen, einen offensichtlich einsamen alten Mann am Abend vor Weihnachten eiskalt abzuwürgen. Also erwidere ich seinen Blick.

»Wie meinen Sie das?«

Der Uhrenverkäufer lächelt nachdenklich und trommelt mit den Fingern auf den Karton vor ihm. »Man fängt an nachzudenken über die falschen Entscheidungen, die man im Leben getroffen hat«, sagt er. »Oder über den falschen Weg, den man eingeschlagen hat.« Er hört auf zu trommeln und schaut mir direkt in die Augen. »Man fängt an, sich zu fragen, wie es anders hätte laufen können. Und ob man – wenn man in der Zeit zurückreisen und bestimmte Dinge ändern könnte – es dann auch tatsächlich tun würde.«

Ich nicke und frage mich, ob der Kerl eine Art Gedankenleser sein könnte. Ich bin mir sicher, ihm noch nie begegnet zu sein, aber für einen kurzen Moment bin ich überzeugt, dass er mich kennt. Dass er irgendwie Zugang zu meinen tiefsten Gedanken und Ängsten und Geheimnissen hat …

Aber dann bin ich wieder zurück in der Realität, und mir fällt ein, dass es keine gedankenlesenden Uhrenverkäufer gibt.

Ich versuche, am Tresen Harvs Blick aufzufangen, damit er sich beeilt und ich einen Vorwand habe, die Unterhaltung mit dem »Gedankenleser« zu beenden. »Ja, wie auch immer. Ich denke, jetzt werde ich –«

»Würden Sie denn etwas ändern?«, unterbricht mich der alte Mann. »Wenn Sie in der Zeit zurückreisen könnten? Gibt es etwas, von dem Sie sich wünschen, es anders gemacht zu haben?«

Er starrt mich nun mit einer seltsamen Intensität an, aus tief liegenden blauen Augen, die beinahe zu zischeln scheinen. Wie aus dem Nichts kommen die ganze Verwirrung, die Schuldgefühle und die Reue, die ich gerade noch hinunterschlucken konnte, wieder in mir hoch. Ich denke an die Dinge, die ich vor ihrem Tod zu Mum gesagt habe – an die Dinge, die ich, wenn es möglich wäre, *um alles in der Welt* ungesagt machen würde. Ich denke daran, was in Paris geschehen ist. Ich denke an die Nacht im Uni-Irrgarten, als ich mit Daphne zusammenkam. Meine Kehle ist plötzlich staubtrocken, und mein Gesicht fühlt sich kochend heiß an. »Ich denke … vielleicht gibt es ein paar Dinge, die ich anders machen würde«, höre ich mich sagen.

Der alte Mann blinzelt und nickt, sieht mich noch immer mit dieser unergründlichen Miene an. Und dann strahlt er plötzlich und klopft auf den Karton vor ihm. »Wie sieht's aus? Kann ich Sie für eine Armbanduhr interessieren, mein Lieber?«

Da haben wir's.

»Nein, vielen Dank.«

»Wie ich sehe, tragen Sie keine. Ich hätte da etwas für Sie, das perfekt zu Ihnen passen würde.« Er öffnet den Karton und nimmt eine unscheinbare Uhr heraus. Kein klobiges Silbergehäuse, kein berühmtes Logo, keine komplexen Funktionen – einfach eine schlichte Armbanduhr mit weißem Ziffernblatt und schwarzem Armband.

»Nein, wirklich, ich brauche keine Uhr«, sage ich.

Endlich fängt Harv meinen Blick auf und kann sich ein Grinsen nicht verkneifen, als er sieht, wie ich versuche, mich dieses aufdringlichen Kleinunternehmers zu erwehren.

»Ach, kommen Sie«, sagt der Uhrenverkäufer. »Wie wollen Sie sonst wissen, wann es Mitternacht schlägt und das eigentliche Weihnachten beginnt?«

»Nun, ich könnte einfach auf mein Handy schauen.«

Er verzieht das Gesicht und winkt ab. »Ach, diese Handys taugen nichts. Ich schenke Ihnen die Uhr. Ein verfrühtes Weihnachtsgeschenk.«

Ich lache. »Nein, im Ernst. Das ist sehr nett von Ihnen. Aber Sie brauchen mir kein –«

Er beugt sich herüber und legt die Uhr vor mir auf den Tisch. »Sie gehört Ihnen«, sagt er grinsend. »Frohe Weihnachten. Machen Sie schon, legen Sie sie um. Sie wird Ihr Leben verändern, das garantiere ich Ihnen.«

Offenbar gibt es keinen Weg, aus dieser Situation herauszukommen, ohne dass ich die Uhr annehme, also beschließe ich, dem Kerl zu geben, was immer ich kann. »Okay, hören Sie …« Ich hole mein Portemonnaie raus und schaue rein, um zu sehen, was ich ihm anbieten kann. Aber als ich wieder aufblicke, verschwindet er bereits durch die Tür.

Die Uhr liegt immer noch vor mir auf dem Tisch. Ich starre sie kurz an und lege sie dann um mein Handgelenk. Als ich genau hinsehe, erkenne ich, warum er das Ding loswerden wollte: Sie funktioniert nicht. Die Zeiger sind eine Minute vor zwölf stehen geblieben. Ich fummele am Aufziehrädchen herum, aber es lässt sich nicht drehen. Nun wird mir klar, was sein Spruch »wann es Mitternacht schlägt« bedeutet: Er hat mir eine kaputte Uhr geschenkt.

Harv kehrt mit den Drinks zurück. »Wer war der Typ?«, fragt er und setzt sich.

Ich blinzele ihn an und fühle mich plötzlich leicht benommen, als hätte ich mir die Unterhaltung mit dem alten Mann nur eingebildet. Ich überlege, ob ich Harv von meinem komischen Gefühl erzählen soll, dass der Kerl irgendwie in mich hineinschauen konnte. Aber ich möchte nicht, dass Harv denkt, ich hätte den Verstand verloren, also halte ich einfach mein Handgelenk hoch. »Ich weiß zwar nicht, wer der Kerl war, aber er hat mir das beste Weihnachtsgeschenk aller Zeiten gemacht: eine kaputte Uhr.«

Harv lacht. »Im Raven gibt's viele schräge Vögel.« Er nippt an seinem Wodka und klatscht in die Hände. »Also, los geht's. Jeder Fußballweltmeister seit 1930 … und wir sehen nicht im Handy nach.«

»Alles klar, na los.«

Ich verdränge jeden Gedanken an Daphne, Alice oder Mum und konzentriere meine ganze mentale Energie auf bedeutungsloses Fußball-Trivialwissen.

Und als wir uns nach zwei weiteren Drinks voneinander verabschieden (nachdem es uns gelungen ist, alle WM-Gewinner seit 1930 aufzusagen – mit Ausnahme von Uruguay 1950), geht es mir kein bisschen besser. Aber auch nicht schlechter.

Immerhin.

4. KAPITEL

Gegen halb zehn bin ich wieder zu Hause, und Daphne ist noch nicht zurück.

Sie hat mir keine Nachricht geschickt, und mein Guinness-geschwängertes Hirn zaubert augenblicklich ein Bild von ihr und Rich herbei, vor einem knisternden Kaminfeuer einander in den Armen liegend, was wohl die einfallsloseste hypothetische Ehebruch-Fantasie überhaupt sein dürfte. Dennoch erzielt sie ihre Wirkung: Der Gedanke an Daphne auf der Party, betrunken und flirtend, lässt meinen Puls in die Höhe schnellen.

Ich marschiere am ungeschmückten Weihnachtsbaum vorbei in die Küche, wo ich mich hinsetzte und den extrem teuren Rotwein aufmache, den Daphne für morgen gekauft hat.

Ich schenke mir ein großes Glas ein und checke mein Handy. Ich habe eine neue Facebook-Nachricht. Von Alice.

> Hey! Ich hab erfahren, dass mein Konferenz-Dingens nächste Woche definitiv stattfindet, also werde ich in London sein! Sie bringen mich im Hilton in Canary Wharf unter, also könnten wir uns dort vielleicht auf einen Drink treffen? Sagen wir am Dienstag, den 29.? Es wäre so schön, dich zu sehen und mit dir zu … ;-) xxx

Ich trinke einen großen Schluck Rotwein und denke: Fängt es so an?

Ist es so *einfach*?

Als Kind erschien mir eine Affäre, wie manche Erwachsenen sie hatten, als eine unglaublich aufwendige, komplexe, fast machiavellistische Sache. In Gedanken baute ich Dad zu einer Art bösem Genie auf, das monatelang diesen finsteren, schrecklichen Plan verfolgte, der unser aller Leben entzweireißen würde. Aber vielleicht habe ich ihm zu viel zugetraut. Vielleicht ist er ohne groß nachzudenken in die Affäre reingestolpert. Vielleicht war er einfach verängstigt und einsam und verwirrt. Falls ja, dann habe ich diese Eigenschaften wohl von ihm geerbt. Nichts von seinem Talent, nichts von seinem Charme; nur den feigen, hinterhältigen Arschloch-Teil.

Ich schenke mir noch ein Glas ein und schaue auf Alices Nachricht, frage mich, was ich ihr antworten soll.

Das Ganze ist einfach so … seltsam. Ich hatte Alice seit Jahren nicht gesehen – nicht seit Paris –, bis ich sie vor ein paar Monaten bei Mareks Hochzeit traf. Daff war nicht dabei, und Alice war auch allein dort; sie hatte sich gerade von ihrem Verlobten in Manchester getrennt und war bei Mareks Hochzeit aufgekreuzt, um sich, wie sie selbst sagte, »so richtig vollllaufen zu lassen und sich so zynisch zu geben, wie es nur geht«.

Sie wiederzusehen machte mich ganz schön nervös, aber sie verhielt sich von Anfang an so, als wäre in der Zwischenzeit überhaupt nichts geschehen. Als gäbe es keinen Grund, sich verlegen zu fühlen. Auf dem Rasen winkte sie mich mit einem Glas Champagner zu sich herüber, und nach drei weiteren Gläsern debattierten wir lebhaft darüber, ob es moralisch vertretbar wäre, die Namensschilder auf der langen Tafel zu vertauschen. Und noch bevor wir die Sache ausdiskutiert hatten, machte Alice es dann einfach – und »Onkel

Steve« ließ sich auf der anderen Seite der Tisches nieder, während sie sich neben mir auf seinen eigentlichen Platz setzte und mir schelmisch zuzwinkerte.

Bei Lachs und Hühnchen und jeder Menge Weißwein ignorierten wir standhaft unsere Tischnachbarn und steckten die Köpfe zusammen, um in der Vergangenheit zu schwelgen und über die Gegenwart zu reden, wobei wir ständig schauderten, weil bei uns ganz ähnliche Dinge passiert waren und wir uns praktisch gegenseitig die gleichen Sachen erzählten.

Sie sah nicht nur hinreißend aus – *richtig* hinreißend –, sondern gab mir auch während unserer Unterhaltung das Gefühl, wieder neunzehn zu sein, so, als hätte es die letzten fünfzehn Jahre nicht gegeben und die Zukunft wäre immer noch ungeschrieben und verlockend. Es war genau wie in Paris: Ich genoss es, ihr eine bearbeitete Version meiner selbst zu präsentieren. Ich konnte am Bild des orientierungslosen Versagers, zu dem ich während meiner Beziehung mit Daphne geworden war, so lange herumpinseln, bis daraus ein halbwegs vorzeigbarer Mann wurde.

Und später, am Ende des Abends, geschah dann etwas.

Alles, woran ich mich erinnere, ist, dass es keine Musik mehr gab und Alice wohl genauso angeschlagen war wie ich, denn sie schleppte mich von der Tanzfläche geradewegs zu dem Fotoautomaten, in dem wir den größten Teil des Abends verbracht und herumgealbert hatten.

Wir schnappten uns unsere lächerlichen Party-Requisiten – Zauberstäbe und Zylinder – und zogen auf ihr Drängen hin Unmengen von Grimassen, während uns ein ums andere Mal das Blitzlicht entgegenschlug: Wir schielten wie blöd in die Kamera, zogen Zombie-Fratzen und machten – für das letzte Bild – verliebte Selfie-Schmollmünder. Dabei schloss ich die Augen, das weiß ich noch, und während ich auf meinen Lidern noch das Blitzlicht spürte, spürte ich plötzlich auch noch etwas anderes: Alices Lippen auf meinen. Ich zog den Mund weg, allerdings nicht so schnell, wie ich es hätte tun können.

Als ich die Augen öffnete, zuckte Alice mit den Schultern und lachte, als wäre es keine große Sache gewesen. Nur ein Witz.

Und genau das habe ich mir auch eingeredet. Dass es nur ein Witz war. Aber Witze halten einen nachts nicht wach und bereiten einem keine Schuldgefühle.

Als ich am nächsten Tag nach Hause kam, erzählte ich Daphne nicht, dass ich Alice wiedergesehen hatte. Daff war ihretwegen immer schon etwas argwöhnisch gewesen. Ich schätze, weil Alice und ich uns im ersten Uni-Jahr so nahegestanden hatten. Sogar heute noch scherzt sie hin und wieder darüber, dass Alice es auf mich abgesehen hatte. Diese Scherze lassen mich jedesmal schaudern wegen meiner Schuldgefühle. Ich erzählte ihr natürlich auch nicht, dass Alice mir einige Tage später eine Nachricht schickte, und auch nicht, dass ich ihr geantwortet hatte. Daff und ich machten gerade eine besonders düstere Phase durch, in der wir kaum miteinander sprachen; sie war voll und ganz mit ihrer Arbeit beschäftigt, während ich mich darüber ärgerte, wie schlecht bezahlt und langweilig meine Gelegenheitsjobs waren.

Ich bin Schriftsteller, nehme ich an, zumindest ist das meine Berufsbezeichnung. Aber das Wort lässt meine Tätigkeit viel großartiger klingen, als sie tatsächlich ist. Ich habe mir immer vorgestellt, in die Fußstapfen meines Vaters zu treten und ein großes Theaterstück, eine Fernsehserie oder einen Roman zu schreiben, aber ich konnte diese Träume nie vollständig auf etwas Bestimmtes fokussieren. Ich dachte immer, es fehle mir an Antrieb oder Selbstvertrauen, aber die Wahrheit ist, dass ich es einfach nicht in mir habe. Ich hatte es nie in mir. Nicht nur Paris hat das bewiesen.

Also schraubte ich irgendwann meine Ambitionen zurück und begann, für ein geschmackloses Herrenmagazin zu schreiben. Als dann der schrumpfende Zeitschriftenmarkt auch diesen Karriereweg blockierte, begann ich, das zu tun, was ich heute noch tue – Pressemitteilungen und Reisebroschüren für jedes Unternehmen zu verfassen, das mich bezahlt.

Es ist nichts, worüber man sich beschweren müsste, ich weiß – ich kann mich glücklich schätzen, dass ich Arbeit habe, Punkt –, aber es ist auch nichts, mit dem man sich brüsten kann.

Ich erinnere mich, dass Daff vor einer Weile versuchte, mir Dampf zu machen. Sie stellte mich Redakteuren und Autoren vor, ermutigte mich, weiter an Sachen zu schreiben, die mir Spaß machen, auch wenn ich sie niemandem zeigte. Aber zu dem Zeitpunkt hatte ich mich bereits aufgegeben, also konnte ich es ihr nicht verübeln, als sie es schließlich auch tat.

Ich leere mein Glas, und als ich mir ein weiteres einschenke, bemerke ich die kaputte Armbanduhr an meinem Handgelenk. Es war seltsam, dass mir im Pub all diese Erinnerungen in den Sinn kamen. Besonders das Versteckspiel im Irrgarten: Daran habe ich seit Jahren nicht mehr gedacht. Daphne war die Erste, die mich damals fand, und wir knutschten schließlich betrunken in der Hecke herum, bevor wenig später Alice stirnrunzelnd die Zweige auseinanderzog.

Tief im Inneren habe ich mich immer gefragt, was wohl geschehen wäre, wenn Alice mich zuerst gefunden hätte. Vielleicht wäre es besser gewesen.

Ich lese noch mal ihre Nachricht und klicke auf »Antworten«.

Hey! Der 29. klingt gut – ich freu mich! Gib mir die genaue Zeit durch. Xx

Sobald ich die Antwort abgeschickt habe, überkommen mich mehrere widersprüchliche Gefühle auf einmal. Angst und Aufregung und Schuld und Selbstmitleid, dazu das seltsam erregende Empfinden, etwas Großes in Gang gesetzt zu haben, eine Grenze überschritten zu haben, die man eigentlich nicht überschreiten darf.

Das hervorstechendste Gefühl ist aber, dass es sich gut anfühlt, von jemandem *gewollt* zu werden.

5. KAPITEL

Nach einem weiteren Glas Wein – und nachdem ich endlos auf meine Antwort an Alice gestarrt habe –, bemerke ich zu meiner ehrlichen Überraschung, dass die Flasche fast leer ist.

Mist. Das bedeutet wieder einen Streit morgen. Oder nachher, je nachdem, wann Daphne nach Hause kommt. Gleich ist es halb elf, und sie hat mir immer noch keine Nachricht geschickt.

Plötzlich fühle ich mich bleischwer, aber beschließe, erst noch den Baum zu schmücken, ehe ich zu Bett gehen werde, um mir für den bevorstehenden Streit eine emotionale Rüstung herbeizuschlafen. Ich erhebe mich auf die Beine und merke plötzlich, dass das wohlige Drei-Guinness-Glühen einer metallisch dröhnenden Rotwein-Besoffenheit gewichen ist.

Ich stapfe nach oben auf den Dachboden und spüre den eisigen Luftzug, der mir in die Knochen fährt, sobald ich die klapprige kleine Falltür hochschiebe. Die Schachtel mit dem Christbaumschmuck liegt natürlich ganz hinten, und um dorthin zu gelangen, muss ich einen tückischen Hindernisparcours aus Kartons, Koffern und sogar einem alten Skateboard (meins, nicht Daphnes) bewältigen.

Ich bin nur noch wenige Schritte vom Lametta entfernt, als ich gegen eine riesige durchsichtige Plastikkiste mit Daffs Sachen stoße, die prompt umkippt und ihren Inhalt auf dem Boden verstreut.

»Scheiße …«, murmele ich.

Ich hocke mich hin, um mit dem Aufräumen zu beginnen, als ich in all dem Zeug etwas liegen sehe. Eine große alte Keksdose aus Metall, deren Deckel halb offen steht und mir einen Blick auf eine Auswahl wahllos zusammengewürfelter Gegenstände offenbart: ein zerknittertes Skript, eine abgerissene Eintrittskarte, ein altes Programmheft für ein Theaterstück und einen blutverschmierten Spielzeugrevolver.

Und dann geht mir ein Licht auf. Es sind keine wahllos zusammengewürfelten Sachen.

Ein Frösteln kriecht mir über den Rücken, ein Nachhall des Gefühls, das ich im Pub verspürte, während ich mit dem Uhrenverkäufer sprach. Das Gefühl, dass dies alles mehr ist als ein Zufall.

Ich nehme den Revolver. Verrückt, dass Daphne ihn aufbewahrt hat. Davon wusste ich nichts. Ich drehe ihn in meinen Händen, spüre die kalten Plastikrillen und die verschmierten roten Fingerabdrücke auf dem Griff. Ich sehe jetzt Daphne vor mir, wie sie mir den Revolver reicht. Ich erinnere mich ganz deutlich. An den Abend, an dem wir uns kennenlernten.

Das Skript, die Eintrittskarte, das Programmheft: Alle diese Gegenstände stammen aus derselben Nacht. Aus der Nacht, die mir vorhin in den Sinn kam: die Nacht im Irrgarten, als wir Verstecken spielten. Ich nehme das Programmheft. Auf der Titelseite steht: *YORK UNIVERSITY DRAMA SOCIETY PRESENTS:* THE CAROL REVISITED.

Das Stück war Mareks oberpeinliche – und überraschend gewalttätige – Neubearbeitung von *A Christmas Carol*. Ich hatte darin nur eine kleine Rolle, aber als ich das Programmheft umdrehe, sehe ich mich dennoch auf einem kleinen verschwommenen Schwarz-Weiß-Foto, auf dem ich zähneknirschend in die Kamera schaue und dabei ein Gesicht mache wie Wallace aus *Wallace & Gromit*.

Ich schaue auf das Bild und kann nicht glauben, dass dieser grinsende neunzehnjährige Junge und ich tatsächlich ein und dieselbe Person sind. Es ist, als würde ich das Foto eines Fremden ansehen; ich spüre überhaupt keine Verbindung. Was ist von dem Jungen heute noch übrig?

Es könnte natürlich an den Snakebites und Sambucas gelegen haben, aber ich entsinne mich, in jener Nacht im Irrgarten – eine Woche nachdem dieses Foto geschossen wurde – eine seltsame, fast spirituelle Gewissheit empfunden zu haben, dass sich alles für mich zum Guten wenden würde. Dass ich in eine gute Richtung unterwegs war, dass meine Träume erreichbar waren und die Zukunft eine leere Leinwand war, auf die ich das prachtvolle Gemälde meines Lebens malen würde.

Und dann? Was ist aus alledem geworden? Ich nahm diese Leinwand und füllte sie mit Fehlern und Misserfolgen und schlechten Entscheidungen und Lügen und schrecklichen Dingen, die ich nie, niemals wieder zurücknehmen kann.

Sollte es je eine Wikipedia-Seite über Ben Hazeley geben – was, falls keinem meiner Namensvetter irgendetwas Herausragendes gelingt, natürlich nicht der Fall sein wird, aber sagen wir trotzdem, es gäbe eine Wikipedia-Seite über mich –, dann weiß ich jetzt schon ziemlich genau, was drinstehen würde. Wo andere Wikipedia-Seiten Überschriften wie »Karriere« oder »Vermächtnis« oder »Filmografie« haben, wird in meiner einfach stehen: »Misserfolge«. Es wird eine lange detaillierte Liste sein, die mit der Jahreszahl »1996« beginnt: »Dad verpisst sich«, und – nächste Woche – mit »2020« endet: »Betrügt seine Frau«.

Mein Kopf wird von Sekunde zu Sekunde schwerer, und ich weiß, dass ich endlich anfangen sollte, den verdammten Weihnachtsbaum zu schmücken, aber aus irgendeinem Grund kann ich mich nicht von den Gegenständen in der Keksdose losreißen. Plötzlich macht es mich wütend, dass Daphne das Zeug aufbewahrt hat. Ich stelle mir vor, wie sie ab und zu hier hoch schleicht, den Deckel öffnet und über diesen Gegenständen brütet, die sie daran erinnern, dass sie ohne mich besser dran wäre.

Denn genauso ist es doch, oder? Wenn das eigene Leben nur aus einer Aneinanderreihung von Misserfolgen und Fehlschlägen besteht, dann wäre es doch gewiss am besten, wenn es einen gar nicht gäbe.

Es gibt kein Foto von Daphne im Programmheft – sie stieß erst in letzter Minute zum Ensemble, nachdem jemand anderes unvermittelt ausgefallen war –, aber ich sehe sie immer noch vor mir, wie sie mit achtzehn war: das fröhliche, lustige, ausgelassene Mädchen, das jedem, ob Freund oder Fremdem, die volle Wattzahl ihres einnehmenden Lächelns schenkte, als wäre sie sich seiner Macht überhaupt nicht bewusst.

Und dann trat ich auf den Plan und nagte über all die Jahre an ihr, um aus ihr die müde wütende übellaunige Frau zu machen, die ich vorhin im Flur erlebt habe. Bestimmt wäre ihr jugendliches Ich über unsere gemeinsame Entwicklung genauso enttäuscht wie meines. Bestimmt hatte sie sich vorgestellt, mit dreiunddreißig einen erfolgreichen, *normalen* Ehemann zu haben, der sie in allen Lebenslagen unterstützt. Und dass sie Kinder haben würde. Ich weiß, dass sie sich welche wünscht. Dieses Jahr haben wir das Thema aber kein einziges Mal angesprochen, obwohl in letzter Zeit viele unserer Bekannten Eltern geworden sind.

Eine seltsame Erinnerung überkommt mich – es ist nicht einmal meine eigene, sondern etwas, das Mum mir erzählt hat, als ich ein Teenager war. Ich hatte ihr damit in den Ohren gelegen, mir irgendetwas Nettes über Dad und mich zu erzählen – ich ging immer noch davon aus, dass er bald zu uns zurückkehren würde –, und sie gab schließlich nach und erzählte, wie ich mit acht Jahren ins Wohnzimmer hineinspaziert war, während Dad sich den Monty-Python-Film *Der Sinn des Lebens* angeschaut hatte. Ich hörte diese Formulierung – der Sinn des Lebens – und wiederholte sie wie ein Papagei: »Dad, was ist der Sinn des Lebens?« Und er lachte und antwortete dann: »Ich nehme an, er besteht darin, die Summe des menschlichen Glücks zu mehren.«

Mit vierzehn fand ich diese Antwort toll, aber jetzt erscheint sie mir wie das Deprimierendste, was ich je gehört habe. Denn alles, was ich seitdem gemacht habe, ist, mein persönliches Glück immer weiter zu verringern, statt es zu vermehren.

Ich zwicke mir in die Nasenwurzel, und der Rand meines Sichtfelds verschwimmt. Ich schaue auf die Uhr und sehe, dass es eine Minute vor Mitternacht ist. Noch eine Minute bis Weihnachten.

Dann fällt mir ein, dass die Uhr ja kaputt ist. Trotzdem, es ist wahrscheinlich nicht weit weg von der tatsächlichen Uhrzeit. Selbst eine stehen gebliebene Uhr geht zweimal am Tag richtig …

Ich nehme wieder das Programmheft und den Spielzeugrevolver, wiege beides in den Händen.

Ich habe keine Ahnung, wie lange ich so da sitze, bevor ich einschlafe.

6. KAPITEL

Traditionell erwacht mein Brummschädel immer kurz nach mir selbst.

Wenn ich nach einer durchzechten Nacht wieder bei Bewusstsein bin, habe ich immer diesen schönen Moment der Ruhe vor dem Sturm, wo es noch keine Kopfschmerzen gibt, keine Reue, keinen Würgereiz. Und dann, sobald ich die Augen aufschlage oder den Kopf bewege, bricht die Hölle los.

Ich liege reglos mit geschlossenen Augen da und genieße diese Phase unverdienter Glückseligkeit, während ich versuche, die Leerstellen von letzter Nacht zu füllen. Davon gibt es so einige. Ich erinnere mich an die Keksdose und den Nebel des Selbstmitleids, aber ich kann mich nicht daran erinnern, dass Daff nach Hause kam. Ich kann mich nicht daran erinnern, den Baum geschmückt zu haben. Ich erinnere mich nicht mal daran, wie ich vom Dachboden runtergekommen bin.

Oh Gott, bitte mach, dass ich nicht auf dem Dachboden liege.

Ich drehe meinen Kopf ganz sachte zur Seite. Weder die altbekannte Migräne noch eine plötzliche Übelkeit überkommt mich, was ermutigend ist. Außerdem scheine ich auf einem bequemen Kissen und einer Matratze zu liegen, was schon mal ein gutes Zeichen ist.

Ich beschließe, es zu riskieren, und öffne die Augen. Was

mich nun befällt sind keine Kopfschmerzen – sondern blankes Entsetzen.

Ich setze mich auf, mit einem Mal hellwach, das Herz pocht mir schmerzhaft in der Brust.

Wo zum Teufel bin ich?

Es ist, als hinke mein Hirn meinen Augen noch immer ein paar Sekunden hinterher und bemühte sich, die empfangenen Informationen zu verarbeiten. Die popelgrünen Vorhänge; der kratzige Topfreiniger-Teppichboden; der schäbige braune Schrank, in dem sich ein schmutziges Waschbecken und ein kleiner Wandspiegel verbergen.

Von irgendwoher höre ich ein leises, leicht manisches Stöhnen und merke dann, dass es aus meinem Mund kommt.

Das hier ist ... das Studentenwohnheim. Mein Zimmer im ersten Uni-Jahr.

Bin ich verrückt geworden? Fühlt es sich so an, wenn man dem Wahnsinn anheimfällt?

Oder vielleicht ... vielleicht ist das hier eine Art aufwendiger – wirklich aufwendiger – Streich. Plötzlich fällt mir ein seltsames interaktives Theatererlebnis ein, zu dem mich Harv mal mitgeschleift hat, wo das Publikum ein Teil der Aufführung war. Man führte uns auf diese extravagante Bühne und hielt uns an, die Handlung weiterzuführen, indem wir den Schauspielern einen spontan ausgedachten Text zuflüsterten. Vielleicht ist das hier etwas Ähnliches. Wenn ja, dann verdient derjenige, der das Set entworfen hat, jede Auszeichnung. Das Zimmer sieht bis ins kleinste Detail so aus, wie ich es in Erinnerung habe.

Ich spüre, wie es in meinem Kopf zu hämmern beginnt und der Kater einsetzt, aber dann bemerke ich, dass die Türklinke klappert und dass das Hämmern tatsächlich von draußen kommt.

»Ben? Bist du da drin? Ben?«

Die Klinke klappert erneut, aber wie es scheint, ist die Tür abgeschlossen.

»Benjamiiiin?!« Es ist Harvs Stimme. Gott sei Dank.

Etwas unbeholfen stehe ich auf, mein Herz pocht noch immer wie wild. Dann bemerke ich, dass ich eine mir unbekannte Jeans und meinen alten Wu-Tang-Clan-Hoodie trage. Ich dachte, ich hätte das Ding vor Jahren verloren.

Ich öffne die Tür und muss augenblicklich gegen einen beginnenden Lachanfall ankämpfen.

Es ist Harv. Aber irgendwie ist er es auch … *nicht*.

Es sieht aus, als wäre Harv leicht aufgebläht oder hätte eine traumatische allergische Reaktion erlitten. Seine markanten Wangenknochen und Lachfältchen sind verschwunden, sein Gesicht ist jünger, runder, teigiger. Ich bemerke den Ansatz eines Hängebauchs über seiner Gürtelschnalle. In der einen Hand hält er eine Dose Lagerbier und in der anderen Hand etwas, das wie ein Erdnussbutter-Käse-Toastie aussieht.

»Was in aller Welt tust du hier?«, fragt er mich.

»Ich … keine Ahnung«, stammele ich.

»Weißt du nicht, wie spät es ist?«

Automatisch schaue ich auf mein Handgelenk. Meine Uhr zeigt eine Minute vor zwölf an. Die Uhr, die ich immer noch trage. Ich bin in ganz anderer Kleidung aufgewacht, an einem ganz anderen Ort, und doch ist diese Uhr irgendwie immer noch an meinem Handgelenk befestigt. Mein Hirn stochert ergebnislos in dieser Tatsache herum, als ich merke, dass Harv vor meinem Gesicht mit den Fingern schnippt.

»Hallo! Halloooo!«

Er schaut mich seltsam an und beißt dann herzhaft in sein Toastie. »Es ist nach sechs, Mann, du musst los«, sagt er mit vollem Mund. »Gerade hat mich Marek angerufen. Er dreht durch. Du bist nicht an dein Handy gegangen. Sie sind schon alle im Schauspielhaus.«

Ich kneife kurz die Augen zu und hoffe, dass ich, wenn ich sie wieder aufmache, wieder auf dem Dachboden bin und Daphne wütend auf mich herabblickt, während mir die Kopfschmerzen den Schädel zersprengen.

Aber nein. Der aufgeblähte Harv ist noch da, nimmt einen Schluck Bier und sieht mich aus zusammengekniffenen Augen an. »Bist du stoned, oder was?«, fragt er. »Oder einfach nur ein Volltrottel?«

»Nein, ich …« Ich habe keine Ahnung, was ich bin. Ich komme mir vor wie in einem extrem fortschrittlichen Virtual-Reality-Spiel.

Hinter Harv geht die Tür auf und eine kleine junge Blondine erscheint und lächelt uns an. Fuck. Das ist Geordie Claire. Sie wohnte mir gegenüber auf dem Flur. Ich habe sie nicht mehr gesehen seit … nun, seit der Uni. Sie winkt mir mit zwei kleinen roten Tickets zu. »Viel Glück, Ben! Stu und ich werden in der ersten Reihe sitzen.«

Ich schaue auf die Eintrittskarten. Darauf steht: *YORK UNIVERSITY DRAMA SOCIETY PRESENTS:* THE CAROL REVISITED.

Plötzlich weiß ich, wo ich bin. Und, wichtiger noch, *wann* dies geschieht. Ich muss mich am Türrahmen abstützen.

»Mist, Ben, alles in Ordnung mit dir?«, fragt Claire und eilt zu mir.

Harv lacht und legt mir einen Arm um die Schultern. »Der hat nur Lampenfieber. Komm schon, Mann, wir nehmen einen Drink und dann bring ich dich zu deiner Aufführung.«

Claire sieht leicht besorgt aus, nickt aber und verschwindet.

Harv führt mich auf unserem Flur zur Gemeinschaftsküche, und der milchig-käsig-faulige Fruchtgeruch, der mir dort entgegenschlägt, ist fast so stark wie das Déjà-vu-Gefühl, das mich überkommt. Ich bin mir jetzt hundertprozentig sicher, dass dies kein Traum ist. So übel kann nur die Realität riechen.

Ich lasse mich auf einen Plastikstuhl fallen und atme ein paar Mal tief durch (natürlich durch den Mund). Harv sieht mir dabei kopfschüttelnd zu.

»Alter, jetzt beruhig dich mal«, lacht er. »Das wird schon werden. Du hast ja nicht die Hauptrolle. Was hast du, drei Zeilen?«

Ich höre ihm kaum zu. Über der mit Nudelsauce bespritzten Mikrowelle hängt ein Kalender aus dem Magazin *Nuts*. Direkt über Michelle Marshs teilweise entblößten Brüsten steht die Bestätigung, die ich suche und gefürchtet habe:

Dezember 2005.

Ich bin fünfzehn Jahre durch die Zeit zurückgereist.

Harv stellt mir eine Dose Bier auf den Tisch. Er spricht jetzt in ein kleines blaues Klapphandy. Gott, ich erinnere mich an die Dinger. Er dachte, damit sehe er aus wie jemand aus *The Wire*. »Yo, Marek«, sagt er. »Schon gut, entspann dich, ich hab ihn gefunden … Ja, es geht ihm gut. Nur ein bisschen nervös … Ich weiß, drei Zeilen, hab ich ihm auch gesagt. Jedenfalls sind wir jetzt unterwegs, also keine Panik … Cool. Bis gleich.«

Mit lässigem Gestus klappt er das Handy zu. Genauso hat er es früher immer gemacht. »Marek flippt offiziell aus«, verkündet er. »Er dachte, du hättest dich verdünnisiert. Und das Requisiten-Mädchen ist offenbar auch in letzter Minute abgesprungen. Er ruft alle an, die er kennt, um Ersatz zu finden.«

Ich kann es nicht fassen. Ich weiß, ich sollte wahrscheinlich weinen oder schreien oder mich höchstselbst in ein Irrenhaus einweisen, aber was tue ich stattdessen? Ich stelle rasch eine Liste der Zeitreisefilme zusammen, die mir spontan einfallen. *12 Monkeys, The Terminator, Timecop*: In allen werden Figuren in die Vergangenheit zurückgeschickt, um eine bedeutsame Person zu töten. Ist es jetzt hier auch so? Stellt sich Geordie Claire als der nächste Hitler heraus oder so? Immerhin ist sie Vegetarierin.

Aber es gibt auch *Bill & Ted, Zurück in die Zukunft* und *Und täglich grüßt das Murmeltier* …

»Harv …« Mit leerem Blick schaue ich zu ihm auf. »Was passiert in *Und täglich grüßt das Murmeltier*? Ich meine, warum ist er in diese seltame Zeitschleife geraten?«

Falls Harv die Frage merkwürdig vorkommen sollte, lässt er es sich nicht anmerken. Er klopft sich nur mit der Bierdose nachdenklich an die Zähne. »Äh, war es nicht so, dass er ein Wetteransager war, den alles angekotzt hat? Deshalb erlebt er immer wieder denselben Tag, bis er dann irgendwann Andie MacDowell vögelt? War's nicht so?«

Ich nicke dümmlich.

Er grinst mich an. »Hey, glaubst du, wir können jeden Bill-Murray-Film nach *Und täglich grüßt das Murmeltier* aufsagen?« Er schaut auf die Uhr. »Nein, lieber nicht. Marek würde mich umbringen.«

Er trinkt sein Bier aus und zieht mich an der Schulter hoch. »Komm, Alter, los geht's.«

7. KAPITEL

Während wir über den Campus eilen, überkommt mich ein Déjà-vu nach dem anderen.

Unsere kleine gemütliche Studentenbar, der Kwiksave-Supermarkt, die übermütigen Enten, die scharenweise vom See heraufwatscheln und auf die Laufstege kacken; all das springt mir ins Auge, während wir daran vorbeieilen, wie um mir jeden Zweifel zu nehmen, dass dies alles real ist.

Denn es ist eindeutig real.

Dennoch habe ich, während ich Harv über die wackelige rote Brücke am Anglistikgebäude folge, das eigenartige Gefühl, das Ganze von oben zu betrachten. Als würde es jemand anderem passieren. Vielleicht ist es am besten so, auf diese Weise damit umzugehen: das Wie und Warum ausklammern und einfach mitspielen, bis die Sache vorbei ist.

Schließlich erreichen wir das Schauspielhaus – oder vielmehr das Schauspielklosett, wie es unter uns heißt: ein winziger Verschlag mitten auf dem Campus mit fünfzig Sitzplätzen. Davor steht bereits eine Schlange, die auf Einlass wartet.

»Verdammt«, keucht Harv und wischt sich mit dem Handrücken über die Stirn. »Ich muss unbedingt mehr Sport machen.« Mit einem Nicken deutet er auf den Eingang. »Na dann, geh rein, Trottel. Hals- und Beinbruch und so. Wir sehen uns hinterher.«

Immer noch auf Autopilot, gehe ich an den Leuten vorbei

und nähere mich dem Kerl, der am Eingang sitzt und die Eintrittskarten abreißt. Ich erinnere mich vage an ihn; er ist im zweiten Jahr, glaube ich, und trägt die inoffizielle Uniform der Drama Society, einen schwarzen Rollkragenpullover, schwarze Jeans und schwarze Turnschuhe.

»Ich bin spät dran«, sage ich zu ihm. »Lässt du mich rein? Ich spiele bei dem Stück mit.«

Er grummelt, ohne von seinem Handy aufzuschauen. »Name?«

»Ben Hazeley.«

Er schaut auf die Liste, die neben ihm auf dem Tisch liegt. »Bist du mit Patrick Hazeley verwandt?«

Selbst in meinem betäubten Zustand spüre ich es noch. Das Gefühl, auf ein kleines Kind reduziert zu werden und nur als Fußnote im Leben eines Mannes zu existieren, den ich kaum kenne.

»Ja, das ist mein Vater.«

Der Kartenabreißer schaut zu mir auf; plötzlich bin ich interessant genug, um seiner vollen Aufmerksamkeit würdig zu sein. »Mann, ist er wirklich dein alter Herr?«, fragt er. »Ich liebe seine Sachen. Ernsthaft, *Erdgewicht* war das erste Theaterstück, das ich je gesehen habe. Ziemlich brutal und unfassbar gut geschrieben.«

»Ja«, sage ich.

Er tritt zur Seite, um mich durchzulassen. »Viel Glück, Mann. Vielleicht sehen wir uns hinterher.«

Ich gehe in den kleinen Saal, der zu diesem Zeitpunkt noch dunkel und leer ist. Ich erinnere mich, dass die Garderobe ganz hinten ist, aber ich habe das Gefühl, dass ich ein paar Minuten für mich allein brauche, bevor ich wieder mit anderen Leuten interagieren muss, also schleiche ich zur Toilette hinter der Lichtanlage.

Eigentlich hätte ich es vorher wissen müssen, aber mich im Spiegel zu sehen, lässt mich erschrocken zusammenzucken. Wenn Harv aufgebläht aussieht, dann ist bei mir das Gegenteil der Fall. Ich bin viel schmaler als gestern noch. Mein Gesicht ist jenes, das ich auf dem Dachboden im Programmheft gesehen habe. Ich schiebe meine hohlen, neunzehn Jahre jungen Wangen dicht an den Spiegel und sehe einen feinen Bartflaum anstelle von Fältchen und noch kein Anzeichen für ein Zurückweichen meines dichten braunen Haaransatzes.

Ich spritze mir kaltes Wasser ins Gesicht, und sobald ich das Klo verlasse, höre ich hinter mir eine Stimme.

»Marek wird dich *umbringen*!«

Alice steht da und grinst mich an. Sie sieht … ehrlich gesagt, sieht sie fast genauso aus wie bei der Hochzeit vor einigen Monaten. Was bedeutet, dass sie ein bisschen wie die blonde Phoebe Cates in *Gremlins* aussieht, nur dass sie die Haare jetzt wie Uma Thurman in *Pulp Fiction* trägt. Sie sieht toll aus.

»Komm, schnell, gleich ist Einlass.« Sie winkt mich in die knallvolle Garderobe, in der die Schauspieler sich in ihre Kostüme zwängen, sich die Gesichter pudern und aufgeregt noch einmal ihre Zeilen aufsagen. In der Ecke steht Marek und spricht in sein Handy; auch er hat sich nicht groß verändert; derselbe Bart, dieselbe Brille, derselbe wilde Haarschopf. Er bemerkt mich und tut so, als würde er jemanden (vermutlich mich) erdrosseln, bricht aber das Gespräch nicht ab.

»Ich glaube, er hat jemanden für die Requisiten gefunden«, sagt Alice. »Eine Freundin von Jamila. Er spricht gerade mit ihr.«

Ich nicke und spüre plötzlich einen feinen Schweißfilm auf der Stirn. Weil ich genau weiß, wohin das alles führen wird. In etwa zehn Minuten werde ich Daphne begegnen, und dann wird es viel, viel schwieriger sein, so zu tun, als würde dies alles zum ersten Mal geschehen.

»Die Zuschauer kommen rein!«, ruft jemand, und plötzlich sinkt der Geräuschpegel im Raum auf ein nervöses Stimmengemurmel.

Die nächsten Minuten vergehen wie im Flug. Man hilft mir in mein Kostüm – ein billiger schwarzer Anzug im *Reservoir-Dogs*-Stil – und dann werde ich noch schnell geschminkt.

Die Aufführung hat längst begonnen – ich kann Marek auf der Bühne sprechen hören –, und plötzlich fallen mir wieder die Einzelheiten der Geschichte ein.

The Carol Revisited. »Dickens trifft auf Tarantino«, so hat Marek es uns bei der ersten Probe angepriesen. In sechs Monaten wird er das Stück »primitiv und unausgegoren« nennen, aber im Moment höre ich, wie er auf der Bühne alles gibt. »Unsinn, Motherfucker!«, brüllt er dem verunsicherten Publikum entgegen.

Marek war – ist – Vorsitzender der Drama Society und war – ist – daher auch ein massiver Angeber. Er begnügt sich nicht mit Schreiben und Regieführen, er hat auch die Hauptrolle übernommen: Vinny Scrooge (im Ernst), ein Meth-Dealer, der von einem Killer schwer verwundet und dann von einem geheimnisvollen Geist durch sein bisheriges Leben geführt wird.

Ich spiele den Killer, daran erinnere ich mich. Und den Geist spielt …

»Ben, wir müssen sofort hinter die Bühne.«

Ich wende mich um und sehe einen splitternackten Mann vor mir stehen, der ein Kiffer-Grinsen im Gesicht hat.

Meine Fresse. Clem Matthews. Er ist im dritten Jahr an der Uni, glaube ich. Nicht gerade ein geborener Schauspieler, aber offensichtlich der einzige Student, der willens ist, in der Öffentlichkeit seinen Schwanz zu zeigen. Plötzlich frage ich mich, was er heutzutage tut. Wahrscheinlich dreht er Pornos.

Warum Marek darauf bestand, dass der Geist nackt ist, weiß ich nicht mehr. Ich glaube, es hat etwas mit spirituellem Realismus zu tun und damit, die »langweiligen alten Säcke« in der Theaterabteilung zu schocken.

»Komm, wir müssen los«, sagt Clem.

Das Kostüm-Mädchen hält mich fest. »Wart mal, lässt du die Uhr um? Bei den Proben hast du sie nicht getragen.«

Ich schaue auf meine Armbanduhr, die weiterhin eine Minute vor zwölf anzeigt. Ich hatte völlig vergessen, dass ich sie noch trage. Aber *warum* habe ich sie noch um? Warum ist sie noch da, während alles andere an mir verschwunden ist?

»Kein Problem«, sagt Clem. »Auftragskiller tragen nun mal Uhren. Sie wollen sich ja nicht bei ihren Morden verspäten, oder?«

Er packt mich am Arm, und ich folge seinen nackten Pobacken hinter die Bühne. Wir stehen schweigend da, warten auf unseren Auftritt.

»Wie fühlst du dich?«, flüstert er. »Bist du nervös?«

Plötzlich erinnere ich mich, wie peinlich es bei den Proben immer war, mit ihm Small Talk machen zu müssen, während ich versuchte, seinen herumbaumelnden Penis zu ignorieren.

»Yeah, ich bin nervös«, flüstere ich.

Er zuckt mit den Schultern. »Du hast ja nur drei Zeilen. Das kriegst du hin.«

Drei Zeilen. Warum nur scheinen alle so besessen zu sein von den drei Zeilen? Dann wird mir klar: Ich habe keinen Schimmer, wie die drei Zeilen lauten. Es ist fünfzehn Jahre her, dass ich mir das Skript angesehen habe. Ich bin kurz davor, die Bühne zu betreten, und weiß meinen Text nicht.

Gerade als ich beschlossen habe, auf der Stelle zu verschwinden, tippt mir jemand auf die Schulter.

»Hey, bist du Ben? Das hier müsste deiner sein.«

Mit einem strahlenden Lächeln im Gesicht hält Daphne mir den schwarzen Spielzeugrevolver hin.

8. KAPITEL

Ich wusste ja, dass ich ihr begegnen würde, aber als es nun tatsächlich geschieht, falle ich fast in Ohnmacht.

Einen Moment lang bin ich so überrascht, dass ich mich nicht rühren kann. Daphne muss meine Hand heben und mir den Revolver hineinlegen.

»Mir wurde gesagt: ›Ben ist derjenige, der nicht nackt ist‹«, flüstert sie. »Das müsstest dann du sein.«

Ich nicke dümmlich. Ich kann nicht glauben, dass sie es wirklich ist. Mein Herz scheint mir aus der Brust springen zu wollen, so stark pocht es.

Sogar in der fast völligen Dunkelheit kann ich ihr Lächeln erkennen. Ihr lockiges langes Haar ist zum Pferdeschwanz zurückgebunden, der ihr über die Schulter fällt, und sie trägt das vorgeschriebene Backstage-Outfit aus engem schwarzem Top und schwarzen Leggings, eine Kombination, die sie ein wenig wie eine Ballerina oder eine sexy Einbrecherin aussehen lässt.

Mir ist vage bewusst, dass ich sie mit offenem Mund anstarre, was wahrscheinlich ziemlich unheimlich auf sie wirkt. Aber ich kann nicht anders.

Es wäre gelogen zu behaupten, es sei für mich Liebe auf den ersten Blick gewesen und in mir sei ein Hormonfeuerwerk explodiert, als sich dieser Moment vor fünfzehn Jahren zum ersten Mal ereignete. Als Daphne mir den Revolver gab, dachte ich nur: »Ah, das neue Requisiten-Girl ist ja ziemlich heiß.«

Jetzt aber stehe ich – *irgendwie* – hier und blicke auf das Mädchen, das erst meine Freundin und dann meine Frau werden wird. Ich habe die letzten fünfzehn Jahre mit ihr verbracht. Ich kenne sie in- und auswendig. Zumindest glaube ich das. Wie auch immer, mir ist nicht klar, wie es mir gelingen soll, sie wie eine Fremde zu behandeln.

Meine seltsame stille Trance wird erschüttert, als ich Clems Penis am Oberschenkel spüre, während Clem sich vorbeugt, um ihr hallo zu sagen.

»Hi, ich bin Clem«, flüstert er und reicht ihr die Hand. »Der Nackte.«

Daphne nickt und schüttelt ihm die Hand. »Okay: nackt, nicht nackt«, sagt sie und deutet auf ihn, dann auf mich. »Ich glaub, ich hab's verstanden. Ich bin übrigens Daphne.«

Offenkundig sind die beiden von meinem offenen Mund und meinem Gegaffe peinlich berührt, denn Daphne schraubt ihr Strahlen herunter und schaut weg, und Clem beginnt meine Schultern zu massieren.

»Ben ist nervös«, flüstert er ihr zu. »Obwohl er nur drei Zeilen hat.«

Das holt mich schlagartig auf die Erde zurück.

»Ich hab meinen Text vergessen«, stammele ich. »Er ist komplett weg.«

Clem lacht humorlos. »Der ist gut.«

»Nein, im Ernst ... ich hab ihn vergessen. Ich weiß ihn nicht mehr.«

Clem sieht mich jetzt an, als wäre ich derjenige, der seinen Schwanz in der Öffentlichkeit spazieren trägt. Aber Daphne hebt den Zeigefinger und sagt: »Bin gleich zurück«, dann verschwindet sie in der Dunkelheit.

Clem fängt an herumzuplappern, aber ich achte nicht auf ihn; ich höre Marek auf der Bühne zu, wie er Tiny Tim sagt, dass er sich ins Knie ficken solle, und ehe ich mich's versehe, ist Daphne wieder da, mit einem Skript und einer Schlüsselanhänger-Taschenlampe.

»Wie heißt deine Figur?«, flüstert sie und blättert in den Seiten.

Ich sehe Clem an.

»Willst du mich verarschen?«, zischt er. »Hast du einen Schlag auf den Kopf bekommen, oder was?« Seine tiefenentspannte Kiffer-Persönlichkeit scheint sich in den letzten dreißig Sekunden vollständig aufgelöst zu haben. »Er heißt Jimmy the Hat«, sagt er zu Daphne.

»Jimmy the Hat«, wiederholt sie langsam. Sie richtet die Taschenlampe auf mich. »Solltest du dann nicht einen Hut tragen?«

»Marek sagt, es sei ein ironischer Spitzname«, erklärt Clem durch zusammengebissene Zähne. »Wie Little John in Robin Hood.«

»Ah, verstehe.« Daphne nickt. »Ist ein schmaler Grat zwischen ironisch und verwirrend.« Ihr Gesichtsausdruck ist schmallippig, ernsthaft, todernst, und trotz allem muss ich eine Hand an meinen Mund legen, um mein Lachen zu dämpfen.

Sie findet die fragliche Seite und deutet auf die betreffende Passage. »Okay, verstanden. Jimmy the Hat … Genau, also du gehst auf die Bühne, wenn das Licht ausgeht. Dann geht es wieder an, und du sagst: ›Scrooge, du Hurensohn, ich dachte mir, dass ich dich hier finden würde.‹« Sie schaut zu uns auf. »Spielt die Szene nicht in Scrooges Haus? Ist doch klar, dass Jimmy the Hat ihn dort finden würde.«

Ich muss erneut lachen, und einen Augenblick lang befürchte ich, nicht mehr aufhören zu können und dass man mich gleich auf die Bühne schieben wird, wo ich wie verrückt weiter lache, bis die Männer in weißen Kitteln erscheinen und mich abholen.

»Jetzt ist nicht der richtige Zeitpunkt, um über das verdammte Skript zu diskutieren«, flüstert Clem, aber er lächelt auch.

»Okay, okay.« Daphne schaut wieder ins Skript. »Scrooge sagt: ›Jimmy the Hat, was machst du hier, verdammt noch mal?‹ Und du sagst: ›Wo ist das Dope, Scrooge?‹ Und er sagt: ›Fick dich, Jimmy!‹ Und du sagst: ›Friss Blei, Schwanzlutscher!‹« Sie wirft mir einen verschwörerischen Blick zu. »Großartiger Dialog. Dickens wäre entzückt.«

Ich beuge mich vor und schaue im Licht der Taschenlampe auf meinen Text, versuche ihn mir ins Hirn zu brennen. Und dann gehen plötzlich die Bühnenlichter aus, und ich spüre Clems Hand an meiner Schulter und wie er mich durch den Schlitz im Vorhang auf die Bühne schiebt.

Dann gehen die Lichter wieder an und mir schlägt gleißende Helligkeit entgegen, und ich blicke auf vierzig bis fünfzig gelangweilte Gesichter im Publikum. Ich wende mich zu Marek um, der mit einem steifen Grinsen im Bett liegt; seine Augen flehen mich an, etwas zu sagen.

»Äh, Scrooge, du … Hurensohn«, stammele ich. »Ich dachte mir, dass ich dich hier finden würde.«

Ich sehe, dass Marek wegen meines steifen Vortrags zusammenzuckt, aber er ist sofort wieder in seiner Rolle.

»Jimmy the Hat!«, blafft er. »Was machst du hier, verdammt noch mal?«

»Wo ist das Dope, Scrooge?«, will ich von ihm wissen, diesmal mit etwas mehr Emotion.

Er zeigt mit dem Finger auf mich. »Fick dich, Jimmy!«

»Friss Blei, Schwanzlutscher!«, rufe ich zurück. Und die Erleichterung darüber, es hinter mich gebracht zu haben, ist derart überwältigend, dass ich beinahe wieder zu lachen anfange.

Aber dann geschieht … nichts.

Die Zuschauer starren mich immer noch mit leeren Blicken an, als würden sie auf etwas warten. In der hintersten Reihe meine ich Harv zu sehen, bin mir aber nicht sicher, da er die Hände vor das Gesicht geschlagen hat. Ich drehe mich um und schaue Marek an, der jetzt rot wie eine Tomate ist und sichtlich zittert. Aus irgendeinem Grund starrt er auf meine Hand. Oder, nein, nicht auf meine Hand, auf den Revolver in meiner Hand.

»Ach so, stimmt«, murmele ich. Und dann richte ich den Revolver auf ihn und drücke ab.

Von oben in der Tonkabine ertönt ein lauter Knall, und Marek schreit übertrieben laut auf, sein weißes Nachthemd ist plötzlich mit etwas bedeckt, das ganz offensichtlich Tomatenketchup ist.

Ich taumele rückwärts an Clem vorbei, der nackt die Bühne betritt und mir im Vorübergehen zuraunt: »Mensch, was war das denn für ein Mist?« Ich taste mich zurück in die Dunkelheit, wo mich Daphnes Lächeln erwartet. Sie hebt die Hand zum Abklatschen und beugt sich so nah zu mir vor, dass ich ihren Atem auf meiner Wange spüre.

»Und der Oscar geht an …«, flüstert sie und dann brechen wir beide in lautloses Gelächter aus.

9. KAPITEL

Die nächste Stunde verbringe ich größtenteils allein in der Garderobe und versuche, mir einen Reim darauf zu machen, was zum Teufel hier los ist.

Immer wieder mache ich mir bewusst, dass sich nichts – absolut nichts – so abgespielt hat wie beim ersten Mal. Vor fünfzehn Jahren habe ich meinen Text nicht vergessen oder Daphne wie ein unheimlicher Spinner begafft, und sie hat mir auch kein Skript besorgen müssen, und abgeklatscht hat sie mich am Ende auch nicht.

Ich habe keine Ahnung, ob es in irgendeiner Weise von Bedeutung ist, aber ich erinnere mich, dass ich als Kind mal eine Science-Fiction-Geschichte gelesen habe, in der ein Zeitreisender versehentlich einen Schmetterling zerquetscht und infolgedessen das Aussterben der Dinosaurier herbeigeführt hat. Und wenn an dieser Logik etwas dran ist, dann fange ich an, mich ernsthaft zu fragen, welche Auswirkungen die jetzigen Ereignisse auf die Zukunft haben werden.

Aber vielleicht ist das ja der Sinn des Ganzen, denke ich, während ich auf mein wahnsinnig jugendliches Gesicht im Wandspiegel starre. Ich denke an den Abend auf dem Dachboden zurück; es scheint Tage her zu sein: Habe ich in meiner Trunkenheit nicht überlegt, was wohl geschehen wäre, wenn der heutige Abend anders verlaufen wäre? Und der alte Mann im Pub. Der Uhrenverkäufer. Als er mich fragte, ob ich etwas in meiner Vergangenheit ändern würde, kam mir als Erstes der heutige Abend in den Sinn. Und wieder überkommt mich dieses eigenartige Gefühl, dass der alte Mann mich irgendwie kennt. Ich starre auf die Uhr, die er mir geschenkt hat, deren Zeiger weiterhin auf eine Minute vor zwölf stehen, und versuche zu begreifen, was all das zu bedeuten hat.

Doch bevor mir irgendeine Erklärung einfällt, stampfen die übrigen Schauspieler in den Raum und schleppen mich wieder auf die Bühne, damit wir uns alle vor dem Publikum verneigen.

Ich blinzele wieder in das grelle Scheinwerferlicht, während das Publikum halbherzig applaudiert, und dann sind wir wieder alle zusammen in der Garderobe und schreien und lachen und umarmen uns.

Falls Marek sauer auf mich ist, weil ich die Revolver-Szene verkackt habe, lässt er es sich nicht anmerken. Er drückt mich genauso fest an sich wie die anderen und schwärmt davon, wie wunderbar alles gelaufen sei. Besonders zu freuen scheint ihn der Umstand, dass mehrere Zuschauer während einer Rückblende, in der Scrooge einem rivalisierenden Drogendealer mit einer Gitarrensaite die Kehle aufschlitzt, rausgegangen sind.

»Habt ihr gesehen, wie sie geguckt haben?«, brüllt er. »Es war einfach zu krass für die Weicheier!«

Wir verlassen das Schauspielhaus und gehen in die Studentenkneipe gleich nebenan, und sobald ich den Fuß über die Schwelle gesetzt habe, wird mein Déjà-vu-Gefühl stärker denn je. Gott, wie *gut* ich den Laden kenne. Ich kann gar nicht zählen, wie viele Abende ich hier verbracht und, obwohl ich von einem Studentenkredit lebte, für fünfzig Pence die Runde den Billardtisch gefüttert habe.

Die limonengrünen Wände der Bar vibrieren unter den Klängen von »I Bet You Look Good on the Dancefloor«, und meine Schmetterling-und-Dinosaurier-Theorie gerät leicht ins Wanken, weil nun alles wieder so abläuft wie in meiner Erinnerung.

Daphne ist verschwunden, genau wie vor all den Jahren, und ich erinnere mich an den scharfen Schmerz des Bedauerns, den mein neunzehnjähriges Ich verspürte, als ich suchend durch die Bar blickte und sie nirgends sah. Harv gesellt sich zu uns und zwingt allen Leuten Sambuca-Shots auf, und dann setzt sich Alice neben mich, genau wie beim ersten Mal.

Ihre Wangen sind ganz rosig, sie hat sich das Bühnen-Make-up abgeschminkt und sieht hinreißend aus. Ich beobachte, wie sie ihren Sambuca runterkippt, und frage mich, ob sich die Dinge ab jetzt *wirklich* ändern werden. Ob Daphne diesmal vielleicht *nicht* in der Bar auftaucht und der heutige Abend so wird, wie ich es mir ursprünglich vorgestellt hatte.

Alice stellt das kleine Schnapsglas auf den Tisch und verzieht das Gesicht. »Puh, zum Glück habe ich es hinter mir.«

»Was, den Sambuca?«

Sie lacht. »Nein, das Stück.«

»Ach so. Hat's dir keinen Spaß gemacht?«

»Doch, schon. Aber ich war seit Wochen total nervös, und jetzt bin ich froh, dass ich mir keine Gedanken mehr machen muss.«

Alice hatte in dem Stück eine viel größere Rolle als ich – was allerdings für jedes Mitglied des Ensembles gilt. Sie hatte die zweite Hauptrolle – Marie, Scrooges scharfzüngige Gangsterbraut – und musste jede Menge Text lernen.

»Du warst großartig«, sage ich zu ihr.

Sie zuckt mit den Schultern. »Danke. Es hat Spaß gemacht. Aber *wirklich* gefreut habe ich mich auf das hier.« Einen Moment lang sieht sie mich vielsagend an, ehe sie anfügt: »Die Aftershow-Party, meine ich.«

Ich lächele zurück und frage mich, ob auch sie davon ausgeht, dass dies unsere große gemeinsame Nacht wird.

Sie nimmt zwei Shots von dem Tablett, das uns jemand hinhält, und sagt: »Hier, nimm einen. Lass uns heute richtig was trinken.«

Ich lächele und nicke und fühle mich genau so zerrissen wie vor all den Jahren; ein Teil von mir genießt das Gefühl, von Alice angeflirtet zu werden, der andere Teil möchte Daphne wiedersehen.

Wir stürzen den Sambuca runter und verziehen das Gesicht, und dann drückt Alice meinen Arm und steht auf, um jemanden zu begrüßen. Und als ich erneut durch den Raum blicke, ist Daff plötzlich da, genau aufs Stichwort.

Sie steht mit ihrer besten Freundin Jamila und ein paar anderen Freunden am Tresen. Lächelnd winkt sie mir zu und dreht sich dann wieder zu den Leuten um.

Unter der hellen Lichterkette überm Tresen kann ich endlich ihr Gesicht richtig erkennen, und plötzlich beschleunigt sich mein Herzschlag. Es liegt auf der Hand, dass sie jünger aussieht als in fünfzehn Jahren – ihre Wangen sind etwas voller und rosiger –, aber der wirklich große Unterschied liegt in ihrem Habitus. Sie besitzt diese Lockerheit, die mir bei unserer ersten Begegnung sofort auffiel – eine lustige verspielte Lockerheit, die ich bei ihr seit Jahren nicht mehr erlebt habe.

Wahrscheinlich weil ich sie ihr gründlich ausgetrieben habe.

Sie hört Jamila zu, die ihr irgendetwas erzählt, und knabbert währenddessen geistesabwesend am Rand ihres Plastikbierbechers. Ich erinnere mich, dass ich das für einen kleinen nervösen Tick hielt, bis ich später erfuhr, dass es ein Trick war, um ihre Oberlippe zu verbergen.

Daff hatte schon immer eine kleines Problem mit ihrer Oberlippe. Sie hasst die kleinen Sommersprossen darüber – die ich, ehrlich gesagt, immer total süß fand. Aber in der achten Klasse wurde sie an der Schule deswegen gehänselt, und das hat sie nicht mehr aus dem Kopf gekriegt.

Und nun schlendert sie lächelnd auf mich zu, und ich muss so tun, als ob ich nichts von alledem wüsste. Ich muss so tun, als wüsste ich *überhaupt* nichts über sie. Ich muss sie wie ein beliebiges Mädchen behandeln, das ich vorhin erst kennengelernt habe.

Wie zum Teufel soll ich das machen?

»Hey!«, sagt sie, »Nicht-nackter Ben.«

»Hi, Nicht-nackte Daphne.«

Sie zieht Alices Stuhl heran, und ehe ich ihr sagen kann, dass der Platz besetzt ist, hat sie sich schon hingesetzt. Sie hebt mir ihren Bierbecher entgegen. »Noch mal Glückwunsch zu deinem tollen Auftritt.«

Ich hebe die Hände und lache gezwungen. Ehrlich gesagt, ist es weiterhin höchst seltsam für mich, eine Unterhaltung mit ihr zu führen. Außerdem ist mir peinlich bewusst, dass ich sie immer noch anstarre wie das siebte Weltwunder, und deshalb tue ich jetzt das genaue Gegenteil – ich sehe sie gar nicht mehr an. Was wahrscheinlich genauso seltsam für sie ist.

»Ich dachte, du wärst abgehauen«, sage ich zu ihrer linken Schulter.

Sie schüttelt den Kopf. »Nein, ich war woanders mit Freunden verabredet und habe sie jetzt einfach hergebracht.«

»Ach so. Cool.«

Alice kehrt mit einem Tablett voller Snakebites an den Tisch zurück. Ich bemerke, wie sie Daphne ansieht, dann stellt sie mir einen Snakebite hin und geht weiter, um sich am anderen Tischende auf einen freien Stuhl neben Marek zu setzen. Ich verspüre einen Anflug von schlechtem Gewissen und von etwas anderem, das ich nicht genau benennen kann. Bedauern vielleicht? Aber mir bleibt keine Zeit, länger darüber nachzudenken, denn Daff beugt sich zu mir vor.

»Willst du wirklich Schauspieler werden?«, fragt sie. »Also, ich bin mir nicht zu hundert Prozent sicher, dass du einen überzeugenden Profikiller spielen kannst.«

»Du hast recht«, sage ich und nicke. »Ein guter Killer vergisst nicht, sein Opfer umzubringen.«

»Nun, vielleicht könntest du ja einen pazifistischen Killer spielen«, schlägt sie vor und lächelt mich strahlend an, »jemanden, der versucht, das Killer-Gewerbe von innen heraus zum Einsturz zu bringen.«

»Ein gewaltloser Profikiller. Find ich gut.«

»Der Gandhi der Auftragsmörder.«

Ich lache schallend, was Alice am anderen Tischende aufblicken lässt.

Hinter uns taucht Harv auf, zwei weitere Sambucas in Händen. Einen davon kippt er sich selbst hinter die Binde, den anderen knallt er vor mir auf den Tisch. »Dir hab ich keinen besorgt«, sagt er zu Daphne, »weil ich nicht weiß, wer du bist.« Er reicht ihr die Hand. »Das sollten wir sofort ändern. Ich bin Harvey.«

»Daphne«, sagt sie lachend und schüttelt ihm die Hand.

»Okay. Daphne. Nachdem wir jetzt alte Freunde sind, gehe ich los und hol dir auch einen Sambuca.«

Sie lacht und entgegnet kopfschüttelnd: »Lass gut sein, wirklich. Ich will keinen. Danke.«

»Bist du dir sicher? War das deine endgültige Antwort? Na gut, ist trotzdem schön, dich kennengelernt zu haben. Das war wohl der längste Händedruck aller Zeiten.« Dann zischt er ab und setzt sich auf einen freien Platz am anderen Tischende.

Einen weiteren Sambuca kriege ich nicht runter, ich habe jetzt schon einen in der Krone und nehme an, dass es sich mit Zeitreisen so ähnlich verhält wie wenn man Baumaschinen bedient: Man sollte dabei nicht betrunken sein.

»Willst du den?«, frage ich Daff und schiebe ihr das Schnapsglas zu. »Ich trinke ihn jedenfalls nicht.«

Sie verzieht das Gesicht und schiebt das Glas wieder zurück. »Igitt. Auf keinen Fall. Ich hasse Sambuca. Es war der erste Drink, nach dem ich gekotzt habe. Weckt schlechte Erinnerungen.«

»Das stimmt«, pflichte ich ihr bei. »Den ersten Drink, nach dem man kotzen muss, trinkt man in der Regel nie wieder. Bei mir war es Pfirsichlikör. Mir wird schon schlecht, wenn ich das Zeug nur rieche.«

Sie lacht und rümpft die Nase. »*Pfirsichlikör.* Klingt reichlich versnobt.«

»Ach was«, entgegne ich. »Wir waren vierzehn, glaub ich, und hingen freitagabends auf einem Spielplatz ab. Ross Kennett, ein Kumpel von mir, tauchte mit einer Flasche Pfirsichlikör auf, die er aus der Hausbar seiner Mum stibitzt hatte. Ich nahm nur drei Schlucke, aber es reichte. Mir wird heute noch übel, wenn ich nur daran denke. Ich hab unter der Rutsche gehockt und bestimmt eine Viertelstunde lang gereihert.«

»Das ist ein echt hübsches Bild, Nicht-nackter Ben. Daran werde ich mich ewig erinnern.« Sie nimmt einen Schluck von ihrem Bier. »So, hey, du hast meine Frage von vorhin nicht beantwortet – ist die Schauspielerei etwas, das du später zu deinem Beruf machen willst?«

»Nein, überhaupt nicht«, sage ich. »Ich habe nur aus Jux und Dollerei mitgemacht.«

Als sie mir diese Frage beim ersten Mal stellte, hielt ich ihr als Antwort einen langweiligen Vortrag darüber, dass ich eigentlich Schriftsteller werden wollte. Es war, wie ich gestehen muss, mein auswendig gelernter, mit peinlichen Verweisen auf Franz Kafka gespickter Standardmonolog, mit dem ich immer probierte, attraktive Mädchen zu beeindrucken.

Diesmal aber spare ich mir meinen egozentrischen Vortrag und stelle ihr stattdessen eine Gegenfrage.

»Was ist mit dir?«, will ich von ihr wissen. »Hast du vor, beruflich ans Theater zu gehen?«

Sie zuckt die Achseln. »Ich habe heute Abend eigentlich nur aus Gefälligkeit ausgeholfen. Aber ja, es macht mir Spaß. Ich weiß nicht, aber … ich bin definitiv keine Schauspielerin, und ich glaube, auch als Autorin oder Regisseurin würde ich mich nicht gut machen.«

»Wie wär's mit einer Anstellung als Waffenfachfrau?«, schlage ich vor. »Oder als Beauftragte für das Finden von Skripts in letzter Minute?«

Sie lacht. »Yeah, genau. Oder vielleicht … ich weiß nicht. Vielleicht als Produzentin? Mithelfen, gute Sachen auf die Beine zu stellen, das wäre was für mich, weißt du?«

Ich nicke, und der Unterschied zwischen uns in diesem Alter scheint plötzlich erschütternd klar zu sein. Ich war ein anmaßender Dummkopf, voller unrealistischer Träume und unbegründeter Zuversicht; Daff war klug und bescheiden, und ihr späterer beruflicher Erfolg schien jetzt schon festzustehen.

Sie wirft mir ein weiteres strahlendes Lächeln zu – eines, wie ich es im Jahr 2020 kaum noch zu sehen bekomme. Ich weiß nicht, ob unsere Unterhaltung die gleiche ist wie beim ersten Mal – wahrscheinlich nicht –, aber das Gefühl, das Daphne in mir weckt, ist auf jeden Fall das gleiche. Die Aufregung darüber, jemand Besonderes kennengelernt zu haben – jemanden, an den ich noch lange nach diesem Gespräch denken werde. Aber gleichzeitig verspüre ich auch ein seltsames Gefühl der Leichtigkeit und Behaglichkeit – weil ich diese Person eben schon seit Jahren kenne und wir entsprechend mühelos und entspannt miteinander reden.

Sie sagt noch etwas, das ich nicht ganz mitbekomme, denn als ich zum Tresen schaue, sehe ich dort ein Gesicht, das mir verdammt bekannt vorkommt.

Ein struppiger rostfarbener Zottelbart über einer Krawatte voller Rentiere. Zwei blitzende blaue Augen, die meinen Blick treffen, als der Mann in meine Richtung schaut und mir zuzwinkert …

Ich springe vom Stuhl und kippe dabei beinahe die Drinks auf dem Tisch um.

»Alles in Ordnung?«, fragt Daphne lachend.

Ich verrenke den Hals, um den Kerl zwischen all den Leuten am Tresen zu finden. Aber er ist verschwunden. Ich muss es mir eingebildet haben. Schließlich bin ich fünfzehn Jahre in der Vergangenheit: Warum sollte er genauso aussehen wie in der Zukunft und dann auch noch dieselbe Krawatte tragen?

Ich verliere wohl den Verstand.

»Sorry. Ich dachte, ich hätte einen Bekannten gesehen.« Ich lasse mich wieder auf den Stuhl fallen, doch Daphnes Augenmerk gilt nun dem anderen Tischende. Marek ist inzwischen sturzbetrunken und spricht mit derart lauter

Stimme, dass sich alle gezwungenermaßen in seine Richtung wenden und ihm zuhören.

»Ich bin *froh*, dass einige Zuschauer rausgegangen sind«, verkündet er. »Man kann keine wahrhaft große Kunst produzieren, die kommerziell erfolgreich ist. Es ist unmöglich. Beide Dinge sind fundamental inkompatibel.«

Alle um ihn herum nicken ernst, und plötzlich weiß ich *genau*, wie dieser Teil weitergeht.

Daphne stellt ihren Becher ab, räuspert sich und fragt Marek mit lauter Stimme: »Findest du wirklich, dass das stimmt?« Fünfzehn Köpfe wenden sich ihr zu.

Marek ist es gewohnt, ohne Unterbrechungen Hof zu halten, und starrt Daphne nun an, als hätte sie ihm ein Bier über den Kopf gekippt.

»Äh, ja«, schnappt er. »Finde ich.«

»Oh. Okay. In Ordnung.« Sie nickt und sagt nichts weiter. Marek aber meint, noch einmal nachlegen zu müssen. »Aber *du* findest es nicht richtig?«, sagt er.

»Nein, finde ich nicht«, sagt sie achselzuckend. »Es gibt viele großartige Schriftsteller, die kommerziell erfolgreich sind.«

»Wer denn?«, fragt Marek grinsend. »Hättest du ein paar Namen für uns parat?« Daphne öffnet den Mund, ist im Begriff zu antworten, aber er spricht weiter, ehe sie etwas sagen kann. »Offen gestanden bin ich mir gar nicht sicher, ob ich überhaupt kommerziellen Erfolg haben möchte. Alles, was einen wahren künstlerischen Wert besitzt, wurde von den Massen immer abgelehnt oder ignoriert«, erklärt er mit lauter Stimme. »Nehmen wir die Dada-Bewegung, genau …« Ab hier höre ich nicht mehr zu, sondern betrachte Daphne.

Es scheint sie nicht besonders zu stören, dass Marek sie nicht zu Wort kommen ließ; sie sitzt einfach nur da und schaut ihn mit hochgezogener Augenbraue an, und wieder fällt mir auf, dass ich diese unverkrampfte Lockerheit bei ihr seit Jahren nicht mehr gesehen habe. Wären wir kein Paar geworden, besäße sie diese Lockerheit vielleicht noch heute.

»Aber ist das nicht der ultimative Traum?«, fragt sie, als Marek endlich verstummt, um an seinem Snakebite zu nippen. »Etwas richtig Gutes zu erschaffen und damit viele Menschen zu erreichen?«

Marek knallt sein Glas auf den Tisch. »Das ist nicht machbar, weil die meisten Leute Idioten sind. Jetzt mal im Ernst: Kannst du mir einen guten Schriftsteller nennen – egal in welchem Genre –, der auch kommerziell erfolgreich ist?«

Daff holt tief Luft und beginnt, die Namen an ihren Fingern aufzuzählen. »Nora Ephron, Stephen King, Sue Townsend, Armando Iannucci …« Sie bläst ihre Wangen auf. »Das sind schon mal vier.«

Einen Moment lang herrscht verlegenes Schweigen am Tisch, während wir beobachten, wie Marek überlegt, ob er Daphne widersprechen soll. Schließlich lässt er es bleiben und bemüht stattdessen ein Zitat aus *The Big Lebowski*: »Das ist einfach nur … deine *Meinung*, Mann«, nuschelt er.

Daphne hebt den fünften Finger. »Ah, ja, und die Coen-Brüder. Danke. Das sind dann schon fünf kommerziell erfolgreiche Autoren. Oder sechs, wenn wir beide mitzählen.«

Daraufhin lachen einige Leute am Tisch, und Marek holt sein Handy raus und fängt an, damit herumzuspielen, um zu demonstrieren, dass das Thema beendet ist.

»Tut mir leid«, flüstert Daphne mir zu und sieht nicht im Geringsten betroffen aus. »Ich hoffe, ich habe deinen Freund nicht verärgert.«

»Er ist nicht wirklich unser Freund«, flüstert Harv und beugt sich herüber. »Er ist eher das Arschloch, das zufällig auf unserem Flur wohnt.« Daphne bricht in schallendes Gelächter aus, und Harv steht auf, um die ganze Runde am Tisch anzusprechen. »Ich hole uns neue Shots. Wer ist dabei?«

»Scheiß auf Shots«, sagt Marek und klappt sein Handy zu. »Es wird Zeit für das Versteckspiel!«

10. KAPITEL

Ein Dutzend Stühle werden lautstak zurückgeschoben, und die Ausrufe der Leute – »Au ja!«; »Geile Idee!« – übertönen augenblicklich die Warnungen der Kaiser Chief's vor Aufständen.

Ich spüre die kribbelnden Schweißperlen auf meiner Stirn, entschuldige mich rasch und eile durch das Gedränge am Tresen zur Toilette.

Ich schlüpfe in eine Kabine und lasse mich auf den Klodeckel sinken. Mein Herz pocht. Das Versteckspiel im Irrgarten der Uni war eine Tradition der Drama Society am Semesterende, die wir auf Mareks Geheiß heute Abend fortführen sollen. Aber am heutigen Abend stellt das Ganze etwas viel Bedeutenderes dar als nur einen Spaß für alkoholisierte Studenten: Es war das erste Mal, dass Daphne und ich uns küssten.

Ich atme tief durch und versuche mir die ganze Situation noch mal zu vergegenwärtigen. Ich habe die letzte halbe Stunde damit zugebracht, mir vor Augen zu führen, wie toll ich mich mal mit Daphne verstand und dass es aussah, als wären wir füreinander bestimmt. Ich mag zwar nicht wissen, warum all dies hier geschieht, doch ich weiß, was in der Zukunft geschehen wird. Was aus uns werden wird. Wie weit wir uns von den hoffnungsvollen glücklichen, scheinbar füreinander bestimmten Menschen, die wir als Teenager waren, entfernen werden.

Vor fünfzehn Jahren war es nur eine Laune des Schicksals, dass Daphne mich als Erste in der Hecke fand. Und dieser Umstand hat den Rest unseres Lebens bestimmt. Vielleicht läuft es ja dieses Mal anders ... vielleicht findet mich Alice als Erste? Bei der Vorstellung schlägt mein Herz plötzlich doppelt so schnell. Werde ich erfahren, wie sich mein Leben entwickelt, falls ich heute Abend mit Alice zusammenkomme?

Zwischen Alice und mir herrschte immer eine innige Verbundenheit, und über die Jahre führte uns das Schicksal ein ums andere Mal wieder zueinander. Es gab Paris, dann Mareks Hochzeit und nun unsere Verabredung im Jahr 2020. Sollte der heutige Abend eigentlich der Beginn unserer Beziehung sein? Dann aber war Daphne diejenige, die mich bei dem Versteckspiel in der Hecke fand, wodurch das Leben von uns dreien einen ganz anderen Verlauf nahm...

Ich muss wohl ziemlich schwer atmen, während mir diese Dinge durch den Kopf gehen, denn der Kerl in der Nachbarkabine klopft an die Trennwand und fragt: »Alles klar bei dir? Taktischer Kotzanfall?«

Ich entriegele die Tür und spritze mir kaltes Wasser ins Gesicht. Als ich rausgehe, noch triefnass und kurz vorm Hyperventilieren, pralle ich gegen Alice, die auf dem Weg zum Damenklo ist.

»Du meine Güte«, lacht sie. »Du siehst aus, als wärst du gerade fünfzig Bahnen geschwommen. Geht's dir gut?«

Ich nicke.

»Oh-kay.« Sie legt den Kopf schräg. »Ich habe den ganzen Abend kaum mit dir geredet, Benjamin. Man konnte dich ja nicht losreißen von dem sexy Requisiten-Mädchen ... das eindeutig ein Auge auf dich geworfen hat.«

Mir zu sagen, dass ein Mädchen eindeutig ein Auge auf mich geworfen hat, war etwas, das Alice im ersten Semester ziemlich oft getan hat. Ich würde schätzen, dass es in achtundneunzig Prozent der Fälle Unsinn war, aber trotzdem fühlte ich mich immer ziemlich gut dabei. Wahrscheinlich, weil mir schon mit neunzehn klar war, dass eine derartige Bemerkung von Alice nichts anderes bedeutete, als dass sie selbst ein Auge auf mich geworfen hatte.

»Ich bin mir da nicht so sicher«, sage ich zu ihr.

»So bescheiden …« Sie verdreht dramatisch die Augen, dann lächelt sie mich kokett an. Einen Moment lang ist es mit ihr wie auf Mareks Hochzeit, wo nach einer Weile ständig die Wörter *was, wenn?* vor meinem geistigen Auge aufblitzten.

»Wie heißt sie noch gleich, die Requisiteurin?«, fragt Alice und fummelt an ihren Stirnfransen herum. »Daisy?«

»Daphne.«

»Daphne, genau.« Daphne einen falschen Namen zu geben war etwas, das Alice ab dem heutigen Abend immer wieder tat. »Wie auch immer, falls du dich von ihr losreißen kannst, könnten wir später noch ein bisshen zusammen abhängen, wenn du willst.« Sie grinst und stößt mit ihrem Sneaker meinen Sneaker an. »Wegen der ständigen Proben haben wir uns in letzter Zeit kaum treffen können. Und morgen fangen die Ferien an, und ich werde dich drei Wochen nicht sehen.«

Ich nicke dümmlich. Es ist seltsam, jetzt daran zu denken, aber während des ganzen ersten Semesters war Alice wahrscheinlich die Person, mit der ich am meisten Zeit verbrachte. Sogar mehr als mit Harv. Wir waren Zimmernachbarn, und da wir beide unterschiedliche Studiengänge mit sehr wenigen gemeinsamen Seminaren belegt hatten, trafen wir uns meistens in der Gemeinschaftsküche, um zu kochen oder uns Sandwiches zu machen. Anschließend gingen wir dann oft in die Bar und spielten Billard und quatschten über Gott und die Welt. In den ersten zehn Wochen waren wir so gut wie unzertrennlich. Und jetzt – wie in Paris, wie bei Mareks Hochzeit – fange ich an, mich zu erinnern, warum das so war. Sie war lustig und klug, und ich war mit mir selbst im Einklang, wenn ich mit ihr zusammen war. Und während das Semester weiterging, genoss ich dann – zugebenermaßen – das Gefühl, dass etwas zwischen uns passieren könnte, ohne genau zu wissen, wann es so weit sein würde.

»Gern, wir hängen nachher zusammen ab.« Mir kommt kurz der Gedanke, das Versteckspiel einfach sausen zu lassen und mit ihr auf der Stelle zu verschwinden. Aber bevor ich den Gedanken zu Ende führen kann, sagt Alice: »Cool. Wir sehen uns draußen« und geht an mir vorbei zur Toilette.

Als ich aus der Bar trete, stehen alle in Mänteln und Schals da, bibbern in der Kälte und stoßen weiße Atemwolken aus. Harv legt mir einen Arm auf die Schulter und fängt an, mir irgendetwas zu erzählen, aber ich kann mich nicht darauf konzentrieren. Alles in meiner Umgebung sieht scharf und gleichzeitig unscharf aus, kommt mir real und gleichzeitig unwirklich vor.

Alice kommt heraus und hakt sich sofort bei mir ein. Ich bin mir nicht sicher, ob Daphne es sieht, denn sie unterhält sich gerade mit jemand anderem. Marek ruft: »Los geht's!« und beginnt, unsere betrunkene kichernde Schar über die Brücke am Anglistikgebäude zu führen, hinter der in der Dunkelheit des Irrgartens auf uns wartet.

Einige in der Gruppe wissen nicht, wie die spezielle Variante des bevorstehenden Versteckspiels funktioniert, deshalb erklärt Marek es ihnen: »Einer von uns versteckt sich, und dann suchen wir alle nach ihm. Wer den Gesuchten findet, versteckt sich mit ihm, und so geht es weiter, bis sich alle verstecken und nur noch eine Person auf der Suche ist.«

»Wer versteckt sich als Erster?«, fragt jemand, als wir den Irrgarten erreichen. Ich blicke um mich und sehe, dass mich Alice und Daphne angrinsen.

»Ich finde, Ben sollte anfangen«, sagt Alice.

»Genau.« Daphne nickt beipflichtend. »Ben ist der geeignetste Kandidat.«

Ich spüre den plötzlichen Drang, mich ins feuchte Gras zu werfen und einfach liegen zu bleiben, bis dieser Traum oder Albtraum oder was immer das Ganze auch sein mag endlich vorbei ist. Aber irgendetwas treibt mich voran, und ehe ich mich's versehe, stürme ich in den Irrgarten, während hinter mir alle anfangen, bis fünfzig zu zählen.

Ich bin längst nicht so betrunken wie beim ersten Mal, aber trotzdem habe ich absolut keine Ahnung, wohin ich laufen soll oder wo ich mich ursprünglich versteckt habe. Ich sprinte einfach los, biege wahllos um Kurven, meine rasenden Schritte im Gleichtakt mit meinem Herzschlag, der Schweiß kalt und klebrig an meinen Schläfen.

Das Zählen hat aufgehört, und ich höre, wie hinter mir alle lautstark in den Irrgarten stürmen. Ich verlangsame meine Schritte und bleibe stehen, fasse mir an die stechende Seite und schlage mich in die nächstbeste Hecke. Inmitten der dornigen Zweige sinke ich zu Boden und stelle mir vor, wie Alice sich gleich neben mich hockt.

Und was geschieht dann? Küssen wir uns? Und was passiert danach?

Werde ich hierbleiben in dieser neuen Realität? Für wie lange? Für den Rest meines Lebens?

Ich versuche mir darüber klar zu werden, ob ich das tatsächlich wollen würde. Ob es für alle Beteiligten, auch für

Daphne, das Beste wäre. Doch ich weiß nicht, was ich denken soll. Das Ganze ist einfach zu massiv, um es richtig verarbeiten zu können. Mein Kopf pocht vor Verwirrung und Zweifel, und mir wird bewusst, dass ich die Entscheidung dem Schicksal überlassen muss, so wie beim ersten Mal.

Ich höre Harv schallend auflachen, als er um die Ecke biegt und in der Dunkelheit mit jemandem zusammenprallt. Ich entsinne mich, dass es beim ersten Mal genauso war, und frage mich, ob ich irgendwie im selben Versteck gelandet bin. Genau wie beim ersten Mal eilen die beiden Turnschuhpaare ohne stehen zu bleiben an mir vorbei.

Im nächsten Moment höre ich Schritte und knackende Zweige, dann sehe ich, wie sich jemand in meine Hecke schlägt. Ich kneife die Augen zusammen, versuche zu erkennen, wer es ist …

Währenddessen überkommt mich ein Gefühl, das stärker ist als jedes Déjà-vu und mich trifft wie eine schallende Ohrfeige. Die Erinnerung ist so lebhaft, dass mir schwindlig wird.

All die Jahre hatte ich die Ereignisse im Irrgarten falsch im Kopf. Es war nicht so, wie ich es mir die ganze Zeit eingeredet habe.

Alice war diejenige, die mich als Erste fand.

Ich sehe sie jetzt in der Hecke, sehe, wie sie an mir vorbeischleicht und nach Bewegungen zwischen den Zweigen Ausschau hält. Es ist genauso wie damals, und derselbe Gedanke, den ich seinerzeit hatte, kommt mir auch jetzt: *Ich könnte ein Geräusch machen, mich zu erkennen geben.*

Aber ich merke nun, dass ich mich nicht zu erkennen geben *möchte*. Offenbar wollte ich nicht, dass sie mich findet.

Alice blickt angestrengt zwischen den Zweigen hindurch, und einen Moment lang bin ich mir sicher, dass sie mich sieht. Aber dann macht sie kehrt, krabbelt unverrichteter Dinge wieder heraus und geht weiter.

Zitternd stoße ich den Atem aus, denn ich weiß nun, was als Nächstes geschieht. Mir ist unklar, warum ich es vergessen habe – wahrscheinlich wegen des Alkohols oder wegen der vielen dazwischenliegenden Jahre –, aber die Erinnerung ist jetzt kristallklar in meinem Kopf.

Wie aufs Stichwort taucht Daphne auf, die vorsichtig in die gegenüberliegende Hecke späht. Und ohne nachzudenken, tue ich genau das, was ich auch vor fünfzehn Jahren getan habe: Ich greife nach einem der Zweige über mir und zerbreche ihn.

Als sie das Knackgeräusch hört, schreckt sie zusammen und fährt in meine Richtung herum, ein leises Lächeln auf den Lippen.

Es war also kein schicksalhafter Zufall.

Ich wollte, dass sie mich findet. Ich habe es so arrangiert.

Sie kommt näher und näher, bis sie direkt über mir steht und zwischen den Zweigen grinsend auf mich herabblickt.

»Erwischt«, flüstert sie. »Du bist also weder ein guter Killer noch kannst du dich gut verstecken.«

Ich kriege nur ein krächzendes Lachen heraus.

»Ist da noch Platz bei dir?«

Ich hebe den dicksten Zweig an, und sie klettert darunter durch und setzt sich mir gegenüber im Schneidersitz hin. Unsere Knie berühren sich bereits, aber dann beugt sie sich vor, um sich in eine bequemere Position zu schieben, und dabei kommen sich unsere Gesichter so nahe, dass auch sie sich fast berühren.

»Ups«, flüstert sie. »Das ist ein bisschen, ähm …«

Sie lässt ihre Worte verklingen, während wir uns tief in die Augen schauen. Mein Herz klopft so laut, dass sie es bestimmt hören kann. Aber ich kann nichts dagegen tun. Denn plötzlich habe ich nur noch die Erinnerung an diesen Moment vor fünfzehn Jahren Kopf: unser erster Kuss. Wie *richtig* es mir vorkam, als ich mich vorbeugte und meine Lippen an ihre legte. Wie sie duftete, wie sie sich anfühlte, wie sie schmeckte.

Sie klemmt sich eine Haarsträhne hinters Ohr und lächelt mich an. Und *Gott*, wie sehr ich sie auch diesmal küssen möchte.

Sie neigt den Kopf ein Stück zur Seite, und ohne nachzudenken, hebe ich die Hand und streichele zärtlich ihr Gesicht. Sie lächelt erneut, und ihre Nase streicht über meine Wange, während ihre Lippen meine suchen. Und während wir uns küssen, scheint sich dann alles um mich herum in Luft aufzulösen, bis es nur noch uns beide gibt.

11. KAPITEL

Ich bin mir nicht sicher, wie lange wir so da hocken, verloren in dem Kuss.

In den letzten fünfzehn Jahren habe ich Daphne bestimmt eine Million Mal geküsst, aber ich kann mich nicht erinnern, dass sich irgendeiner dieser Küsse so perfekt angefühlt hätte wie dieser. Es ist, als ob mein ganzer Körper von innen heraus erstrahlt. Ich möchte nicht, dass dies jemals endet.

Aber dann ist es plötzlich vorbei.

Schritte erklingen, Zweige werden zur Seite gezogen, und dann ist Alice da und starrt auf uns herab.

Daff löst sich von mir, und Alices Gesichtsausdruck holt mich schlagartig auf die Erde zurück. Es ist genau wie in meiner Erinnerung: Sie sieht mich verwirrt an, ihre Mundwinkel zucken, und dann saugt sie ihre Unterlippe ein, blickt betreten zu Boden und murmelt enttäuscht: »Sorry.«

Daff wirft mir einen Oh-Gott-ist-das-peinlich-Blick zu, doch ich weiß nicht, was ich tun oder sagen soll. Die Situation ist so verrückt und unwirklich, dass es scheint, als würde das Ganze jemand anderem passieren.

Zum Glück muss ich gar nichts tun. Aus dem Nichts tauchen Marek und einige andere Leute auf, direkt hinter Alice, und kichern wie blöd. Sie stürzen sich in unser Versteck, und plötzlich herrscht so großes Gewusel in der Hecke, dass die peinliche Situation fürs Erste entschärft ist.

Ich versuche jeden Blickkontakt mit Alice zu vermeiden – was nicht weiter schwer ist, da es in der Hecke jetzt so voll ist, dass mein Gesicht direkt an Mareks Achselhöhle liegt. Und obwohl ich wegen Alice ein wahnsinnig schlechtes Gewissen habe, spüre ich weiterhin das Hochgefühl des Kusses. Es lässt sich nicht mehr abstellen. Jetzt fällt mir wieder ein, wie ich mich in diesem Moment vor fünfzehn Jahren gefühlt habe: die prickelnde Erregung im Bauch. Das berauschende Gefühl, dass dies der Beginn von etwas Großem sein könnte. Die Gewissheit, dass ich auf keinen Fall über die Weihnachtsferien warten würde, bis ich Daphne wiedersähe.

Nach einer Weile, die mir wie ein paar Jahrhunderte vorkommt, hat uns auch der Letzte gefunden, und das Spiel ist vorbei. Wir krabbeln alle aus der Hecke und begeben uns auf den Rückweg. Ich trotte den anderen hinterher, ganz am Ende der Meute, und versuche mir etwas zurechtzulegen, das ich Alice sagen werde, wenn wir den Irrgarten verlassen.

Aber wie sich herausstellt, hätte ich mir keine Sorgen zu machen brauchen. Als ich die kleine Brücke überquert habe, führt Marek die Leute bereits auf einen letzten Drink zur Bar zurück. Alle torkeln ihm betrunken hinterher, und ich kann Alice nirgendwo sehen. Ich bleibe am Eingang des Irrgartens stehen und beobachte, wie meine Schauspielerkollegen in der Nacht verschwinden, habe Angst, dass Daphne mit ihnen gegangen sein könnte …

Dann steht sie plötzlich neben mir in der Dunkelheit.

»Ich möchte nichts mehr trinken«, sagt sie.

»Ich auch nicht.«

»Also …« Ich spüre, wie ihre Hand meine streift. »Dann sagen wir uns jetzt wohl gute Nacht.«

Beim ersten Mal war es so. Wir waren noch von Leuten umgeben und sagten nur kurz und verlegen »bis bald«, dann zog ich noch einmal auf ein letztes Bier los, ehe ich betrunken in mein Bett fiel und in meinen Erinnerungen an den Kuss schwelgte.

Diesmal aber möchte ich nicht, dass es jetzt endet. Ich habe zwar keinen Schimmer, was hier geschieht, doch eines weiß ich ganz genau: Ich möchte nicht, dass Daphne geht.

»Hättest du Lust ...«, beginne ich. Doch ich weiß nicht, wie ich »auf mein Zimmer mitzukommen« anfügen soll, ohne wie ein totaler Widerling zu klingen.

Daff erkennt offenbar mein Dilemma, denn sie neigt mir neckisch den Kopf entgegen. »Nicht-nackter-Ben, lädst du mich in dein Zimmer ein?«

Ich lache. »Nun ... ja. Aber mit ganz unschuldigen Absichten, versprochen.«

Sie schaut mich leicht argwöhnisch an – was durchaus verständlich ist. Ich weiß nicht, wie ich ihr vermitteln soll, dass ich tatsächlich die Wahrheit sage. So schön und elektrisierend unser Kuss auch gewesen ist, die Vorstellung weiterzumachen, ist mir nicht in den Sinn gekommen. Ich möchte einfach mehr Zeit mit ihr verbringen – mit *dieser* Daphne. Mit diesem glücklichen lustigen sorglosen Mädchen, das so anders ist als die Frau, mit der ich im Jahr 2020 zusammenlebe. Ich möchte sie noch einmal ganz neu kennenlernen.

»Auf eine Tasse Tee«, sage ich. »Mehr nicht, ich schwöre. Hast du Lust?«

Sie mustert mich aus ihren großen braunen Augen. Und dann erstrahlt dieses erstaunliche Lächeln auf ihrem Gesicht. »Okay. Ein Tee klingt gut.«

Wir schlendern zu meinem Gebäude. Mit jedem Schritt vergrößert sich die Aufregung in meiner Brust. Daff hakt sich bei mir ein und grinst mich an, als würde es ihr genauso gehen wie mir.

Aber dann erreichen wir den Eingang des Studentenwohnheims, und ich stehe vor der schweren abgeschlossenen Tür, daneben ist das Zahlenfeld für den Zugangscode.

»Oh, Mist.«

Das Herz sackt mir in die Magengrube.

»Was ist los?«, fragt Daphne.

Nur zum Spaß tippe ich 1-2-3-4 ein. Kein Glück. Wir könnten hier eine Weile stehen.

»Bist du *so* betrunken?«, fragt Daphne mich lachend. »Du kannst dich wirklich nicht an den Code erinnern?«

»Doch, warte, keine Sorge … Er fällt mir gleich ein …«

Aber dem ist nicht so. Ich will gerade mein Handy zücken und versuchen, Harv zu erreichen, als ich hinter mir jemanden »Heeeyyyy!« brüllen höre.

Ich drehe mich um und erblicke Geordie Claire und ihren Freund, diesen riesigen Rugbyspieler. Die beiden grinsen mich sturzbetrunken an, riechen nach Tequila und Chilisauce.

»Hey, Ben«, lallt Claire und schlingt die Arme um mich. »Wir fanden euer Stück echt geil. Wirklich, wirklich, wirklich. Es war sehr, ähm … originell.«

»Yeah, gute Arbeit, Kumpel«, sagt ihr Freund, dessen Name mir nicht einfällt. »Du warst … klasse.«

»Ja, du warst großartig«, pflichtet Daphne ihm bei, ohne das Gesicht zu verziehen. »Du bist der geborene Profikiller.«

Claire gibt den Zugangscode ein, und wir schlüpfen in das Gebäude. Oben am Ende des Flurs verabschieden wir uns von den beiden, und ich merke, dass ich automatisch in einen Flüsterton verfalle. Es ist nicht mal halb zwölf – noch früh für ein Studentenwohnheim der Erstsemester am letzten Abend vor den Weihnachtsferien –, aber plötzlich bin ich mir der Tatsache bewusst, dass Alices Zimmer direkt neben meinem liegt. Ich weiß nicht, ob sie mit den anderen in die Bar gegangen ist oder ob sie jetzt gerade da drin ist, nur eine hellhörige Wand von uns entfernt.

Wie durch ein Wunder steckt mein Zimmerschlüssel in der Tasche der Jeans, die ich anhatte, als ich erwachte, und so lasse ich Daff hinein, bevor ich in die Gemeinschaftsküche eile, um Teewasser aufzusetzen. Ich fülle den Wasserkocher, schalte ihn ein, will, dass es möglichst schnell geht. Ich weiß nicht, wie viel Zeit uns heute Abend noch bleibt – womöglich finde ich mich gleich im Jahr 2020 wieder –, deshalb möchte ich hier keine Sekunde vergeuden.

Kurz darauf kehre ich mit zwei dampfenden Teebechern in mein Zimmer zurück, wo Daff auf meinem Bett kniet und auf das Bücherregal daneben schaut. Ich habe Stunden damit verbracht, das Regal für einen Moment wie diesen herzurichten: ein attraktives Mädchen, das sich meine Bücher ansieht. Es ist voller obskurem, grenzwertigem, kaum lesbarem Zeug, das mich tiefgründiger und intellektueller erscheinen lassen soll, als ich tatsächlich bin.

Ich spüre einen kleinen Schauer der Verzweiflung über mein angestrengtes jugendliches Selbst, während ich Daff ihren Tee reiche.

»Bitte sehr«, sage ich. »Milch, ein Stück Zucker.«

Sie runzelt die Stirn. »Woher weißt du das?«

»Ich, ähm … hab's geraten.«

»*Gut* geraten, Nicht-nackter Ben. Also, du studierst Englische Literatur, richtig?«

»Stimmt.«

»Ich auch.«

Sie nippt vorsichtig am Becher. »Mmm, der Tee ist gut.« Und dann fügt sie mit einem leisen Lächeln an: »Ich habe dich in den Vorlesungen gesehen.«

»Wirklich?« Ich hatte sie vor heute Abend noch nie bemerkt.

»Ja. Dich und Marek«, sagt sie. »Ihr kommt immer als Letzte. Der Dozent fängt an zu reden, dann geht die Tür auf, und alle schauen sich um, und ihr beide schurft in euren langen Mänteln herein, als wärt ihr gerade erst aufgestanden.«

Ich muss lachen. »Ach Gott. Wir machen das nicht mit Absicht«, beginne ich. »Wir …«

Sie unterbricht mich grinsend. »Ich schätze, ihr beide mögt die Aufmerksamkeit.«

Sie hat natürlich recht. Die Auftritte gefielen uns. Gott, was für Angeber wir waren.

Es ist seltsam, daran zu denken, wie ich zu jenem Zeitpunkt war. Voller unbegründeter Zuversicht, verzweifelt darum bemüht, cool und interessant zu wirken. Im ersten Semester war Marek wohl eine Art Vorbild für mich. Wie Alice war er klug und lustig und sarkastisch, und in seinem mottenzerfressenen Colani-Mantel, immer eine Selbstgedrehte im Mundwinkel, schien er direkt aus *Withnail & I* zu stammen. Ich hatte mir einen ganz ähnlichen Mantel zugelegt – den ich just in diesem Augenblick an meiner Garderobe hängen sehe.

Im zweiten Semester – nachdem ich Daphne kennengelernt hatte – ließ der Marek-Effekt dann nach. Mir wurde klar, dass es viel mehr Spaß machte, mit Daff und Harv abzuhängen. Vor allem, weil ich mich bei ihnen nicht anstrengen musste, jemand zu sein, der ich nicht war.

Daff dreht sich zu mir um und setzt sich im Schneidersitz

aufs Bett. Sie hat ihre Schuhe ausgezogen und klemmt ihre Füße, die in gestreiften Socken stecken, unter sich ein. Ein paar Locken haben sich aus ihrem Pferdeschwanz gelöst, und während sie nach oben greift, um sich die Haare neu zurückzubinden, hebt sie die Schultern und legt den Kopf schräg und sieht dabei so schön aus, dass ich kaum noch klar denken kann.

Es ist verrückt: Die Frau, die vor mir sitzt, ist Daphne. Ich kenne sie seit fünfzehn Jahren. Warum zum Teufel bin ich so nervös?

Ich setze mich zu ihr aufs Bett und verschütte dabei fast die Hälfte meines Tees.

»Dann hast du mich also schon durchschaut, oder?«, sage ich.

»Japp.« Sie grinst. »Kommst immer zu spät. Liest hochgradig angeberische Bücher. Bist nicht gut darin, dich im Irrgarten zu verstecken. Machst guten Tee. So kann man dich in etwa zusammenfassen, finde ich.«

»Oh, großartig. Vielen Dank.«

»Keine Ursache.« Sie streckt ein Bein aus und drückt mir ihren großen Zeh sanft in den Oberschenkel. Die Geste ist so vertraut – so entspannt und angenehm –, dass mir plötzlich ein Gedanke kommt: Sie weiß Bescheid. Das hier ist nicht die Daphne aus dem Jahr 2005, sondern die 2020er-Daphne, die unerklärlicherweise ebenfalls in die Vergangenheit zurückgereist ist.

Aber sobald mir der Gedanke kommt, löst er sich auch schon wieder auf. Denn Daphne war schon immer so. Von Anfang an. Selbst bei unserem ersten Date. Da brachte ich sie mit irgendeinem Spruch zum Lachen, und sie nahm meine Hand und drückte sie, als würden wir uns schon ein Leben lang kennen.

Sie wendet den Kopf, um aus dem Fenster zu schauen, aber zieht ihr Bein nicht weg, lässt es an meinem Oberschenkel liegen. Sie kann unmöglich wissen, welche Wirkung das auf mich hat – oder zumindest hoffe ich, dass sie es nicht weiß. Es ist, als wäre in meinem Bauch soeben ein Zementmischer eingeschaltet worden. Alles, woran ich denken kann, ist, mich zu ihr vorzubeugen und meine Arme um sie zu legen.

»Du hast so ein Glück mit deiner Aussicht«, sagt sie und blickt aus meinem schmutzigen Fenster im ersten Stock. »Man sieht den See und die Enten und so. Von meinem Zimmer aus blickt man auf den Parkplatz.«

»So toll ist es gar nicht«, sage ich. »Hör dir das an.« Ich beuge mich an ihr vorbei, rieche ihr Parfüm und öffne das Fenster. Augenblicklich weht ein eisiger Windstoß herein, und man hört lautes Geschnatter und Gequake. »So geht das die ganze Nacht«, sage ich. »Die Enten geben keine Ruhe. Hier zu pennen ist kein Spaß.«

Sie lacht, ihre braunen Augen blitzen. »*Deshalb* kommst du immer zu spät zu den Vorlesungen. Wegen der Enten.«

»Genau. Die Enten sind schuld.«

Sie schaut wieder aus dem Fenster.

»Wahrscheinlich haben sie Hunger ...« Sie springt auf und rennt zur Tür hinaus. Kurz darauf kehrt sie mit einem halb leeren Brotbeutel zurück. Daran klebt ein Zettel, auf dem steht: MAREKS – NICHT ANFASSEN. Für einen selbst ernannten Anarcho-Kommunisten hatte Marek immer überraschend konservative Ansichten über das Teilen von Lebensmitteln.

»Wie sauer wird Marek sein, wenn wir ihm zwei Scheiben klauen?«, fragt Daphne. »Auf einer Skala von eins bis zehn?«

»Ich würde sagen, elf«, entgegne ich. »Aber wir machen es trotzdem.«

Sie lässt sich wieder auf das Bett fallen und reicht mir eine Brotscheibe. Wir stecken beide den Kopf aus dem Fenster, und während wir uns in die eisige Nachtluft hinauslehnen, liegen unsere Arme so eng aneinander, dass einige ihrer losen Haarsträhnen auf meine Schulter fallen. Wir beginnen, Brotkrumen hinunterzuwerfen.

»Gegen den Lärm scheint es aber nicht zu helfen«, sage ich über dem aufgeregten Entengeschnatter.

Daff lacht und stößt ihre Schulter gegen meine. »Stimmt. Außerdem ist es saukalt.« Sie wischt sich die Hände ab und beobachtet, wie die Brotkrümel herabregnen. »Komm, gehen wir wieder rein.«

Wir schließen das Fenster, und sie setzt sich wieder in den Schneidersitz und legt die Hände um den Teebecher, um sich daran zu wärmen.

»Ist schon verrückt, wie schnell das Semester rumging«, sagt sie. »Ehe wir's uns versehen, ist das Studium vorbei.« Sie schüttelt den Kopf über diese Vorstellung. »Dann sind wir einundzwanzig und wirklich erwachsen.«

»Juristisch gesehen, sind wir es jetzt schon«, entgegne ich.

Sie sieht mich ernst an. »Ben, wir haben gerade Verstecken gespielt wie kleine Schulkinder.«

Ich lache. »Stimmt auch wieder.«

Sie trinkt noch einen Schluck und rutscht auf dem Bett zurück, bis sie sich gegen das Kopfteil lehnt. Sie streckt ihre Beine wieder aus, und ohne nachzudenken, schiebe ich ihren Fuß wieder an seine vormalige Position an meinem Oberschenkel. Falls sie es merkwürdig oder als zu forsch empfindet, lässt sie es sich nicht anmerken. Sie lächelt mich nur an und sagt: »Aber es ist schon verrückt, wenn man darüber nachdenkt, oder? Sobald die Uni vorbei ist, schreibt uns niemand mehr vor, was wir zu tun und zu lassen haben. Wir werden tatsächlich selbst entscheiden müssen, was wir mit jedem Tag unseres Lebens anfangen sollen.«

»Und, hast du schon eine Idee, wie du dann deine neu gewonnene Freiheit nutzen wirst?«, frage ich sie.

Sie lacht und rutscht ein bisschen herum, macht es sich am Kopfteil bequem. »Ich will einfach nur … glücklich sein, nehme ich an. Das Leben genießen. Gute Freunde haben. Ein guter Freund sein. Meinen Lebensunterhalt mit etwas verdienen, das ich gern tue.« Sie macht eine Pause und nippt am Tee. »Aber zuerst möchte ich reisen. Das klingt ein bisschen klischeehaft, ich weiß, aber wenn man in einem winzigen Dorf aufwächst, in dem man jeden kennt, ist die Vorstellung, die Welt zu bereisen, ziemlich reizvoll.« Sie zuckt die Achseln. »Das ist jedenfalls der Plan. Aber ich wette, es wird nicht klappen.«

»Ich halte dagegen. Ich wette, du wirst eine schöne lange Reise machen«, sage ich. Denn ich weiß, dass sie genau das tun wird. Sie und Jamila werden direkt nach der Uni fünf Monate lang mit dem Rucksack durch Südostasien und Australien tingeln, während ich in einem Pub in Ealing Nachtschichten schiebe und sie wie verrückt vermisse.

Es ist schon seltsam, jetzt über diese Phase nachzudenken. Zu dem Zeitpunkt waren wir seit zweieinhalb Jahren zusammen, doch für mich war es immer noch frisch und neu und aufregend. Ich war immer noch hin und weg von ihr, bis über beide Ohren verliebt. Ich konnte nicht glauben, dass dieses tolle attraktive Mädchen ausgerechnet mit *mir* zusammen war. Und genau dieses Gefühl steigt nun wieder in mir auf – seit dem Kuss im Irrgarten.

Was ist im Jahr 2020 aus diesem Gefühl geworden? Wann ist es uns abhanden gekommen? Wie sind wir zu diesem verbitterten zänkischen Paar geworden, das sich dauernd an die Gurgel geht?

Einige Sekunden lang sitzen wir schweigend an den gegenüberliegenden Enden meines Einzelbetts und schauen uns tief in die Augen. Und plötzlich ist es, als wäre ich wirklich wieder neunzehn; mein Hirn knistert vor Aufregung darüber, jemanden so Geniales getroffen zu haben. Ein Mädchen, mit dem ich mich seit dem ersten Moment auf unerklärliche Weise verbunden fühle.

Daff gähnt und reckt hinter dem Kopf die Arme in die Höhe. Ich verspüre den Drang, mich vorzubeugen und sie zu küssen, begnüge mich aber mit einem weiteren Schluck vom Tee.

»Was machst du über Weihnachten?«, frage ich.

»Ich bin zu Hause bei meinen Eltern«, sagt sie. »Es gibt das übliche Programm: Strümpfe aufhängen, Geschenke auspacken, Truthahn futtern. Meine Mutter ist aber nicht so versessen auf Weihnachten. Unsere ganzen Verwandten sehen wir meistens erst am Neujahrstag.«

Ich nicke. »Für Griechen ist der Neujahrstag am wichtigsten, oder?«

Sie will ihren Teebecher zum Mund heben, aber hält mitten in der Bewegung inne. »Woher weißt du, dass meine Mum Griechin ist?«

Oh Gott. Das hier ist ein Minenfeld.

»Ähm … war wieder nur geraten«, stammele ich. »Du siehst ein bisschen aus wie eine Griechin.« Was durchaus stimmt, wie ich finde.

»Bist du dir sicher, dass du mich nicht auf MySpace gestalkt hast, Nicht-nackter Ben?«

Die Erwähnung von Myspace bringt mich zum Lachen. Falls ich je daran gezweifelt habe, dass ich wirklich im Jahr 2005 bin, ist das der endgültige Beweis dafür.

»Und was ist mit dir?«, fragt sie. »Was machst du über Weihnachten? Bist du auch bei deinen Eltern?«

»Nun, ich …« Plötzlich verstumme ich, denn der Gedanke an Mum schnürt mir die Kehle zu. Aber ich atme tief durch und reiße mich zusammen. »Meine Mum dreht zu Weihnachten richtig auf, es gibt das volle Programm – Truthahn mit allem Drum und Dran, überall Lametta …«

»Was ist mit deinem Dad? Steht er auch auf Weihnachten?«

Ich zucke mit den Schultern. »Mein Vater wird nicht dabei sein.«

Sie blickt auf die Bettdecke. »Oh, das tut mir leid.«

Ich schüttele den Kopf. »Ach was, es muss dir nicht leidtun. Irgendwann klappt es ja vielleicht mal wieder mit ihm«, sage ich.

Sie sieht mich liebevoll an und dann gähnt sie erneut. Während sie sich reckt und streckt, lösen sich ein paar weitere Haarsträhnen aus dem Pferdeschwanz und fallen ihr sanft auf die Schultern.

Gott, sie sieht *toll* aus.

»Ich bin plötzlich totmüde«, sagt sie leise.

Diesmal kann ich mich nicht zurückhalten. Ich setze mich auf, um sie zu küssen. Sie beugt sich vor, um mir entgegenzukommen, und dann verschmelzen unsere Münder wieder miteinander. Wir küssen uns leidenschaftlich, ihre Hände in meinem Nacken, meine Hände in ihren langen schwarzen Haaren.

Und dann löst sie sich von mir.

»Ben, ich weiß nicht, ob ich mit dir … du weißt schon«, sagt sie. »Wir haben uns doch eben erst kennengelernt …«

»Ja, nein, natürlich! Natürlich nicht. Ich meine, wenn du gehen möchtest …«

Sie schüttelt den Kopf. »Ich möchte nicht gehen.«

Sie zieht mich sanft zu sich heran, und wir lehnen uns langsam zurück, bis unsere Köpfe auf meinem weichen Schaumstoffkissen landen. Eine Weile liegen wir einfach nur auf der Decke meines schmalen Einzelbetts und schauen uns tief in die Augen. Und dann schiebe ich meinen Arm unter ihren Nacken, sodass ihr Kopf auf meiner Brust ruht. Ihre Hand findet meine und unsere Finger greifen ineinander. Sie seufzt müde und zufrieden. Und trotz all des chaotischen Wahnsinns, den dieser Abend mit sich gebracht hat, fühle ich mich völlig ruhig. Ruhig und glücklich und beherrscht. Als wäre ich genau da, wo ich sein soll.

»Es ist fast Mitternacht«, murmelt Daff.

Ich schaue zur Uhr über der Tür. Sie zeigt fast die gleiche Zeit wie auf meiner stehen gebliebenen Armbanduhr an. Plötzlich denke ich an den Spruch des alten Mannes: *Wie wollen Sie sonst wissen, wann es Mitternacht schlägt?* Ein Nachhall des seltsamen Gefühls, das ich im Pub verspürte, steigt in mir auf, aber ich bin zu müde, um mich jetzt damit zu befassen.

Daff schmiegt sich an mich. »Eigenlich sollte es mir sonderbar vorkommen«, sagt sie schläfrig. »Ich kenne dich doch kaum. Aber es kommt mir ganz natürlich vor, hier bei dir zu liegen.«

Ich spüre, wie mir die Augen zufallen. »Ja«, murmele ich. »Der Umstand, dass es uns nicht sonderbar vorkommt, ist das eigentlich Sonderbare.«

Wir lachen beide leise. Ich ziehe sie noch dichter zu mir heran und hauche ihr einen Kuss auf die Stirn.

Und ehe ich mich's versehe, bin ich eingeschlafen.

12. KAPITEL

Ich muss wohl von unserem Kuss im Irrgarten geträumt haben, denn während ich nun allmählich aufwache, ist es, als würde ich noch das Rascheln der Zweige um mich herum hören. Ich schmecke fast noch Daphnes Lippen auf meinen.

Aus irgendeinem Grund ist mir seltsam schwindlig und flau im Magen, als wäre ich von einem außer Kontrolle geratenen Karussell geschleudert worden. Gestern Abend fühlte ich mich gar nicht *so* betrunken, aber die Snakebites waren wohl stärker, als ich dachte.

Mit noch geschlossenen Augen stöhne ich leise ins Kissen und drehe es auf die kühle Seite um. Ich liege erschöpft unter der Bettdecke, immer noch im Halbschlaf, und spüre einen seltsamen Gefühlsmix: Ich bin glücklich und beseelt nach dem gestrigen Abend, aber auch angespannt, nervös und ängstlich. Denn so schön es mit Daphne auch war, wie perfekt wir auch zueinander zu passen scheinen: Ich weiß genau, wie sich die Dinge letztendlich entwickeln werden. Wie bitter und giftig unsere Beziehung werden wird.

Ich presse mein Gesicht in die kühle Kissenseite und wünschte, begreifen zu können, was hier eigentlich los ist. Ich öffne die Augen halb und erinnere mich, dass Harv jeden Moment gegen meine Tür hämmern und fragen wird, ob er sich ein letztes Mal bei meinem Frühstücksspeck bedienen darf, bevor wir dann alle über Weihnachten nach Hause fahren werden.

Instinktiv greife ich nach Daphne. Aber sie ist nicht da.

Jetzt schlage ich die Augen richtig auf und schaue blinzelnd ins helle Tageslicht, das durch den Vorhang ins Zimmer strömt. Das Erste, was mir auffällt, ist der Adventskalender, der an der Nachttischlampe lehnt. Fast jedes Türchen an der Vorderseite ist offen, aber statt Bildern vom Christuskind sieht man hinter ihnen ausgeschnittene Zeitschriftenbilder einer Schauspielerin, die ich früher toll fand: Larissa Oleynik.

Zum zweiten Mal innerhalb von ebenso vielen Tagen setze ich mich im Bett ruckartig auf, plötzlich hellwach und schwer atmend. Ich schaue mich entgeistert im Zimmer um, das mir viel vertrauter vorkommt als das im Studentenwohnheim, dennoch jagt es mir einen riesigen Schreck ein, hier aufzuwachen.

Über den ausgefransten Teppich sind Klamotten verstreut, in der Ecke liegt eine PlayStation 2 neben einem Berg anderer Spiele, an den Wänden hängen Poster von irgendwelchen New Yorker Rappern und Skateboardfahrern, die akrobatische Flugmanöver vollführen.

Daphne ist verschwunden, und ich befinde mich in meinem *Kinderzimmer*. Zu Hause, dort, wo ich aufgewachsen bin.

Diesmal bin ich in der Zeit vorgesprungen, nicht zurück, und wegen der einzigen ungeöffneten Tür im Adventskalender weiß ich genau, welcher Tag heute ist.

Der 24. Dezember 2006.

Ich zwicke mir in die Nasenwurzel, und an meiner Uhr spiegelt sich kurz das Sonnenlicht. Ich trage das Ding immer noch. Außer einer Boxershorts, die ich nicht erkenne, habe ich keine Klamotten am Leib, doch diese Armbanduhr hängt noch *immer* an meinem Handgelenk. Die Zeiger stehen weiterhin bei einer Minute vor zwölf.

Erneut fällt mir der geheimnisvolle Spruch des Uhrenverkäufers ein: *Wie wollen Sie sonst wissen, wann es Mitternacht schlägt?* Kurz bevor Daff und ich eingeschlafen sind, habe ich noch einmal auf die Uhr geschaut. Danach muss es passiert sein: Sobald die richtige Zeit der auf der kaputten Uhr entsprach, habe ich den nächsten »Sprung« gemacht. Ich muss wohl schon geschlafen haben, denn ich kann mich an nichts erinnern.

Ich verspüre einen Anflug von Stolz, weil ich vermutlich die Logik hinter diesem Zeitsprung-Wahnsinn verstanden habe – doch der Stolz wird schnell von neuer Verwirrung verdrängt, weil ich immer noch keine Ahnung habe, wie und warum das alles geschieht.

Mit klopfendem Herzen greife nach dem Adventskalender. Ich erinnere mich so gut an ihn, obwohl ich nicht weiß, wo er im Jahr 2020 abgeblieben ist. Es ist ein billiges Ding aus dem Supermarkt mit einem rotbäckigen Weihnachtsmann auf der Vorderseite. Aber Daphne hat ihn eigens für mich umgearbeitet; sie riss die Papprückwand ab und ersetzte sie durch eine selbst gebastelte Fotocollage. Einige Monate nach dem Beginn unserer Beziehung hatten wir uns den Neunzigerjahre-Klassiker *10 Dinge, die ich an dir hasse* angesehen, und ich hatte ihr gestanden, dass ich jahrelang von der weiblichen Hauptdarstellern besessen gewesen war.

Und dann schenkte Daphne mir kurz vor Ende des zweiten Uni-Jahres den Adventskalender voller Fotos von Larissa.

»Jetzt kannst du deine wahre Liebe über Weihnachten mit nach Hause nehme«, sagte sie, als sie mir den Kalender überreichte.

Ich pule die letzte Tür auf, die um einiges größer ist als die anderen, und zum Vorschein kommen zwei sauber aneinander geklebte Fotos von Ms. Oleynik und mir. Beide lächeln wir, und ich muss gestehen, dass wir ein hübsches Paar abgeben.

Ich lege den Kalender wieder auf den Tisch. Ich brauche ein paar Sekunden, um mir über die Bedeutung des heutigen Datums klar zu werden. Falls ich richtig nachgerechnet habe, sind Daff und ich jetzt seit etwas über einem Jahr zusammen, und heute – am Vorweihnachtsabend 2006 – ist sie zum ersten Mal bei mir zu Hause. Tatsächlich ist es das erste Mal, dass sie meine …

Unten höre ich Geschirrklappern und klirrende Bestecke, und augenblicklich stülpt sich mir der Magen um. Mein Brustkorb zieht sich dermaßen fest zusammen, dass ich kurz befürchte, ich könnte ohnmächtig werden, und plötzlich spüre ich einen harten, heißen Druck hinter meinen Augäpfeln.

»Benjamin!«, ruft Mum die Treppe hinauf. »Würdest du dich bitte endlich aus dem Bett bequemen und deiner armen Mutter zur Hand gehen?«

Und im nächsten Moment kriege ich einen so heftigen Weinkrampf, dass ich kaum Luft bekomme.

13. KAPITEL

Mum starb am 26. November 2018.

Es war ein Montag – ein grauer verregneter Montag –, und ich kam gerade von der Arbeit, als ich die SMS erhielt.

Ich arbeitete damals als Aushilfe in einem Reisebüro und verbrachte vierzig Stunden pro Woche damit, Werbetexte über Pazifik-Kreuzfahrten für Senioren zu schreiben. Es war gegen neunzehn Uhr, am Ende eines weiteren eintönigen Arbeitstages, und als ich aus der U-Bahn stieg, spürte ich mein vibrirendes Handy in der Tasche. Ich erinnere mich, dass ich auf den Namen auf dem Display starrte: Onkel Simon, Mums Bruder. Seltsam, dachte ich. Simon hat mir noch nie eine SMS geschickt.

Er schrieb nur: *Bist du zu Hause?*

Ich schrieb zurück: *In zwanzig Minuten – wieso?* Doch ich erhielt keine Antwort.

Sobald ich in der Wohnung war, rief ich Mum an, um zu hören, was mit ihr los war. Doch augenblicklich sprang die Mailbox an, und ihre fröhliche Stimme drang mir ins Ohr: »Leider kann ich gerade nicht rangehen …« Selbst da erkannte ich noch keinen Zusammenhang. Nicht mal eine vage Vorahnung kam mir. Warum auch?

Als kurz darauf Simon bei mir anklopfte, war mein erster Gedanke, dass er einen Unfall gehabt hatte. Seine Schultern waren hochgezogen, seine Augen rot gerändert, seine Züge schmerzerfüllt.

Ich fragte ihn, was los sei, aber er ging an mir vorbei. »Lass uns reingehen und uns hinsetzen.« Und als wir am Küchentisch saßen, sagte er geradeheraus: »Ben, ich komme aus dem Krankenhaus. Es tut mir sehr leid, aber es ist etwas Schreckliches passiert. Deine Mutter ist tot.«

Und das war es. Einfach so. Die Welt ging unter.

Simon erzählte mir später – Monate später –, dass die Krankenschwester ihm geraten hatte, es so zu sagen. Direkt und auf den Punkt. Keine Umschweife. Wie wenn man ein Pflaster abzieht.

Zuerst glaubte ich ihm nicht. Ich dachte, es sei ein Scherz. Ein kranker dunkler überflüssiger Scherz. Aber als er seine Worte noch einmal wiederholte, brach seine Stimme, und er fing an zu weinen, und die Wahrheit fuhr in mich wie eine glühende Schwertklinge.

Ich erinnere mich, dass ich einfach nur da saß und nach Luft rang, als würde ich ertrinken. Der Schock war so stark – so wahnsinnig heftig –, dass er mich förmlich paralysierte.

Mein einziger Gedanke war, dass ich alles tun würde – *alles* –, damit dies nicht wahr wäre.

Ich saß wie gelähmt da, während Simon erzählte, was geschehen war. Ein Aneurysma. Ein geplatztes Blutgefäß im Gehirn. Ohne Vorwarnung; nichts, was man dagegen hätte tun können. Auf dem Rückweg vom Einkaufen war sie auf der Straße zusammengebrochen und kurz darauf gestorben. Mit gerade mal achtundfünfzig Jahren.

Danach gibt es eine Leerstelle, wo meine Erinnerungen sein sollten. Das Letzte, woran ich mich erinnere, ist, dass ich Daphnes Schlüssel in der Tür hörte und das Kratzen von Simons Stuhl, als er aufstand. Verrückt, wie das Gehirn gewisse Dinge, die es nicht bewältigen kann, einfach ausblendet.

Ich erinnere mich noch verschwommen daran, wie Daphne abends im Bad vor mir stand und versuchte, meine Hände von meinem Gesicht wegzuziehen. Und ich verstand nicht, warum sie dies tat, bis ich in den Spiegel schaute und die blutigen roten Kratzspuren sah, die meine Fingernägel hinterlassen hatten.

Aber der Rest der Nacht ist weg. Was seltsam ist, denn ich weiß, dass ich nicht geschlafen habe. Das Nächste, woran ich mich wirklich erinnere, ist das Regenprasseln am nächsten Morgen an der Fensterscheibe. Zu dem Zeitpunkt war der Schock einer betäubten zerbrochenen Leere gewichen, und ich lag auf dem Sofa und fühlte mich wie unter Wasser, während Daff das Reisebüro anrief und meine Chefin über meine fristlose Kündigung informierte.

Einige Tage später ging ich zu Mums Haus. Zu dem Haus, in dem ich aufgewachsen war. Daff wollte nicht, dass ich dort alleine hinging, deshalb log ich und sagte, ich würde mich dort mit Simon treffen.

Sobald ich die Tür öffnete, wusste ich, dass es ein Fehler war, hergekommen zu sein. Alles roch nach ihr. Wie konnte ihr Geruch noch hier sein, wenn sie es selbst nicht mehr war?

Ich hatte es erst bis in den Flur geschafft, als ich innerlich zusammenbrach. Über dem Flurtisch hing ein Foto von uns beiden. Wir am Strand von Whitley Bay in der Nähe von Newcastle – einem von Mums absoluten Lieblingsorten. Auf dem Foto bin ich vierzehn oder fünfzehn und blicke unter meinen langen Britpop-Fransen in die Kamera. Mum hat ihren Arm um mich gelegt und lächelt glücklich, während ihr blondes Haar im Seewind flattert.

Ich nahm das Foto von der Wand und sank zu Boden, setzte mich mit dem Rücken an die Haustür. Ich weiß nicht, wie lange ich so dasaß, zitternd auf das Foto starrte und ein

Tränenmeer vergoss. Denn plötzlich wurde mir endgültig klar, dass dieser Albtraum real war, dass meine Mutter gestorben und in mir etwas zerbrochen war, das sich nicht mehr reparieren ließ.

Ihr Handy lag immer noch auf dem Flurtisch – sie hatte oft vergessen, es einzustecken, wenn sie shoppen gegangen war – und nun kauerte ich am Boden und rief ein ums andere Mal ihre Nummer an, bekam jedesmal, wenn ihre Mailbox ansprang, einen neuerlichen Weinkrampf. Sie klang so real, so lebendig. Wie konnte sie tot sein? Es ergab keinen Sinn. Das tut es noch heute nicht.

Die Tage danach waren total verschwommen. Wir mussten Aberdutzende von Formularen ausfüllen, mussten mehrmals zum Bestattungsinstitut fahren. Dort saß ich neben Simon in diesem trostlosen Raum in der Ealing High Road und fand es völlig absurd, in einer Zeit wie dieser über Dinge wie Blumengebinde und Speisenfolgen zu diskutieren. Mums Tod hatte mir den Boden unter den Füßen weggezogen, und hier saß ich und sprach darüber, ob ich bei der Bestattung Lilien oder Chrysanthemen vorziehen würde. Was spielte das denn für eine Rolle? Nichts spielte noch eine Rolle.

An die Beisetzung selbst kann ich mich nur in Erinnerungsblitzen entsinnen. Der unwirkliche Schrecken des aufgebahrten Sarges. Onkel Simons sich auflösendes Gesicht, als er aufstand, um die Trauerrede zu halten. Ich hätte auch sprechen, oder vielmehr ein Gedicht vortragen sollen – etwas von Walt Whitman, eines von Mums Lieblingsgedichten. Aber ein paar Tage zuvor hatte ich beschlossen, es nicht zu tun aus Angst, vor der Trauergemeinde zusammenzubrechen.

Diesen Entschluss habe ich immer bereut.

Ich erinnere mich, dass ich während Simons Rede suchend durch die Kirche schaute, um zu sehen, ob mein Vater sich die Mühe gemacht hatte, Mum die letzte Ehre zu erweisen. Ich war mir sicher gewesen, dass er kommen würde. Dass er an dem Tag, an dem ich ihn am meisten brauchte, wieder in mein Leben treten würde.

Aber nein.

Nach dem Gottesdienst verspürte ich inmitten meines Schmerzes eine lodernde Wut auf ihn. Von all den beschissenen Dingen, die er Mum – und mir – angetan hatte, schien mir das – sein Nicht-Erscheinen – das Beschissenste zu sein.

Die folgenden Wochen und Monate flossen ineinander und bildeten ein einziges lebloses Vakuum. Ich behielt all meine Gefühle für mich, schloss sie in mir ein, versuchte ein tapferes Gesicht aufzusetzen und mein Leben fortzuführen. Ich nahm wohl an, dass mit der Zeit alles wieder normal werden würde. Doch dem war nicht so.

Daff versuchte zu helfen, mir näherzukommen, mich zu trösten. Ich verlor den Überblick über die Abende, an denen sie meinetwegen früher nach Hause kam, oder die Tage, an denen sie sich ganz von der Arbeit freimachte. Sie nahm meine Hand und zog mich zu sich heran und bat mich, mit ihr zu sprechen – oder mit jemand anderem zu sprechen: einem Freund, einem Therapeuten, einem Trauerbegleiter. Aber jedesmal stieß ich sie weg. Was würde sich denn ändern, falls ich mit jemandem spräche? Es würde Mum nicht zurückbringen.

Nach meiner Kündigung im Reisebüro suchte ich mir etwas Neues. Ein anderes Büro, ein ähnlicher Job, ebenso langweilig und eintönig wie der alte. Und jeden Abend, nach acht Stunden Schreiben und Lächeln und höflichem Gerede, ging ich am U-Bahnhof aufs Klo und verdrückte erst mal ein paar Tränen, ehe ich mich auf den Heimweg begab.

Ich glaube, in jenen Wochen fing ich an, das Ganze nach und nach zu verarbeiten. Mum war die einzige Konstante in meinem Leben gewesen. Sie war immer da gewesen, und nun war sie es plötzlich nicht mehr. Sie war meine einzige richtige Familie gewesen. Und nun gab es sie nicht mehr.

Ich hatte mich nicht einmal von ihr verabschieden können. Oder, was noch wichtiger ist, mich bei ihr entschuldigen können. Denn als ich sie zum letzten Mal gesehen hatte … ich wage es kaum, daran zu denken. Es war das Schlimmste – die Sache, die ich niemandem erzählt habe, nicht mal Daphne. Das Letzte, was ich zu Mum gesagt hatte, war so schrecklich gewesen, so kindisch und gehässig. Und als sie dann plötzlich starb, wünschte ich mir nichts sehnlicher, als meine Worte zurücknehmen zu können. Aber es war unmöglich.

Stattdessen vergrub ich die Worte tief in meinem Innern und ließ sie dort schwelen.

»Ben?«

Erneut Mums Stimme, die aus der Küche heraufdringt. Und ich merke, dass ich immer noch heule.

Ich höre ihre leisen Schritte auf der Treppe. »Es ist schon nach elf! Daphne wird jeden Moment hier sein!«

14. KAPITEL

Ohne nachzudenken, springe ich aus dem Bett und renne durch den Flur ins Bad.

»Komme gleich!«, rufe ich, während ich von innen die Tür verriegele und mein erhitztes Gesicht unter das fließende kalte Wasser halte.

»Beeil dich«, höre ich Mum sagen. »Sie wird jeden Moment klingeln.«

Ich lasse das Wasser weiter laufen und setze mich auf den Badewannenrand, starre mit leerem Blick an die Wand, mein Verstand zu zerfasert, um vernünftig zu arbeiten. Als ich mich nach einer Weile halbwegs beieinander fühle, kehre ich in mein Zimmer zurück und ziehe mir eine Jeans und ein T-Shirt an. Ich weiß nicht, wie ich mich gleich verhalten, wie ich mit der Situation umgehen soll. Aber ich weiß, dass ich mich nicht ewig hier oben verstecken kann.

Ich atme ein paarmal tief ein und aus und gehe dann mit klopfendem Herzen nach unten.

Das Haus sieht aus wie die Heimstatt des Weihnachtsmanns höchstselbst: An allen vier Wänden hängen Stechpalmen und Efeu, ums Treppengeländer kringelt sich Lametta wie eine exotische silberne Schlange. Mum nahm Weihnachten immer *sehr* ernst.

Mit jedem Schritt wird mein Déjà-vu-Gefühl intensiver. Jeder Quadratzentimeter des Hauses weckt längst vergessene Erinnerungen: die Fotos von Mom und mir, die die

Treppe säumen; die tiefe Kerbe auf halber Höhe des Geländers (eine Folge meiner Entscheidung als Neunjährigem, auf dem Geländer mit Rollerblades runterzurutschen). Und dann: das Bild von uns in Whitley Bay neben einem verblassten Foto von Mums Dad – meinem Grandpa Jack –, das ihn als jungen Mann zeigt, der mit blitzenden blauen Augen in die Kamera grinst.

Ein seltsames Schaudern durchströmt mich. Dieser Ort war mein Zuhause. Und in der Gegenwart – der *richtigen* Gegenwart im Jahr 2020 – ist es das Zuhause anderer Leute. Onkel Simon und ich haben das Haus einige Monate nach Mums Tod verkauft. Wir bekamen etwas weniger als den geforderten Preis, aber das war mir egal. Ich wollte die Sache so schnell wie möglich hinter mich bringen; es war einfach zu schmerzhaft, nach Mums Tod immer wieder hierher zurückzukehren.

Im Jahr 2020 wohnt also eine andere Familie in diesem Haus und füllt es mit ihren eigenen Erinnerungen.

Ich drücke die Küchentür auf. Mum steht mit dem Rücken zu mir da und arrangiert feinsäuberlich Räucherlachsstücke auf einem Teller. »Na endlich«, sagt sie mit ihrer hellen Stimme. »Ich dachte schon, ich müsse das arme Mädchen allein unterhalten.«

Sie dreht sich um und lächelt mich an, und ich muss mich schwer zusammenreißen, um nicht abermals in Tränen auszubrechen. Ihr Haar ist weniger grau, die Fältchen um die Augen sind weniger tief, aber davon abgesehen sieht sie genauso aus wie bei unserer letzten Begegnung. Sie trägt eine schwarze Hose und ein schickes, hochgeschlossenes Samtoberteil, und auch ohne viel Ahnung von Mode zu haben, kann ich sagen, dass dies eines ihrer Outfits für besondere Anlässe ist. Ich spüre meine überwältigende Liebe für sie.

»Für den Anfang habe ich Lachshäppchen zubereitet«, sagt sie. »Das Rindfleisch ist im Ofen. Aber ich habe vergessen, dich zu fragen, ob sie überhaupt Fleisch isst. Heutzutage gibt es ja immer mehr von diesen Vegetariern. Du kennst doch Hiams Sohn, Henry, der ist auch so einer …« Sie verstummt und sieht mich sonderbar an. »Was ist los, Schatz? Stimmt etwas nicht?«

Ich merke, dass ich meinen Kiefer angespannt und meinen Mund zu einer Form verzogen habe, die wohl ein Lächeln darstellen soll. Offenbar sieht es nicht sehr überzeugend aus.

»Oh Gott«, sagt Mum und stemmt die Hände in die Hüften. »Sie ist Vegetarierin, stimmt's? Ich hätte es wissen müssen.«

Ich halte es nicht mehr aus. Ich stürme zu ihr und schlinge die Arme um sie.

»Mein lieber Schwan!«, lacht sie. »Was ist denn in dich gefahren?«

Sie klopft mir sanft auf den Rücken, und ich presse mein Gesicht an ihre Schulter und sage mit belegter gedämpfter Stimme: »Es tut mir leid, Mum. Es tut mir so wahnsinnig leid …«

»Ist doch halb so schlimm, Ben«, sagt sie. »Dann mache ich ihr eben Nudeln mit Käsesauce.«

Ich weiß gar nicht, wo ich anfangen soll, es gibt so vieles, was ich ihr sagen möchte. Ich möchte mich für die schrecklichen Sachen entschuldigen, die ich ihr in einigen Jahren sagen werde, ihr erklären, dass ich sie nicht ernst meine, und dass sie die beste Mum der Welt ist und ich ein erbärmlicher nutzloser Sohn. Und ich möchte sie warnen vor dem, was in zwölf Jahren passieren wird.

Ich möchte ihr eine Million Dinge sagen, doch ich komme nicht dazu. Denn plötzlich klingelt es an der Tür.

Mama löst sich aus unserer Umarmung und klatscht in die Hände: »So, du lässt sie rein, ich gehe die Babyfotos holen.«

Sie lacht über meinen entgeisterten Gesichtsausdruck und fügt hinzu: »War nur ein Scherz. Die Babyfotos schauen wir uns nach dem Essen an.«

Sie befördert mich aus der Küche. Am Ende des Flurs erkenne ich durch das Buntglasfenster in der Haustür Daffs Silhouette. Oh Gott. Gerade erst habe ich meine verstorbene Mutter wiedergesehen, und jetzt muss ich einer neunzehnjährigen Daphne gegenübertreten. Ich hole tief Luft und versuche mich zu sammeln.

Durch das Glas sehe ich, wie Daff an ihren Haaren herumfummelt, und als ich die Tür aufmache, hält sie inne und lächelt mich an.

»Hey.«

»Hey … du siehst toll aus«, sage ich, denn es entspricht der Wahrheit.

Seit »gestern« ist ein ganzes Jahr vergangen, aber Daff sieht unverändert aus: jung und glücklich, wenngleich sie etwas mehr nervöse Energie umgibt. Die kalte Winterluft hat ein zartes Pastellrosa über ihre Wangen und die Nasenspitze gelegt, und ihre großen braunen Augen glänzen hell. Sie trägt einen schwarzen knielangen Mantel, darunter eine Bluejeans und eine weiße Bluse. Unterm Kragen erkennt man die im Sonnenlicht glitzernde Diamantkette, die ihre Eltern ihr zum achtzehnten Geburtstag geschenkt haben.

Sie umarmt mich kurz, und als sie mich wieder loslässt, schaut sie auf meine Brust und sagt: »Schön, dass du dir auch was Nettes angezogen hast.«

Ich schaue an mir herunter. Auf dem T-Shirt, das ich wahllos vom Boden aufgeklaubt habe, steht *PERVERS 69*.

»Mist. Ich zieh mir gleich was anderes an.«

Hinter ihr sehe ich ein kleines braunes Auto davonbrausen: Daffs Dad, Michael. Ihn und Daphnes Mutter kenne ich zu diesem Zeitpunkt bereits – sie haben ihre Tochter letzten Herbst an der Uni besucht.

»Kommt er nicht rein?«, frage ich sie.

Sie schüttelt den Kopf. »Auf keinen Fall. Ich habe ihn fortgeschickt. Ist zu stressig, wenn sich auch gleich die Eltern kennenlernen. Vielleicht schaut er nachher kurz rein, wenn er mich abholt.«

Sie löst den Blick von mir und schaut lächelnd über meine Schulter. Hinter mir ist Mum aus der Küche gekommen und wedelt aufgekratzt mit den Armen, strahlt Daff an.

»Hallo! Hallo! Du musst Daphne sein!«, trällert sie mit ihrer glockenhellen Stimme.

Ich bin mir sicher, dass ich beim ersten Mal peinlich berührt von ihr war, aber diesmal liebe ich Mum dafür umso mehr. Sie ist zweifellos nervös und darum bemüht, dass Daff sich willkommen fühlt, denn ich habe in den letzten Monaten pausenlos von ihr erzählt, und demzufolge weiß Mum, wie wichtig mir Daff ist.

»Hallo! Hi! Toll! Sie müssen Rosie sein!« Daff wedelt ihrerseits mit den Armen und lässt die Hände kreisen wie in einen 1920er-Jahre-Musical. Ich spüre, allem zum Trotz, das aufsteigende Lachen in meiner Brust, das sogleich aus mir herausplatzt. Im nächsten Moment reiße ich auch die Arme hoch und lasse meine Hände kreisen, und plötzlich lachen wir alle.

»Es ist so schön, Sie endlich kennenzulernen«, sagt Daff und reicht Mum die Hand. Mum schaut kurz darauf, schiebt die Hand dann resolut zur Seite und nimmt Daff in die Arme.

»Oh Gott, ich peinliche Mutter«, sagt sie und drückt sie fest an sich. Und während Daff sie ihrerseits an sich drückt, wirft Mum mir einen glücklichen aufgeregten Seitenblick zu.

»So«, sagt Mum und lässt sie los, »jetzt komm doch endlich rein.«

15. KAPITEL

Wir sitzen am Küchentisch, und ich stopfe mich mit den Lachshäppchen voll, während sie sich unterhalten.

Ich bin, ehrlich gesagt, nicht einmal besonders hungrig, aber mit vollem Mund soll man bekanntlich nicht sprechen – was mir nur allzu recht ist, da die Bildung zusammenhängender Sätze meinen Verstand im Moment bei Weitem überfordert.

Ich gebe mir alle Mühe, mich zusammenzureißen, aber die ganze Sache ist einfach zu verrückt. Ich dachte, ich würde Mum nie wiedersehen, und jetzt sitzt sie hier – *irgendwie* – Zentimeter von mir entfernt, plaudert und lacht und ermahnt mich, auch den anderen etwas vom Lachs übrig zu lassen. Zum ersten Mal seit meiner Rückkehr in die Vergangenheit werden meine Verwirrung und Angst vor schierer überschäumender Freude aufgewogen.

Mum war – ist – Englischlehrerin an der örtlichen Mittelschule. Was in diesem Moment voll durchschlägt: Sie löchert Daphne mit Fragen über das Literatur-Seminar an der Uni – welche Schriftsteller mag sie am liebsten, welche Module haben ihr am meisten gefallen? –, und bald schon unterhalten sie sich nicht nur über Bücher, sondern auch über andere kulturelle Themen wie Film und Fernsehen und Musik. Es ist beinahe ein bisschen umheimlich, ihnen zuzuhören, denn sie sind sich buchstäblich in allem einig: von Charlotte Brontë über Bob Dylan, Alan Partridge bis hin zu Adrian Mole.

»In diesem Semester hatten wir mittelalterliche Poesie. Das war ganz schön dröge«, sagt Daff, als sie wieder zum ursprünglichen Thema zurückkehren. »Gawain und der grüne Ritter und das ganze Zeug. Es ist ein bisschen so, als würde man sich in einer Sprache zu Tode langweilen, die man nicht ganz versteht.«

Mum lacht. »Bei mir ist es genauso mit den Elfklässlern, die sich durch Chaucer quälen müssen. Man weiß einfach, dass man ihnen für die nächsten zehn Jahre die Lust am Lesen raubt. Manchmal möchte ich ihnen am liebsten *Per Anhalter durch die Galaxis* in die Tasche stecken, damit sie nicht völlig vom Glauben abfallen. Lesen soll doch Spaß machen, Herrgott noch mal!«

Daff nickt. »Ich habe angefangen, Bücher von Patricia Highsmith zu den Vorlesungen mitzunehmen, damit mir nicht langweilig wird.«

Mums Augen leuchten auf. »Oh Gott, Patricia Highsmith! Sie ist großartig. Völlig durchgedreht, aber großartig. Hast du *Tiefe Wasser* gelesen?«

Daff schüttelt den Kopf, worauf Mum aufspringt, ins Wohnzimmer eilt und von dort aus ruft: »Ist mein absolutes Lieblingsbuch! Es handelt von einem Mann, der von seiner Frau betrogen wird und beschließt … nein, ich sag nichts mehr. Du musst es selbst lesen.«

Sie kehrt mit einer zerfledderten Ausgabe von *Tiefe Wasser* zurück.

»Hier, Daphne. Nimm es mit. Ich bestehe drauf. Ist ein verfrühtes Weihnachtsgeschenk.«

Daff lacht. »Sind Sie sicher? Das ist so nett von Ihnen.«

»Ja, ja! Ich kaufe mir ein Neues.« Das ist typisch Mum. Andere Mütter drängen ihren Gästen bergeweise eingepacktes Essen auf, bei Mum sind es Taschenbücher.

Sie setzt sich wieder und sieht mich lächelnd an. »Ben liest meine Buchempfehlungen nicht. Er bevorzugt seine Düsterbücher.«

Als ich das Wort höre, will ich gleichzeitig lachen und weinen, und ich muss mir ein weiteres Lachshäppchen in den Mund stecken, um keines von beidem zu tun. »Düsterbücher« war ein gebräuchlicher Ausdruck bei Mum und mir, eine Wortschöpfung, die sie sich ausgedacht hatte.

»Düsterbücher«, wiederholt Daff. »Das gefällt mir. Klingt ganz nach Ben.«

Insgeheim bevorzugte ich natürlich Bücher, die nicht so düster waren. So wie die von Adrian Mole und P. G. Wodehouse und Douglas Adams und all die anderen lustigen, durchgeknallten Romane, in die ich mich als Vierzehnjähriger verliebt hatte. Aber als posender, unsicherer Zwanzigjähriger arbeitete ich unermüdlich daran, mich von »lustig und albern« auf »launisch und interessant« umzuorientieren. Und die beste Art und Weise, das zu tun, so dachte ich mir, war es, wenn mir beim Herumschlendern auf dem Campus immer irgendein Düsterbuch aus der Manteltasche ragte. Wen genau das beeindrucken sollte, ist mir nicht klar. Möglicherweise Marek und Alice; die schienen auch in der Tat beeindruckt, Daphne allerdings definitiv nicht (die zog mir einmal ein Kierkegaard-Buch aus der Tasche und schlug mir damit auf den Kopf).

Nun lächeln Mum und Daphne mich liebevoll an und kichern über meinen abseitigen Lesegeschmack. Gut denkbar, dass ich ihr Verhalten beim ersten Mal etwas herablassend fand – als wäre ich ein Hund, der ihnen gerade einen Trick vorgeführt hat oder so. Nun aber erfüllt dieser Moment mich mit einem so intensiven Glücksgefühl, dass ich mich beinahe betrunken fühle.

Die beiden verstanden sich von Anfang an ganz wunderbar. Im Laufe der Jahre telefonierten sie immer regelmäßiger, plauderten über Bücher und Fernsehen und so. Als ich nun Daphnes Lächeln erwidere, frage ich mich plötzlich, wie der Tod meiner Mutter sich wohl auf sie ausgewirkt haben muss. Sie hatte Mum auch geliebt, das weiß ich. Und doch glaube ich nicht, dass ich Daphne nach Mums Tod je gefragt habe, wie sie damit fertigwird oder ob es ihr gut geht. Ich habe kein einziges Mal versucht, die Trauer mit ihr gemeinsam durchzustehen; ganz im Gegenteil, ich ließ zu, dass Mums Tod uns voneinander entfernte.

Mum wendet sich Daphne zu und fragt: »Hat Ben dich schon mal seine selbst geschriebenen Sachen lesen lassen?«

»Nein, leider nicht«, sagt Daff. »Er will mir nichts zeigen, obwohl ich ihn ständig darum bitte.« Sie wirft mir einen gespielt angesäuerten Blick zu, und ich bin mir nicht sicher, wie ich darauf reagieren soll. Ich war immer äußerst zurückhaltend, wenn es um meine Texte ging, auch damals schon. Wahrscheinlich, weil ich tief im Inneren befürchtete, die Leute würden mein Zeug mit den Texten meines Vaters vergleichen – und diesen Vergleich konnte ich nur verlieren.

Auch Mum wirft mir jetzt einen gespielt angesäuerten Blick zu und schürzt dabei die Lippen. »Irgendwann *musst* du seine Sachen lesen«, sagt sie zu Daphne. »Er ist brillant, einfach brillant.«

Trotz meiner wahnsinnige Freude darüber, sie wiederzusehen, spüre ich ein vertrautes Kribbeln der Verärgerung. Erstens bin ich nicht brillant, und zweitens hat Mum nichts von dem gelesen, was ich nach der zehnten Klasse geschrieben habe.

Es war etwas, das mich über die Jahre wirklich beschäftigt hat: Mums sturköpfige Behauptung, dass ich mehr sei als mittelmäßig. Ich fragte mich immer, worauf sie ihr Meinung wohl gründete. Auf den Umstand, dass ich in der Schule ein paar Wettbewerbe in Kreativem Schreiben gewonnen hatte? Vielleicht haben ja alle Eltern diese Eigenschaft gemein: Sie können nicht akzeptieren, dass das eigene Kind es zu nichts gebracht hat, denn das könnte ja bedeuten, dass diese Erkenntnis auf sie selbst zurückfällt. Selbst nach all den Ablehnungsschreiben und meiner klanglos verpufften Schriftstellerkarriere hatte sie mir wieder und wieder erzählt, wie brillant ich sei. Früher hatte es mich immer wütend gemacht.

Und das war es letztlich auch, das mich dazu brachte, ihr vor ihrem Tod diese schrecklichen Dinge an den Kopf zu werfen. Sie hatte mich nur unterstützen und moralisch aufbauen wollen, und genau das hatte ich ihr auf wütendste Art und Weise aufs Butterbrot geschmiert. Nun fühle ich mich wieder schuldig und muss aufpassen, dass ich nicht gleich wieder losflenne. Ich hatte es als selbstverständlich betrachtet, dass Mum immer für mich da sein und mir immer wieder Mut machen würde, und als sie dann eines Tages nicht mehr da war, brach in mir alles zusammen.

Aber ich glaube, zu diesem Zeitpunkt – 2006 – brauche ich niemanden, der mir Mut macht. Ich war immer noch davon überzeugt, dass in mir ein künftiger Bestseller-Autor schlummerte. Wenn ich mich recht entsinne, verbrachte ich den Großteil meiner Freizeit damit, einen langen, ausufernden, völlig handlungsfreien Roman zu schreiben, der so peinlich genau von Samuel Beckett abgekupfert war, dass man ihn gut und gern als »Fan-Fiction« hätte bezeichnen können.

Nicht, dass mir das damals bewusst gewesen wäre. Die Zukunft schien noch verheißend und voller Möglichkeiten, und ich wusste, dass früher oder später etwas Großartiges geschehen würde, ganz gleich, ob es sich dabei um meinen Roman oder um etwas anderes handeln würde. Meine Gewissheit beruhte wohl auf der Annahme, dass genug von meinem Vater in mir steckte, dass in mir ein ähnliches Talent schlummerte.

Ich beobachte, wie Daphne lächelnd durch den Highsmith-Roman blättert. Ich weiß nicht mehr, wie viel ich ihr zu diesem Zeitpunkt über meinen Vater erzählt habe. Allzu viel nicht, glaube ich. Sie hatte mich natürlich nach ihm gefragt, und sie wusste, dass er nicht bei uns lebte. Was gab es da noch groß zu erzählen? Er war gegangen, als ich zehn war, und die Anzahl unsere Begegnungen seitdem ließen sich an den Fingern einer Hand abzählen. Wahrscheinlich habe ich mit Daphne nicht über ihn gesprochen, um nicht schwach und lachhaft zu wirken: ein zwanzigjähriger Mann, der noch nicht darüber hinweggekommen ist, dass der Vater die Familie verlassen hat. Ich wollte nicht, dass Daff mich bemitleidete.

Aber natürlich wusste sie über ihn und seine Arbeit bestens Bescheid, so wie jeder Student an der Uni. Zwar war er nicht so etabliert, dass wir sein Werk in unseren Seminaren durchgenommen hätten (welch schreckliche Vorstellung!), dennoch galt er als einer der coolsten britischen Bühnenautoren überhaupt. In den Beilagen der Sonntagszeitungen wurde er regelmäßig als potenzieller Nachfolger von Pinter und Tom Stoppard bezeichnet, und jedesmal, wenn im Seminar sein Name fiel, richteten sich automatisch alle Blicke auf mich.

Meine Kommilitonen ahnten nicht, dass ich keinerlei Beziehung zu dem Mann unterhielt.

In der Rückschau erkenne ich nun, was es mit den »Düsterbüchern« wirklich auf sich hatte. Während der Zeit – am

Ende meiner Teenagerzeit, mit Anfang zwanzig – war meine Vorstellung von meinem Vater ein einziges Hin und Her. Mal hasste ich ihn dafür, dass er uns verlassen hatte, dann aber sehnte ich mich nach seinem Lob. Kurz bevor ich an die Uni ging, entdeckte ich in einer Zeitung ein Interview mit ihm, in dem er seine fünf Lieblingsbücher nannte – jedes einzelne davon fiel in die »Düsterbuch«-Kategorie. Ich habe sie mir auf der Stelle gekauft. Warum, kann ich noch immer nicht erklären. Habe ich wirklich erwartet, ihn zufällig auf der Straße zu treffen und dann hätte eines der Bücher aus meiner Tasche geragt? Wahrscheinlich nicht. Aber es hätte durchaus passieren können.

Mum räumt den Tisch ab und fuhrwerkt dann lautstark im Kühlschrank herum. »So«, sagt sie, »es ist nachmittags, es ist Heiligabend ...« Sie wendet sich um, in den Händen eine große Flasche Cava. »Ich finde, wir sollten nun mit dem Sekt anfangen.«

»Hört, hört«, sagt Daphne.

Ich stehe auf, um Gläser zu holen, und stelle erneut fest, dass alles – bis hin zu Mums Juchzen, als der Korken knallt – genau so passiert, wie ich es vom ersten Mal in Erinnerung habe. Und so schön es auch ist, wieder mit Mum zusammen zu sein, drängt sich mir die Frage auf: Was soll das alles?

Welchen Sinn ergibt es, sie wiederzusehen, nur um sie dann ein zweites Mal zu verlieren? Welchen Sinn ergibt es, mitanzusehen, wie gut Daphne und ich früher zusammengepasst haben, wenn ich mich am Ende sturzbetrunken auf dem Dachboden wiederfinde und an Alice denke?

Welchen Sinn ergibt das alles? Es ist, als würde das Universum mir meine kommenden Fehlschläge unter die Nase reiben, und ich kann mir ums Verrecken nicht erklären, warum dies geschieht.

Mum öffnet den Ofen, um nach dem Braten zu schauen, und dann – ganz so wie in meiner Erinnerung – fällt ihr ein, dass wir keinen Senf mehr haben, und sie schickt mich los, um welchen zu kaufen.

Im Flur ziehe ich meinen Mantel an und öffne die Haustür, und augenblicklich weht mir kalte Winterluft ins Gesicht. Ich stecke meine Hände in die Taschen und trete auf die Straße hinaus, weiterhin gefangen im Widerstreit meiner Verwirrung und Wut.

Ich habe erst die Hälfte des Wegs hinter mich gebracht, als mir an der Straßenecke ein kleiner Stand auffällt, aus Holz zusammengezimmert, hinter dem ein Mann steht. Der Stand ist mit Lametta und blinkenden Lichterketten geschmückt, und auf einem selbst geschiebenen Schild unterm Vordach steht: *Heiße Maroni!* Warum sein Besitzer denkt, dass eine verschlafene Straßenecke am Stadtrand von Acton ein geeigneter Ort ist, um seine Ware an den Mann zu bringen, ist mir ein Rätsel. Aber eines ist sicher: Als dieser Tag sich zum ersten Mal ereignete, war er nicht hier.

Ich habe den Karren fast erreicht, kann das Gesicht des Mannes aber noch nicht erkennen – es ist unter dem mit Lametta behängten Vordach verborgen. Seine Krawatte aber …

»Ah, da bist du ja!«, ruft er, und sobald ich seine heisere Stimme höre, zieht sich mein Magen zusammen.

Er schiebt seinen Kopf vor, und natürlich schauen mich unter einem zerzausten grauroten Haarschopf zwei blitzende blaue Augen an.

»Kann ich dich für eine Tüte Maroni interessieren?«

16. KAPITEL

Das zumindest habe ich nicht kommen sehen.

Einen Moment lang stehe ich wie angewurzelt da und gaffe den Uhrenverkäufer an. Ich kann nicht glauben, dass er hier ist! Tausend Fragen kommen mir in den Sinn, aber aus irgendeinem Grund sind die ersten Wörter, die mir aus dem Mund purzeln, folgende:

»Sie … tragen noch dieselbe Krawatte?«

Stirnrunzelnd blickt der alte Mann auf die cartoonhaften Rentiere herab. »Gefällt sie dir nicht? Ich weiß, dass derart auffällige Halsbinder nicht jedermanns Geschmack sind, aber ich finde sie lustig.«

Als Nächstes stelle ich ihm eine weitaus wichtigere Frage. »Wer sind Sie?«

Der alte Mann nimmt einen Metalllöffel zur Hand und rührt damit in den Kastanien auf dem Röstblech herum. »Oh, sagen wir einfach, ich bin ein interessierter Beobachter. Ich wollte nur mal nachschauen, wie es dir ergeht. Ich kann mir vorstellen, dass dies alles ziemlich beunruhigend für dich ist.«

Ich starre ihn an. »Ziemlich beunruhigend? Ich habe die letzten vierundzwanzig Stunden damit verbracht, mich zu fragen, ob ich den Verstand verloren habe!«

Er kichert. »Ich kann dir versichern, das ist nicht der Fall. Ich wollte neulich in der Studentenbar in York zu dir kommen und Hallo sagen, aber du warst zu sehr mit der jungen Dame beschäftigt.«

»Das waren Sie *wirklich*? Ich dachte, ich hätte es mir eingebildet.«

»Ja, das war ich.« Er rümpft leicht die Nase. »Ich war froh, dort wieder wegzukommen. Der Sambuca-Geruch war mir einfach zu viel.«

»Ich kann das alles nicht glauben«, murmele ich.

Etwas an ihm kommt mir total vertraut vor, doch ich kann es nicht benennen.

»Dann erinnern Sie sich also an unsere Begegnung am Vorweihnachtsabend im Pub?«, frage ich ihn.

»Oh ja. Am Vorweihnachtsabend 2020.«

»Aber das ist doch noch gar nicht passiert«, zische ich ihn an. »Bis dahin sind es noch vierzehn Jahre!«

»Hm. Das stimmt.« Er schiebt sich eine Kastanie in den Mund. »Muss mehr Salz ran.«

Ich hole tief Luft und versuche die Ruhe zu bewahren. »Hören Sie, ich möchte nicht unhöflich sein, aber würden Sie mir bitte endlich verraten, was hier vorgeht?«

Der alte Mann spitzt die Lippen, während er Salz über die Kastanien streut. »Ich habe bemerkt, dass du an jenem Abend im Pub an einer Art Scheideweg gestanden hast. Du hast dich verloren und verwirrt gefühlt. Ich wollte dir helfen.«

»Genau. Und Ihre Hilfe bestand darin, mir eine Zeitreise-Uhr unterzujubeln?«

»Ja, so könnte die Kurzfassung lauten.« Er grinst und klopft mit dem Löffel auf das Röstblech. »Willst du nun Maroni oder nicht?«

Ich seufze und zwicke mir in die Nasenwurzel. »Und was passiert, wenn ich eine esse? Wache ich dann in der Renaissance auf, oder was?«

Er lacht auf. »Die Renaissance! Sehr gut. Nein, das sind

nur ganz normale Kastanien. Allerdings sehr schmackhafte.« Er reicht mir eine, doch ich schüttele den Kopf. »Wie du willst«, sagt er achselzuckend. »Ich bin mir sicher, dass du viele Fragen hast, und wir haben nicht viel Zeit. Also, schieß los.«

Ich lasse mich nicht lange bitten und hebe ihm sogleich mein Handgelenk entgegen, zeige ihm die Uhr. »Warum ist sie bei einer Minute vor zwölf stehen geblieben?«

Hinter seinem Wuschelbart kommt ein schiefes Lächeln zum Vorschein, und seine blauen Augen blitzen. »Ich glaube, das hast du bereits herausgefunden, oder nicht?«

»Weil mein Aufenthalt in der jeweiligen Zeit um eine Minute vor zwölf endet?«, sage ich leise. »Weil es der Augenblick für meinen nächsten Sprung ist?«

Der alte Mann nickt zufrieden, wie ein Lehrer, der einem begriffsstutzigen Schüler die richtige Antwort entlockt hat.

»Das heißt also, ich werde auf jeden Fall einen weiteren Zeitsprung machen?«

»Davon muss man ausgehen.«

»In welcher Zeit werde ich landen?«

Der alte Mann seufzt. »Das kann ich dir nicht verraten.«

»Wieso nicht?«

»Weil du die Antwort schon kennst.«

»Glauben Sie mir, ich kenne sie nicht.«

Er dreht mit dem Löffel die Kastanien um. »Du wirst schon darauf kommen.«

Ich seufze langgezogen. »Schauen Sie, ich verstehe ja, dass es Ihnen Spaß macht, geheimnisvoll und vage zu sein. Aber ich könnte jetzt echt ein paar konkrete Antworten gebrauchen.«

Er lacht durch die Nase. »Das Entscheidende, was du dich fragen solltest, ist, *warum* du ausgerechnet diese Tage ein zweites Mal erlebst. Vielleicht denkst du nun ja anders über das, was jeweils geschehen ist. Oder auch nicht.«

»Aber … werde ich irgendwann in die Gegenwart zurückkehren?«

Er öffnet den Mund, um zu antworten, aber hinter uns ertönt eine Stimme.

»Entschuldigung?«

Ich wende mich um und erblicke drei alte Damen, die uns anlächeln. »Verzeihen Sie die Störung«, sagt eine von ihnen. »Uns steht der Sinn nach einer Tüte Maroni.«

Der Uhrenverkäufer klatscht in die Hände und grinst die Damen an. »Endlich! Zahlende Kundschaft!« Er richtet seinen Blick wieder auf mich. »Du machst dich besser auf den Weg.«

»Aber … warten Sie«, stammele ich. »Ich muss wissen …«

Er unterbricht mich, indem er die Hand hebt und auf seine eigene Uhr schaut. Seine buschigen Augenbrauen schießen in die Höhe. »Das zieht sich hier zu lange hin. Es wird Zeit, zu deiner Mutter zurückzukehren.«

»Was?«, frage ich verwirrt.

Er schaut mir geradewegs in die Augen, plötzlich ernst. »Vertrau mir. Es wird Zeit zu gehen. Ich weiß, dass du noch Fragen hast, aber keine Sorge, wir werden uns wiedersehen. Das garantiere ich dir.« Er wendet sich den Damen zu und setzt wieder sein Verkäuferlächeln auf. »So, Ladys, was darf es denn sein? Für jede eine Tüte?«

»Ihre Krawatte ist aber hübsch!«, sagt eine der Frauen, worauf mir der Uhrenverkäufer einen vielsagenden Blick zuwirft.

Ich drehe mich um und gehe weiter, noch immer keinen Deut klüger. Nach wie vor weiß ich nicht, was hier vorgeht. Aber etwas an der Art, wie seine Stimme klang, als er sagte, es sei Zeit zu gehen, treibt mich voran. Ich schaue über meine

Schulter zurück und erwarte halb, dass er verschwunden ist, aber er ist immer noch da und plaudert fröhlich mit den alten Damen.

Erst bei meiner Rückkehr ins Haus fällt mir ein, warum ich überhaupt losgegangen bin: Senf. Ich ziehe meinen Mantel aus und hänge ihn an die Garderobe. Ich bin sowieso der Einzige, der Senf mag; ich werde Mum einfach sagen, dass mir die Bratensoße genügt.

Ich gehe auf die Küche zu, noch immer so benommen, dass es mir vorkommt, ich wäre auf Autopilot. Die Tür steht halb offen, und über dem Klappern der Kochtöpfe und dem Messerhacken auf dem Schneidebrett höre ich, wie Mum und Daphne sich unterhalten.

»Meine Schwester ist die Schlimmste«, sagt Daphne. »Alles, was sie uns zu Weihnachten schenkt, kauft sie letztlich für sich selbst. Letztes Jahr begann sie, sich mit Wicca zu beschäftigen –«

»Wicca … was soll das sein?«, unterbricht Mum sie.

Daphne lacht. »Wicca steht für *witchcraft*. Hexenkunst.«

»Du meine Güte. Das ist aber interessant«, sagt Mum und lacht nun auch.

»Sie ist ein totaler Hippie«, fährt Daff fort. »Letztes Weihnachten hat sie mir zwei winzige Glöckchen geschenkt, damit ich, in ihren eigenen Worten, ›die verschiedenen rituellen Zeremonien unterschiedlich einläuten kann‹. Worauf ich entgegnete: ›Kat, glaubst du wirklich, dass ich so viele rituelle Zeremonien durchführen werde, dass ich dafür spezielle Glöckchen brauche?‹. Ich höre, wie der Kartoffel-Topf klappert, während Mum sich schüttelt vor Lachen. »Und als sie dann am Boxing Day nach Hause fuhr, steckte sie die Glöckchen einfach wieder ein und sagt: ›Nun, da *du* sie nicht benutzen wirst …‹«

Gerade als ich die Tür aufschieben und reingehen will, hört Mum zu lachen auf und sagt: »Ich werde nie vergessen, was Ben mir an dem Weihnachten geschenkt hat, nachdem sein Dad uns verlassen hatte.«

Die Hackgeräusche hören abrupt auf, wohl weil Daphne Mum nun ihre volle Aufmerksamkeit schenken möchte. Mein Herzschlag beschleunigt sich. Ich habe sie kaum je über Dad reden gehört. Als Kind war ich immer derjenige, der ihn erwähnt hat. Dass sie ihn überhaupt anspricht, ist merkwürdig.

»Es war eine schwierige Zeit damals«, fährt Mum fort. »Für uns beide. Ben war damals zehn, glaube ich. Na ja, wie auch immer, in den Wochen vor Weihnachten bemerkte ich, dass im Haus bestimmte Gegenstände verschwunden waren. Kleine Sachen nur – mein Tacker, die Tesafilmrolle, der Notizblock neben dem Telefon. Aber ich dachte mir nicht viel dabei, ich hatte genügend andere Dinge im Kopf. Und dann, am Weihnachtsmorgen, lagen drei Geschenke von Ben unterm Baum: der Tacker, das Tesafilm, der Notizblock.«

Es folgt ein Augenblick der Stille, dann brechen sie in schallendes Gelächter aus.

»Oh mein Gott«, sagt Daphne atemlos. »Ich glaube, Sie haben mich übertrumpft. Das war schlimmer als die Glöckchen.«

»Ich weiß«, schnaubt Mum. »Aber lustig war, dass ich mich über die Sachen wirklich gefreut habe. Ich sagte zu Ben: ›Ich hab *überall* danach gesucht!‹ Und er freute sich so sehr. Ich hatte doch kein Geschenk von ihm erwartet – er war ja erst zehn. Ich nehme an, er wollte mich einfach irgendwie aufmuntern, und er versuchte es eben auf diese Art. Es war so süß von ihm, und ich wäre fast geplatzt Freude, und das ausgerechnet in einer so schwierigen Zeit.«

Es folgt eine weitere Pause, und dann höre ich Daphne leise sagen: »Ja, das war wirklich süß von Ben.«

»Und vielleicht interpretiere ich ja zu viel hinein«, fährt Mum fort, »aber Jahre später begann ich mich zu fragen, ob Ben mir mit den Geschenken sagen wollte, dass wir auch ohne seinen Vater zurechtkommen würden. Beinahe als würde er sagen: ›Wir haben doch alles, was wir brauchen. Wir müssen es uns nur von Zeit zu Zeit vergegenwärtigen.‹ Das Topfklappern geht weiter. »Ach wirklich, du meine Güte. Entschuldige, Daphne. Kaum trinke ich ein bisschen Sekt, fange ich an, dich mit ollen Kamellen zu langweilen.«

»Das sind doch keine ollen Kamellen«, sagt Daphne leise. »Und ich nehme es übrigens zurück. Meine Glöckchen waren ein viel schlimmeres Geschenk.«

Erneut lachen die beiden. Und als ich leise von der Tür zurückweiche, ist mir klar geworden, dass ich mein Gesicht erst noch mal unter kaltes Wasser halten muss, ehe ich den beiden gegenübertrete.

17. KAPITEL

Der Rest des Nachmittags vergeht in einer behaglichen, vage unwirklichen Verschwommenheit.

Mum ist entzückt zu erfahren, dass Daphne nicht einmal ansatzweise Vegetarierin ist, und nachdem wir den Braten um einiges verkleinert und dazu den Cava und anschließend eine Flasche Rotwein geleert haben, schleppen wir uns satt und zufrieden ins Wohnzimmer und lassen uns vor dem Kaminfeuer auf die Sofas fallen.

Zum ersten Mal seit Langem bin ich richtig zufrieden mit mir, auch wenn es wegen etwas ist, das ich als Grundschüler getan habe, und das – seien wir ehrlich – im Wesentlichen darin bestand, etwas zu stehlen und es dann wieder zurückzugegeben.

Daphne schmiegt sich auf dem Sofa an mich, und es fühlt sich so schön – so *richtig* – an, dass ich kaum glauben kann, dass damit irgendwann Schluss sein wird.

Die Antwort des Uhrenverkäufers auf meine Frage, warum ich ausgerechnet in diese bestimmten Zeitfenster zurückkehre, geistert mir immer noch durch den Kopf. Beim ersten Mal habe ich Mums und Daphnes Unterhaltung nicht mitangehört. Daff hat mir nicht mal davon erzählt. War der alte Mann deshalb so erpicht darauf, dass ich schnell nach Hause ging; damit ich die Unterhaltung belausche und mir bewusst wird, dass ich als Sohn nicht nur versagt hatte? Von ihrem Sofa aus – das mehr ein Sessel ist – wirft Mum mir einen liebevollen Blick zu, und mir wird klar, dass dies der falsche Zeitpunkt für eine tiefschürfende Analyse ist. Ich schwelge lieber in dem guten Gefühl, das ich momentan verspüre.

Leider bleibt mir dazu nicht allzu viel Zeit. Nachdem wir uns einige Minuten vor dem Kamin entspannt haben, klingelt es an der Haustür.

Daff regt sich und setzt sich auf. »Das ist mein Dad.«

Mein Magen zieht sich zusammen, denn plötzlich ertrage ich den Gedanken nicht, sie schon wieder gehen zu lassen. Ich möchte, dass sie noch hierbleibt, nur ein bisschen noch. Ich möchte alles auf Pause stellen und noch einige Minuten in dieser seltsamen perfekten Blase verweilen, bevor die Zukunft geschieht und sich alles zum Schlechten wenden wird.

Doch ich kann es nicht auf Pause stellen.

Mum eilt zur Tür, und wir folgen ihr, und abermals fliegen kreisende Hände durch die Luft, während sie Daphnes verwirrt, aber erfreut dreinblickenden Vater für eine Umarmung zu sich heranzieht.

Während die beiden auf der Tüschwelle ein paar Nettigkeiten austauschen, haucht Daphne mir schnell einen Kuss auf den Mund und lächelt mich an. »Es war echt ein schöner Tag«, flüstert sie. »Richtig schön.«

»Ja, find ich auch.«

»Ich rufe dich morgen an.« Sie drückt meine Hand. »Frohe Weihnachten.«

Sie gibt mir noch ein Küsschen, und dann ist sie weg, geht mit ihrem Vater zum Auto und steigt ein. Mir bleibt nichts anderes übrig, als ihr nachzuschauen und nicht zu wissen, wann und wo ich sie das nächste Mal wiedersehen werde.

Mum macht die Haustür zu und wendet sich grinsend zu mir um. »Hör zu, junger Mann«, sagt sie, »ich finde, es ist höchste Zeit, dass ich dich im Monopoly schlage.«

Der weihnachtliche Monopoly-Marathon war bei uns eine Tradition. Ich weiß gar nicht mehr, wann es damit anfing, es ist lange her – damals wohnte Dad noch bei uns. Ich nahm immer den Hund, Mum das Schiff und Dad den Hut. Es war ein ungeschriebenes Gesetz. Keine Ahnung, warum, aber wir hielten uns eisern daran. Und demzufolge hat die Hut-Figur den Spielkarton seit Weihnachten 1995 nicht mehr verlassen.

Mum holt eine weitere Flasche Wein und schürt das Kaminfeuer, während ich den Karton aus dem Schrank hinterm Sofa ziehe. Und dabei entdecke ich etwas, das ich völlig vergessen hatte.

»Oh Gott«, lache ich. »Ist das die vollständige Sammlung?«

Ich ziehe einen Holzständer heraus, der mit Musikkassetten bestückt ist, jede mit einer handschriftlichen Songliste versehen.

»Natürlich«, sagt Mum stolz. »Ich habe noch jede einzelne, die wir je zusammengestellt haben. Wir haben schließlich jede Menge lange Autofahrten unternommen.«

Ich schaue auf die Kassetten, spüre, dass ich einen Kloß im Hals bekomme. Diese Kassetten waren noch so eine Familientradition, wenngleich diese *nach* Dad begann, als ich etwa zwölf war. Vor jeder langen Reise mit dem Auto – sei es in den Sommerferien oder übers Wochenende für einen Besuch bei Nan in Sheffield – stellten wir ein neues Mixtape zusammen. Wir suchten immer abwechselnd einen Song aus, und das Resultat bestand dann darin, dass es sich bei den Kassetten wohl um die einzigen Mixtapes der Welt handelte, auf denen sich sanfter Folkrock und bretthartcr Gangsta-Rap in steter Folge abwechselten.

Wir verbrachten Stunden mit der Zusammenstellung dieser Kassetten, saßen im Schneidersitz vor der Hi-Fi-Anlage, schrieben Songlisten, malten Designs auf die Cover, machten uns über die Songs des jeweils anderen lustig. Ist schon komisch: Zuweilen habe ich diese Nachmittage mehr genossen als die eigentlich Ferien.

Ich entdecke das Tape vom August 2000 – der Reise nach Whitley Bay, wo das Foto entstand, das im Flur hängt. Der Kloß im Hals wird doppelt so groß, doch es gelingt mir, ihn runterzuschlucken. »Können wir das hören?«, frage ich sie.

Mum sitzt auf dem Teppich und verteilt ganz wie ein Las-Vegas-Veteran stapelweise das Monopoly-Geld. »Nun, wir machen gerade zwar keine Autofahrt, aber leg sie ruhig ein. Schließlich ist Weihnachten.«

Ich schiebe die Kassette ins Tapedeck und drücke die Starttaste, und im nächsten Moment erheben sich im Zimmer die zarten Klänge des ersten Songs – »California« von Joni Mitchell –, den Mum seinerzeit ausgesucht hatte.

»So, und nun setzt du dich zu mir«, sagt sie und klopft neben ihr auf den Teppich. Ich tue, wie mir geheißen, und sie rollt den Würfel über das Spielbrett.

Sie geht mit ihrem Schiff zur Pentonville Road und beginnt, Geldscheine vom Stapel abzuzählen. »Also, deine Daphne«, sagte sie, »die finde ich einfach nur toll.«

Nun würfele ich. »Ja, finde ich auch.«

»Ich war etwas besorgt«, sagt Mum. »Schließlich ist Daphne das erste Mädchen, das du seit der Meckerliese Tish nach Hause mitgebracht hast.«

Das bringt mich zum Lachen. Leticia Middleton – die Meckerliese – war meine Freundin vor Daphne gewesen. Sie ging auf die unglaublich vornehme – und teure – Mädchenschule in der Nähe meines Junior-College, aber gab sich größte Mühe, ihren wohlhabenden Familienhintergrund zu verbergen, indem sie fluchte wie ein Kriegsveteran und sich kleidete wie Gwen Stefani von No Doubt. Als ich siebzehn war, waren wir etwa drei Monate zusammen, und gegen Ende gab ich Mums Drängen entnervt nach und lud sie zu uns nach Hause ein.

»Ich glaube, Tish hat mir kein einziges Mal in die Augen geschaut«, gackert Mum.

»Mum, wahrscheinlich war sie zu schüchtern!«

»Zu schüchtern! Das Mädchen hat beim Essen mindestens zehn Mal das F-Wort gesagt.« Sie würfelt und lacht erneut. »Ach Gott, weißt du noch, als ihr die Nudel im Lippenpiercing hängen blieb? Das arme Mädchen. Ich will gar nicht darüber lachen …«

Aber wir können nicht anders. Die Erinnerung ist einfach zu absurd. Mum bombariert Tish mit ihrer fröhlichen Freundlichkeit, und Tish verflucht ihr blödes Piercing.

Selbstredend blieb es ihr einziges Gastspiel bei uns.

Als wir uns wieder eingekriegt haben, sagt Mum: »Mit deinem heutigen Damenbesuch lief es zweifellos besser. Viel besser. Du und Daphne seid ein wundervolles Paar.«

»Ja …«, sage ich, schwer getroffen von ihren Worten. Und dann, ohne darüber nachzudenken, frage ich sie: »Meinst du wirklich?«

»Natürlich.« Sie schaut zu mir auf. »Du nicht?«

Ich zucke die Achseln. »Doch. Im Moment ist alles wunderbar. Aber woher weiß ich, ob wir auch auf lange Sicht gut miteinander auskommen werden?«

Sie schüttelt den Kopf und lacht. »Ach, Ben … Du bist erst zwanzig. Das Einzige, was im Moment zählt, ist die Frage: Macht ihr einander glücklich?«

»Im Moment auf jeden Fall, ja.«

»Na, siehst du.« Sie schiebt mir den Würfel zu. »Darüber, wie es langfrsitig läuft, kannst du später nachdenken. Aber feststeht: Damit eine Beziehung funktioniert, muss man an ihr arbeiten. Und mir scheint, du und Daphne habt eine Beziehung, an der zu arbeiten sich lohnt. Ich habe ein gutes Gefühl bei euch beiden.«

Ich würfele, und plötzlich höre ich mich sagen: »Aber bei Dad und dir musst du am Anfang doch auch ein gutes Gefühl gehabt haben.«

Sie ist dabei, ein Bündel Geldscheine abzuzählen, aber nun hält sie abrupt inne. Ich habe so etwas noch nie zu ihr gesagt. Noch nie. Im Grunde weiß ich überhaupt nichts über ihre Beziehung mit meinem Vater, nur dass er sie am Ende wegen einer anderen Frau verlassen hat. Über mehr als das haben wir nie gesprochen. Ich weiß nicht, warum. Vielleicht habe ich darauf gewartet, dass sie mit dem Thema anfängt, aber das hat sie nie getan. Plötzlich aber möchte ich unbedingt mehr darüber erfahren. Aus irgendeinem Grund wurde mir diese wahnsinnige Gelegenheit gegeben, sie wiederzusehen, und ich brenne darauf, die Möglichkeit zu nutzen, um wenigstens einmal richtig mit ihr zu *reden*. Um sie all die Dinge zu fragen, die ich sie schon immer fragen wollte, aber nie dazu kam.

Ich sehe, dass sie verblüfft ist. Es folgt ein Moment betretenen Schweigens, aber dann kommt uns das Mixtape zu Hilfe, denn Joni Mitchells traurige Gitarre wird rüde von NWAs »Fuck tha Police« abgelöst. Wir sehen uns an und lachen los.

»Was für ein perfekter Übergang«, murmelt sie.

Ich beuge mich zur Stereoanlage vor und stelle Ice Cube etwas leiser, und Mum würfelt und schiebt ihre Spielfigur vor. Einen Moment lang denke ich, dass sie so tun wird, als hätte sie meine Bemerkung nicht gehört. Aber dann kratzt sie sich am Hals und sagt: »Offen gestanden weiß ich nicht, ob ich dieses Gefühl bei deinem Vater und mir überhaupt gehabt habe. Selbst nach unserer Hochzeit, selbst nachdem wir dich bekommen haben.«

Mein Herz klopft wie ein Bassdrum. Sie schaut auf, lächelt mich leise an. »Ich war einfach *verzaubert* von ihm«, sagt sie und verdreht bei der Vorstellung die Augen. »Er war sehr charmant und talentiert und alles. Aber wir haben uns vor unserer Hochzeit nicht lange gekannt. Ungefähr ein halbes Jahr. Und ich glaube, ich hatte die ganze Zeit die Sorge, dass er weniger an mir als an sich selbst interessiert sein könnte. Dass sein Ehrgeiz und seine Karriere ihm wichtiger waren als alles andere.« Sie atmet langsam durch die Nase aus. »Und letztendlich hat er meine Sorge bestätigt.«

Ich spüre die aufsteigende Hitze in meinem Gesicht und den Kloß, der sich abermals in meinem Hals bildet. »Aber was war mit dir?«, frage ich mit belegter Stimme. »Mit deinem Ehrgeiz und deinen Zielen?«

Sie winkt ab. »Natürlich war ich auch ehrgeizig. Ich wollte immer nur unterrichten, Lehrerin sein. Und das wurde ich dann auch. Ich liebe meinen Beruf und bin, glaube ich, ganz gut darin.«

»Du bist eine *hervorragende* Lehrerin«, sage ich. Und im selben Moment wird mir klar, dass ich im Grunde ihre Bemerkung zu Daphne über meine Schreiberei wiederhole. Sie hat mich immer unterstützt, zu hundert Prozent, hat mich nie infrage gestellt. Und in der realen Welt des Jahres 2020 ist sie nicht mehr da. Eine Minute vor Mitternacht wird sich all dies in nichts auflösen, und sie wird abermals aus meinem Leben verschwunden sein. Ich weiß nicht, ob ich damit klarkommen werde.

Gott, ich habe sie *so* vermisst.

»Ben, weinst du … Oh Schatz, was ist los?«

Ich wische die Tränen weg, die mir plötzlich übers Gesicht rinnen.

»Es tut mir so leid, Mum«, murmele ich.

»Ach Ben, was ist denn in dich gefahren? Es gibt nichts, was dir leidtun müsste.«

Aber es gibt sehr wohl etwas – sie weiß es nur noch nicht. Es tut mir leid wegen der schrecklichen Dinge, die ich ihr vor ihrem Tod sagen werde. Es tut mir leid, weil ich in der Zukunft so ein schlechter Sohn sein werde. Aber ich weiß nicht, wie ich ihr diese Dinge erzählen soll, und weine deswegen umso mehr.

Mein Gesicht liegt an ihrer Schulter, meine Worte klingen gedämpft. »Ich werde dich enttäuschen, Mum. Ich weiß es. Ich werde alle enttäuschen.«

Sie drückt mich noch fester an sich und sagt: »Ben, du kannst mich gar nicht enttäuschen. Das ist unmöglich.«

Jetzt flenne ich richtig los. Alles verschwimmt vor meinen Augen.

Einige Zeit vergeht, ich bin mir nicht sicher, wie viel. Aber als wir uns voneinander lösen, sind ihre Augen auch gerötet und ihre Wangen feucht.

»Sieh uns an«, sagt sie und wischt sich über das Gesicht. »Du hast mich auch zum Weinen gebracht. Das ist nicht besonders weihnachtlich, oder?«

Ich lache und schiefe. »Sorry.«

»Wie auch immer, komm schon. Genug davon. Wir müssen unser Spiel zu Ende spielen.« Sie zeigt auf meine Spielfigur, die in der Pentonville Road steht. »Und glaub nicht, dass dein Herumgeheule dir *das* hier erspart.« Grinsend hält sie mir die offene Hand hin. »Du schuldest mir Miete, junger Mann.«

Kurz darauf brechen wir unser Monopoly-Spiel ab. Ich kann mich einfach nicht darauf konzentrieren, wenn ich weiß, dass meine Zeit mit Mum unerbittlich verrinnt, Sekunde für kostbare Sekunde.

Stattdessen lege ich zwei weitere unserer Mixtapes ein und verbringe die nächsten drei Stunden damit, ihr all die Fragen zu stellen, die ich ihr noch nie gestellt habe. Ich erfahre Dinge über ihre Kindheit, ihre Schulzeit, ihr Studium. Über ihre Arbeit in einem Kibbuz in Israel mit Anfang zwanzig. Lauter Dinge, von denen ich bislang nichts wusste. Sie erzählt mir von dem Abend, an dem sie Dad kennenlernte. Es war bei der Premiere eines Stücks von N. F. Simpson am Royal Court. Während der Pause wurden ihre Drink-Bestellungen an der Bar verwechselt, sie kamen ins Gespräch, und der Rest ist Geschichte.

»Was ist heute Abend los mit dir?«, fragt sie mich irgendwann. »Du warst an meiner Vergangenheit noch nie sonderlich interessiert, und jetzt fragst du mich Löcher in den Bauch.«

Es sollte ein Witz sein – glaube ich –, dennoch erschüttert ihre Bemerkung mich in den Grundfesten. Denn es stimmt: Ich zeigte nie großes Interesse an ihrer Vergangenheit. Ich war total ichbezogen. Ich betrachtete sie einfach als meine Mum, nicht als eine reale Person mit Hoffnungen und Ängsten, mit Fehlern und einem Leben vor meiner Geburt.

Nach viel Gelächter, einer weiteren Flasche Rotwein und jeder Menge Geschichten – alles untermalt von unseren tollen Folkrock-HipHop-Mixtapes – packen wir das Monopoly-Spiel schließlich weg und setzen uns vor den Fernseher.

Während die Schlussviertelstunde eines Bond-Films aus den Siebzigern über den Bildschirm flimmert, fühle ich mich plötzlich total erschöpft und ausgelaugt. Der emotionale Wirbelwind der letzten Stunden – und der viele Rotwein – fordern ihren Tribut.

Ich schaue zu Mum hinüber, während sie zusieht, wie Roger Moore den Bösewicht zur Strecke bringt, und spüre meine tiefe Liebe zu ihr. Ich möchte nicht, dass dieser Moment endet.

Aber er wird enden. Auf der Uhr über dem Fernseher ist es zehn vor zwölf. Was bedeutet, dass mir noch neun Minuten bleiben, ehe sich all das in Luft auflösen wird und ich mich in einer anderen Zeit an einem anderen Ort wiederfinden werde.

Ich weiß, ich sollte dankbar sein, dass ich noch einen weiteren Tag mit Mum erleben durfte, aber ich kann nicht anders: Ich will mehr.

Ich setze mich auf und hole tief Luft. Es muss doch einen Weg geben, um es hinzubekommen. Irgendein Schlupfloch muss es geben. Der Uhrenverkäufer sagte, um eine Minute vor Mitternacht würde sich mein nächster Zeitsprung ereignen – aber als es gestern Abend geschah, schlief ich tief und fest. Kann es womöglich nur dann zu einem Zeitsprung kommen, wenn ich schlafe?

Vielleicht bekomme ich mehr Zeit mit meiner Mutter, wenn ich einfach die Augen aufhalte, wenn ich wach bleibe …

Ich weiß nicht, ob es funktionieren wird, aber es ist einen Versuch wert. Leider wirft sie mir genau in dem Moment die Fernbedienung zu und steht auf.

»Das war's für mich. Ich bin fix und fertig.«

»Nein, warte … möchtest du nicht das Ende des Films sehen?«

»Ich glaube, ich weiß, was geschieht«, gähnt sie. »Nach einem äußerst sexistischen Spruch kriegt er seine Gespielin rum, und das war's dann.«

Ich stehe auch auf, will sie auf keinen Fall gehen lassen. »Wir müssen ja nicht den Film zu Ende schauen. Wir können uns ja unterhalten oder noch ein Spiel spielen oder so.«

Sie lacht. »Ben, es ist spät. Ich bin todmüde.«

»Ich weiß, aber … Lass uns noch ein bisschen wach bleiben. Bitte. Nur ein paar Minuten.«

In dem Moment treffe ich eine Entscheidung: Ich werde es ihr erzählen. Ich werde ihr erzählen, was mit mir geschieht. Ich weiß, dass es verrückt klingen wird – »Mum, ich bin ein Zeitreisender …« –, aber ich bin mir sicher, sie überzeugen zu können. Und nachdem mir das gelungen ist, werde ich mich vernünftig bei ihr entschuldigen. Ich werde ihr erzählen, dass ich die schrecklichen Dinge, die ich ihr in der Zukunft an den Kopf werfen werde, nicht ernst meine. Vielleicht besteht sogar die Möglichkeit, die Zukunft zu *verändern* und zu verhindern, was Mum widerfahren wird.

Bei dem Gedanken macht mein Herz einen Freudenhüpfer. Noch ist es nicht zu spät!

»Lass uns einfach bis Mitternacht wach bleiben, okay?«, sage ich. »Bis zum Weihnachtstag.«

Mum schaut zur Uhr auf. »Ich glaube, das Ding geht sowieso nach. Es könnte schon Mitternacht sein.«

Sie zieht ihr Handy aus der Tasche und schaut nach. Und in dem Moment wird alles schwarz um mich.

18. KAPITEL

Es kommt mir so vor, als würde ich mit extremer Wucht zurückgeschleudert werden.

Gerade stehe ich noch aufrecht da, nur um im nächsten Moment auf einer weichen Matratze zu liegen, während der Raum um mich herum bebt.

Ich versuche mich aufzusetzen, doch es gelingt mir nicht.

Und dann hört das Beben plötzlich auf. Durch das gegenüberliegende Fenster sehe ich, wodurch es ausgelöst wurde, nämlich durch einen weiß-orangefarbenen Zug der Londoner Overground-Bahn, der in der Ferne verschwindet.

Ich schaue um mich und muss zu meinem Entsetzen erkennen, dass das Wohnzimmer verschwunden ist – und mit ihm meine Mutter – und dass ich nun ganz woanders bin.

Mit pochendem Herzen setze ich mich auf.

War es das? Ist es vorbei? Werde ich Mum nun nie mehr wiedersehen?

Kalte Panik steigt in mir auf. Ich hätte ihr so viel mehr sagen können, sagen *sollen*.

Die Armbanduhr sitzt weiterhin fest an meinem Handgelenk. Offenkundig gibt es kein Schlupfloch. Ganz gleich, ob ich schlafe oder wach bin, um eine Minute vor Mitternacht mache ich einen Zeitsprung, und es gibt nichts, was ich dagegen tun kann.

Ein tiefes Gefühl des Bedauerns überkommt mich, aber mir bleibt keine Zeit, groß darüber nachzudenken, denn während ich wild durch das Zimmer schaue, wird mir plötzlich klar: Ich weiß, wo ich bin.

In Dalston. 79 Kingsland High Road, Dalston. In der möblierten Wohnung, die Harv und ich nach dem Studium angemietet hatten.

Taumelnd steige ich aus dem Bett, immer noch am ganzen Leib zitternd, und blicke entgeistert um mich. Es ist alles wie in meiner Erinnerung: der Feuerlöscher in der Ecke neben dem Schrank, an der Tür der laminierte Schrieb mit den Sicherheitsregularien, die schreckliche Leuchtstoffröhre an der Decke, die – wenn eingeschaltet – das Zimmer in fahles weißes Licht taucht.

Die Zimmer der zweistöckigen Wohnung waren zuvor die Büroräume einer albanischen Anwaltskanzlei gewesen, aber irgendwann hatten die Anwälte ihren juristischen Kampf gegen das ständige Dröhnen der Bahn aufgegeben, und der Vermieter hatte die Gelegenheit genutzt, um die Räume in eine möblierte Wohnung umzuwandeln. Dabei hatte er sich nicht mal die Mühe gemacht umzudekorieren, sondern hatte oben lediglich zwei billige Einzelbetten und unten ein Sofa reingestellt. Davon abgesehen war alles gleich geblieben.

Mein Zimmer erbebt von Neuem, als der nächste Zug am Gebäude vorbeidonnert und der Fensterrahmen losklappert wie ein aufziehbares Klappergebiss.

Wenn ich mich recht entsinne, hatten Harv und ich mittels eines extrem hart umkämpften FIFA-Spiels entschieden, wer welches Zimmer bekommt, und er hatte gewonnen. Beide Zimmer waren superlaut, aber Harvs lag nach vorne raus und bekam nur sporadische Straßengeräusche ab – das Aufheulen eines Motorrads, einen Streit unter Betrunkenen oder wenn irgendein Rowdy ein Autofenster einschlug. All das zog Harv dem sauber durchgetakteten Schlafentzug vor, der einen im hinteren, direkt neben den Bahngleisen befindlichen Zimmer erwartete.

Wir wohnten dort etwas über drei Jahre, und die ganze Zeit über schlief ich, glaube ich, nie länger als vier Stunden am Stück.

Was plötzlich die bange Frage aufwirft, an welchem Zeitpunkt ich mich befinde? Wir wohnten hier von, was … 2008 bis 2011? Ich könnte also binnen eines Wimpernschlags fünf Jahre durch die Zeit gesprungen sein.

Bei dem Gedanken werden mir die Knie weich, und ich muss mich erst mal auf die Bettkante setzen.

Mein Kopf klingelt vor Verwirrung, aber ich kann nicht ewig im Zimmer sitzen bleiben. Ich fange an, mich anzuziehen, klaube wahllos Klamotten vom Boden auf. Harvs Tür ist geschlossen, also schleiche ich nach unten, gehe an unserem kastenförmigen Wohnzimmer vorbei und sehe das leicht verdreckte Aquarium neben dem Fernseher, in dem zwei Goldfische sind, die wir nach Mitgliedern des Wu-Tang-Clans benannt haben, obwohl ich mich im Moment nicht erinnere, nach welchen.

Ich öffne die Küchentür und gehe hinein. Ein unglaublich attraktives Mädchen steht an der Spüle und schnüffelt an einer offenen Milchpackung, verzieht ihr bildschönes Gesicht. Sie trägt ein weites graues T-Shirt, das fast bis zu den Knien ihrer gebräunten nackten langen Beine reicht, und ihr hellblondes Haar ist lose aufgesteckt.

Als ich sie erblicke, zucke ich erschrocken zusammen. »Mein Gott, *Liv*!«

Sie schaut auf, sieht mich entgeistert an.

»Äh … ja? Hallo«, sagt sie mit ihrem affektierten Oberklasse-Akzent. Die Verwirrung auf ihrem Gesicht verrät mir, dass ich einen Fehler begangen habe. Wir sind uns zum ersten Mal begegnet, während ich hier gewohnt habe. Kann es also sein, dass dies hier unsere erste Begegnung ist? Sieht ganz danach aus.

»Ich bin Ben, Harvs Mitbewohner«, erkläre ich schnell, doch sie betrachtet mich weiter argwöhnisch.

»Ach so, okay. Ich bin Olivia. Liv. Aber das weißt du offenbar schon.«

»Ja. Entschuldige, dass ich hier so reinplatze und deinen Namem rausblöke«, entgegne ich. »Das liegt wohl daran, dass Harv ständig über dich spricht.«

Hinter mir ertönt eine beleidigt klingende Stimme. »Was tue ich? Das stimmt doch gar nicht!«

Ich drehe mich um und sehe, wie Harv in T-Shirt und Boxershorts hereinschlurft und mich anfunkelt.

»Ich spreche nicht groß über dich«, sagt er zu Liv, die ihm diese Bemerkung natürlich – zu Recht – nicht abnimmt. Sie weiß *genau*, dass sie die Sorte Mädchen ist, mit denen Männern vor ihren Freunden angeben. »Ich meine, nein, das klingt blöd«, plappert Harv weiter, während ihm leichte Röte ins Gesicht steigt. »Ich habe bestimmt von dir erzählt, klar. Vermutlich dass wir Arbeitskollegen sind und so. Es ist aber nicht so, dass ich ständig von dir erzählen würde. Stimmt doch, Ben, oder?«

Dankenswerterweise unterbricht Liv seinen quälenden Monolog, indem sie eine dicke klebrige weiße Flüssigkeit in den Ausguss schüttet.

»Schön, dich kennenzulernen«, sagt sie zu mir, ohne zu lächeln, und knallt die leere Milchpackung auf den Tresen. »Ihr braucht Milch.« Sie schiebt sich an uns vorbei aus der Küche und geht nach oben.

»Alter, was soll die Scheiße?«, faucht Harv mich an.

»Warum erzählst du ihr, ich würde ständig über sie sprechen? Bist du wahnsinnig?«

»Tut mir leid. Ich …«

»Ich stehe schon ewig auf dieses Mädchen, und dann fängst du an …« Plötzlich erstrahlen seine Augen und ein Lächeln teilt sein Gesicht in zwei Hälften. »Ach, scheiß drauf. Ich *kann* gerade gar nicht sauer auf dich sein.« Er senkt seine Stimme zu einem Flüstern. »Also, gestern Abend. Bei der Weihnachtsfeier auf der Arbeit. Wir haben endlich … Tja. Und es war, puh …« Er legt seine Hände auf meine Schultern, bläst die Backen auf, rollt mit den Augen und atmet langsam in mein Gesicht aus.

»Was bedeutet das?«, frage ich. »Anstrengend?«

»Es bedeutet, dass wir richtigen Geschlechtsverkehr hatten. Und es war … es war der *Hammer*, Benjamin.« Er schaut an die Decke und schüttelt den Kopf. »Es war wirklich unglaublich.«

Er sieht so glücklich aus, so beseelt, dass ich nicht weiß, was ich sagen soll. Ich meine, was kann ich auch sagen?

Olivia Woodford ist zweifellos das Schlimmste, was ihm je widerfahren wird.

Ihre Beziehung war von Beginn an total unausgeglichen, und ich glaubte es kaum, als sie sechs Wochen, geschweige denn als sie vier Jahre überdauert hatte. Vier Jahre lang trottete Harv brav neben ihr her, immer einen halben Schritt zurück, war ihr nie wohlhabend oder cool oder *sonst was* genug.

Sie lernten sich bei der Firma für Musik-Marketing kennen, wo Harv einen kleinen Job im administrativen Bereich hatte. Livs Anwesenheit dort – als Arbeit konnte man es kaum bezeichnen – beruhte, soweit ich es beurteilen konnte, allein darauf, dass ihr Vater im selben Uni-Trinkclub wie der

Firmenchef gewesen war. Nachdem Harv mir während unserer Playstation-Sessions wochenlang von ihr vorgeschwärmt hatte, hatte es zwischen den beiden bei der Weihnachtsfeier schließlich gefunkt.

Und das war es dann. In den nächsten vier Jahren verloren wir uns aus den Augen.

Das lag zum Teil daran, dass ich Liv nicht besonders mochte. Wie viele attraktive Menschen schien auch sie zu glauben, dass ihre Attraktivität ihre extreme Unfreundlichkeit aufwiegen würde. Wenn man sich mit ihr unterhielt, konnte sie keinen Blickkontakt halten, ständig wanderte ihr Blick umher, immer auf der Suche nach einem vermeintlich interessanteren Gesprächsparter. Aber mehr als das mochte ich nicht, wie Harv sich veränderte, als ihre Beziehung intensiver wurde.

Im Bemühen, sich Liv und ihren reichen Hipster-Freunden anzupassen, wurde er kühler und härter und sarkastischer. Er schien all das zu verlieren, was ich immer an ihm gemocht hatte: seinen selbstironischen Humor, seinen albernen Charme, seine ansteckende Lebensfreude. Er war in sie vernarrt – »vernarrt« ist wirklich das passende Wort –, und in ihrer Gegenwart fuhr er sein Selbstvertrauen immer künstlich hoch, während seine Selbstwahrnehmung automatisch abnahm. Für mich war es immer offensichtlich, dass er sich viel zu angestrengt verhielt. Ich war wohl der Meinung, dass echte Liebe unangestrengt zu sein habe.

Andererseits, wohin hat mich diese Sichtweise gebracht?

Wie auch immer, in den nächsten vier Jahren entfernte sich Harv allmählich von mir, bis er völlig in Livs Freundkreis aufgegangen war. Wir hatten den Kontakt fast vollständig verloren, als bei ihm schließlich alles zusammenbrach.

Er fand heraus, dass Liv ihn mit einem dummerweise gut aussehenden Start-up-Millionär betrog, der in einer Folge von *Made in Chelsea* aufgetreten war. Sie trennten sich, und naiverweise nahm ich an, dass ich nun meinen besten Freund zurückbekommen würde. Aber er verwandelte sich nicht auf magische Weise wieder in den Kerl zurück, der er einst gewesen war, sondern entfernte sich noch weiter von ihm. Plötzlich wurde er fitnessbesessen, trainierte wie verrückt; vermutlich weil er glaubte, dass sein leichtes Übergewicht mit ein Grund dafür gewesen war, dass Liv sich dem Millionär an den Hals geworfen hatte (der im Übrigen gebaut war wie Zac Efron, wie ich später herausfand).

Während ich zuschaue, wie Harv in postkoitaler Glückseligkeit in der Küche herumwuselt, wird mir klar, dass ich nie mit ihm über diese Dinge gesprochen habe. Nach Liv näherten wir uns allmählich wieder an, doch ich fragte ihn nie, wie es ihm wirklich ging. Ich sagte zu dem Ganzen nichts, was über die oberflächlichen Kopf-hoch-Kumpel-es gibt-genügend-Frischfleisch-Phrasen hinausgegangen wäre. Wahrscheinlich sagte ich mir, dass wir eben Männer sind und dass Männer nun mal nicht über solche Dinge reden. Aber das ist totaler Unsinn. Ich war zu sehr mit mir und meinen eigenen Problemen beschäftigt.

Plötzlich denke ich an unseren Abend im Pub am Vorweihnachtsabend 2020 und an das Gefühl der Fremdheit zwischen uns – der Unfähigkeit, miteinander über reale wichtige Dinge zu sprechen. Im Grunde begann es hier, in diesem Moment; dies war der Augenblick, als unsere Freundschaft zu zerfasern begann. Nicht nur, weil er mit einem Mädchen zusammengekommen war, das ich nicht ausstehen konnte, sondern auch, weil ich zu egoistisch war, um für ihn da zu sein, als bei ihm alles den Bach runterging.

Vielleicht ist es ja genau das, worum es heute geht. Vielleicht bin ich deshalb hier, an diesem spezifischen Tag. Soll ich ihm verraten, wie seine Zukunft aussieht? Er würde mir bestimmt nicht glauben, falls ich es täte, oder?

Harv unterbricht meinen Gedankenstrom, indem er den Kühlschrank aufmacht und fragt: »Hast du Ghostface und Raekwon gefüttert?«

Ich schaue ihn dümmlich an. »Wen …? Ah, meinst du die Goldfische?«

»Nein, das Rapper-Duo aus Staten Island. *Natürlich* meine ich die Fische. Was ist heute Morgen mit dir los?«

»Sorry, ich fühle mich einfach ein bisschen neben der Spur.«

»Hast du sie nun gefüttert oder nicht?«

»Nein.«

»Okay.« Er nimmt das Fischfutter aus dem Kühlschrank und schaut zur Uhr auf. »Musst du nicht zur Arbeit?«

Gott. Mist. Vielleicht muss ich ja wirklich zur Arbeit. Erneut merke ich, dass ich ihn mit leerem Blick anstarre und absolut keine Ahnung habe, was ich sagen soll. Da ich nicht das genaue Datum des heutiges Tages kenne, weiß ich schlicht nicht, was ich gerade arbeite.

»Heute Abend ist doch eure Weihnachtsfeier in der Redaktion, oder?«, erinnert er mich augenzwinkernd. »Freu dich drauf. Es gibt kaum was Besseres als Partys bei einem Herrenmagazin.«

Und dann fügt sich plötzlich alles zusammen. Ich weiß genau, welcher Tag heute ist. Und ich freue mich nicht im Geringsten, ihn ein zweites Mal durchleben zu müssen.

19. KAPITEL

Wenige Augenblicke, nachdem ich die Wohnung verlassen habe, bestätigt sich meine Annahme.

Ein schneller Blick auf die Tageszeitungen im Kiosk nebenan verrät mir, dass heute der 16. Dezember 2010 ist. Ich weiß genau, was heute geschehen wird, doch ich frage mich, warum ich mir das noch einmal antun sollte. Ja, warum eigentlich? Es war in jeder Hinsicht ein unerfreulicher Abend.

Mir wird bewusst, dass ich tatsächlich die Möglichkeit habe, etwas anderes zu tun. Niemand zwingt mich zu irgendetwas. Ich könnte den ganzen Tag spazieren gehen und Beatles-Songs summen. Oder ich könnte Mum besuchen, wie mir plötzlich klar wird. Sie ist nur ein paar U-Bahn-Stationen entfernt, ist gesund und munter.

Doch mir fällt wieder ein, was der Uhrenverkäufer am Maronistand sagte. Ich bin aus einem bestimmten Grund an diesen spezifischen Tag zurückgekehrt. Und so sehr ich mich vor dem, was dieser Tag bringen wird, fürchte, so sehr bin ich auch gespannt, ob ich etwas Neues bemerken werde, ob mir etwas auffällt, an das ich mich nicht erinnere, ob ich eine neue Erkenntnis erlange. Es geschah im Irrgarten, es geschah zu Hause bei Mum: Wird es auch hier geschehen? Ich denke, am besten lässt es sich herausfinden, wenn ich diesen Tag noch einmal genauso erlebe wie beim ersten Mal und die Augen nach allem offen halte, was ich ursprünglich womöglich übersehen habe.

Mit diesen Gedanken im Kopf erwacht mit einem Mal mein motorisches Gedächtnis. Drei Jahre lang bin ich diesen Weg an jedem Wochentag gegangen, und nun führen meine Schritte mich wie von selbst zur Bushaltestelle am Ende der Straße, wo ich ein paar Minuten auf den 243er warte, der alsbald eintrifft. Ich finde einen Platz auf dem Oberdeck und lehne meinen Kopf an das ruckelnde Fenster, während der Bus langsam durch Bethnal Green nach Süden fährt. Helle Weihnachtsbeleuchtung ziert so ziemlich jeden Baum und Laternenpfahl und jede Ladenfront, an der wir vorbeifahren: Alles erinnert an das, was der heutige Abend bringen wird.

Ich spüre ein Summen in der Tasche und ziehe das Handy heraus, von dem ich nicht einmal wusste, dass es da war. Es ist ein frühes iPhone, das für meinen 2020er-Blick klobig und irgendwie niedlich aussieht – wie ein Kinderspielzeug. Auf dem Display leuchtet eine Nachricht auf. Sie ist von Daphne.

Ich spüre ein Kribbeln im Bauch, als ich sie öffne.

> Hey, ich hoffe, der Abend läuft gut! Ich werde an dich denken. Betrachte es einfach als Feldforschung: Du bist wie David Attenborough, der die Eber in ihrer natürlichen Umgebung beobachtet. Wie auch immer, vielleicht bis später. Liebe dich xx

Ich stecke das Handy wieder ein und beobachte, wie mein Atem auf dem schmutzigen Busfenster kondensiert und sich auflöst. Es ist seltsam, sich in eine Zeit hineinzuversetzen, in der Daff und ich nicht zusammen wohnten. Als ich sie nicht jeden Tag sah. Damals erschien mir die Aussicht, sie nach der Arbeit zu treffen und vielleicht die Nacht mit ihr zu verbringen, wie ein Licht am Ende des Tunnels, wie eine Belohnung dafür, einen weiteren schweren Arbeitstag hinter mich gebracht zu haben.

Nach der Uni hielten wir es beide für zu früh – oder vielleicht für zu langweilig erwachsen –, um zusammenzuziehen. Also gründete ich mit Harv eine Zweier-WG, und Daff fand mit Jamila und einigen anderen Freunden eine große Wohnung in Balham. Aber in etwa einem Jahr – Ende 2011 – werden wir endlich unsere mageren Einkünfte zusammenlegen und unsere erste gemeinsame Wohnung mieten, eine kleine Bude im fünften Stock in Shepherd's Bush.

Während der Bus durch Barbican kurvt, fällt mir alles wieder ein: die Aufregung, als der Makler uns die Wohnungsschlüssel übergab; wie schön die erste Nacht in unserem neuen Zuhause war. Wir saßen kichernd am Boden, umgeben von Umzugskartons, wie Kinder, die spielten, Erwachsene zu sein. Was wir in gewisser Weise auch waren. Wir sahen uns auf meinem Laptop *Confusion – Sommer der Ausgeflippten* an und aßen indische Curry-Gerichte zum Mitnehmen, mit Plastikgabeln, weil wir noch kein eigenes Besteck besaßen. Jetzt wird mir klar, dass jene Nacht vermutlich eine meiner glücklichsten überhaupt war. Damals hatte ich das Gefühl, dass wir gemeinam alles würden schaffen können. Dass eine großartige Zukunft vor uns läge.

Mit dem Jackenärmel wische ich die beschlagene Scheibe sauber und blicke hinaus auf die hoch aufragenden brutalistischen Gebäude.

Ja, zu diesem Zeitpunkt in meinem Leben – Ende 2010 – schien alles noch fast möglich zu sein. Zunächst einmal verdiente ich meinen Lebensunterhalt endlich mit Schreiben. Okay, zumindest mit etwas Ähnlichem. Nachdem ich monatelang Zeitschriftenredakteure im ganzen Land vergebens mit E-Mails und Anrufen bombardiert hatte, entdeckte ich eine Anzeige für eine neue Männerzeitschrift, die auf der Suche nach »jungen und hungrigen« Mitarbeitern war. Das Magazin hieß *Thump* – und der Kurzbeschreibung der Anzeige war zu entnehmen, dass es sich um die Art von Publikation handelte, in der es um Dinge wie barbusige Frauen, Jason-Statham-Filme und Bilder von verpfuschten Tätowierungen ging. Doch ich war inzwischen total verzweifelt – und hatte den Kneipenjob und die Zeitarbeitsagenturen gründlich satt –, also bewarb ich mich für eine vierzehntägige Probezeit. Ich erhielt den Zuschlag, und am Ende der zwei Wochen bot man mir – sehr zu meiner Überraschung – die Stelle als Redaktionsassistent an.

Ich verbrachte viel Zeit am Kopierer, musste Notizen machen und Tee kochen, aber gelegentlich durfte ich auch etwas schreiben. Der größte Teil meiner dreijährigen Tätigkeit bei *Thump* bestand indes darin, verzweifelt zu versuchen, die ständigen sexistischen und homophoben Sprüche der übrigen Redaktionsmitglieder zu ignorieren. Heute Abend bei der Weihnachtsfeier würde es besonders schlimm werden.

Doch das alles hat nichts mit dem unseligen Ende des heutigen Abends zu tun. Nein, das lag an der E-Mail. Ich versuche mich zu erinnern, wann ich sie erhalten habe. Es muss am späten Nachmittag gewesen sein. Danach sprach ich noch kurz mit Daphne, und dann nahmen die Dinge ihren Lauf. Mir graust bei der Vorstellung, das Ganze noch einmal erleben zu müssen.

Der Bus nähert sich nun meinem Ziel, und als ich aufstehe, betrachte ich mein Spiegelbild in der Fensterscheibe. Ich sehe immer noch wahnsinnig jung aus, verglichen mit meinem vierunddreißigjährigen Selbst, aber die vier Jahre, die ich soeben übersprungen habe, sieht man mir zweifellos an. An den Mundwinkeln zeichen sich die Anfänge zweier scharfer Falten ab, und rund um meine Augen scheint die Haut etwas dunkler und schlaffer zu sein als »gestern« im Jahr 2006.

An der Holborn-Haltestelle steige ich aus und gehe durch die Nebenstraßen Richtung Covent Garden, vorbei an den in festlichem Rot und Gold geschmückten Theatern. Ich erinnere mich noch genau an den kurzen Weg zur Redaktion, die sich in den schmuddeligen, mit iMacs gefüllten Kellerräumen eines unscheinbaren grauen Hochhauses befand.

Ich bin als Erster da – es ist Viertel nach neun, noch früh für die *Thump*-Redaktion –, und ich setze mich an meinen Schreibtisch und schalte den Computer ein. Ich habe absolut keine Ahnung, woran ich momentan arbeite, und plötzlich scheint mir die Vorstellung, den ganzen Tag in diesem öden Raum verbringen zu müssen, lachhaft und unmöglich. Schon damals, als ich noch kein Zeitreisender war, fiel es mir schwer, mich an den Job zu gewöhnen, wie soll es mir also nun gelingen, halbwegs normal mit meinen Kollegen umzugehen? Ich nehme mir vor, es so zu machen wie früher: Klappe halten und den Kopf einziehen.

Auf dem Computer-Desktop verstreut liegen einige Dokumente, und ich klicke wahllos eins an. Die Schlagzeile schreit: *FRANKENSTEINS SPIELERFRAU!*

Ach ja. Ich erinnere mich gut an dieses Machwerk. Eine Fotomontage, bei der die besten Körperteile der attraktivsten Ehefrauen englischer Fußballprofis zusammengefügt worden waren, um ein von Mary Shelley inspiriertes Hybridmonster zu erschaffen, das die ultimative Spielerfrau darstellen sollte. Halloween lag zwar schon sechs Wochen zurück, dennoch wollte unser Redakteur Graham nicht von seiner bahnbrechenden Idee ablassen.

Während ich das Word-Dokument überfliege, fällt mir

ein, dass meine Aufgabe dabei darin bestand, für jeden Körperteil fünfzig Wörter zu schreiben. Ein paar mit Ausrufezeichen versehene Zweideutigkeiten über Cheryl Coles Lippen, Danielle Lloyds Brüste, Louise Redknaps Beine, Abbey Clancys Pobacken und so weiter.

Schaudernd lese ich ein paar meiner Sätze und schließe das Dokument schnell wieder. Daneben auf dem Desktop liegt jedoch ein anderes Dokument, das mich noch mehr schaudern lässt.

Mein Roman. Wobei, es als »Roman« zu bezeichnen, ist eigentlich zu schmeichelhaft. Im Grunde ist es eher eine grotesk aufgeblasene Kurzgeschichte. Das Dokument enthält etwas über vierzigtausend Wörter, doch falls man mich nach der Handlung fragte, würde ich ins Stocken geraten. Ich hatte zwei Jahre an dem Mist herumgeschrieben, hatte zahllose Abende und Wochenenden weggeworfen, statt mich mit Daphne und Harv zu amüsieren.

Dann, zwei Wochen vor dem heutigen Tag, hatte ich endlich den Mut aufgebracht, das Manuskript einer Literaturagentin zu schicken. Und heute Nachmittag werde ich von ihr hören.

Während ich mich frage, ob ich es mir nachher antun soll, einen Blick auf ihre Mail zu werfen, ertönt hinter mir eine tief dröhnende Stimme. »Bist verdammt früh dran, Kleiner. Oder hast du hier übernachtet?«

Jonno – der Feuilletonredakteur bei *Thump*, das kreative Genie hinter Frankensteins Spielerfrau – marschiert herein und nimmt die Sonnenrille ab, die er trotz des trüben Tages trägt. Er ist Mitte dreißig, hat einen kahl rasierten Schädel und ein selbstzufriedenes Dauergrinsen auf den Lippen. Er trägt eine Cargohose, einen schwarzen Parka und ein knallrotes Kasabian-T-Shirt.

»Nein, bin gerade erst gekommen«, sage ich. »Wie geht's?«
Er nickt. »Spitzenmäßig, Kleiner. Spit-zen-mä-ßig.«

Ich arbeite jetzt seit ungefähr sechs Wochen hier, aber ich weiß nicht, ob Jonno überhaupt meinen Namen kennt. Meistens nennt er mich »Kleiner« oder »Kumpel«, manchmal auch »Kollege«.

Er setzt sich an seinen Schreibtisch und packt verschiedene Kabel und Kopfhörer aus seinem Rucksack aus. »Bin gestern früh ins Bett als Vorbereitung auf den Klamauk, den wir heute Abend veranstalten«, sagt er mit nachgeahmtem irischen Akzent. Jonno redet immer so, als wäre er der Moderator der Frühstückssendung auf Radio 1: laut und schroff und mit starkem Cockney-Einschlag, obwohl er ursprünglich aus Chichester stammt.

»Du bist heute Abend doch dabei, Kumpel, oder?«, fragt er mich. »Bei unserem Weihnachtsbesäufnis?«

»Ja, glaub schon.«

»Oh, Kumpel ...« Er streicht sich über den kahlen Schädel. »Es wird heftig, glaub mir. Die Weiber im Archie's sind megaversaut. Einige sind sind zwar hässlich wie die Nacht, aber sie machen alles, was du willst.«

»Okay. Großartig.«

Während meiner gesamten drei Jahre bei *Thump* war ich mir nie sicher, wie ich auf solche Sprüche reagieren sollte. Natürlich wollte ich nicht im selben Duktus antworten, aber hätte ich mich über die vulgäre Ausrucksweise beschwert, hätte Jonno entgegnet: »Beruhig dich, Kleiner. Sind doch nur Weiber!«

Meistens sagte ich also gar nichts.

Jonno macht sich eine Tasse Tee und versteigt sich währenddessen in einen Monolog über eine unattraktive Stripperin, der er auf einem Junggesellenabschied begegnet war. Als ich mir diese Geschichte zum ersten Mal anhörte, saß ich vermutlich einfach nur da, lachte mit und fühlte mich dabei beschissen. Diesmal aber ist es mir echt zu viel. Ich hatte mir immer gesagt, solange ich nicht aktiv mitwirke bei der Herabwürdigung von Frauen, Schwulen oder allen, die nicht hetero und männlich sind, so lange könnte ich mich als anständigen Menschen betrachten. Inzwischen aber ist mir klar geworden, dass man zum Mittäter wird, wenn man den Mund hält. Und Tatsache ist, dass mir ein Großteil meines Selbstbewusstseins abhanden gekommen war, als ich 2013 meinen Job bei *Thump* kündigte. Und das nur, weil ich nicht den Mut hatte, gegenüber diesen Idioten den Mund aufzumachen.

Wortlos erhebe ich mich von meinem Platz und gehe raus in den Flur. Plötzlich bebe ich vor Zorn und verspüre den Drang, so hart ich kann, gegen die Wand zu treten. Denn hier – damals bei *Thump* – war ich ein elender Feigling. Und meine Feigheit hatte sich mit jedem Tag verfestigt, an dem ich nicht den Mut hatte zu kündigen. Ich glaube, ich hatte zu viel Angst davor, wieder pleite zu sein, wieder einen Kneipenjob annehmen und meine Nächte auf der Job-Website des *Guardian* verbringen zu müssen. Auch hatte ich gehofft, dass der Job bei *Thump* zu etwas Interessanterem führen könnte, falls ich eine Weile dabeibliebe. Doch diese Hoffnung erfüllte sich nie.

Ich hole tief Luft und greife instinktiv nach dem Handy in meiner Tasche. Ich überlege, ob ich Daphne anrufen soll, bin mir aber nicht sicher, ob ich dafür schon bereit bin. Ich scrolle durch meine Kontakte, bis ich zu Harv komme, und ehe ich mich's versehe, rufe ich ihn an. Nach dem ersten Klingeln meldet er sich.

»Yo. Was gibt's?«

»Nichts. Nur … sorry. Ich wollte nur Hallo sagen.«

»Ach so.«

In den fünfzehn Jahren unserer Freundschaft haben wir uns noch nie angerufen, nur um Hallo zu sagen.

»Und, was treibst du gerade?«

»FIFA spielen. Mir ist noch schlecht von gestern.«

»Ist Liv noch bei dir?«

»Nein, sie ist zur Arbeit gegangen. Aber ich habe heute frei. Und was treibst du?«

»Ich, ähm …« Ich pruste und reibe meine Augen. »Keine Ahnung. Ich frage mich, was ich hier tue.«

»Ich dachte, der Job wäre in Ordnung.«

Hatte ich das gesagt? Wahrscheinlich. Es ist nicht so, dass Harv und ich zu diesem Zeitpunkt besonders tiefe oder ehrliche Gespräche miteinander geführt hätten. Ich beantworte seine Frage, indem ich ihm die Grundprämisse von *Frankensteins Spielerfrau* erläutere.

Er schnaubt ins Handy. »Okay. Hab's kapiert. Damit gewinnt man keinen Schriftstellerpreis. Wie detailliert sind denn deine textlichen Ergüsse? Reden wir auch von inneren Organen? Von Viktoria Beckhams Dickdarm vielleicht?«

Ich lache. »Von Coleen Rooneys Gallenblase.«

»Guter Name für eine Punk-Band.« Ich höre, wie er auf dem Sofa herumrutscht. »Hör zu, Alter, mach dir keinen Kopf. Die Leute da sind zwar nicht nach deinem Geschmack, aber du wirst ja nicht ewig dort arbeiten. Wir sind erst vierundzwanzig. In dem Alter hat man noch nichts geregelt. Wer hat das schon mit vierundzwanzig?«

Das scheint mir ein ziemlich guter Punkt zu sein, einer, den ich seinerzeit gern begriffen hätte. Aber dass ich mit vierunddreißig ebenso wenig geregelt haben werde, trifft mich dann doch.

Dennoch ist dies das tiefschürfenste Gespräch mit Harv seit Langem. Und ursprünglich kam es nicht dazu. Ich verspüre einen plötzlichen Anflug von Zuneigung für ihn – meinen besten Freund, meinen künftigen Trauzeugen – und frage mich, ob ich an dem, was ihm bevorsteht, tatsächlich etwas ändern kann.

»Hey, Harv«, sage ich. »Wie läuft's eigentlich mit Liv?«

»Gut. Sie macht einen prima Job auf der Arbeit.«

»Nun, ich … ich weiß nicht, das klingt vielleicht seltsam, aber ich wollte sagen, dass ich finde, ihr beide solltet eure Beziehung vielleicht etwas langsamer angehen lassen.«

Es folgt eine längere Pause, und dann flutet ungläubiges Gelächter aus meinem IPhone. »Alter, was redest du da?«

»Nichts, gar nichts. Ich habe nur … Liv ist vielleicht doch nicht so perfekt für dich, wie du glaubst, das ist alles.«

»Hast du sie in letzter Zeit mal gesehen?«

»Oh ja, ich weiß, sie ist wahnsinnig attraktiv. Ich sage ja nur, dass …«

Wütend trete ich auf den Teppich. Es gibt keine Möglichkeit, ihm die Wahrheit zu erklären, ohne dass ich komplett verrückt klinge. Ich will es gerade irgendwie anders versuchen, als er unvermittelt sagt: »Ich muss aufhören. Mein Toast brennt an. Viel Spaß heute Abend.«

Ehe er auflegt, raschelt es in der Leitung, und dann fügt er an: »Grüß mir die nackten Weiber.«

20. KAPITEL

Falls es einen deprimierenden Anblick gibt als den eines Weihnachtsbaums in einem Stripclub, dann habe ich ihn noch nicht gesehen.

Der Baum steht einsam und verlassen in der Ecke eines dunklen verspiegelten Raums, neben einer Bühne, auf der sich eine Frau mit Sillikonbrüsten lustlos an einer schmierigen Metallstange räkelt.

Ich bin mir nicht sicher, warum mir die Anwesenheit des Baumes so missfällt. Möglicherweise weil alles, wofür Weihnachten steht – Familie, Liebe, Güte, Freude – an einem Ort wie diesem völlig fremd ist, wo die Leute im Wesentlichen viel Geld dafür bezahlen, um all diese Werte eine Zeitlang vergessen zu können.

Ich habe den Tag am Schreibtisch vertrödelt, ein bisschen am Computer herumgespielt oder auf dem Handy nachgesehen, ob die Mail der Agentin eingetroffen ist (nein, noch nicht). Aber jetzt ist es kurz nach sechzehn Uhr, und ich reite mit der gesamten *Thump*-Redaktion im Archie's ein.

Sobald wir an den Türstehern vorbeigegangen sind, steigt mir ein überwältigender Kakaobutter- und Schweißgeruch in die Nase. Die Geschäftsführung des Archie's hat sich voll dem Weihnachtsthema verschrieben: Außer dem traurigen Baum gibt es auch silbernes Lametta, das auf den L-förmigen schwarzen Ledersofas liegt; über der Bar hängen rote und grüne Weihnachtskugeln, und einige der Tänzerinnen tragen rote Weihnachtsmützen.

Es war mein erster Besuch in einem Stripclub – der zweite folgte einige Jahre später mit einen alten Schulkameraden –, und bis heute kann ich nicht erkennen, worin der Reiz bestehen soll. Natürlich ist es schön, nackte Frauen zu betrachten. Aber es an einem Ort wie diesem zu tun, erfordert ein Maß an Selbstverleugnung – vielleicht sogar an Selbsttäuschung –, das ich offenbar nicht aufbringe.

Auf eine seltsame Art und Weise finde ich es interessanter, die Gäste zu beobachten als die Tänzerinnen. Diese rotgesichtigen verklemmten Typen in ihren schlecht sitzenden Anzügen wirken trotz ihres allgegenwärtigen Lächelns zutiefst unglücklich. Das schreckliche lüsterne Glitzern in ihren Augen erfüllt mich mit Scham, weil ich das gleiche Geschlecht habe wie sie.

Wir gehen am Tresen vorbei, wo uns fünf Frauen in seidener Unterwäsche anlächeln und versuchen, Blickkontakt aufzunehmen. Ich erinnere mich, Daphne einmal erklärt zu haben, dass dies der eigentliche Grund sei, weswegen Männer an diese Orte kommen: wegen des Gefühls, begehrt zu werden. Es gehe ihnen eigentlich gar nicht um Brüste, wohlgeformte Hinterteile und simulierten Sex, erklärte ich ihr, sondern um das aufregede Erlebnis, von einer fremden Frau angesprochen zu werden, die etwas von ihnen will. Denn im wahren Leben passiert dies einem Durchschnittsmann normalerweise nicht.

Ich glaube nicht, dass ich Daff überzeugen konnte. Sie lachte nur und sagte, was auch immer der Grund für das Verhalten der Männer sei, es sei erbärmlich. Trotzdem war sie nicht wütend, weil ich heute mitgegangen bin. Ich glaube, sie hatte eher Mitleid mit mir, weil sie wusste, dass ich gar nicht hatte herkommen wollen.

Ich denke noch einmal über ihre Attenborough-SMS nach und verspüre plötzlich den unbedingten Drang – ein körperliches Bedürfnis beinahe –, sie zu sehen. Ich möchte mich umdrehen, aus dem Club verschwinden und mich auf den Weg zu ihr machen. Aber Jonno klopft mir auf den Rücken und schiebt mich weiter.

Wir lassen uns alle auf den schmierigen Sofas vor der Bühne nieder. Einzig Jonno bleibt stehen, kaut auf seiner Unterlippe und lässt seine Hüften zu »Hot in Herre« von Nelly kreisen. Der Stripclub ist eindeutig sein natürliches Habitat, man könnte fast meinen, dass er in Clubs wie diesem aufgewachsen ist.

»Los geht's, Jungs!«, ruft er über die Musik hinweg. »Die Party beginnt!«

»Sollen wir 'ne Runde Kurze ordern?«, ruft jemand anderes, doch Jonno bestellt sie bereits am Tresen, den Arm um eine spärlich bekleidete Rothaarige gelegt.

Eine groß gewachsene Frau, eine Wikingerin in durchsichtigem Nachthemd, tritt heran und quetscht sich neben mir auf das Sofa.

»Soll ich dir was vortanzen?«, fragt sie mich mit osteuropäischem Akzent, und obwohl ich seit zehn Jahren nicht an diesen Abend gedacht habe, erinnere ich mich augenblicklich an sie.

»Nein danke«, sage ich und füge schnell an: »Das kann ich mir nicht leisten«, weil es mir eine simplere Erklärung zu sein scheint, als ihr zu erläutern, dass ich ein ideologisches Problem mit alledem habe.

Sie zuckt mit den Schultern. »Spendier mir einfach ein Glas Champagner, dann ist der Tanz gratis.«

»Wie viel kostet denn ein Glas Champagner?«

»Fünfundvierzig Pfund.«

»Oh. Vielen Dank, ich passe.«

Beim ersten Mal versuchte ich – erfolglos – diese Frau in ein höchst herablassendes Gespräch über ihre Hoffnungen und Wünsche zu verwickeln und darüber, warum sie an einem Ort wie diesem gelandet war. Zum Teil tat ich es, um meine Schuldgefühle wegen meiner Anwesenheit zu lindern, aber auch um einem lahmen Tagtraum zu frönen, in dem ich ein Edelmann war und meine Worte sie dazu bewogen, auf der Stelle diesen schrecklichen Job aufzugeben und mit mir zu flirten, weil sie es wirklich wollte, und nicht, weil ich ihr ein Glas überteuerten Champagner spendierte. Aber seien wir ehrlich, im Grunde machte mich mein Verhalten zu einem genauso erbärmlichen Kerl, wie es die anderen auch waren.

Diesmal verzichte ich auf meine belehrenden Auslassungen, und das Wikingermädchen zieht weiter, um einen anderen Kerl aufzureißen. Ich muss einen ekelhaften Tequila-Shot hinunterstürzen und mitansehen, wie Jonno und ein anderer Kollege von zwei fast nackten Blondinen angebaggert werden. Seltsamerweise wechseln die beiden Männer dabei mehr Blicke miteinander als mit den Mädchen; jedesmal wenn nur wenige Zentimeter vor ihren Gesichtern eine Brustwarze auftaucht, grinsen sie sich lüstern an und heben den Daumen.

Ich spüre ein Summen in meiner Hosentasche und hoffe, dass es Daphne ist. Doch sie ist es nicht. Es ist die E-Mail von Clare Rodway, der Literaturagentin.

»Ich muss kurz mal was checken«, verkünde ich, stehe auf und hebe demonstrativ mein Handy. Aber niemand beachtet mich. Lächelnd gehe ich an den finster aussehenden Türstehern vorbei und trete hinaus ins schwindende Nachmittagslicht der Shoreditch High Street.

Die E-Mail ist genauso wie in meiner Erinnerung; ich erspare es mir, sie vollständig zu lesen, sondern überfliege sie nur. *Vielen Dank für Ihr Manuskript … Es klingt durchaus vielversprechend, aber leider …* Und am Ende dann der absolute Tiefschlag: *Sie sind Patricks Sohn, nicht wahr? Pat und ich kennen uns seit einer Ewgikeit. Wenn ich ihn das nächste Mal treffe, werde ich Sie erwähnen!*

Ich stecke das Handy weg und rufe mir meine ursprüngliche Reaktion ins Gedächtnis: Ich war am Boden zerstört, völlig verzweifelt, fühlte mich wie ein Totalversager. Dann rief Daphne an, während ich draußen vor genau diesem Club stand, und als ich ihr von der Absage erzählte, fuhr sie von der Arbeit geradewegs zu mir nach Hause, wo wir einen öden Abend verbrachten und zu analysieren versuchten, was mit meinem Manuskript nicht stimmte.

Rückblickend kann ich kaum glauben, dass ich so ein aufgeschreckter melodramatischer Trottel war.

Wie Harv sagte, ich war erst vierundzwanzig. Hatte ich ernsthaft erwartet, beim ersten Versuch sofort einen Buchvertrag zu ergattern? Für wen zum Teufel hielt ich mich?

Heute scheint mir die Antwort offenkundig: für meinen Vater.

Das erste von ihm geschriebene Stück wurde im Young Vic Theater aufgeführt, als er vierundzwanzig war. Und ich dachte wohl … Nun, was dachte ich? Dass er, wenn mir das Gleiche gelänge wie ihm seinerzeit, vielleicht auf mich zugehen würde? Dass er sich bei mir melden würde? Keine Ahnung. Aber er war doch immer noch mein Vater – obwohl er uns verlassen hatte, trotz allem, was er Mum angetan hatte. Ich hatte wohl gehofft, dass wir wieder zueinander finden würden. Was ich heute noch hoffe.

Ich beobachte, wie die fahle Sonne allmählich hinter den Wolkenkratzern der Liverpool Street verschwindet, und frage mich zum tausendsten Mal, warum das alles hier geschieht. Ich schaue auf die Armbanduhr und wünschte, dass der Uhrenverkäufer hier wäre. Er versicherte mir, dass wir uns wiedersehen würden: »Ich garantiere es dir.« Tja, aber wo steckt er? Ich habe noch so viele Fragen an ihn …

Abwesend öffne ich das Armband, erwarte halb, in die Gegenwart katapultiert zu werden, sobald ich die Uhr abnehme. Aber nichts geschieht. Auf der Rückseite des Gehäuses sehe ich etwas, das ich anfangs nicht bemerkt habe: eine verblichene Gravur. Eine Addresse: *15 Foster Road, Bloomsbury, WC1A*. Das ist in Londons Innenstadt …

Mir kommt eine Idee, doch ehe ich sie zu Ende denken kann, summt mein Handy. Ich hole es raus und sehe Daphnes Namen auf dem Display. Trotz allem verspüre ich einen Anflug von Freude, während ich über das Glas wische, um den Anruf entgegenzunehmen.

»Hey«, sage ich.

»Hey, ich wollte nur hören, wie es so läuft bei deinem Männerausflug. Sind dir schon die Augen übergegangen? Trägst du falsche Brüste? Hast du jemanden mit Klebeband an einen Laternenpfahl gefesselt?«

»Ja, hab ich alles gemacht.«

»Ausgezeichnet, freut mich zu hören.«

»Daff, jetzt mal was anderes …«, beginne ich. »Ich habe eine Mail von Clare Rodway erhalten, der Literaturagentin.«

Nach einer kurzen Pause fragt sie: »*Und …?*« Die Hoffnung in ihrer Stimme zerreißt mir das Herz.

»Eine Absage.«

Es raschelt in der Leitung, als Daphne lautstark seufzt. »Ach, Ben, das ist wirklich schade. Soll ich zu dir kommen, damit wir darüber reden können?«

Die Vorstellung, ihr mit meinem langweiligen selbstmitleidigen Schwachsinn diesen Abend aufs Neue zu verderben, lässt mich verlegen zusammenzucken. »Nein, keine Sorge«, antworte ich. »Mir geht's gut damit. Wahrscheinlich ist es richtig, dass sie es abgelehnt hat. Es war wohl einfach nicht gut genug. Trotzdem wäre es natürlich schön, dich nachher zu sehen.«

»Klar, ich komme«, sagt sie freudig. »Wir haben hier noch diese Sache bei der Arbeit. Aber das ist um sieben vorbei.«

»Was für eine Sache?« Vor etwa sechs Monaten, im Sommer 2010, trat Daff ihre Junior-Stelle bei der Agentur an, für die sie heute noch arbeitet, im Jahr 2020.

»Ach, nichts Besonderes. Es gibt im Büro jedes Jahr eine Auszeichnung für den besten neuen Mitarbeiter, und wie es aussieht, bin ich die Gewinnerin.«

»*Was* … echt? Warum hast du mir nichts davon erzählt?« Ich versuche mich daran zu erinnern, aber es will mir nicht einfallen. Trotzdem, die Preisverleihung fand am heutigen Abend statt; an dem Abend, als ich Daphne mit meinem Gejammer wegen des abgelehnten Manuskripts langweilte.

»Ich wollte dich nicht mit meinem Zeug ablenken. Du hast doch nur an dein Buch gedacht«, sagt sie. »Außerdem ist es nur eine kleine interne Veranstaltung. Es hat nichts zu bedeuten. Wenn du möchtest, komme ich auch sofort zu dir.«

Ich spüre, wie mir die Schamesröte ins Gesicht steigt. Damals ließ sie die Preisverleihung meinetwegen sausen. Statt ihre Auszeichnung als beste neue Mitarbeiterin entgegenzunehmen, fuhr sie auf meinen Wunsch hin sofort zu mir nach

Hause, um mich zu trösten und mich nach meiner Niederlage wieder aufzubauen.

»Daff ... Mist ... okay. Es tut mir leid. Ich war ein selbstsüchtiger Idiot. Natürlich bleibst du im Büro! Dass du diesen Preis gewinnst, ist großartig! Gut gemacht!«

»Ben, beruhig dich«, lacht sie. »Wie gesagt, es ist keine große Sache.«

»Natürlich ist es eine große Sache! Soll ich dich danach abholen? Um sieben vor dem Büro?«

»Ja, das wäre schön. Aber kannst du denn eure Feier verlassen? Würde es nicht blöd aussehen?«

»Das ist mir schnurzegal.«

Sie lacht erneut. »Okay. Cool. Dann bis nachher.«

Ich stecke das Handy ein, fühle mich plötzlich lebendig und voller Tatendrang. Bis sieben Uhr bleiben mir zweieinhalb Stunden. Genug Zeit, um ein paar unbeantwortete Fragen zu klären.

Ich will mich schon auf die Suche nach dem nächstgelegenen U-Bahnhof machen, als Jonno aus dem Club tritt. Er sieht mich und steckt sich grinsend eine Zigarette an, einen glänzenden Schweißfilm auf der Stirn.

»War schlau von dir, dass du rausgegangen bist, Kleiner«, sagt er. »Ohne Scheiß, die Braut, die jetzt auf der Bühne steht, hat Hängetitten bis zum Bauchnabel. Ich sagte ja, dass es hier ein paar hässliche Schnitten gibt.«

»Jonno«, entgegne ich mit ungewohnt fester Stimme, »deine rückständige frauenverachtende Weltsicht kann ich natürlich nicht mehr ändern. Aber ich wäre dir sehr dankbar, wenn du dir deine geistlosen Sprüche verkneifen könntest, solange ich in Hörweite bin.«

Er steht reglos da und starrt mich an, die Zigarette baumelt schlaff zwischen seinen Lippen. Er sieht mich an, als hätte ich ihn ins Gesicht geschlagen, und einen Moment lang frage ich mich, ob er gleich genau das tun wird. Aber dann lacht er und stößt dabei eine große dicke Rauchwolke aus, die zwischen uns wabert. »Beruhig dich, Kleiner«, sagt er. »Sind doch nur Weiber!«

Ich setze mich Richtung Bloomsbury in Bewegung, berauscht von dem Gefühl, endlich das gesagt zu haben, was ich Jonno schon immer hatte sagen wollen.

21. KAPITEL

Harv beißt in sein riesiges Subway-Chicken-Sandwich und blickt auf die Reihenhäuser vor uns.

»Komischer Kasten«, sagt er mit vollem Mund.

Als architektonische Zusammenfassung trifft seine Bemerkung voll auf den Punkt. Während die anderen Gebäude in der Foster Road allesamt makellose weiße Rechtecke sind, scheint die Nummer 15 versehentlich auf die Straße gefallen zu sein. Es ist ein gedrungenes rotes Backsteinhaus mit einem seltsam schrägen Dach, auf dem ein windschiefer Schornstein in die Höhe ragt.

»Also …« Harv beißt abermals herzhaft in sein Sandwich. »Warum sind wir noch mal hier?«

Ich hebe mein Handgelenk. »Ich sage doch, diese Uhr habe ich vor zwei Tagen gekauft, und sie geht nicht mehr. Deshalb will ich mit dem Kerl reden, von dem ich sie habe.«

Er nickt. »Genau. Und mich brauchst du hier, weil …«

Ehrlich gesagt, bin ich mir nicht sicher, warum ich ihn angerufen habe. Ich glaube, ich wollte einfach einen Freund an meiner Seite haben. Immerhin könnte dies mein erster Besuch bei einer Verkaufsstelle für Zeitreise-Uhren sein, und ich nahm wohl an, dass es nicht schaden könnte, Verstärkung zu haben. Oder zumindest einen Augenzeugen.

Ich deute auf den gepflegt aussehenden Pub auf der anderen Straßenseite. »Nachdem wir das mit der Uhr geregelt haben, genehmigen wir uns ein Bier«, erkläre ich. »Wir schlagen zwei Fliegen mit einer Klappe.«

Harv zuckt die Achseln und beißt in sein Sandwich. »Klingt gut.«

Wir steigen die schmale Treppe hinauf und bleiben vor der purpurnen Tür stehen, an der in großen goldenen Ziffern die Hausnummer steht. In der U-Bahn schien es mir eine brillante Idee zu sein herzukommen. Aber nun kommen mir Zweifel. Ich meine, was ist, wenn es nur ein gewöhnliches Haus einer ebenso gewöhnlichen Person ist? Wie soll ich erklären, was ich hier tue, ohne völlig durchgeknallt zu klingen?

Lediglich die starke Harry-Potter-Aura des Hauses schmälert meine Skepsis ein wenig. Wenn ich ein zeitreisender Uhrenverkäufer wäre, würde ich in genau so einem Haus wohnen.

Harv wirft mir einen Seitenblick zu, während ich nur unschlüssig dastehe. »Die normale Vorgehensweise besteht darin, dass man jetzt anklopft, Alter.«

Mit der Nicht-Sandwich-Hand schlägt er dreimal gegen die Tür.

Einige Sekunden lang geschieht nichts. Ich bin fast erleichtert, will schon vorschlagen abzuhauen, als ich plötzlich gedämpfte Schritte und das Schnappen des Türschlosses höre. Und dann erblicke ich ein vertrautes bärtiges Gesicht.

»Ah!« Der Uhrenverkäufer strahlt mich an. »Du hast mich gefunden!«

Kurz darauf sitzen Harv und ich am Küchentisch des alten Mannes, während er am Herd Teewasser aufbrüht. Und wenn das Haus von außen Harry-Potter-mäßig aussieht, dann gilt das erst recht für die Inneneinrichtung.

Holzbalken ragen kreuz und quer zur hohen Decke auf,

die Wände sind beinahe vollständig mit Uhren bedeckt. Jede sieht anders aus, es gibt die unterschiedlichsten Formen, Stile, Farben und Größen, und ihr kombiniertes Ticken klingt wie das Hufscharren einer hundertköpfigen Pferdeherde. Auf den Küchenarbeitsplatten verstreut liegen Zahnräder, Zifferblätter, Armbänder und Federn, dazwischen Dutzende von Notizbüchern und Zetteln, alle bedeckt mit seltsamen Diagrammen und unleserlichem Gekritzel. Neben dem altmodischen Herd befindet sich eine Spüle, die groß genug ist, um darin einen Bernhardiner zu baden, und als der alte Mann den rostigen Wasserhahn aufdreht, gibt selbiger ein ratterndes Knarren von sich. Der Mann trägt immer noch denselben schlecht sitzenden blauen Anzug und die Rentierkrawatte, und sein widerspenstiges kupfergraues Haar steht ihm wirr vom Kopf ab, während er herumflitzt und Becher aus dem Schrank holt. Irgendwie kommt er mir *total* bekannt vor.

Harv sieht sich um, offenkundig verwirrt. »Sie verkaufen also Uhren?«, sagt er.

»Unter anderem.« Der alte Mann lacht. »Vor Kurzem erst habe ich Esskastanien verkauft.«

Er zwinkert mir zu, und ich nicke lahm. Auch wenn die Begegnung mit ihm nicht unerwartet ist, macht sich in meiner Brust wieder das inzwischen vertraute Gefühl der aufgeregten Verwirrung bemerkbar. Es gibt so vieles, was ich ihn fragen will.

Der alte Mann stellt drei dampfende Teebecher neben Harvs halb gegessenem Sandwich ab und setzt sich auf den Stuhl gegenüber von mir. »Siehst du, ich habe doch gesagt, dass wir uns wiedersehen würden, oder? Was hast du diesmal auf dem Herzen?«

Ich schaue zu Harv, der in den heißen Tee pustet und sich neugierig umblickt. Ihn mitgebracht zu haben erscheint mir plötzlich wie ein riesiger Fehler. Ich meine, wie soll ich in seinem Beisein dieses Gespräch führen?

Der Uhrenverkäufer liest meinen Gedanken. »Mach dir keine Sorgen um deinen Freund«, sagt er. »Zurück in der Gegenwart wird er keine Erinnerung an diese Begegnung haben. Es wird so sein, als hätte es sie nie gegeben.«

»Äh, was labern Sie da?«, fragt Harf ihn.

Der Uhrenverkäufer schaut lächelnd auf Harvs Bauch. »Du bist ein bisschen fülliger geworden, seit ich dich das letzte Mal gesehen habe.«

Harv öffnet den Mund, um etwas zu sagen, doch kein Laut kommt ihm über die Lippen. Und ich genieße plötzlich das neuartige Gefühl, nicht die verwirrteste Person im Raum zu sein.

»Was geht hier vor, Ben?«, will Harv wissen. »Wer ist der Kerl?«

Der Uhrenverkäufer antwortet für mich. »Ihm Jahr 2020 habe ich deinem Freund eine Armbanduhr geschenkt, die es ihm erlaubt, verschiedene Zeitpunkte seiner Vergangenheit ein zweites Mal zu durchleben. Einen dieser Zeitpunkte durchlebt er gerade jetzt, und ich nehme an, er ist hier, weil er meinen Rat braucht.«

Harv betrachtet ihn mit leerem Blick, sein Mund ein gerader Strich.

»Es stimmt, Harv«, höre ich mich sagen. »Klar, es klingt verrückt, aber –«

Harv verzieht das Gesicht und nippt vorsichtig am Tee. »Hör zu, wenn ich mir von euch *beiden* so einen Scheiß anhören muss, geh ich lieber rüber in den Pub.«

Ich wende mich dem alten Mann zu. »Er wird sich wirklich an nichts erinnern?«

Der alte Mann schüttelt den Kopf.

»Also hat nichts, was ich bei meinen Zeitsprüngen tue, eine Auswirkung auf die Dinge im Jahr 2020?«

»Nein, nicht direkt.«

»Was. Geht. Hier. Vor?« Bei jedem Wort schlägt Harv auf den Tisch und lässt die Teebecher erbeben. »Ist das hier eine Art Streich? Läuft hier irgendwo eine versteckte Kamera, oder was?«

»Du erinnerst dich wirklich nicht?«, frage ich ihn. »Als wir über Zeitreisen sprachen, an dem Abend von Mareks Stück an der Uni? Bevor wir im Irrgarten Verstecken gespielt haben? Du hast mich zum Schauspielhaus gebracht, weil ich so spät dran war. Und davor haben wir in der Gemeinschaftsküche über *Und täglich grüßt das Murmeltier* gesprochen.«

Harv zieht die Augen zusammen. »Nein, so war es nicht, Ben. Ich habe dich erst nach der Aufführung gesehen. Und über den Film haben wir auf keinen Fall geredet. Daran würde ich mich erinnern, das ist nämlich einer meine Lieblingsfilme.«

Der Uhrenverkäufer nickt. »Stimmt. Guter Film.«

Ich versuche diese neuen Informationen zu verarbeiten. Nichts, was ich bei diesen Besuchen in meiner Vergangenheit tue, bleibt den anderen Leuten in Erinnerung? All diese neuen Geschehnisse – Daphne nimmt ihre Auszeichnung als beste neue Mitarbeiterin des Jahres entgegen; nach der Theateraufführung schlafen wir in meinem Zimmer auf dem Bett ein – sind null und nichtig? Es wird so sein, als wäre nichts davon geschehen, wenn – falls – ich wieder in die Gegenwart zurückkehre?

Das bedeutet, dass ich nichts verändern kann. Ich kann die Zukunft nicht beeinflussen. Mir fällt das Monopoly-Spiel mit Mum ein. In dem Abend hatte ich die Idee, vielleicht ihren Tod verhindern zu können. Und nun erfahre ich, dass dies nicht möglich ist. Wut steigt in mir auf.

»Was soll das Ganze, wenn ich doch nichts verändern kann?«, schimpfe ich. »Es ist scheißegal, was ich tue!«

»Im Gegenteil«, sagt der alte Mann. »Es ist sogar sehr wichtig. Andere Leute werden sich durch all das nicht ändern, aber du dich vielleicht schon.« Er beugt sich vor und legt die Fingerspitzen zu einem Dreieck aneinander. »Am Ende siehst du dann klarer und erkennst, was du wirklich willst.«

»Das heißt, ich werde irgendwann in meine Gegenwart zurückkehren?«, frage ich.

Er atmet durch die Nase aus, und ich sehe, wie dabei seine Barthaare in Bewegung geraten. »Es ist kompliziert. Hängt ganz davon ab …«

Diesmal bin ich derjenige, der auf den Tisch schlägt. »Würden Sie bitte aufhören, sich so vage auszudrücken!« Plötzlich ist es mir egal, das Harv dabei ist und mich ansieht, als hätte ich den Verstand verloren. »Ich muss wissen, warum das mit mir geschieht!«

Der alte Mann seufzt. »Das weißt du doch schon. Denk an den Abend im Pub. All die Dinge, von denen du deinem Freund erzählen wolltest, es aber nicht konntest.«

»Was für Dinge?«, fragt Harv.

Mir fällt alles sofort wieder ein: Mum, Daphne, Alice. Das Gefühl des Bedauerns, das sich über die Jahre in mir aufgestaut hat. Das schreckliche Gefühl, dass mein Leben zum Stillstand gekommen ist und ich nicht weiß, wie ich es wieder in Gang bringen soll.

»Aber warum …« Die Worte verklingen, und ich stütze meinen Kopf in die Hände. »Was soll ich denn tun?«

»Mach einfach weiter«, sagt der alte Mann leise. »Du wirst es schon schaffen. Das ist alles, was ich dir zu diesem

Zeitpunkt sagen kann. Und jetzt …« Er schaut auf eine der vielen Uhren an der Wand. »Du solltest besser gehen. Schließlich hast du eine Verabredung, wenn ich mich nicht irre.«

Er sieht mich aus seinen schimmernden blauen Augen an, und plötzlich fällt mir ein, an wen er mich erinnert: an meinen Grandpa Jack, Mums Vater.

Er starb, als ich zwölf war, daher sind meine Erinnerungen an ihn recht verschwommen. Sie basieren vor allem auf dem verblassten Foto in Mums Flur. Aber ich erinnere mich an sein herzliches Lachen, seine schimmernden blauen Augen und sein freundliches verknautschtes Lächeln – drei Dinge, die auch auf den Uhrenverkäufer zutreffen. Dessen Wuschelbart macht es allerdings schwer, weitere Ähnlichkeiten zu erkennen, da Grandpa Jack immer glatt rasiert war.

Der alte Mann erhebt sich von seinem Stuhl. »Du musst los«, sagt er. »Aber keine Sorge, wir sehen uns wieder.«

Harv und ich stehen blinzelnd auf den Stufen vor dem Haus des Alten. Es ist dunkel geworden, und die Straßenlaternen erwachen flackernd zum Leben.

»Also, falls du mir erklären willst, was das gerade war, ich bin ganz Ohr«, sagt Harv.

Ich blase die Backen auf. »Er ist, ähm … ein Theatertyp. Immersives Theater. Mein Redakteur bei *Thump* überlegt, ob ich ihn interviewen soll, und wollte, dass ich herkomme und ihn erst mal unter die Lupe nehme. Du warst also so etwas wie unser Versuchskaninchen. Ich hoffe, es macht dir nichts aus.«

Harv kratzt sich an der Nase. »Richtig. Okay. Also ich würde den Kerl nicht interviewen. Er war Müll, hat nur wirres Zeug erzählt. Aber du warst ziemlich gut.« Anerkennend klopt er mir auf den Rücken. »Hast dich ganz schön gemausert seit Mareks Stück.«

Ich lache.

»Ich war da drin echt kurz geschockt«, fügt er an. »Du hast Glück, dass ich das schärfste Mädchen der Welt am Start habe, sonst wäre ich jetzt ziemlich sauer auf dich.«

Als er das sagt, muss er grinsen, und es bricht mir das Herz. Ich sehe ihn an – meinen besten Freund – und weiß, dass er kurz davor ist, eine Beziehung einzugehen, die ihn fertigmachen, ihn völlig verändern wird. Und nun weiß ich, dass ich nichts dagegen tun kann. Ich könnte ihn warnen, aber es würde nichts bewirken. Ganz gleich, was ich ihm erzähle, es wird alles beim Alten bleiben.

»Tut mir leid wegen vorhin«, sage ich. »Was ich am Telefon über Liv gesagt habe. Ich freue mich, dass du glücklich bist.«

Er nickt, und ich fahre fort: »Und du sollst wissen, dass ich immer für dich da sein werde, Mann, egal, was geschieht. Versprochen.«

Ich bin mir nicht ganz sicher, warum, aber in dem Moment lege ich die Arme um ihn und drücke ihn an mich. Ich spüre, dass er verkrampft. Aber dann lacht er und drückt mich auch an sich.

»Alles gut, Mann. Das Ganze ist ein bisschen seltsam, aber alles ist gut.«

Wir lösen uns aus der Umarmung, und er zeigt auf den Pub auf der anderen Straßenseite. »Und, was sagst du? Ein Bier?«

Obwohl ich weiß, dass sie stehen geblieben ist, schaue ich auf die Armbanduhr. Eine Minute vor zwölf, wie immer. In wenigen Stunden wird dieser Tag für immer vorbei sein. Aber ich kann mir nichts Schöneres vorstellen, als die nächste

Stunde mit meinem besten Freund zu verbringen, bevor ihm das Herz gebrochen werden und er dem Fitnesswahn verfallen wird.

»Klar, warum nicht?«, sage ich. »Bevor ich Daphne treffe, können wir ruhig ein Bier trinken.«

22. KAPITEL

Es ist kurz nach neunzehn Uhr, und ich stehe mitten in Soho, mit einem riesigen Tulpenstrauß in der Hand.

Ich bin ziemlich ahnungslos, was Blumen angeht, deshalb habe ich diese ausgewählt, weil Mum Tulpen am liebsten mag. Aber während ich nun hier an der vielleicht geschäftigsten Ecke im Zentrum Londons stehe, genau gegenüber von Daphnes Büro, wird mir klar, dass im vorliegenden Fall ein Blumenstrauß eigentlich ein unpraktisches Geschenk ist. Wegen der vielen Passanten, die sich rüde an mir vorbeischieben, werden die zarten roten Blüten unsanft mal in diese, mal in jene Richtung gedrückt. Es ist kaum vorstellbar, dass die Dinger den Abend überleben.

Trotzdem, was zählt, ist die gute Absicht, oder? Hoffentlich.

Denn während Harv und ich unser Bier tranken, habe ich eine Entscheidung getroffen. In der realen Welt habe ich Daphne diesen besonderen Abend mit meinem törichten Selbstmitleid verdorben. Deshalb werde ich zumindest in dieser alternativen Realität versuchen, es wieder gutzumachen und ihr den schönen Abend zu schenken, den sie verdient hat – selbst wenn sie sich nie daran erinnern wird.

Die Drehtür setzt sich in Bewegung, und ich sehe Daff aus dem Gebäude kommen, gefolgt von einigen Kollegen. Alle scheinen in guter Stimmung zu sein: Sie lachen, klopfen sich gegenseitig auf die Schulter und umarmen sich.

Ich sehe, dass Daff eine klobige gläserne Trophäe in der Hand hält, wohl ihre Auszeichnung als beste neue Mitarbeiterin. Ich winke ihr über den kriechenden Verkehr hinweg zu, und sie winkt lächelnd zurück.

Die vier Jahre, die wir gerade übersprungen haben, haben ihrem Gesicht nicht das Geringste anhaben können; sie sieht genauso jung und knackig und glücklich aus wie 2006. Sie trägt eine schicke dunkelblaue Bluse und einen engen schwarzen Samtrock; und seltsamerweise erinnere ich mich genau an dieses Outfit, das sie vor zehn Jahren an diesem Abend trug. Als sie in meiner Wohnung ankam, war mein erster Gedanke, sie zu fragen, warum sie sich so schick gemacht hat. Aber dann drängten meine eigenen Probleme die Frage wieder in den Hintergrund.

Ursprünglich hatten sie ihr die Trophäe wohl am nächsten Tag überreicht, da sie sich mit einer Ausrede frühzeitig aus dem Büro verabschiedet hatte. Ich umfasse den Blumenstrauß fester, als ich einen neuerlichen Anflug von Wut auf mein egoistisches vierundzwanzigjähriges Selbst verspüre.

Daff überquert nun die Straße, und als sie den Blumenstrauß in meiner Hand sieht, deutet sie mit gespielter Was-sind-die-für-mich?-Mimik darauf. Während ich sie dann in die Arme nehme, werden die Tulpen noch mehr zerdrückt.

»Glückwunsch, Daff! Das hast du toll gemacht!«

»Dank dir.« Sie löst sich aus meiner Umarmung und schnuppert an den Blumen. »Und hierfür auch danke.«

»Sorry, sie sind schon ziemlich ramponiert.«

»Ach was, sie sind wunderschön.«

Sie strahlt über das ganze Gesicht, und ihre leicht geröteten Wangen verraten, dass sie sich auf der Feier den einen oder anderen Drink genehmigt hat. Sie sieht hinreißend aus.

»Also, wie war's?«, frage ich. »Ich möchte alles wissen.«

»Na ja, es war ein bisschen peinlich. Ich musste aufstehen und kurz etwas sagen.«

»Ich hoffe, du hast es gemacht wie Gwyneth Paltrow.«

»Na klar, ich habe geheult und den Preis meinen Eltern gewidmet … Nein, ich habe mich nur leise bedankt und bin gleich wieder zum Weinausschank gerannt.«

Ich nehme ihr die Trophäe aus der Hand, merke, wie schwer sie ist. »Im Ernst, das ins wunderbar, Daff. Gut gemacht. Ich kann nicht glauben, dass du mir nichts gesagt hast.«

Sie zuckt mit den Schultern. »Ist doch keine große Sache. Du weißt doch, dass ich in letzter Zeit viele Stücke gesehen habe, und ich habe Sarah einige der Autoren ans Herz gelegt, die sie dann unter Vertrag genommen hat. Man hält mich wohl für vielversprechend, oder so.« Ich kann fast die Anführungszeichen bei »vielversprechend« hören. Daff war immer schon so bescheiden. Zu bescheiden.

Ich gebe ihr die Trophäe zurück. »Du leistet wirklich tolle Arbeit.«

Sie mustert mich stirnrunzelnd. »Wieso bist du trotz der Absage so gut drauf? Ich hätte gedacht, dass du sauer wärst oder tief enttäuscht. Oder beides.«

»Habe ich auch gedacht. Aber wie du siehst, bin ich es gar nicht.«

Mit einer Kopfbewegung deutet sie auf ihr Bürogebäude. »Du weißt, dass ich dein Manuskript unserer Belletristik-Abteilung vorlegen könnte. Die könnten es sich ansehen.«

»Nicht jetzt, wirklich. Ich möchte heute Abend nicht über das Manuskript reden. Ich möchte nur, dass wir ein bisschen Spaß haben und das da feiern«, sage ich und deute auf die Trophäe in ihrer Hand.

»Ein bisschen Spaß haben«, wiederholt sie. Und dann funkeln ihre Augen, und ihre Mundwinkel heben sich zu einem Lächeln. »Ich glaube, mir fällt da etwas ein.«

Eine halbe Stunde später sitzen wir auf den billigsten Plätzen im Theater am Leicester Square, unsere Sicht teilweise durch einen Betonpfeiler versperrt, und sehen einen Mann, den ich vage aus *EastEnders* kenne, als Aladdin verkleidet über die Bühne huschen.

»Ich kann nicht glauben, dass dies deine erste Pantomime-Aufführung ist«, flüstert Daphne, ihr Mund halb voll mit Revels-Schokonüssen. »Ich sollte deine Mum beim Jugendamt melden.«

»Und ich kann nicht glauben, dass dies *nicht* deine erste Pantomime ist«, sage ich, während der *EastEnders*-Typ von Widow Twankey, die hier von dem orangefarbenen Kerl aus *Bargain Hunt* gespielt wird, in die Wangen gezwickt wird.

»Als wir klein waren, ist Dad jedes Jahr mit uns hergekommen«, sagt Daff, reicht mir die Revels und nimmt einen Schluck von ihrem Bier. »Familientradition.«

»Seit wann ist Widow Twankey Aladdins Mutter?«, frage ich.

Sie verdreht die Augen. »Schon immer.«

»Sie sehen sich nicht mal ähnlich. Außerdem klingt Twankey nicht gerade nach einem arabischen Nachnamen.«

»Weißt du, Ben«, sagt sie trocken, »ich bin mir nicht sicher, ob für die Produzenten des Stücks der Realismus im Vordergrund stand.« Mit perfektem Timing taucht aus einer riesigen Rauchlampe vor uns ein früherer, ganz mit blauer Farbe angemalter *Big-Brother*-Zweitplatzierter auf.

»Wenn dich doch nur deine Kollegen jetzt sehen könnten«, sage ich lächelnd. »Die beste neue Mitarbeiterin futtert

Revels und schaut sich Ian Beale in einer MC-Hammer-Hose an.«

Sie knufft mich in die Seite. »He! Ich liebe Pantomime. Das ist das Beste an Weihnachten. Nur weil etwas als anspruchslos gilt, bedeutet das nicht, dass es nicht auch großartig, lustig und unterhaltsam sein kann.« Sie lacht. »Hey, erinnerst du dich, dass ich an dem Abend, an dem wir uns kennengelernt haben, mehr oder weniger die gleiche Diskussion mit Marek geführt habe?«

»Ich erinnere mich lebhaft«, sage ich. Dann schließen wir uns dem Publikum an und machen Ian Beale lautstark darauf aufmerksam, dass jemand hinter ihm steht.

Daff schenkt der Bühne nun ihre volle Aufmerksamkeit, aber da sie gerade den Abend erwähnt hat, an dem wir uns kennengelernt haben – den Abend, den ich gerade erst ein zweites Mal erlebt habe –, beschließe ich zu überprüfen, was der Uhrenverkäufer erzählt hat. »Hey, du erinnerst dich also an jenen Abend«, sage ich. »Ich meine, die Aufführung an der Uni.« Sie nickt, die Augen noch immer auf die Bühne gerichtet. »Erinnerst du dich auch, dass ich meinen Text vergessen habe und du schnell ein Skript besorgt hast?«

Sie wendet sich mir zu. »Hab ich das wirklich gemacht? Keine Ahnung.«

»Ja, hast du. Und dann habe ich meinen Auftritt total verpatzt und fast vergessen, auf Marek zu schießen.«

Sie sieht mich an, als hätte ich den Verstand verloren. »Nein, so war es nicht, Ben. Da bin ich mir ziemlich sicher.«

»Oh. Okay. Spielt auch keine Rolle. Vielleicht erinnere ich mich falsch daran.«

Mit einem leichten Strinrunzeln richtet sie ihre Aufmerksamkeit wieder auf die Bühne. Es ist also wahr. Nichts, was ich hier tue, hat im Anschluss irgendeine Auswirkung.

Ich versuche mir darüber klarzuwerden, wie ich mich bei alledem fühle, aber bevor ich zu einem abschließenden Urteil gelange, stupst Daff mich sanft an. »Benjamin, bist du zu cool, um mit den anderen Zuschauern beim Stück mitzumachen?«

Ich reiße mich schnell zusammen und lächle sie an. Und brülle dann gemeinsam mit den anderen Zuschauern: »Oh ja, das hast du!«

23. KAPITEL

Es ist stockdunkel und bitterkalt, als wir das Theater verlassen.

Durch die Revels und die Biere haben wir Appetit bekommen, und so schlendern wir Hand in Hand durch Covent Garden auf der Suche nach einem netten Restaurant. Die Tulpen ragen wie seltsame außerirdische Antennen aus Daffs Rucksack. Ich trage ihre Trophäe, halte sie ab und an entgegenkommenden Passanten hin und verkünde: »Vorsicht, hier kommt die beste neue Mitarbeiterin des Jahres!«, bevor Daff tadelnd meine Hand runterzieht. Während wir unter der nicht enden wollenden Kaskade aus Weihnachtslichtern auf den Fluss zugehen, fühle ich mich absolut im Reinen mit mir und der Welt.

Plötzlich fällt mir unser letzter gemeinsamer Theaterbesuch ein, der ganz anders verlief als der gerade eben. Er war eine einzige Katastrophe.

Es war am 25. September 2020, Daffs dreiunddreißigstem Geburtstag. Wir hatten uns im Lyric Theatre das neue Stück eines ihrer Klienten angesehen. Es war nur ein paar Wochen nach Mareks Hochzeit – nachdem ich Alice (oder Alice mich) in der Fotokabine geküsst hatte. Die Sache spukte mir immer noch im Kopf herum. Schuld und Reue vermischten sich mit Tagträumen darüber, wie das Leben wohl wäre, wenn Alice und ich tatsächlich zusammenkommen würden. Dazu kamen dunkle Gedanken über meine verkorkste

Schriftstellerkarriere und noch dunklere Gedanken über Mum. Ich wurde mürrisch, als Daff mich allein ließ, um mit Rich bei den After-Show-Drinks zu plaudern, und als wir später beim Abendessen allein waren, wurde es noch schlimmer. Wir verbrachten die ganzen drei Gänge damit, uns gegenseitig anzuschnauzen, und als wir am Ende des Abends aufstanden, seufzte Daff schwer und sagte: »Nun, danke, Ben. Das war definitiv ein denkwürdiger Geburtstag.«

Während sie nun gut gelaunt neben mir her geht, kann ich mir kaum vorstellen, dass wir eines Tages zu diesem zänkischen Paar werden. Und vielleicht ist es der Alkohol, der mir zu Kopf steigt, aber ich kann nicht umhin zu denken: Vielleicht sollte ich einfach vergessen, dass wir uns in dieses Paar verwandeln werden. Vielleicht sollte ich für heute Abend die Zukunft und all den damit einhergehenden Mist vergessen und versuchen, die nächsten Stunden so schön wie möglich zu gestalten.

Als wir die Themse erreichen, sehen wir, dass neben der Waterloo-Brücke eine Ansammlung festlich geschmückter Fressstände steht. Ich kaufe uns zwei große Truthahn-Wraps mit Preiselbeersauce und zwei Pappbecher mit dampfendem Glühwein.

Daff und ich setzen uns auf eine Bank, essen und trinken, dicht aneinandergeschmiegt, um uns gegenseitig zu wärmen, und obwohl wir in dieser alternativen Realität seit fast fünf Jahren zusammen sind, kommt es mir fast vor wie ein erstes Date. Ein richtig gutes erstes Date.

Ich erzähle ihr, dass ich am Morgen Harv und Liv in unserer Küche gesehen habe und dass ich mich frage, ob es mit den beiden gut gehen kann. Daff zuckt mit den Schultern und entgegnet: »Tja, was will man machen? Hast du mit ihm darüber gesprochen?«

»Kurz, vorhin am Telefon. Aber ich glaube, er will das gar nicht hören. Ich *weiß* aber, dass sie nicht die Richtige für ihn ist.«

Sie schluckt einen Bissen von ihrem Wrap herunter. »Woher willst du das denn wissen? Man kann nicht *wissen*, dass zwei Leute nicht zueinander passen.«

»Klar kann man. Man kann wissen, dass eine Frau die Richtige für einen Mann ist.« Ich bin mir nicht sicher, warum ich das jetzt sage, aber Daff denkt offenbar, dass ich von uns spreche, denn sie schmiegt sich an mich und haucht: »Du bist süß.«

Auf dem Fluss gleitet ein farbenfroh geschmücktes Schiff voller angetrunkener, laut grölender Leute in Smoking und Ballkleidern vorüber. Als sie endlich außer Hörweite sind, wendet Daff sich mir zu und sagt: »Ich glaube, ich wusste sofort, dass du der Richtige für mich bist.«

Ich schaue sie an. »Im Ernst? Wie konntest du das wissen?«

Sie schmiegt sich noch enger an mich. »Weil ich ständig an dich denken musste.« Ich lache unfreiwillig, weil man derartige Sprüche normalerweise nur in Liebesfilmen hört, nicht im wahren Leben. Doch Daff zuckt nur mit den Schultern und fährt fort. »Ich weiß, es klingt kitschig, aber so war es nun mal. Erinnerst du dich an unser erstes Date?«

»Meinst du den Kinobesuch?«

Sie nickt, und die Erinnerungen kehren zurück. Nach jener Nacht im Irrgarten blies ich während der gesamten Weihnachtsferien Trübsal und fragte mich, ob ich ihr eine SMS schicken sollte, überlegte, warum sie mir keine schickte, und konnte kaum das Ende der Ferien erwarten, weil ich sie danach endlich an der Uni wiedersehen würde. Und dann, zwei Tage nach Beginn des neuen Semesters, liefen wir uns auf dem Campus über den Weg. Wir unterhielten uns eine Weile vor der Bibliothek, und sie erzählte, dass sie gerne *Stolz und Vorurteil* mit Keira Knightley sehen würde; der Streifen laufe gerade an. Ich erkannte die Gelegenheit und erklärte, dass ich den Film auch gern sehen würde und dass wir ihn uns doch gemeinsam anschauen könnten.

»Ich bin mit dem Bus in die Stadt gefahren, um mich vorher mit dir in diesem Pub zu treffen, weißt du noch?«, erzählt sie. »Und es klingt seltsam, denn wir waren uns zu dem Zeitpunkt erst einmal begegnet, aber ich hatte in den Ferien viel an dich gedacht und war total nervös, dich wiederzusehen. Während der Busfahrt träumte ich vor mich hin und dachte an den Kuss im Irrgarten und fragte mich, was heute Abend passieren würde. Ich war dermaßen in Gedanken, dass ich die Haltestelle verpasste und ewig weiterfuhr.« Sie verstummt und lacht in die Dampfschwaden, die von ihrem Glühwein aufsteigen. »Ich landete am Busbahnhof von Clifton. Da wusste ich, dass du wahrscheinlich mehr warst als nur ein Schwarm.«

Jetzt lache ich auch, und trotz der bitteren Kälte spüre ich, wie sich in meinem Körper ein warmes Glühen ausbreitet. »Deshalb bist du damals zu spät gekommen?«, frage ich sie. »Damals hast du gesagt, deine Waschmaschine sei übergelaufen!«

»Was hätte ich denn sagen sollen? ›Entschuldige, dass ich mich bei unserem ersten Date verspäte, ich habe so sehr an dich gedacht, dass ich die Haltestelle verpasst habe?‹ So durchgeknallt wollte ich nicht rüberkommen.«

Ich schüttele den Kopf. »Ich weiß noch, dass ich total gestresst war, als ich im Pub auf dich gewartet habe. Ich dachte, du würdest nicht kommen. Der Barkeeper hat mir sogar ein kleines Bier spendiert, weil er dachte, ich sei versetzt worden.«

»Echt?« Sie stößt ihren Ellbogen gegen meinen. »Mir hast du erzählt, du hättest dich auch verspätet! Du hast wortwörtlich gesagt: ›Mach dir keine Gedanken. Ich bin auch gerade erst gekommen.‹«

»Ich wollte halt cool sein! Ich war auf die Minute pünktlich, vielleicht sogar etwas früher dort.«

Sie lacht und trinkt einen Schluck Glühwein. »Tja, jetzt kommt alles raus. Was für eine Offenbarung.«

»Ja«, sage ich, »und hier kommt gleich noch eine: Ich kannte den Film schon. Meine Mutter hat mich über die Weihnachtsfeiertage ins Kino geschleppt.«

»Im Ernst?« Sie spitzt ihre Lippen in gespielter Empörung. »Warum hast dann so getan, als hättest du ihn noch nicht gesehen?«

»Weil du ihn sehen wolltest. Und ich wollte dich sehen.«

Sie seufzt und lehnt sich an mich, schiebt ihren Arm durch meinen. »Ganz schön hinterhältig!«

»Man könnte auch sagen, ganz schön romantisch«, entgegne ich.

»Stimmt«, sagt sie.

Wir sitzen eine Weile schweigend da und beobachten die Schiffe, die langsam auf dem Fluss an uns vorüberziehen. Mein Herz klopft wie verrückt, denn diese Geschichte von unserem ersten Date lässt mich plötzlich an all die anderen schönen Momente in unserer Beziehung denken, an die ich seit Jahren nicht mehr gedacht habe. Und jetzt, während ich hier auf dieser Bank sitze und das Gefühl habe, dass sich das seltsame warme Glühen bis in meine Fingerspitzen ausbreitet, ist es, als würde sich ein Tor öffnen, als würde wieder Licht in mich einströmen.

Daphne klemmt sich eine Haarsträhne hinters Ohr und lächelt mich an. Ohne nachzudenken, sage ich: »Ich liebe dich, Daff.«

Denn hier, in diesem Moment, fühlt es sich wahr an. Es ist die Wahrheit. Ich liebe sie so sehr. Aber was soll ich tun? Ich weiß, wie wir in zehn Jahren sein werden – verbittert, unglücklich, die ganze Zeit streitend. Wie können wir also füreinander bestimmt sein? Passen wir im Grunde nicht genau so schlecht zusammen wie Harv und Liv?

»Ich liebe dich auch«, sagt sie und schmiegt sich an meine Schulter.

»Daff, kann ich dich was fragen?«

»Sicher.«

»Wie hältst du es mit mir aus?« Sie lacht, aber ich rede weiter. »Nein, im Ernst. Ich war in letzter Zeit so ein Stinkstiefel wegen meines Manuskripts und so. Oder vielleicht war ich von Anfang an ein Stinkstiefel. Aber so oder so –«

Sie hebt das Kinn und küsst mich sanft auf den Mund. »Du warst nie ein Stinkstiefel …«, sagt sie leise und küsst mich wieder. Sie schmeckt nach Preiselbeeren, Schokolade und Zimt, eine köstliche Kombination. »Die Sache ist die, Ben«, sagt sie, »ich bin in dich verliebt. Und versteh mich nicht falsch: Ich bin nicht glücklich darüber. Lieber wäre ich in jemanden verliebt, der nicht so ein Trottel ist. Aber leider habe ich in dieser Angelegenheit keine andere Wahl. Ich habe mich in dich verliebt, und jetzt hast du mich am Hals, ob du es willst oder nicht.«

Später – viel später – liegen wir in Daffs winzigem WG-Zimmer in Balham im Bett.

Sie liegt auf der Seite, schnarcht leise, und ich schmiege meinen nackten Körper an ihren warmen nackten Rücken.

Immer wieder geht mir dieser eine Satz von ihr durch den Kopf: *Ich habe mich in dich verliebt, und jetzt hast du mich am Hals, ob du es willst oder nicht*. Ich krieg die Worte nicht mehr aus meinem Hirn, spüre noch das Glücksfeuerwerk, das in mir explodierte, als sie es sagte. Ich erinnere mich noch an etwas anderes, nämlich an das, was Mum beim gestrigen Monopoly-Spiel sagte: *Das Einzige, was im Moment zählt, ist die Frage: Macht ihr einander glücklich?*

Im Moment bin ich so glücklich wie schon lange nicht mehr. Und anscheinend empfindet Daff genauso.

Alles, was ich heute Abend tun wollte, war, wiedergutzumachen, was ursprünglich an diesem Abend geschah. Meine miese Erinnerung daran in eine gute zu verwandeln. Und ich glaube, es ist mir gelungen. Aber ich hatte nicht geplant, den Tag *so* enden zu lassen.

Ich hätte nie gedacht, dass Daff nach der langen ruckeligen U-Bahn-Fahrt kurzerhand ihre Zimmertür schließen und mich so leidenschaftlich, so hungrig küssen würde. Und dass mein Körper vor Erregung pulsieren würde, weil ich genau wusste, was als Nächstes geschehen würde …

Ich kann mich nicht erinnern, wann wir 2020 das letzte Mal miteinander geschlafen haben. Aber wann immer es war, so schön wie gerade eben war es bestimmt nicht. Ich hatte vergessen, wie schön es mir ihr sein kann, wie gut wir zueinander passen, wie leicht ich mich fallen lassen kann.

Und jetzt liegt sie im Tiefschlaf neben mir, und auch ich spüre die Erschöpfung in meinen Knochen. Es gibt keine Uhr an ihrer Wand, und mein Handy liegt irgendwo unter dem Klamottenberg am Boden, sodass ich keine Ahnung habe, wie viel Zeit mir hier noch bleibt. Aber es muss schon fast Mitternacht sein.

Jeden Moment werde ich mich anderswo wiederfinden, zu einem anderen Zeitpunkt. Vielleicht werde ich sogar im Jahr 2020 erwachen.

Mein Gott, ich wünschte, ich könnte hierbleiben. Wenigstens noch einen Tag länger.

Ich schmiege mich enger an Daffs warmen Körper, und sie murmelt leise. Für sie wird es sein, als ob es diese Nacht nie gegeben hätte.

Doch während ich hier neben ihr liege, weiß ich, dass ich diese Nacht nie vergessen werde.

24. KAPITEL

Lieber Ben,

(Das hört sich total förmlich an, oder? »Lieber Ben«. Aber Briefeschreiben ist eben immer ein bisschen förmlich. So ist es nun mal, daran lässt sich nichts ändern. Also, noch mal: LIEBER BEN.)

Ich weiß, wir haben vereinbart, uns in den nächsten Monaten keine SMS zu schicken und nicht miteinander zu telefonieren, aber über Briefeschreiben haben wir nichts gesagt. Und auch nichts über Weihnachtskarten. Und da dies ganz offensichtlich eine Weihnachtskarte ist (siehe Rentierbild auf der Vorderseite), bedeutet das, dass ich im Grunde genommen keine Regeln breche, oder?

Also: Frohe Weihnachten! Ich hoffe, dass dich die Karte rechtzeitig zum Weihnachtstag erreicht. Während ich dies schreibe, ist der 17. Dezember in New York, also ist eigentlich genug Zeit, auch falls die französische Post mal wieder streiken sollte.

Also, wie ist es in Paris? Ist dein Französisch immer noch so schlecht? Weißt du schon, wann du »tu« sagen musst und wann »vous«? Bei mir ist alles okay. Ich fühle mich schon wie eine richtige New Yorkerin – ich ernähre mich hauptsächlich von Brezeln und brülle »Achtung, hier kommt ein Fußgänger!«, sobald ich über die Straße gehe. Aber im Ernst, es macht Spaß, hier zu sein. Die Arbeit ist anstrengend, aber total interessant, und ich lerne viele neue Leute kennen. Ich denke, es war richtig herzukommen.

Ich hoffe wirklich, dass es dir gut geht. Mir missfällt der Gedanke, dass du an Weihnachten allein bist. Ich hoffe, du unternimmst etwas Schönes.

Ich weiß wirklich nicht, warum ich schreibe. Ich will wohl nur sagen, dass ich dich vermisse. Sehr sogar. Aber ich finde es trotzdem gut, dass wir diese Zeit getrennt verbringen. Ich denke immer wieder daran, was du nach Jamilas Hochzeit gesagt hast. Es hat mich wirklich erschreckt, denn wir sind jetzt seit fast zehn Jahren zusammen, und ich dachte wohl immer, dass wir auf lange Sicht die gleichen Dinge wollen.

Aber vielleicht ist das nicht der Fall. Ich weiß, es klingt schrecklich, aber …

Ich höre auf zu lesen und lege die Karte wieder auf den Tisch.

Ich bin mir nicht sicher, ob ich auch den Rest lesen muss, ob ich die Kraft dafür habe.

Stattdessen nippe ich an meinem bitteren Kaffee und schaue über das rostige Eisengeländer des winzigen Balkons im achten Stock nach draußen.

Mir gegenüber ragen die riesigen weißen Kuppeltürme der Kirche Saint-Sulpice in den kalten wolkenlosen blauen Himmel. In ihrem Inneren läuten jetzt wieder die Glocken und schrecken Scharen von Tauben auf dem Vorplatz auf.

Ebenjenes Glockengeläut hat mich vor einer Stunde aus dem Schlaf gerissen, und ich musste feststellen, dass Daff verschwunden ist und ich nicht mehr in Balham bin.

Mein Magen zog sich schmerzhaft zusammen, als ich merkte, wo ich bin – an welchem *Zeitpunkt* –, aber vielleicht ahnte ich ohnehin schon, dass dies einer der Zeitpunkte sein könnte, zu denen es mich verschlagen würde. Auch wenn ich Daff heute nicht zu Gesicht bekommen werde – derzeit liegen rund dreitausend Meilen und der Atlantik zwischen uns –, hat das, was heute passieren wird, alles verändert.

Ich nehme meine Kaffeetasse, lehne mich über das Geländer und schaue auf den Platz unten. Von hier oben, im achten Stock der Rue Étienne Marcel 39, breitet sich ganz Paris vor mir aus, mit seinen Türmen und Schornsteinen und eisernen Hausdächern, ganz wie auf einer Postkarte. Unten auf der Place Saint-Sulpice tummeln sich in lange Mäntel und dicke Schals gehüllte Touristen am Rande des riesigen dreistufigen Springbrunnens oder machen Selfies vor dem riesigen Weihnachtsbaum, der dahinter steht.

Vier Jahre sind binnen eines Wimpernschlags vergangen, und jetzt bin ich hier, am 25. Dezember 2014. Ein Tag, den ich in den letzten sechs Jahren zu vergessen versucht habe, mal aus brennendem Bedauern, mal wegen meines schlechten Gewissens, weil ich diesen Tag so genossen habe.

Die letzte Nacht ist immer noch klar in meinem Kopf. Ich wollte nur noch einen weiteren Tag dort verbringen, in der damaligen Gegenwart. Aber nein: Nach dem glücklichsten gemeinsamen Moment mit Daphne seit Langem wurde ich hier abgeladen, mitten in eine unserer schlimmsten, trostlosesten und verzweifeltesten Phasen. Eine Zeit, in der wir – genau genommen – nicht einmal zusammen waren.

Ich trinke den letzten Rest meines Kaffees und schaue dann noch einmal auf Daphnes Weihnachtskarte. Ein Satz fällt mir ins Auge, der mir einen Stich versetzt vor lauter Schuldgefühlen: *Mir missfällt der Gedanke, dass du an Weihnachten allein bist.*

Was immer an diesem Tag los war, allein war ich nicht.

Ich nehme die Karte und gehe wieder hinein in das winzige eiskalte Apartment. Bei jedem Schritt knarrt der Dielenboden auf nervige Weise, und ich kann die gedämpften Stimmen der Eheleute hören, die in der Wohnung über mir lautstark miteinander streiten. Ich frage mich, was es mit der französischen Sprache auf sich hat, dass selbst das wütende Gezeter elegant klingt.

Ich lasse mich auf das schmale Bett mit dem gusseisernen Rahmen fallen und starre an die Zimmerdecke. Und ich kann nur eines denken: Warum zum Teufel bin ich hier?

Beim ersten Mal war die Antwort auf diese Frage ziemlich einfach: wegen des dummen Streits nach Jamilas Hochzeit.

Es geschah einige Monate vor dem heutigen Tag, im August 2014. Daff und ich waren beide leicht angetrunken, als wir nach der Feier mit der U-Bahn nach Hause fuhren und sie ganz arglos sagte: »Also, wenn *wir* heiraten, dann ...« Und ohne lange zu überlegen, fiel ich ihr ins Wort und entgegnete, dass ich mir nicht sicher sei, ob ich sie überhaupt heiraten wolle.

Aus jetziger Sicht erscheint es mir seltsam, dass wir bis dahin noch nie über dieses Thema gesprochen hatten. Aber obwohl wir zu dem Zeitpunkt seit fast zehn Jahren zusammen waren, waren wir immer noch erst achtundzwanzig. Wir waren noch so jung.

Wie immer war der Streit allein meine Schuld, weil ich mich nicht gut ausgedrückt hatte. Ich grummelte nur achselzuckend und sagte, ich wisse nicht, was so toll daran sein solle, verheiratet zu sein. »Ist doch nur Geldverschwendung ... Ist doch nur ein Stück Papier« – dumme Sprüche wie diese. Denn der wahre Grund kam mir zu dumm und kindisch vor, um ihn klar auszusprechen: dass die Ehe seit dem Weggang meines Vaters für mich eindeutig eine negative Konnotation hatte.

Ich hatte aufgehört zu zählen, wie oft ich von der Schule nach Hause gekommen war und Mum schluchzend am Küchentisch gesessen oder wie sie sich abends am Telefon bei einer Freundin ausgeheult hatte, und irgendwann dachte ich mir: Ich werde nie heiraten.

Ich schätze, tief im Inneren hatte ich Angst, dass es einen unsichtbaren Schalter in mir umlegen würde. Dass ich mich, sobald ich einen Ring am Finger trage, in einen Betrüger verwandeln würde, genau wie mein Vater.

Aber natürlich habe ich Daff nichts davon erzählt: Ich dachte, es würde mich merkwürdig, verkorkst und schwach erscheinen lassen. Also hielt ich den Mund. Ich ließ sie in dem Glauben, es ginge um sie und nicht um mich und die gescheiterte Ehe meiner Eltern.

Im Grunde betrachtete ich unsere Beziehung als etwas Selbstverständliches, schon seit Jahren tat ich das. Und dann, etwa einen Monat später, erzählte sie mir von New York – von dem Angebot, sechs Monate in der Filiale ihrer Agentur in Manhattan zu arbeiten – und schlug vor, dass wir diese Zeit nutzen sollten, um »eine Beziehungspause einzulegen«. Es sollte keine Trennung sein, nur eine kontaktlose Auszeit voneinander, um nachzudenken, wie es mit uns weitergehen soll.

Das ist es also, weswegen ich hier bin. Um nachzudenken. Nicht um den Fehler zu begehen, der mir sechs Jahre später immer noch den Nachtschlaf raubt.

Andererseits frage ich mich, ob es wirklich ein Fehler war. Der Uhrenverkäufer sagt, ich solle darüber nachdenken, warum ich mich an diesen speziellen Zeitpunkten in meinem Leben wiederfinde. In den letzten Jahren, als die Dinge zwischen Daphne und mir immer schlimmer wurden, habe ich viel über diesen vermeintlichen Fehler nachgedacht. Ich habe mich immer gefragt, wie sich die Dinge entwickelt hätten, wenn ich in Paris geblieben wäre, statt überstürzt nach London zurückzukehren …

Wie aufs Stichwort plärrt an der Wohnungstür die Klingel los. Ruckartig setze ich mich im Bett auf und spüre ein seltsames Ziehen in der Magengrube. Sie ist hier.

Ich stehe auf und gehe, begleitet vom Knarren der Dielen, durch die Wohnung. Ich nehme den kleinen Plastikhörer aus der Wandhalterung neben der Tür und vernehme eine Frauenstimme.

»Joyeux Noël! Bist du bereit?«

25. KAPITEL

Ich bin noch längst nicht bereit.

Ich habe nur ein Hoodie und eine Schlafanzughose an, und mein Herz hämmert plötzlich so heftig, dass ich es in den Beinen spüre.

»Joyeux Noël!«, rufe ich in den Hörer. Und dann: »Äh … Gib mir zehn Minuten, okay?«

»Okay«, sagt sie. »Ich bin in dem Café neben der Kirche.«

Ich öffne den Schrank und zupfe unschlüssig an meinen Klamotten herum, hochgradig nervös wegen des Bevorstehenden. Wie soll ich mich gleich verhalten? Ich kann sowieso nichts ändern an dem, was ursprünglich geschehen ist. Worin besteht also der Sinn und Zweck, hier zu sein – nur um mich daran zu erinnern, was hätte sein können? Um mir vor Augen zu führen, welche Alternativen es gegeben hätte? Aber wozu das Ganze?

Als ich mich angezogen habe, flippern mir die Fragen immer noch durch den Kopf, bleiben unbeantwortet. Ich spritze mir noch schnell etwas kaltes Wasser ins Gesicht und eile dann die acht knarrenden Treppenabsätze hinunter. Unten angekommen, drücke ich mit der Schulter die schwere Haustür auf und trete hinaus in die eisige Pariser Morgenluft. Die Glocken von Saint-Sulpice läuten erneut und schrecken wieder die Tauben auf, die flatternd in den klaren blauen Himmel aufsteigen.

Und dann sehe ich sie, in dem Café auf der anderen Straßenseite, wo sie an einem Außentisch sitzt und an etwas Warmem nippt.

Sie trägt einen langen, stilvollen dunkelbraunen Mantel und einen Schal, der fast vollständig von ihrem vollen, kinnlangen Haar verdeckt wird. Es ist die blonde Variante der Bobfrisur, die Audrey Tautou in *Amélie* trägt, und plötzlich kommt es mir wie die wohl französischste Frisur überhaupt vor.

Der Kellner tritt auf sie zu, und sie schaut lächelnd zu ihm auf. Ihre dunklen Augenbrauen, das dunkelblonde Haar und die tiefroten Lippen bilden einen scharfen Kontrast zu ihrem ansonsten blassen herzförmigen Gesicht.

Einen Moment lang erwäge ich, mich umzudrehen und einfach weiterzugehen. Ich weiß nicht, was ich tun soll.

Aber dann sieht sie mich und winkt mich heran, so wie bei Mareks Hochzeit. Und ehe ich mich's versehe, stehe ich an ihrem Tisch.

»Hey, Alice.«

»Hey!«

Sie steht auf und hält mir ihre Wange für ein Küsschen hin. Der blumige Duft ihres Parfüms umfängt mich. *»Ça va?«* Mit einer Kopfbewegung deutet sie auf das Wohnhaus hinter mir. »Ben, ich kann nicht glauben, dass du *direkt* an diesem Platz wohnst. Das hier ist eine der schicksten Gegenden von ganz Paris.«

»Ich weiß.«

»Wie hast du das Apartment gefunden?«

»Durch meine Mutter«, sage ich. »Es gehört einem Bekannten von ihr, der ziemlich reich ist. Er ist vier Monate verreist, und ich passe sozusagen auf das Apartment auf.«

Alice zieht eine Augenbraue hoch. »Du hast so ein Glück.«

Sie hat recht, ich habe wirklich riesiges Glück. Die Sache mit Paris war Mums Idee. Sie hat nicht gut auf die Nachricht reagiert, dass Daphne und ich eine Auszeit voneinander nehmen (»Das Mädchen ist das Beste, was dir je passiert ist«, waren ihre genauen Worte). Und als sich dann diese Gelegenheit in Saint-Sulpice ergab, bestand sie mehr oder weniger darauf, dass ich sie wahrnehme. Es wäre ein schöner Tapetenwechsel für mich, sagte sie, eine Chance, den Kopf frei zu bekommen und mich zu besinnen, statt in unserer Londoner Wohnung zu hocken und Trübsal zu blasen, während Daphne in New York ist.

Es schien eine gute Idee zu sein. Und da ich damals gerade arbeitslos geworden war – *Thump* hatte im April unvermittelt die Segel gestrichen –, setzte ich mir sogar in den Kopf, hier die klischeehafte Pariser Schriftsteller-Fantasie auszuleben und vier Monate damit zu verbringen, etwas zu schreiben, das sich vielleicht veröffentlichen ließ.

So lautete damals mein Plan: ein Meisterwerk schreiben und währenddessen meine Beziehung überdenken. Ganz einfach. Aber dann lief mir Alice über den Weg und dieser an sich einfache Plan wurde um einiges komplizierter.

Sie nippt an ihrer heißen Schokolade und nimmt eine Packung Gauloise aus der Handtasche. Auf der Uni hatte sie nur Selbstgedrehte geraucht, und ich weiß noch, dass ich bei unserer Begegnung in Paris ziemlich beeindruckt davon war, wie elegant – wie *französisch* – sie sich mittlerweile gab.

»Also«, sagt sie und zündet sich eine lange, dünne Zigarette an, »unterhalten wir uns heute auf Englisch oder auf Französisch? Du hast gemeint, du müsstest üben. *On pourrait essayer, au moins.*«

»Äh ... *je ...*« Ich gebe sofort wieder auf. Die Situation ist schon in meiner Muttersprache verwirrend und surreal genug. Ich kann unmöglich auf Französisch durch das Minenfeld dieses Tages taumeln. »Sorry … können wir uns vielleicht doch lieber auf Englisch unterhalten?«

Sie seufzt in gespielter Enttäuschung. »Im Ernst, Benjamin. Wie soll aus dir je ein richtiger Pariser werden?«

Ich muss lachen. »Keine Ahnung. Sag du's mir.«

»Na ja, du bist nun schon seit drei Monaten hier«, entgegnet sie und ascht ihre Zigarette ab. »Irgendwann macht es klick. Du wirst sehen.«

»Du bist jetzt wie lange hier, seit zwei Jahren?«

Sie zieht die Stirn kraus. »Seit anderthalb. Habe ich dir schon letzte Woche erzählt.«

»Ach ja, stimmt.«

Sie mustert mich und nimmt einen tiefen Zug von ihrer Zigarette. »Ich kann immer noch nicht glauben, dass du hier bist, Ben, und dass wir an Weihnachten zusammen sind. Es ist verrückt.«

Ich treffe ihren Blick und spüre einen Nachhall der Aufregung, die ich ursprünglich an diesem Tag verspürte. »Das kann man wohl sagen.«

Es ist vier Tage her, dass wir uns zufällig begegnet sind. Ich saß draußen in einem anderen Café in Marais und versuchte gegen meine Schreibblockade anzukämpfen, indem ich meinen Laptop ausnahmsweise mal mit nach draußen nahm. Doch ich ließ mich von den verärgerten Blicken des Kellners ablenken, die er mir vermutlich zuwarf, weil ich in vier Stunden nur einen einzigen kleinen Kaffee bestellte. Ich war kurz davor, mein MacBook zuzuklappen und nach Hause zu gehen, als ich auf dem Bürgersteig eine vertraute Stimme vernahm.

»Das gibt's doch nicht … Ben!«

Ich schaute hinüber, und da war sie. Alice von der Uni.

Ich hatte sie seit meinem Abschluss 2008 nicht mehr gesehen. Im ersten Semester waren wir uns so nahe gewesen, aber als ich dann mit Daphne zusammenkam, entfernten wir uns immer weiter voneinander. Im dritten Jahr dann nickten wir uns kaum noch zu, wenn wir uns auf dem Campus über den Weg liefen.

Aber die Wahrheit ist: Ich dachte weiterhin an sie. Im Laufe der Jahre schaute ich von Zeit zu Zeit auf ihrer Facebook-Seite nach – was allerdings nicht viel brachte, da sie kaum etwas postete. Ich hatte gesehen, dass sie für eine große Marketingfirma arbeitete, aber sie hatte online nichts über ihr Leben in Paris erwähnt. Als ich sie dann auf dem Bürgersteig stehen sah und sie mir ihr strahlendes Lächeln zuwarf und dabei attraktiver denn je wirkte, wich meine Überraschung schnell einer freudigen Aufregung.

Ich glaube, es lag zum Teil daran, dass ich mich zu dem Zeitpunkt so mies fühlte. Ich vermisste Daphne und kam mit meiner Schreiberei nicht voran, war in einer Stadt, in der ich niemanden kannte. Ich war einsam, verwirrt und unglücklich, und plötzlich war da ein freundliches Gesicht, das ich seit Jahren nicht mehr gesehen hatte.

Die Wahrscheinlichkeit, sie zufällig zu treffen, musste bei Millionen zu eins gelegen haben. Es kam mir vor, als hätte das Schicksal es so gewollt.

Das tut es immer noch.

Der Kellner kommt an unserem Tisch und klopft mit einem Stift auf seinen Notizblock.

»Bonjour, Monsieur. Qu'est-ce que vous voudriez?«

Ich räuspere mich und beschließe, mein holpriges Französisch auszupacken. *»Oui, bonjour. Äh, je voudrais un chocolat chaud aussi, s'il vous plaît.«*

Er schmunzelt und rollt mit den Augen. »Möchten Sie Schlagsahne?«, wechselt er ins Englische.

»Non, pas pour moi«, sage ich, nicht gewillt, klein beizugeben.

»Was ist mit Marshmallows?«

»Non, pas de …« Ich schaue Hilfe suchend zu Alice.

»Guimauves«, sagt sie lächelnd.

»Pas de guimauves pour moi«, sage ich dem Kellner entschlossen.

»Okay, eine heiße Schokolade, keine Schlagsahne, keine Marshmallows, kommt sofort.«

»Was mache ich falsch?«, frage ich, als der Kellner verschwunden ist. »Wie sehr ich mich auch bemühe, die Leute antworten mir immer auf Englisch.«

»Dein Akzent verrät dich«, sagt Alice. »Selbst wenn du französisch sprichst, klingst du immer noch wie Hugh Grant.«

»Und wie kommt es, dass du es so perfekt hinbekommst? Du klingst wie Thierry Henry.«

Sie lacht, und ihre *Amélie*-Frisur wippt sanft auf und ab. *»Merci beaucoup. Je vais prendre ça comme un compliment.«*

Gott, sieht sie hinreißend aus!

Nun fällt mir wieder ein, wie geplättet ich war, ihr zufällig in Paris zu begegnen. Sie hatte sich seit der Uni stark verändert. Es betraf weniger ihr Aussehen, sondern vor allem, wie sie sich gab. Sie war selbstbewusster, selbstsicherer. Auf der Uni war sie lustig und extrovertiert gewesen, aber immer auch ein wenig unsicher. Selbst wenn sie mit mir flirtete, konnte ich eine gewisse Zurückhaltung bei ihr spüren, und vielleicht war das der Grund, warum wir damals nicht zusammenkamen – weil keiner von uns es wagte, den ersten Schritt zu tun.

Heute hingegen – hier im Jahr 2014 – ist sie ein ganz anderer Mensch. Wie ich mich erinnere, dachte ich damals, dass es wohl mit ihrem neuen Job zu tun haben musste. Bei unserem Wiedersehen hatte sie mir in allen Details geschildert, wie sie vier Kollegen aus dem Feld geschlagen hatte, um diese Beförderung in das Pariser Büro ihrer Firma zu ergattern. Über Geld sprach sie nicht, doch ich entsinne mich, den Eindruck gehabt zu haben, dass sie wahrscheinlich ein Wahnsinnsgehalt einsackte. Ich hatte zwar keine Ahnung von Mode, sah aber, dass ihre Klamotten so einiges gekostet haben mussten.

Das zurückhaltende Mädchen im Hoodie, mit dem ich früher in der Gemeinschaftsküche regelmäßig gekocht hatte, hatte sich in eine elegante, Gauloises rauchende Geschäftsfrau verwandelt, die fließend Französisch mit einem wahnsinnig erotischen Akzent sprach.

Und ja, seinerzeit hatte es mich umgehauen.

Ich merke plötzlich, dass ich sie anstarre. Aber statt verlegen wegzuschauen, wie es die alte Alice getan hätte, erwidert sie meinen Blick und lächelt, und ich spüre, wie sich meine Wangen röten. »Wie lautet der Plan für heute?«, frage ich, um die Stille zwischen uns zu überbrücken. »Zeigst du mir, wie echte Pariserinnen und Pariser den Weihnachtstag verbringen?«

Ich weiß noch genau, was für heute geplant ist, erinnere mich an jeden einzelnen Schritt. Und der Gedanke daran, wie es beim ersten Mal endete, lässt meine Haut kribbeln. Ich kann nicht mal sagen, ob ich erregt oder erschrocken bin. Wahrscheinlich beides.

»Oh, ich habe alles vorbereitet, keine Sorge«, sagt Alice und trinkt ihre heiße Schokolade aus. »Ich habe einen kompletten Weihnachtsplan für uns zusammengestellt.«

Sie dreht ihr Lächeln auf, und als sie ihre Füße unter den Tisch schiebt, streift ihr Knöchel an meinem entlang. Ich lächele zurück und versuche mich zu erinnern, was ich in diesem Moment vor sechs Jahren empfand.

Eines weiß ich genau: Ich genoss es, mit dieser neuen selbstbewussten Alice zu flirten. Selbst in dem Wissen, Daphne damit einen Schlag zu versetzen.

Vielleicht lag es daran, dass Daff und ich zu dem Zeitpunkt seit fast zehn Jahren zusammen waren und sich mit ihr nichts mehr aufregend oder neu anfühlte. Oder vielleicht störte mir schon damals, dass ich achtundzwanzig war und erst mit zwei Frauen geschlafen hatte, mit Daff und der Meckerliese Tish. Harv dagegen hatte sich gerade von Liv getrennt und betäubte seinen Frust, indem er – dank einer brandneuen App namens Tinder – jeden Morgen in einem anderen Schlafzimmer erwachte. Vielleicht war dies mit ein Grund dafür, warum ich so ein Problem damit hatte zu heiraten – weil ich glaubte, noch nicht in genügend fremden Schlafzimmern erwacht zu sein.

Trotz alledem war es mir überhaupt nicht in den Sinn gekommen, den Weihnachtstag mit Alice zu verbringen, bis sie es vier Tage zuvor bei unserem unverhofften Wiedersehen in dem anderen Café vorgeschlagen hatte.

Sie hatte sich zu mir an den Tisch gesetzt, und innerhalb von Minuten waren wir in unseren Erstsemester-Slang zurückverfallen. Es war merkwürdig, wie einfach und schön es sich anfühlte: als würden wir genau dort weitermachen, wo wir vor neun Jahren aufgehört hatten.

Wir lachten und tauschten Erinnerungen aus, eine Stunde verflog, und ich merkte, wie schade ich es fand, dass wir uns aus den Augen verloren hatten, obwohl wir uns so glänzend verstanden.

Als wir uns anschickten zu gehen, fragte ich sie, ob sie einen Tipp für mich hätte, was man am Weihnachtstag in Paris unternehmen könnte. Ich hatte Mum erklärt, mir den Eurostar nicht leisten zu können, um mich zu ihr und Onkel Simon zu gesellen, aber in Wahrheit hatte ich Angst, dass ich zu Hause in England Daphnes Abwesenheit als noch schmerzhafter empfinden würde. Vielleicht hatte meine selbstmitleidige Seite auch die romantische Vorstellung genossen, den Weihnachtstag allein in Paris zu verbringen. Keine Ahnung.

Sobald ich sie fragte, leuchteten Alices grüne Augen auf. Sie sagte, dass sie am 27. schon wieder arbeiten müsse, deshalb würde sie Weihnachten auch in Paris verbringen. In diesem Moment beschlossen wir, den Weihnachtstag miteinander zu verbringen. Ihr Enthusiasmus war ansteckend, während sie erklärte, dass sie sich etwas Schönes für uns ausdenken werde, dass sie mir das wahre Paris zeigen würde, das mir unbekannt sei, weil ich ja nur in der Wohnung hockte und schrieb.

Es klang spannend.

Während mir Alice vorschwärmte, wie viel Spaß wir haben würden, wanderten meine Gedanken automatisch zu Daphne. Sie und ich machten gerade eine Beziehungspause, richtig, dennoch hatte ich das Gefühl, dass es zu viel wäre, den Weihnachtstag mit Alice zu verbringen. Es würde bedeuten, eine Grenze zu überschreiten, die ich nicht überschreiten sollte.

Ich werde ins Hier und Jetzt zurückgeholt – wenn man dieses spezielle Hier und Jetzt als solches bezeichnen mag –, als der Kellner heranrauscht und mit ausholender Geste die heiße Schokolade vor mir abstellt.

»Merci beaucoup«, sage ich zu ihm.

»Immer gern«, antwortet er auf Englisch.

Alice kichert, und plötzlich habe ich Lust, dem Kerl die Schokolade ins Kreuz zu werfen, während er mit kerzengeradem Rücken davonstolziert.

»Wenn du ausgetrunken hast, geht's los«, sagt sie und deutet auf meine Tasse.

»Wohin als Erstes?«, frage ich und trinke einen Schluck, mir der Antwort wohl gewahr.

Sie lächelt. »Le Dodo Manège.«

26. KAPITEL

Als ich diesen Tag das erste Mal erlebte, war ich, glaube ich, ziemlich überrascht, dass Le Dodo Manège Alices erste Station bei unserer Weihnachtstour war.

Ich hatte sie für eine große Marketing-Führungskraft gehalten, deren Vorstellung von Spaß darin bestand, in einem exklusiven Mitgliederclub Instagram-freundliche Cocktails zu schlürfen. Stattdessen führte sie mich durch den wunderschönen Jardin des Plantes, nur einen Steinwurf vom Seine-Ufer entfernt, in Richtung eines Kinderkarussells. Es war eine nette Überraschung, und mir wurde klar, dass sie trotz aller offenkundigen Veränderungen immer noch diese lustige alberne Ader besaß, die mich früher so angezogen hatte.

Dennoch ist Le Dodo Manège nicht irgendein Kinderkarussell, sondern, wie ich später erfuhr, eine Art Pariser Legende: ein Karussell aus viktorianischer Zeit, auf dem statt der üblichen bunt bemalten Pferde und Kutschen eine Ansammlung exotischer, vom Aussterben bedrohter oder bereits ausgestorbener Geschöpfe steht. Riesige lebensechte Nachbildungen von Pandas, Säbelzahntigern, diversen Dinosauriern, Gazellen und natürlich einem dicklichen, leicht wütend aussehenden Dodo.

»*Voilà!*«, sagt sie, als wir durch das schmiedeeiserne Tor treten und das Karussell in seiner ganzen Pracht vor uns erscheint. »Le Dodo Manège.«

Ich nicke, und dann fällt mir ein, dass ich das Karussell ja angeblich zum ersten Mal sehe, und täusche schnell Begeisterung vor.

»Wow! Unglaublich!«

Alice runzelt die Stirn. Vielleicht habe ich etwas zu überschwänglich geklungen. Letztlich handelt es sich nur um ein Karussell, nicht um die Hängenden Gärten von Babylon. Aber dann lächelt sie mich süß an in dem Glauben, dass ich a) es noch nie gesehen habe und b) entsprechend beeindruckt bin. »Ziemlich cool, was?«, sagt sie. »Komm, fahren wir eine Runde.«

Das Karussell ist fast voll besetzt mit aufgeregten Kindern und ihren erschöpft aussehenden Eltern. Als wir auf die Plattform steigen, sehe ich, dass nur noch zwei reiterlose Tiere übrig sind. Das erste ist ein goldener Berglöwe, den Alice sofort erklimmt und auf dem sie fast ein bisschen napoleonisch wirkt, das andere eine kaum dreißg Zentimeter hohe Riesenschildkröte, deren Sitz im Grunde nur eine Vertiefung in ihrem dicken Schutzpanzer ist. Ich versuche mich einigermaßen würdevoll hineinzusetzen, bin mir aber nicht sicher, ob es es mir gelungen ist, nachdem ich mir zweimal beinahe die Knie ins Gesicht gerammt hätte.

Die scheppernde Musik setzt ein, und das Karussell beginnt sich langsam zu drehen. Plötzlich ist die Luft erfüllt vom freudigen Juchzen französischer Kleinkinder. Neben mir sitzt Alice anmutig auf ihrem hohen Berglöwen, und unter den blinkenden Lichtern und der einschläfernden Musik schalte ich tatsächlich für ein paar Minuten ab und lasse mich vom Karussell sanft im Kreis drehen, werde dabei regelrecht in den Schlafmodus versetzt. Irgendwie ist es eine Erleichterung, mal an nichts denken zu müssen.

Aber schließlich endet die Fahrt, und die Musik verklingt, und ich erinnere mich wieder, dass ich in wenigen Stunden eine schwere Entscheidung treffen muss. Und ich habe keine Ahnung, was ich tun soll.

Wir steigen von unseren exotischen Reittieren ab und gehen zu einem nahe gelegenen Stand, um warme Nutella- und Bananen-Crêpes zu kaufen.

»Also, wie findest du es hier?«, fragt Alice, während wir beobachten, wie die nächste Kundenladung auf die Plattform steigt und die Kinder darum streiten, wer auf welches Reittier klettern darf.

»Großartig«, sage ich. »Der perfekte Start in unseren Weihnachtstag.«

»Keine Sorge, es gibt noch mehr.« Sie schiebt sich eine Bananenscheibe in den Mund. »Was hättest du eigentlich heute getan, wenn wir uns nicht begegnet wären?«

»Auf jeden Fall nicht in einer Riesenschildkröte gesessen.« Ich nehme einen Bissen von meinem Crêpe und beschmiere mir dabei das halbe Gesicht mit Nutella. »Ansonsten, keine Ahnung. Wahrscheinlich hätte ich im Apartment gesessen und geschrieben.«

»Natürlich«, sagt sie. »Wie läuft es denn?«

Wie ich weiß, lief es damals mit meiner Schreiberei total schlecht. Berauscht von unserer unverhofften Begegnung in Paris, hatte ich mich Alice gegenüber dennoch als angehender experimenteller Romanschriftsteller gepriesen, glaube ich. Ich meine mich sogar daran zu erinnern, den Begriff »kafkaesk« verwendet zu haben – obwohl ich wirklich hoffe, dass ich mich täusche.

Die Wahrheit ist, dass ich in den vergangenen Monaten ein Dutzend verschiedener Projekte begonnen und kurz darauf wieder verworfen hatte, darunter ein TV-Sitcom-Drehbuch, eine dystopische Sci-Fi-Geschichte und ein grauenvolles Ein-Personen-Bühnenstück: alles gescheitert.

In Paris hatte ich ein letztes Mal versuchen wollen, ein ernst zu nehmender professioneller Schriftsteller zu werden. Und als ich scheiterte – als ich im Januar mit nichts Vorzeigbarem auf dem Laptop nach London zurückkehrte –, war es, als hätte sich vor mir endgültig eine Tür geschlossen, und ich gab meinen Traum auf.

Als Alice mir die Frage beim ersten Mal stellte, erklärte ich ihr, dass ich täglich mehrere Seiten funkelnder Prosa produziere. Diesmal aber fehlt mir die Kraft, mich zu verstellen. »Ehrlich gesagt, läuft es überhaupt nicht gut«, seufze ich. »Ich denke, meine Chancen, tatsächlich veröffentlicht zu werden, sind ziemlich gering.«

Sie zuckt mit den Schultern. »Ist doch egal, ob man veröffentlicht wird oder nicht. Hauptsache, es macht Spaß.«

»Na ja, Spaß macht's mir eigentlich nicht«, entgegne ich.

Alice schluckt einen Crêpe-Bissen hinunter. »Warum schreibst du dann überhaupt?«

Ich schaue auf das gemächlich kreisende Karussell. Beim ersten Mal hatte ich versucht, sie zu beeindrucken, und meine Worte doppelt und dreifach abgewogen, bevor ich sie aussprach. Ich war fest entschlossen, cool und erfolgreich zu wirken statt verloren und verwirrt.

Nun aber verspüre ich den unbedingten Wunsch, ihr die Wahrheit zu sagen und zu schauen, wie sie reagiert. Zum Teil liegt es an der Unwirklichkeit der Situation – die mir wie ein seltsam lebendiger Traum vorkommt –, aber auch weil ich weiß, dass sie sich im Jahr 2020 nicht an meine Worte erinnern wird.

»Ich weiß nicht, warum ich schreibe«, sage ich ihr. »Vielleicht, weil ich glaube, dass mein Leben plötzlich auf wundersame Weise besser wird, wenn ich Erfolg habe. Vielleicht, weil ich … mich irgendwie mit meinem Vater verbunden fühlen möchte.«

Sobald ich es ausspreche, merke ich, wie lächerlich es klingt.

»Ich merk's selbst, das klingt bescheuert«, sage ich leise.

Alice schüttelt den Kopf und lächelt. »Nein, überhaupt nicht. Ich kann es nachvollziehen.«

Seltsamerweise fühlt es sich für mich so an, als ob sie es wirklich nachvollziehen kann. Ich erinnere mich, dass ich im ersten Jahr an der Uni oft dieses Gefühl hatte – dass Alice mich instinktiv verstand. Dass wir *einander* verstanden.

»Jedenfalls bin ich mir nicht sicher, ob mein Vater es überhaupt mitbekommen würde, wenn es ein Buch von mir gäbe«, sage ich leise. »Er verließ uns, als ich zehn war. Ich habe ihn seit Jahren nicht gesehen.«

Sie knüllt ihre Serviette zusammen und wirft sie in den Mülleimer neben uns. »Du hast mir mal auf der Uni von ihm erzählt.«

Ich sehe sie an. »Tatsächlich? Wann denn?«

Sie lacht leise. »Im ersten Jahr standen wir uns ziemlich nahe, Ben. Ich schätze, du hast es vergessen. Erinnerst du dich an den letzten Tag der Einführungswoche? Wir saßen die ganze Nacht in meinem Zimmer, redeten und tranken diesen grauenhaften schwedischen Likör, den wir unter der Spüle entdeckt hatten. Du hast mir damals von deinem Vater erzählt, unter anderem, dass du im Moment keinen Kontakt zu ihm hättest, aber hoffst, dass es sich eines Tages ändern würde.«

Ich schüttele den Kopf. Ich hatte diese Nacht völlig vergessen. Nachdem ich Daphne kennengelernt hatte, war es, als wären all diese Momente mit Alice aus meinem Hirn gelöscht worden. Aber sie hat recht: Wir hatten uns nahegestanden. An jenem Abend hatte ich ihr Dinge anvertraut, die ich danach nur Daphne erzählt habe.

Im ersten Uni-Jahr hatte ich oft daran gedacht, Alice zu küssen. Was wäre passiert, wenn ich den Mut gehabt hätte, es zu tun? Wie würde mein Leben heute aussehen?

Sie mustert mich kurz und holt dann ihre Zigaretten aus der Handtasche. »Ich weiß nicht«, sagt sie, während sie sich eine anzündet. »Ich bin mir nicht sicher, ob es einen interessieren sollte, was die Eltern über einen denken. Ich meine, was wissen sie schon? Ich habe das Gefühl, dass meine Eltern immer wollten, dass ich jemand ganz anderes wäre.«

»Wie meinst du das?«

Sie stößt eine Rauchwolke aus. »Na ja, mein Dad ist ganz okay. Er ist Unternehmensberater, also ziemlich langweilig. Aber meine Mum ist Künstlerin, meine Schwester Grafikdesignerin. Die beiden waren immer eine Art Mini-Clique. Ich glaube, sie waren enttäuscht, dass ich nicht künstlerischer veranlagt bin, so wie sie. Vielleicht habe ich deshalb während des Studiums bei der Theatergruppe mitgemacht. Um jemand zu sein, der ich nicht bin.« Sie zieht an ihrer Zigarette. »Keine Ahnung. Manchmal habe ich das Gefühl, dass meine Mum und meine Schwester auf mich herabschauen, weil ich eine richtige Berufskarriere und ein anständiges Gehalt will. Ich meine, ich war so glücklich, diesen Job hier zu bekommen – meine Beförderung war wirklich eine große Sache für mich. Aber meine Eltern verstehen nicht, was ich tue, und es war, als hätten sie meine Beförderung kaum registriert. Meine Schwester hatte gerade ihr Baby bekommen, und das hat mir irgendwie die Show gestohlen.« Sie schüttelt den Kopf. »Entschuldigung, jetzt bin ich diejenige, die sich ein bisschen bekloppt anhört.«

»Nein, überhaupt nicht. Ich kann es nachvollziehen.«

Sie sieht mich an und lacht. »Wir klingen beide bekloppt und können es beide nachvollziehen.«

Ich grinse. »Wir sind das perfekte Paar.«

Ich bin mir nicht sicher, woher diese Bemerkung kam, und einen verlegenen Moment lang hängt sie zwischen uns in der Luft. Aber dann treffen sich unsere Blicke, und wir lachen. Ich bin mir nicht mal sicher, worüber.

Es fühlt sich alles so gut an. So entspannt.

Könnte das der Grund sein, warum ich wieder hier bin? Um mich an all das zu erinnern? Ist Alice womöglich meine Zukunft? Hätte ich eigentlich mit ihr zusammenkommen sollen?

Ich beobachte, wie die nächsten Fahrgäste auf das Karussell klettern, und frage dann: »Wie ist es bei dir? Willst du heiraten? Willst du Kinder?«

»Ich bin mir nicht sicher«, sagt sie und weicht meinem Blick aus, und plötzlich ist sie wieder die achtzehnjährige Alice, unsicher und zurückhaltend. »Vielleicht, falls ich den richtigen Mann finde«, fügt sie an. »Aber das hat im Moment keine Priorität für mich. Es gibt so vieles, das ich voher noch tun möchte.« Sie ascht ihre Zigarette ab und wendet sich mir zu. »Was ist mit dir? Willst du Kinder und so?«

»Ich dachte, ja«, sage ich. »Aber jetzt bin ich mir nicht mehr sicher.«

Daff und ich wollten vor ein paar Jahren eigentlich versuchen, Kinder zu kriegen. Das war kurz nach unserer Hochzeit, kurz nachdem sie dreißig geworden war. Auch wenn meine Karriere weiterhin nicht in Gang kam, schien es der richtige Zeitpunkt zu sein. Es war etwas, das wir beide wollten. Wir schickten uns per SMS schreckliche Face-Swap-Mashups von uns beiden, begleitet von Nachrichten wie *So werden unsere Kinder aussehen, hahaha*. Wir hatten sogar ein Datum festgesetzt, an dem Daff die Pille absetzen sollte.

Aber dann … Nun, dann starb Mum, und alles wurde dunkel. Und danach kam das Gespräch über Kinder nie wieder richtig in Gang, obwohl alle unsere Freunde dabei waren, Familien zu gründen.

Es wurde zu einer seltsamen, unausgesprochene Sache zwischen uns. Wir besuchten Freunde mit ihren neuen Babys, und obwohl ich die Kleinen total niedlich fand, spürte ich ehrlich gesagt … nichts. Das war beängstigend, weil ich die Vorstellung, Vater zu werden, eigentlich toll fand. Wenn ich davor im Park an einem lächelnden jungen Paar vorbeigegangen war, das ein Kleinkind zwischen sich durch die Luft schwang, ging sofort mein Kopfkino los, und ich träumte davon, mit Daff auch so einen kleinen Racker in die Welt zu setzen. Aber nach Mums Tod war es, als wäre etwas in mir zerbrochen. Es schien keinen Sinn mehr zu ergeben. Alle Vorfreude auf die Zukunft versiegte. Mir war plötzlich klar geworden, dass einem die Menschen, die man liebt, jederzeit und ohne Grund genommen werden können.

Das Schlimmste war, dass Daff und ich nie darüber sprachen. Ich merkte, dass sie mich nicht unter Druck setzen wollte, denn sie wusste ja, wie sehr Mums Tod mich getroffen hatte. Nach einer Weile begann ich, mir Sorgen zu machen, dass sie allmählich ungeduldig werden könnte. Dass sie nach einem anderen Mann Ausschau halten könnte, nach jemandem, mit dem sie eine Zukunft aufbauen könnte, aber dass sie sich zu mies fühlen würde, falls sie mich verließe, und nur deshalb bei mir blieb. Manchmal kam mir mitten in der Nacht der Gedanke, dass sie womöglich nie Mutter werden würde, weil sie ihre fruchtbaren Jahre mit mir vergeudete.

Es war das schlimmste Gefühl der Welt.

Ich schaue Alice an, die meine plötzliche Schweigsamkeit nicht zu stören scheint. Ihre ganze Aufmerksamkeit gilt dem vor ihr aufsteigen Zigarettenrauch. Ich bin mir nicht sicher, warum, aber plötzlich habe ich das Bedürfnis, all die in mir aufgestauten Gedanken rauszulassen, und so sage ich: »Ich glaube, als ich jünger war, wollte ich Kinder haben, um zu beweisen, dass ich nicht wie mein Vater bin. Dass ich ein guter Dad sein würde. Oder zumindest ein besserer als mein Vater.«

Alice nickt. Ich kann spüren, dass ich rot werde und dass mir die Worte fast im Hals stecken bleiben, doch ich bringe sie trotzdem heraus. »Aber je älter ich werde, desto mehr glaube ich, dass es wieder die gleiche Geschichte sein wird. Es kommt mir fast so vor, als hätte ich alles Schlechte von ihm geerbt. Er hat seine Frau betrogen und sie verlassen. Wahrscheinlich werde ich irgendwann das Gleiche tun.«

Mir ist sofort klar, wie schrecklich das klingt. Aber ich glaube es wirklich. Wegen unserer Auszeit waren Daphne und ich zu diesem Zeitpunkt streng genommen kein Paar, aber trotzdem habe ich ihr nie von meiner Begegnung mit Alice erzählt. Und in der Wirklichkeit – im Jahr 2020 – habe ich mich hinter Daffs Rücken mit Alice auf einen Drink verabredet. Auf einen Drink, der sicherlich zu mehr führen wird.

Ich folge *jetzt schon* dem Beispiel meines Vaters.

Alice holt mich auf die Erde zurück, indem sie scheinbar beiläufig fragt: »Dann bist du also noch mit Daphne zusammen?«

Ich versuche zu schlucken, aber plötzlich verschnürt es mir die Kehle. »Wir sind … nein. Im Moment nicht. Sie ist wegen ihres Jobs in New York.«

»Oh … okay.« Sie tritt ihre Zigarette aus. »Dann sitzen wir ja beide im selben Boot.«

»Wie meinst du das?«

Sie zuckt die Achseln. »Ich hatte etwas mit einem Typen hier in Paris, aber es ist seit einigen Monaten vorbei.«

»Oh. Tut mir leid.«

»Muss es nicht. Französische Männer sind eh nicht mein Fall. Sie sind mir zu klein. Ich glaube, ich halte mich lieber an Briten.«

Sie stupst meine Schulter an und lächelt. Ihr Verhalten erinnert mich an unser erstes Jahr an der Uni: kokett, aber nicht so sehr, dass man ihren Spruch nicht für einen Scherz halten könnte.

Es hört sich aber nicht an wie ein Scherz. Sofort fühle ich mich an Mareks Hochzeit erinnert, wo wir betrunken am Tisch herumgeturtelt haben. Ich weiß, es klingt erbärmlich, aber es war aufregend, sich begehrt zu fühlen. Das Gefühl zu haben, dass eine Frau auf mich steht. Mit Daphne hatte ich dieses Gefühl schon lange nicht mehr.

Alices Handy klingelt, und als sie aufs Display schaut, verzieht sie das Gesicht. »Da muss ich rangehen.« Mit dem Telefon am Ohr schlendert sie davon.

Während ich nun allein dasitze und zum Karussell hinüberschaue, wird mir bewusst, dass dies – alles, worüber wir gerade gesprochen haben – völliges Neuland ist. Ursprünglich haben wir nicht über diese Themen gesprochen. Und ich frage mich: Wird es sich darauf auswirken, was später geschieht? Wird es nach all den neuen Wendungen in unserem Gespräch trotzdem auf dasselbe hinauslaufen wie beim ersten Mal?

Der Gedanke daran, wie dieser Abend ursprünglich endete, versetzt mir einen Stich. Ich möchte das Richtige tun –

wirklich –, doch ich habe keine Ahnung, was das Richtige ist. Denn so beschämend es auch ist, es zuzugeben: Ich habe in den letzten sechs Jahren oft an diesen Abend gedacht – die Hälfte der Zeit mit einem schlechten Gewissen, während Daphne neben mir im Bett lag. Die übrige Zeit aber habe ich mich gefragt, was hätte sein können. Wie mein Leben hätte verlaufen können, wenn ich in Paris geblieben wäre.

Plötzlich pocht mein Kopf. Ich schließe die Augen und lege meine Hand über sie, genieße die Kälte meiner Handfläche. Als ich die Augen wieder öffne, fällt mein Blick auf die kleine Holzhütte neben dem Crêpe-Stand. Es ist ein niedlicher, mit Lametta und Lichterketten geschmückter Weihnachtsstand, an dem man kleine billige Mitbringsel zum Fest erstehen kann. Und dann entdecke ich dort etwas, das ich wiedererkenne.

Die Schneekugel.

Ich gehe hinüber und nehme sie in die Hand. Beim ersten Mal habe ich das Ding für Daphne gekauft, wohl genau zu diesem Zeitpunkt, als Alice telefonierte. Ich dachte, es wäre ein lustiges kleines Weihnachtspräsent, das ich ihr als Antwort auf ihre Karte schicken könnte. Ich ahnte nicht, was für ein schlechtes Gewissen ich wegen heute Abend haben würde, als ich das Päckchen drei Tage später zur Post brachte.

Ich schüttele die Schneekugel leicht, worauf Hunderte winziger Schneeflocken sanft auf das Miniatur-Dodo-Manège herabrieseln. Es ist wirklich ein kitschiges kleines Ding. Ich frage mich, wo es jetzt ist, ob Daphne es behalten hat.

»C'est combien?«, frage ich, ohne aufzuschauen.

Eine heisere Stimme antwortet: »Oh, die kannst du umsonst haben!«

Ich schaue auf, und natürlich blicke ich in zwei blitzende blaue Augen.

27. KAPITEL

»Das ist doch nicht wahr!«

Ungläubig starre ich auf das knittrige Lächeln des alten Mannes, das sich halb unter seinem Wuschelbart verbirgt. »Sie haben mir einen Heidenschreck eingejagt. Obwohl ich Ihre Anwesenheit vermutlich hätte erwarten sollen.«

Der Uhrenverkäufer lacht. »In der Tat, junger Mann.« Er streicht seine Rentierkrawatte glatt und beugt sich verschwörerisch zu mir vor. »Ich gebe einen ganz guten französischen Souvenirverkäufer ab, findest du nicht? Die Leute nehmen es mir jedenfalls ab. Das ist mehr, als ich von den Souvenirs selbst sagen kann. Ich habe den ganzen Morgen noch nichts an den Mann gebracht.« Er fängt an, »Guter König Wenzeslaus« zu pfeifen, während er einige Topfhandschuhe der Marke Arc de Triomphe umordnet.

Ich bin noch völlig durcheinander von dem Gespräch mit Alice und merke, dass mir im Moment die Geduld fehlt für die rätselhafte Heiterkeit des Uhrenverkäufers. »Was tun Sie hier?«, frage ich ihn unverblümt.

»Ich wollte nur vorbeikommen und dir ein frohes Fest wünschen«, sagt er. »Das gehört zu meinem Service.«

»Und worum genau handelt es sich bei diesem Service?«

Er stößt ein heiseres Lachen aus. »Ich fürchte, darauf kann ich im Moment nicht eingehen.«

»Verstehe. Und ich nehme an, dass Sie mir auch nach wie

vor nicht erzählen können, warum all dies geschieht und wann es vorbei ist, richtig?«

Der alte Mann wirft einen Briefbeschwerer in Form der Louvre-Pyramide in die Luft und fängt ihn auf. »Damit liegst du richtig, junger Freund. Selbst wenn ich es wollte, hätten wir keine Zeit dafür.« Mit einer Kopfbewegung deutet er auf Alice, die immer noch mit dem Handy am Ohr um das Karussell herumschlendert. »Gleich kommt deine Bekannte zurück, und zwar in …«, er schaut auf die Uhr, »einer Minute und zwölf Sekunden.« Er hört auf, an seiner Verkaufsware herumzufummeln, und sieht mich an. »Ich wollte eigentlich nur vorbeischauen und sehen, wie es dir geht. Mir ist klar, dass dieses Erlebnis ziemlich überwältigend sein kann.«

Er legt den Kopf schief und schenkt mir ein freundliches – fast väterliches – Lächeln. Vor meinem inneren Auge blitzt wieder das verblasste Foto von Grandpa Jack auf. Die Ähnlichkeit zwischen den beiden ist fast schon unheimlich.

Ich bin kurz davor, ihn zu fragen, ob wir möglicherweise verwandt sind, als der alte Mann sagt: »Also, erzähl, wie kommst du klar?«

»Ich, ähm … ganz gut, denke ich.« Ich zucke mit den Schultern. »Ich glaube, ich weiß, warum ich an diesen speziellen Tag zurückgekehrt bin. Beim ersten Mal ist hier etwas Bestimmtes passiert. Etwas, worüber ich später viel nachgedacht habe. Ich dachte daran sogar in dem Pub, in dem ich Sie im Jahr 2020 kennengelernt habe. Ich fragte mich, ob ich heute Abend die falsche Entscheidung getroffen habe oder ob ich letztlich bei der falschen Frau gelandet bin. Und da ich hierher zurückgekehrt bin, bedeutet es wohl, dass Letzteres zutrifft.«

Der alte Mann kratzt sich mit einem Miniatur-Eiffelturm am Bart. »Hm. So kann man es auch sehen.«

»Liege ich denn falsch mit meiner Annahme?«

»Darüber zu urteilen steht mir nicht zu.«

Ich seufze laut, und er lacht erneut, seine blauen Augen blitzen. »Du wirst es schon noch rausfinden«, sagt er. »Gib dem Ganzen einfach Zeit. Und apropos Zeit … ich fürchte, unsere ist abgelaufen.«

Er tippt auf seine Uhr und blickt hinter mich.

Ich drehe mich um und sehe, dass Alice auf mich zukommt, während hinter mir der Uhrenverkäufer ein vorbeikommendes Paar in perfektem Französisch in ein Verkaufsgespräch verwickelt.

Ich stecke schnell die Schneekugel in meine Jackentasche, als Alice zu mir herantritt.

»Sorry, dass es so lange gedauert hat«, sagt sie und steckt das Handy weg. »Mein Chef lässt mich nicht mal am Weihnachtstag in Ruhe. Ich bin nächste Woche ganz allein im Büro, deshalb gibt es jede Menge zu tun. Wie auch immer …«

Sie hakt sich bei mir ein, so wie damals, als wir zum Irrgarten gegangen sind. Der Uhrenverkäufer unterbricht sein Verkaufsgespräch und wirft mir einen letzten, bedeutungsvollen Blick zu.

»Na, dann los«, sagt Alice. »Sonst verpassen wir den Anfang unseres nächsten Programmpunkts.«

28. KAPITEL

Wir verpassen ihn tatsächlich.

Fast zehn Minuten nach Beginn des Films erreichen wir das winzige Kino »Champo« in der Rue des Écoles. Wir zwängen uns durch die Sitzreihe zu den einzigen freien Plätzen und murmeln »Excusez-moi« und »Je suis desolé« zu den mürrischen Leuten, die unseretwegen aufstehen müssen.

Die Leinwand ist mit Lametta umrahmt, und es läuft derselbe Film wie beim ersten Mal: *Liebe braucht keine Ferien* mit Cameron Diaz, eine romantische Weihnachtskomödie. Als wir uns hinsetzen, fällt mir ein, dass es eine französische Synchronisation ist, also werde ich auch diesmal so gut wie nichts verstehen.

»Mist, ich dachte, es gäbe Untertitel«, flüstert Alice und stößt meinen Ellbogen an. »Na ja, so übst du wenigstens ein bisschen Französisch.«

»Ja, genau. Kein Problem.«

Ich sitze dort in der Dunkelheit und sehe Jude Law dabei zu, wie er unverständlich mit der Stimme eines anderen brabbelt, wobei ich fast Alices Hand auf der Armlehne berühre. Ich erinnere mich deutlich, wie aufgeregt ich in diesem Moment beim ersten Mal war. Denn ich merkte, dass sich dies allmählich wie ein richtiges Date anfühlte, nicht mehr wie das Wiedersehen zweier alte Freunde, die den Weihnachtstag miteinander verbringen, weil sie niemanden sonst haben.

Anders ist diesmal, dass Daphne und ich nicht in einer Beziehungspause sind. Wir sind verheiratet. Wir mögen im Jahr 2020 in einer schwierigen Phase stecken, aber wir sind noch zusammen. Habe ich beim ersten Mal in diesem Moment an sie gedacht? Vermutlich schon. Genau in diesem Augenblick ist sie in New York, und ich frage mich, ob sie auch an mich denkt.

Alice unterbricht meinen Gedankengang, indem sie meinen Arm anstupst. »Verstehst du die Handlung?«, flüstert sie.

»Ja, total.«

Sie wölbt ihre Hand um mein Ohr. »Cameron und Kate Winslet haben die Häuser getauscht, und jetzt verknallt Cameron sich in Jude Law, der Kates Bruder ist.«

Ich spüre ihren Atem auf meiner Haut und merke, wie bei mir ein gewisses Körperteil zum Leben erwacht. Es war ein weiterer Grund dafür, warum dieser Moment beim ersten Mal so aufregend war: Ich merkte, wie sehr ich auf Alice stand.

Ich spüre den plötzlichen Drang, ihr mein Gesicht zuzuwenden. Am liebsten würde ich sie küssen. Es macht mir Angst, wie sehr ich es will.

Doch stattdessen nicke ich nur und flüstere: »Japp, ist schon klar. Keine Sorge.«

Nach anderthalb Stunden ist der Film schließlich vorbei. Während wir das Kino verlassen, stimme ich Alice voll und ganz zu, dass die Geschichte »super romantisch« war, obwohl ich alles in allem etwa sieben Wörter verstanden habe.

Als wir wieder auf der Straße sind, ist es eiskalt, und es wird langsam dunkel. Wir machen uns auf den Weg zum Seine-Ufer, wo glitzernde rot-weiße Lichterketten in den Bäumen hängen.

Seite an Seite spazieren wir am Fluss entlang, genießen die weihnachtliche Atmosphäre. Alice erzählt mir von ihrer Arbeit, und ich kringele mich innerlich, während sie mit ernster Miene von Dingen wie »Markenbewusstsein« und »Synergie« spricht. Sie ist auf jeden Fall viel ernster als an der Uni. Ich glaube, beim ersten Mal war ich ziemlich beeindruckt von alledem, von ihrem Aussehen, ihrem Selbstbewusstsein und ihrer eleganten Art. Aber während sie anfängt, sich über ihren »nutzlosen« Chef und ihre »nervigen« Kollegen auszulassen, spüre ich bei ihr eine Schärfe – eine Bitterkeit beinahe –, an die ich mich nicht erinnern kann.

Ich kann nicht anders, als an Daphne zu denken: Sie ist in ihrem Job ebenfalls ein Superstar und dennoch stets freundlich, bescheiden und witzig.

Alice muss irgendwie meine Gedanken gelesen haben, denn während sie eine weitere Zigarette aus der Packung fischt, wechselt sie abrupt das Thema. »Weißt du, ich fand es total schade, dass wir nach der Uni den Kontakt verloren haben.«

»Ja.« Ich nicke. »Ich auch.«

»Oder sogar schon vorher«, sagt sie. »Im ersten Jahr haben wir ständig miteinander abgehangen, und nach den Weihnachtsferien war es dann, als hätten sich die Dinge grundlegend geändert.«

Ich kratze mich im Nacken. »Ja, stimmt. Ich find's auch schade. Weiß auch nicht, was passiert ist.«

Alice zuckt mit den Schultern. »Nein, ist schon in Ordnung. Du warst gerade mit Daphne zusammengekommen und hattest anderes im Sinn. Ich war nur traurig, dass wir keine Zeit mehr miteinander verbracht haben. Ich habe dich vermisst.« Sie lacht plötzlich, als wolle sie damit die Wirkung ihrer letzten Bemerkung abmildern.

»Ich habe dich auch vermisst«, entgegne ich, obwohl ich mir nicht sicher bin, ob ich es ehrlich meine oder nur aus Höflichkeit sage. Verzweifelt versuche ich, mich zu erinnern, ob wir ursprünglich auch über diese Dinge gesprochen haben, doch ich weiß es nicht mehr.

Alice hüstelt und fummelt an ihren Haaren herum. Sie blickt geradeaus, als sie sagt: »Es klingt dumm, aber bei Daphne hatte ich immer ein seltsames Gefühl. Kann es sein, dass sie mich nicht sonderlich mochte?«

Ich versuche etwas Feuchtigkeit in meinen Mund zu bekommen. »Nein … ich glaube nicht, dass man das sagen kann.«

Alice nickt nur, sieht aber nicht überzeugt aus. Ich weiß nicht, was ich noch sagen soll, also schweige ich einfach. Ein Boot voller lärmender Touristen schippert an uns vorbei, und ich durchforste meinen Kopf nach einem anderen Gesprächsthema.

Ehe mir etwas einfällt, spricht sie weiter. »Wieso habt ihr euch eigentlich getrennt, wenn ich fragen darf?« Der betont lockere Tonfall schwingt wieder in ihrer Stimme mit, als würden wir über eine Kurzaffäre sprechen, nicht über eine langjährige Beziehung.

Ich versuche genauso locker zu klingen wie sie. »Na ja, wir haben uns nicht richtig getrennt. So ganz fest sind wir im Moment nicht zusammen, aber …«

»Aber irgendetwas muss sich doch zwischen euch verändert haben, oder?«, unterbricht sie mich. »Wenn sie in New York ist und du hier bist?«

»Ja, schon. Es ist kompliziert.«

»Mmm«, sagt sie. »Klingt so.« Ihr Gesicht wirkt leer, ihre Miene undurchdringlich. Aber dann bleibt sie vor einer breiten Steintreppe stehen und wendet sich mir lächelnd zu.

»Wie auch immer, wir müssen hier hoch. Zu unserem nächsten Programmpunkt.«

Über Daphne reden wir danach zum Glück nicht mehr.

Wir steigen die Stufen hoch und essen am linken Seine-Ufer im Restaurant »Le Relais de l'Entrecôte« in Montparnasse die gleichen leckeren Steaks mit Pommes wie beim ersten Mal. Und danach kehren wir in dieselbe kleine Pianobar in Denfert-Rochereau ein, setzen uns an denselben Ecktisch und bestellen wie beim ersten Mal eine Flasche des köstlichen Hausweins. Ich sitze nur da, fühle mich zunehmend betrunken und höre Alice zu, die nun in einer Schärfe über ihre Kollegen herzieht, an die ich mich beim besten Willen nicht erinnern kann. Die Ränder meines Sichtfelds beginnen zu verschwimmen, und langsam wird mir mulmig. Denn ich weiß, was passieren wird, sobald wir die Bar verlassen, und ich habe keine Ahnung, wie ich mich verhalten soll, wenn es so weit ist.

Auch wenn Alice aufgehört hat, mich nach ihr zu fragen, bekomme ich Daphne nicht aus dem Kopf. Plötzlich fällt mir etwas ein, das Mum während des Monopoly-Spiels gesagt hat: *Mir scheint, du und Daphne habt eine Beziehung, an der zu arbeiten sich lohnt*. Das war es, was ich eigentlich in Paris hatte tun sollen: an meiner Beziehung arbeiten. In Wahrheit aber saß ich in dieser Bar und tat das genaue Gegenteil.

Und dann fällt es mir ein … *Mum*.

Sie ist noch dort draußen, hier in dieser Realität. Sie ist noch am Leben.

Sobald mir der Gedanke kommt, springe ich auf und murmele Alice eine Entschuldigung zu. Das Herz pocht mir schmerzhaft in der Brust; ich muss unbedingt Mums Stimme hören, auf der Stelle. Ich trete in die Eiseskälte hinaus, drücke mein Handy ans Ohr und denke: Bitte, bitte, bitte, geh ran, geh ran, geh ran …

»Hallo, Liebling!«, trällert sie. »Frohe Weihnachten!«

Die Lichterketten an den Straßenlaternen beginnen zu verschwimmen, während mir die Tränen in die Augen schießen. Ich muss mir in die Innenseiten meiner Wangen beißen, um mich zusammenzureißen. »Hallo Mum, frohe Weihnachten!« Ich versuche ganz ruhig zu klingen, bin mir aber nicht sicher, wie gut es mir gelingt.

»Ich wollte dich später anrufen, nachdem ich von Simon zurück bin«, sagt sie. »Es muss dich doch ein Vermögen kosten, mich anzurufen, oder? Wenn du willst, rufe ich sofort zurück.«

»Nein, nein. Keine Sorge.« Gott, wie schön es ist, ihre Stimme zu hören. Sie klingt glücklich – und mehr als nur ein bisschen angeschwipst –, und plötzlich spüre ich eine überwältigende Dankbarkeit, noch einmal mit ihr reden zu können.

»Ich wollte dir nur sagen, dass ich dich vermisse«, murmele ich. »Ich wünschte, ich könnte bei dir sein.«

Sie senkt ihre Stimme zu einem Flüstern. »Glaub mir, du willst nicht hier sein. Ich habe den ganzen Nachmittag neben dem unglaublich langweiligen neuen Freund deiner Cousine Lucy gesessen. Der Mann kannte nur ein einziges Gesprächsthema: *Top Gear*. Ich bin jetzt die weltweit führende Expertin für Richard Hammond. Ich glaube, ich weiß mehr über ihn als er selbst.«

Halb lache und halb weine ich jetzt und ernte einige sehr besorgte Blicke von Leuten, die an mir vorbeigehen.

»Was treibst du denn so?«, fragt sie mich. »Bitte sag nicht, dass du heute mutterseelenallein bist.«

Ich hole tief Luft und versuche mich zusammenzureißen. »Nein, keine Sorge. Ich verbringe den Tag mit einer Bekannten.«

»Oh, das ist schön. Woher kennt ihr euch?«

»Sie ist eine alte Freundin aus Uni-Tagen.«

»Ach so.« Am anderen Ende der Leitung tritt Stille ein. Und dann höre ich, wie Mum sich vernehmlich räuspert. »Und, hast du heute schon von Daphne gehört?«

»Nein, aber ich habe gestern eine Weihnachtskarte von ihr bekommen.«

»Das ist schön. Mir hat sie auch geschrieben.« Es folgt eine weitere Pause, und dann fügt sie an: »Sie ist so ein reizendes Mädchen, ehrlich.« Ich höre das leichte Zittern in ihrer Stimme.

»Ich weiß«, sage ich.

»Das will ich aber auch hoffen.«

Ich war nicht ganz ehrlich zu Mum in Bezug darauf, warum Daff und ich diese Auszeit genommen haben. Ich sagte ihr nur, dass Daff wegen ihres Jobs für ein paar Monate nach New York gehen würde; meine Angst vorm Heiraten ließ ich unerwähnt: Es war zu eng mit ihr und Dad verflochten.

Einen Moment lang erwäge ich, ihr jetzt davon zu erzählen. Aber dann höre ich hinter ihr eine gedämpfte Stimme. »Ich komme gleich«, ruft sie jemandem zu. Und dann: »Ich muss auflegen, Ben. Das Essen wird kalt.«

Ich spüre meine aufsteigende Panik. Wenn ich sie jetzt gehen lasse, weiß ich nicht, ob ich jemals wieder mit ihr sprechen werde. Aber was soll ich tun? Ich kann ja nicht den Rest des Abends hier draußen stehen und mit ihr telefonieren.

Ich starre stumm auf den Bürgersteig und spüre, wie sich meine Kehle verschnürt, sodass ich kein Wort mehr rauskriege. Zum Glück sagt Mum etwas: »Es ist komisch, heute nicht mit dir zusammen zu sein. Nicht mit dir zu essen und morgen früh nicht unsere Geschenke auszutauschen.«

»Ich weiß ...« Ich schlucke schwer, und dann fällt mir ihr Gespräch mit Daphne ein, das ich an der Küchentür belauscht habe. »Hey, erinnerst du dich an das Weihnachten, als ich als Kind deinen Tesafilm und deinen Tacker geklaut und dir die Sachen dann als Geschenke zurückgegeben habe?«

Sie lacht herzhaft. »Gott, das hatte ich ganz vergessen! Was für ein Schelm du warst!« Sie verstummt und schnieft, und ich frage mich, ob sie vielleicht auch weint. »Weißt du«, sagt sie leise, »es waren mit die schönsten Geschenke, die du mir je gemacht hast.«

»Ich hab dich lieb, Mum«, ist alles, was ich herausbringe.

»Ich dich auch, Ben«, sagt sie. »Wir hören wieder voneinander. Frohe Weihnachten.«

»Frohe Weihnachten.«

Ich atme tief durch, während ich mit feuchten Augen in den Abend blinzele. In meinem Kopf ist nur ein einziger Gedanke: Gott, ich hoffe, ich sehe sie noch mal wieder. Nur noch ein einziges Mal.

Mein Handy verrät mir, dass es 22.47 Uhr ist. Noch etwas mehr als eine Stunde, dann wird all dies enden, und ich werde mich ganz woanders wiederfinden.

Durch das Fenster der Bar sehe ich, wie Alice unseren Kellner heranwinkt und um die Rechnung bittet.

Nachdem wir bezahlt haben, verlassen wir die Bar, und Alice hakt sich wieder bei mir ein, während wir beschwipst durch die fast menschenleeren Straßen des 14. Arrondissements schlendern.

Gelegentlich kommen uns Leute entgegen, meistens ein ebenfalls beschwipstes, leicht torkelndes Pärchen, das uns im Vorbeigehen *Joyeux Noël* wünscht.

Die meiste Zeit schweigen wir. Anscheinend hat Alice sich ausgequatscht, und ich weiß auch nicht mehr, was ich noch sagen soll. In meinem Hirn ist nur noch weißes Rauschen, wie bei einem verschlüsselten Fernsehsender. Ich komme mir vor wie auf einem Fließband: Ich bin mir bewusst, wohin ich gehe, weiß aber nicht, was passiert, wenn ich am Ziel ankomme.

Ich blicke auf meine Uhr, deren Zeiger immer noch auf eine Minute vor zwölf stehen. Ich bin im Begriff, auf meinem Handy nach der tatsächlichen Uhrzeit zu schauen, als Alice vor einer großen blauen Haustür stehen bleibt.

»Da wären wir.« Sie gibt den Zugangscode ein und schaut mir tief in die Augen. »Möchtest du mit hochkommen?«

Ich stehe nur dümmlich da, genau wie vor sechs Jahren, spüre, wie in meinem Bauch Erregung und Entsetzen miteinander ringen.

Und dann sage ich: »Ja.«

29. KAPITEL

Auf den ersten Blick unterscheidet sich ihre Wohnung nicht wesentlich von meiner: eine Zweizimmerwohnung mit niedriger Decke in der dritten Etage eines siebenstöckigen Wohnblocks. Sogar die Dielen quietschen wie bei mir, allerdings höre ich von oben keinen Ehestreit.

Alice wirft ihren Mantel auf das durchgesessene braune Sofa und fragt mich, ob ich noch etwas Rotwein wolle. Ich bejahe. Und als sie in der Küche verschwindet, um ihn zu holen, nutze ich die Gelegenheit, um mich richtig umzusehen.

Sie müsste jetzt seit etwa zwei Jahren hier wohnen, doch es sieht aus, als sei sie gerade erst eingezogen. Die Wände sind kahl – keine Fotos oder Poster –, und nirgendwo sieht man Bücher, Zeitschriften oder DVDs. Der Ganze sieht ein bisschen aus wie eine Vorführwohnung im Möbelhaus: Alles ist blitzsauber, wirkt aber null gemütlich.

Der einzige Hinweis auf Weihnachten ist ein kleiner, ungeschmückter Weihnachtsbaum von der Größe eines Toasters, der verloren auf der Fensterbank steht.

Ich lasse mich auf das Sofa fallen und versuche mich zu erinnern, was ich beim ersten Mal in diesem Moment empfand. Nervosität. Aufregung. Das waren die beiden vorherrschenden Emotionen, wobei schiere Geilheit wahrscheinlich den dritten Platz belegte. Trotz alledem glaube ich nicht, dass ich zu diesem Zeitpunkt ein besonders schlechtes Gewissen hatte.

Daff und ich machen ja eine Auszeit, sagte ich mir immer wieder. Und *sie* war diejenige, die das Ganze initiiert hatte, und zwar ohne irgendwelche Regeln aufzustellen. Außerdem konnte ich mich nicht des Gedankens erwehren, dass der heutige Abend etwas Schicksalhaftes hatte. Wie groß war denn schon die Wahrscheinlichkeit, in Paris zufällig dem Mädchen zu begegnen, für das ich einst eine Schwäche hatte? Das Ganze kam mir vor wie vorherbestimmt.

Oder vielleicht hatte ich keine Schuldgefühle, weil ich zu dem Zeitpunkt noch nicht dachte, dass zwischen Alice und mir tatsächlich etwas passieren würde. Sobald wir ihre Wohnung betraten, erwartete ich, dass Alice gähnen und mir erklären würde, es sei ein lustiger Tag gewesen, aber sie sei todmüde und vielleicht solle ich besser gehen. Ich glaube, ein Teil von mir wäre erleichtert gewesen. Aber sie sagte nichts dergleichen …

Stattdessen kam sie aus der Küche zurück, setzte sich zu mir aufs Sofa und küsste mich. Ich erwiderte den Kuss, und dann gingen wir ins Schlafzimmer, ohne dass wir von dem Wein getrunken hätten, den sie geholt hatte.

Ich weiß nicht, was ich mir dabei dachte, wirklich. Sobald wir uns küssten, setzte mein Verstand aus und ein anderes Körperteil übernahm die Kontrolle über mein Verhalten.

Das schlechte Gewissen überkam mich also erst am nächsten Morgen, als ich wie erstarrt in Alices Bett lag und sie leise schnarchen hörte. Das Sonnenlicht strömte durch die Vorhänge, und das Bedauern wegen meines Fehltritts war fünfzigmal erdrückender als mein Brummschädel. Ich glaube nicht, dass ich Daphne jemals mehr vermisst hatte als in diesem elenden Moment bitterer Reue.

Ich vermisste alles an ihr: Wie sie sich anfühlte, ihre Berührungen, ihren Duft. Die Art und Weise, wie wir uns nach dem Sex aneinanderkuschelten.

Plötzlich ist mir heiß, und als ich meine Jacke ausziehe, fällt die Schneekugel aus der Tasche. Ich stecke sie wieder hinein und atme tief durch, um meinen rumorenden Magen zu beruhigen. Ich hole das Handy heraus, um die Uhrzeit zu checken, doch der Akku ist leer.

Alice kehrt mit zwei sehr großen Gläsern Rotwein aus der Küche zurück. Sie reicht mir eines und setzt sich zu mir aufs Sofa.

»Also«, sagt sie und hebt ihr Glas, *»Joyeux Noël. Santé.«*

»Santé.«

Wir stoßen an und trinken.

»Danke für den tollen Tag«, sage ich. »Es war der schönste Tag, seit ich in Paris bin.«

»Ich hatte auch einen schönen Tag.«

Ich nehme noch einen Schluck. »Weißt du, wie spät es ist?«, frage ich sie.

Alice runzelt die Stirn. »Mein Handy liegt in der Küche. Warum – willst du nach Hause gehen?«

»Nein, ich …«

»Gut. Ich hatte nämlich gehofft, dass dies nicht das Ende des Abends sein würde.«

Es entsteht eine kleine Pause, in der wir uns wortlos anschauen, und plötzlich schlägt mir das Herz bis zum Hals. Denn, bei Gott, sie sieht umwerfend aus.

Sie beugt sich vor und stellt ihr Glas auf dem Wohnzimmertisch ab. Als sie sich wieder zurücklehnt, ist sie ein Stück zu mir herangerutscht. Sie legt ihre Hand auf meinen Oberschenkel, und fast automatisch lege ich meine Hand auf ihre. Ich schließe die Augen und spüre ihre Lippen auf meinen.

Und obwohl ein bestimmter Körperteil von mir *Ja!* brüllt, habe ich plötzlich nur noch Daphne im Kopf. Instinktiv weiche ich zurück.

»Tut mir leid«, sage ich leise.

Alice schaut mich verwundert an. Sie scheint nicht verlegen oder sauer zu sein, scheint nur auf eine Erklärung zu warten. Aber ich stammele nur noch ein paar Mal »tut mir leid«.

»Ist es wegen Daphne?«, fragt sie schließlich.

Ich nicke. »Schätze, ja.«

Sie greift nach ihrem Glas und trinkt einen Schluck. »Ich dachte, es wäre aus zwischen euch.«

»Ehrlich gesagt, weiß ich nicht, wie der Stand der Dinge zwischen uns ist.«

»Hast du nicht gesagt, ihr seid im Moment nicht zusammen?«

»Wir machen eine … Beziehungspause.«

Sie lacht und hebt dann entschuldigend eine Hand. »Sorry, das hat gerade total nach Ross und Rachel geklungen. Weißt du noch, wie sauer du zu Uni-Zeiten immer wurdest, wenn ich mir *Friends* anschauen wollte und du *The Wire*?«

»Klar weiß ich das noch.« Mein Kopf fühlt sich plötzlich schwer an. Ich habe keine Ahnung, was ich tun soll.

Alice seufzt und rutscht näher zu mir heran. »Hör zu, ich will dir und Daphne nichts kaputtmachen. Aber ich dachte immer, da wäre etwas zwischen uns. Und falls es auf Dauer mit ihr nicht klappen sollte …« Sie lässt die Worte verklingen und schwenkt den Wein in ihrem Glas. »Ich meine, du weißt ja nicht, was sie gerade in New York treibt, oder?«

Es stimmt. Ich weiß es nicht. Ich habe Daphne nie gefragt, ob in New York etwas passiert ist, und sie hat mich nie nach Paris gefragt. Ich schätze, wir gingen beide davon aus, dass wir uns treu geblieben waren.

Ich spüre einen Stich der Schuld in der Brust, und plötzlich glaube ich zu verstehen, warum ich Alice in ihre Wohnung begleitet habe. Im Jahr 2020 bin ich mit Alice auf einen Drink in ihrem Hotel verabredet. Und es wird sich anfühlen wie jetzt, falls ich die Verabredung einhalte und ich kurz davor bin, meine Frau zu betrügen und sie für immer zu verlieren.

Bin ich wirklich bereit dazu?

Alice stellt ihr Glas ab und steht vor mir auf. Ohne ein Wort zu sagen, streckt sie mir die Hand entgegen.

Ich starre sie an und versuche verzweifelt zu entscheiden, ob ich sie ergreifen soll. Und dann verschwindet alles.

30. KAPITEL

»Ben … Ben?«

Stöhnend drehe ich mich auf die Seite. Ich spüre, wie mir jemand sanft über den Arm streicht.

»Ben, wach auf. Wir müssen los.«

Ich fühle mich genauso wie nach den anderen Zeitsprüngen: benommen, schwindelig, kurzatmig wie nach einem Tausendmeterlauf. Ich schlage die Augen auf, und als ich meine Umgebung wahrnehme, ist mein erster verschwommener Gedanke: Ich bin zurückgekehrt.

Daphne sitzt neben mir auf der Bettkante und tätschelt meine Schulter. Aber es ist nicht die dreiundzwanzigjährige Daphne, mit der ich vor zwei Nächten in Balham eingeschlafen bin. Sie sieht eher aus wie die dreiunddreißigjährige Daphne, mit der ich in der realen Welt verheiratet bin. Im Jahr 2020. Ich atme scharf ein und schaue mich um. Das ist unsere Wohnung. Die Wohnung, die wir zusammen gekauft haben. Die Wohnung, in der wir derzeit leben.

Der Wahnsinn ist endlich vorbei. Ich bin in die Gegenwart zurückgekehrt.

Ich bin so erleichtert, dass ich mich ruckartig aufsetze, Daphne heranziehe und sie fest umarme. »Oh Gott, Daff …«, ist alles, was ich herausbringe.

Sie umarmt mich noch fester, fährt mir mit den Fingern durchs Haar. »Schhhh, ist okay … Ich weiß, ich weiß. Alles wird gut, ich verspreche es dir.«

Ich löse mich von ihr und sehe in ihren rot geränderten Augen Tränen schimmern. Sie hat dunkle Augenringe, als ob sie seit Tagen nicht richtig geschlafen hätte.

Die Erleichterung gefriert in mir und verwandelt sich augenblicklich in kalte Angst. Irgendetwas stimmt hier nicht.

Hat der Uhrenverkäufer gelogen? Hat sich die Gegenwart doch verändert? Vielleicht weiß Daphne irgendwoher, was in Paris geschehen ist.

»Wir werden es gemeinsam durchstehen«, murmelt sie, während sie sich über die Augen wischt. »Alles wird gut.«

Ich verstehe nur Bahnhof, versuche zu begreifen, was vor sich geht.

Dann sehe ich ihn hinter ihr. Den schwarzen Anzug.

Er baumelt schlaff an der Innenseite der Schlafzimmertür wie ein unsichtbarer Mann, der für ein schreckliches Verbrechen gehängt wurde.

Daff schlägt die Hände vor das Gesicht und beginnt, heftig und ruckartig zu weinen. Und mir wird schlagartig klar, dass dieser Wahnsinn noch lange nicht vorbei ist.

Wie es scheint, fängt er jetzt erst richtig an.

Zehn Minuten später sitze ich am Küchentisch und starre auf den grün-weißen Blumenkranz neben der Tür. Lilien. Darauf war letztlich die Wahl gefallen: Lilien.

Mums Lieblingsblumen waren Tulpen gewesen, aber offenbar waren sie für diesen Anlass nicht geeignet. Ich weiß nicht mehr, wer das sagte – vielleicht der Bestattungsunternehmer oder Onkel Simon –, jedenfalls fiel die Wahl am Ende auf Lilien.

Ich sitze schweigend da und beobachte, wie aus meiner Kaffeetasse der Dampf aufsteigt, und spüre, wie mich dunkle Wut packt, weil ich all dies noch einmal durchmachen muss.

Daff steht am Herd, rührt in einem Porridge-Topf und trocknet sich zwischendurch mit einem Taschentuch immer wieder die Augen.

Sie trägt bereits ein elegantes schwarzes Kostüm, ihre Haare sind straff zurückgebunden und trotz ihrer müden Augen sieht sie wunderschön aus.

Ich dagegen biete bestimmt alles andere als einen erfreulichen Anblick in dem T-Shirt und der Pyjamahose, in der ich aufgewacht bin. Ich habe es noch nicht fertiggebracht, mich umzuziehen. Sobald ich den schwarzen Anzug anziehe, wird mir alles schrecklich real vorkommen, und ich bin mir nicht sicher, ob ich die Kraft dafür habe. Der Anzug hängt noch oben an der Schlafzimmertür, wartet darauf, dass ich ihn anziehe, um noch einmal den schlimmsten Tag meines Lebens zu erleben, den 10. Dezember 2018.

Daff stellt mir eine dampfende Schüssel Porridge hin und versucht sich an einem Lächeln.

»Bitte, iss etwas, ja?«

Sie küsst mich auf den Kopf. Es ist nicht die Art Kuss, die man einem Ehemann oder Liebhaber gibt, sondern einem Kind. Dann sagt sie leise, dass sie sich schminken wolle, und verlässt den Raum.

Ich schiebe mir einen Löffel voll Porridge in den Mund. Der Brei ist knallheiß, und ich zucke zusammen, als er mir fast den Gaumen versengt. Aber seltsamerweise fühlt sich der Schmerz gut an – scharf und lebendig –, im scharfen Kontrast zu dem Taubheitsgefühl in meiner Brust.

Ich nehme noch einen Löffel vom Brei. Auf meiner Uhr ist es weiterhin eine Minute vor zwölf, während die Küchenuhr an der Wand kurz nach halb elf am Vormittag anzeigt. Ursprünglich war ich an diesem Tag viel früher aufgewacht. Ich hatte gedacht, ich würde nicht einschlafen können, aber dann war es mir doch gelungen. Ich weiß noch, dass ich den Traum gehabt hatte, in dem Mum noch lebt. In den Monaten nach ihrem Tod hatte ich ihn oft gehabt.

Immer wenn ich erwachte, war ich in den ersten Sekunden noch in dem Traum gefangen, in dem Mum noch am Leben war, aber während ich blinzelnd und gähnend dalag, kehrte dann die Erinnerung zurück, und jedes Mal überkam mich ein so intensiver Schmerz, dass ich mir Mühe geben musste, nicht aufzuschreien, während ich still neben Daphne lag und versuchte, sie nicht aufzuwecken.

Sie kehrt zurück, bleibt in der Tür stehen und schaut mich an. Ihre Augenringe sind jetzt unter einer Schicht Grundierung verborgen, aber trotzdem sieht sie alles andere als glücklich aus. »Simon müsste jeden Moment hier sein«, sagt sie leise. »Du solltest dich anziehen.«

Ich starre auf den Porridge. »Ich bin mir nicht sicher, ob ich mitkommen kann«, höre ich mich sagen.

»Oh, Ben …« Sie seufzt und fährt sich mit der Hand über die Stirn. »Mir geht's genau wie dir. Aber wir müssen dort hin.«

»Schon klar, aber …« Ich weiß nicht, was ich sagen soll. Wie soll ich ihr erklären, dass ich körperlich einfach nicht in der Lage bin, die Sache ein zweites Mal durchzustehen? Dieser Tag hätte mich schon beim ersten Mal fast gebrochen. Diesmal *wird* er mich brechen, das weiß ich. Warum muss ich ihn also ein zweites Mal erleben? Was soll das Ganze, verdammt noch mal?

Ich *muss* den Uhrenverkäufer wiedersehen. Ich will endlich wissen, warum dies alles geschieht. Was habe ich verbrochen, um dies zu verdienen?

Ich senke den Blick und sehe, wie meine Tränen in den Porridge tropfen.

Daff kommt schnell zu mir herüber und legt die Arme um

mich. »Ben, wir schaffen das. Wir stehen diesen Tag gemeinsam durch, ich verspreche es dir.«

Auch ihr laufen nun Tränen übers Gesicht und ruinieren ihr das frisch aufgetragene Make-up. Ursprünglich hatte ich nicht einmal *versucht*, diesen Tag gemeinsam mit ihr zu überstehen. Ich hatte ihren Kummer kaum wahrgenommen, weil ich so sehr in meinem eigenen gefangen war. Ich schloss sie völlig aus und zog mich, ohne mir dessen bewusst zu sein, in mich selbst zurück.

Vielleicht ist das ja der Grund für meine Rückkehr: um diesen schrecklichen Tag *gemeinsam* mit ihr durchzustehen, als Team. Ich *muss* diese nächsten Stunden ein zweites Mal durchleben; ich habe keine andere Wahl. Das Einzige, was ich tun kann, ist zu versuchen, es besser zu machen als beim ersten Mal.

Mir fällt bereits etwas ein, was ich immer bedauert habe. Etwas, das ich eigentlich hätte tun sollen, aber nicht getan habe. Bei dem Gedanken spüre ich ein nervöses Zucken im Magen, aber ich weiß, dass ich keine andere Wahl habe.

Ich wische meine Augen am Shirt-Ärmel ab. Daff will mir einen Kuss auf die Stirn geben, aber ich hebe schnell mein Kinn und küsse sie auf die Lippen. Sie lächelt überrascht – ein ehrliches offenes Lächeln – und mit einem Mal durchströmt mich ein Schwall neuer Kraft. Das ist es, was ich tun muss: Ich muss sie an mich heranlassen. Muss ihr erlauben, sich an mich anzulehnen und mich selbst an sie anlehnen. Nur so wird alles gut.

»Du hast recht«, sage ich. »Wir werden das gemeinsam durchstehen.«

Sie gibt mir noch einen Kuss auf den Mund und nickt dann. »Du solltest jetzt deinen Anzug anziehen.«

»Mach ich. Aber kannst du mir erst helfen, etwas zu finden? Das Buch mit den Gedichten von Walt Whitman …?«

31. KAPITEL

»Bist du dir sicher, Ben?« Simon wirft mir im Rückspiegel einen besorgten Blick zu. »Du weißt, dass du das nicht tun musst. Niemand erwartet das von dir. Niemand wird dich geringschätzen, wenn du es nicht tust.«

Er schaut wieder auf die Fahrbahn, während er den Wagen auf die Schnellstraße lenkt. Ich verstehe seine Zweifel. Drei Tage zuvor hatte ich verkündet, dass ich bei der Beisetzung Mums Lieblingsgedicht doch nicht vortragen würde. Ich hatte befürchtet, vor den Trauergästen zusammenzubrechen.

Die Zettel mit den Programmpunkten hatten umgeschrieben werden müssen, damit darauf nicht mehr mein kurzer Vortrag angekündigt wurde. Der Umstand, dass ich nun in allerletzter Minute meine Meinung wieder geändert habe und das Gedicht nun doch vortragen möchte, muss für Simon also mehr als nur ein bisschen beunruhigend sein.

Aber es ist, als hätte der Kuss in der Küche den Nebel in meinem Kopf aufgelöst. Er verlieh mir nicht nur neue Kraft und Zuversicht, sondern ließ mich auch erkennen, wie schwach es von mir gewesen war, diesen Tag auf diese egoistische Weise zu verbringen. Ich hatte meinen Vortrag abgesagt, weil ich befürchtete, töricht oder erbärmlich zu wirken, falls ich in Tränen ausbräche. Aber im Ernst, wen kümmert es schon, wie ich auf die anderen Leute wirke? Das Entscheidende ist, sich einen Ruck zu geben. Ich werde versuchen, Mum stolz zu machen.

»Keine Sorge«, sage ich zu Simon und berühre das eselsohrige Buch in meiner Jackentasche. »Es wird schon gut gehen, versprochen. Ich möchte es wirklich tun.«

Simon blickt zu mir zurück und nickt. Neben ihm auf dem Beifahrersitz sitzt seine Frau, meine Tante Chrissie, mit dem Lilienkranz auf ihrem Schoß. Und neben mir auf der Rückbank nimmt Daff meine Hand und drückt sie, schenkt mir ein tränenreiches Lächeln. Unsere Finger verschränken sich, und unsere Eheringe prallen sanft aneinander. Meiner fehlte in den letzten Tagen an meinem Finger, da ich an Zeitpunkte zurückgekehrt war, in denen Daff und ich noch nicht verheiratet waren. Ich hatte es nicht einmal bemerkt. Es ist sonderbar, dass es mir erst jetzt bewusst wird.

Noch sonderbarer ist es, mit ihr hier im Auto zu sitzen, wo ich doch erst gestern Abend in Paris war, in Alices Wohnung. Ich frage mich, was ich getan hätte, wenn dort meine Zeit nicht abgelaufen wäre? Wenn es nicht eine Minute vor Mitternacht gewesen wäre?

Ich weiß es wirklich nicht.

Ich schaue aus dem Fenster auf die vorbeiziehenden Bäume und Häuser. Als ich damals mit dem Eurostar von Paris nach England zurückgefahren war, hatte ich beschlossen, Daphne einen Heiratsantrag zu machen. Zunächst schien es lediglich eine reflexartige Reaktion auf meine Schuldgefühle zu sein, weil ich mit Alice geschlafen hatte. Eine Art Wiedergutmachung für meinen Fehltritt. Aber je länger ich darüber nachdachte, desto klarer wurde mir, dass es nichts mit dem Fehltritt zu tun hatte. Ich liebte Daff über alles. Die Vorstellung, sie zu verlieren, war entsetzlich; das hatte mir die Nacht mit Alice in aller Klarheit bewusst gemacht.

Es war, als hätten sich alle meine Vorbehalte gegen die Ehe plötzlich in Luft aufgelöst. Denn ich wusste nun mit absoluter Sicherheit, dass ich den Rest meines Lebens mit Daphne verbringen wollte. Aber um zu dieser Erkenntnis zu gelangen, hatte ich etwas tun müssen, das uns leicht für immer hätte auseinanderbringen können, falls sie es jemals herausgefunden hätte. Also beschloss ich, dass es niemals dazu kommen würde.

Früh am Morgen verließ ich Alices Wohnung, lehnte ihr Angebot zu frühstücken mit ein paar grummeligen Worten ab. Ich wusste, wie unhöflich es war, doch ich konnte nicht anders. Es kam mir vor, als würde ich dort ersticken; ich musste einfach nur raus und einen klaren Kopf bekommen.

Als ich drei Tage später beschloss, früher als geplant nach London zurückzukehren, schrieb ich Alice eine SMS, dass es mir leidtäte, dass ich nach Hause führe und wir uns irgendwann einmal wiedersehen würden. Ich erhielt keine Antwort.

Daff kehrte im Februar 2015 aus New York zurück. Den Heiratsantrag machte ich ihr natürlich nicht sofort, wir befanden uns ja noch in einer Beziehungspause. Es wäre etwas vorschnell gewesen, ihr den Antrag sofort zu machen. Ich sagte ihr nur, dass wir es noch einmal miteinander versuchen sollten, und hoffte inständig, dass es funktionieren würde. Glücklicherweise stimmte sie zu, und wir bekamen tatsächlich die Kurve, hatten wieder Spaß miteinander. Ich trat eine langweilige, aber halbwegs lukrative Zeitarbeitsstelle als Werbetexter an, und nach und nach schob ich das, was in Paris geschehen war, in einen so entlegenen Winkel meines Kopfes, dass ich mich nur noch ab und an – meistens mitten in der Nacht – daran erinnerte.

Im Sommer 2015 machte ich ihr schließlich während eines Griechenlandurlaubs einen Antrag, und ein Jahr später, am

18. August 2016, heirateten wir im Rathaus von Islington. Es war eine schlichte Trauung; Daff wollte nichts Großes und ich auch nicht. Wir wollten nur unsere Familien und unsere besten Freunde dabeihaben und mit ihnen einen schönen unvergesslichen Tag verbringen. Ich war natürlich nervös, aber nur wegen der praktischen Dinge: Reden und Sitzpläne und ob das DJ-Set von Harv etwas Tanzbares für die älteren Herrschaften beinhalten würde (das tat es natürlich nicht). Bedenken, ob ich das Richtige täte, kamen mir an jenem Tag glücklicherweise nicht mehr. Während Daff durch den Mittelgang auf mich zuschritt und über das ganze Gesicht strahlte, wusste ich, dass ich die richtige Entscheidung getroffen hatte.

Ich weiß noch, wie glücklich Mum aussah. Sie hörte den ganzen Tag nicht auf zu lächeln. Als am Ende des Abends Harvs Drum-'n'-Bass-Angriff vorbei war, tanzten wir beschwipst zu einem ihrer Lieblingslieder – einem alten Doo-Wop-Song namens »Life Could Be a Dream« –, und als er endete, legte sie die Hände auf meine Schultern und sagte: »Ich bin so stolz auf dich, mein Sohn.« Die Erinnerung trifft mich so hart, dass ich mich schwer zusammenreißen muss, um nicht schon vor der Trauerfeier loszuheulen.

Wir sind fast da. Das Auto rollt langsam die Hauptstraße hinunter, vorbei an all den weihnachtlich dekorierten Schaufenstern. Ich weiß noch, wie erschütternd es beim ersten Mal auf mich wirkte, an einem so traurigen Tag all die schimmernden Lichterketten und dickbäuchigen freundlichen Weihnachtsmänner zu sehen.

Schließlich halten wir an. Vorne holt Simon tief Luft und trifft im Rückspiegel meinen Blick.

»Wir sind da«, sagt er.

Die Trauerfeier findet in der kleinen Kirche in Acton statt, nur ein paar Straßen von Mums Haus entfernt – eine Kirche, in der Mum und ich vor heute noch nie waren.

Mir dreht sich der Magen um, und meine Kehle ist staubtrocken. Ich will unbedingt reingehen und es hinter mich bringen, aber vor der Kirchentür hat sich bereits eine kleine Menschenmenge versammelt. Es sind vor allem Familienmitglieder und einige von Mums Freunden. Sie treten einer nach dem anderen zu mir heran, bekunden ihr Beleid und umarmen mich. Ich lasse dieses seltsame tränenreiche Schauspiel über mich ergehen, als wäre ich kein Teil davon, sondern nur ein Beobachter, der dem Treiben hinter einer Leinwand zuschaut.

Dann entdecke ich zu meiner Überraschung Harv in der Menge. Ich hatte völlig vergessen, dass auch er hier sein würde. Er steht an der hohen hölzernen Kirchentür, die Hände in den Taschen seines schwarzen Jacketts, und wirkt seltsam verlegen und zurückhaltend. Er war im Urlaub, als Mum starb, und obwohl wir danach kurz telefoniert hatten, war dies unsere erste Begegnung seit ihrem Tod.

Er hat sich seit 2010 stark verändert. Er hat deutlich an Gewicht verloren, und sein Gesicht besteht nur noch aus Wangenknochen und Lachfalten. Er sieht nun in etwa so aus wie im Jahr 2020. Unsere Blicke treffen sich, dann verzieht er das Gesicht und schaut weg. Er weiß offenbar nicht, wie er reagieren oder was er sagen soll, und ich kann es ihm nicht verübeln. Es gibt keine feste Regeln für Situationen wie diese. Ich glaube, keiner von uns hätte je gedacht, dass wir dem anderen an einem Tag wie diesem würden beistehen müssen.

Wie die meisten Männerfreundschaften beruht auch unsere in erster Linie darauf, uns gegenseitig zu verarschen und dumme Sprüche zu machen. Und nun steht er mit einem Mal vor einer Kirche und wartet darauf, dass der Sarg meiner Mutter in die Erde gesenkt wird, und überlegt, was zum Teufel er zu mir sagen soll. Ich beobachte, wie er betreten das Gewicht von einem Bein aufs andere verlagert, und plötzlich steigt ein Gefühl tiefer Zuneigung in mir auf. Denn trotz allem ist er für mich da, ist es immer gewesen.

Ich gehe zu ihm hinüber, und er nimmt schnell die Hände aus den Taschen, schaut kopfschüttelnd zu Boden und murmelt: »Kumpel … Fuck … Ich … Fuck …«, wie ein unflätiger Roboter, der eine Fehlfunktion hat.

Und dann zieht er mich fast gewaltsam zu sich heran und umarmt mich. So muss es beim ersten Mal auch gewesen sein, aber wie alles andere habe ich wohl auch das verdrängt. Ich erwidere die Umarmung und spüre, wie mir Tränen in die Augen schießen.

»Es tut mir so was von leid, Mann«, flüstert er.

Und dann schnieft er vernehmlich und lässt mich los, steckt wieder die Hände in die Taschen und weicht meinem Blick aus.

Schließlich gehen wir hinein, und wie beim ersten Mal nehme ich genau in der Mitte der vordersten Bank Platz.

Daff sitzt links neben mir, ihre Hand liegt fest in meiner. Simon, Chrissie und meine Cousins sitzen auf der anderen Seite und werfen mir immer wieder traurige besorgte Blicke zu.

Es ist merkwürdig, was mir alles auffällt, nachdem der Trauergottesdienst einmal begonnen hat. Ursprünglich hatte ich die Rede des Pfarrers total ausgeblendet; mein Kopf war völlig leer, während ich auf den hinter ihm aufgebahrten Sarg starrte. Diesmal aber merke ich, dass ich den Worten des

Pfarrers aufmerksam lausche. Mum war nicht im Geringsten religiös gewesen, und als ich ihn nun mit salbungsvoller Stimme sagen höre, dass sie jetzt »bei Gott« sei, werde ich einfach nur wütend. Denn was ist das für ein Gott, der einfach so beschließt, im Gehirn einer achtundfünfzigjährigen Frau ein Blutgefäß platzen zu lassen, als sie an einem Montagnachmittag von Tesco nach Hause geht?

Plötzlich sehe ich es bildlich vor mir, wie sie auf dem Bürgersteig zusammenbricht und reglos liegen bleibt. Ich spüre, wie Daff mich zu sich heranzieht, weil mein Schutzpanzer und meine Selbstbeherrschung bröckeln und ich anfange zu schluchzen. Heiße salzige Tränen laufen mir über das Gesicht, und ich spüre, wie Daff zittert, als sie meine klitschnasse Wange küsst und flüstert: »Ist schon gut, ist schon gut.«

Gar nichts ist gut. Ich bin so wütend, und ich weiß nicht, ob die Wut je wieder verschwinden wird. Ich bin wütend darüber, was mit Mum passiert ist. Ich bin wütend über die Ungerechtigkeit. Ich bin wütend auf meinen Vater, weil er uns verlassen hat, weil wir ihm scheißegal waren und weil er sich selbst heute nicht blicken lässt. Aber ich bin auch wütend auf mich selbst wegen der schrecklichen Dinge, die ich Mum vor ihrem Tod an den Kopf warf. Und es ist so ermüdend, immer wütend zu sein und nicht zu wissen, ob es jemals aufhört.

Onkel Simon steht jetzt auf dem Podium und kündigt den Leuten an, dass ich gleich ein Gedicht vortragen werde, und einen Moment lang bin ich überzeugt, dass mich dort oben die Tränen überwältigen werden.

Aber dann nimmt Daff meine Hand, legt ihre Stirn an meine und flüstert: »Ich liebe dich.« Und ich merke, dass ich meine Selbstbeherrschung zurückerlange. Gerade so.

Mit sorgengefurchter Stirn schaut Simon zu mir hinüber. Doch Daff drückt noch einmal meine Hand, und ich denke: Ich werde es hinkriegen. Solange ich weiß, dass sie hier ist, werde ich es hinkriegen.

Der Weg zum Podium kommt mir vor, als wäre er hundert Meilen lang. Das einzige Geräusch in der Kirche sind meine widerhallenden Schritte. Ich schaue auf das Meer aus traurigen Gesichtern, fokussiere meinen Blick aber nur auf Daphne. Ich fühle mich unsicher auf den Beinen, und mein Magen grummelt wie verrückt, aber schließlich beginne ich zu sprechen.

»Ich möchte eins von Mums Lieblingsgedichten vortragen«, spreche ich ins Mikrofon. »Es ist von Walt Whitman und heißt ›Gesang von mir selbst‹. Als ich jünger war, wollte Mum immer, dass ich es lese. Sie hat mich ständig zum Lesen animiert, aber als typischer launischer Teenager hatte ich keine Lust dazu. Und dann, vor einer Woche, gingen Simon und ich bei ihr zu Hause ihre Sachen durch, und ich entdeckte dieses Büchlein hier in einem ihrer Regale.« Ich ziehe das zerschlissene Paperback aus meiner Jackentasche und halte es hoch. »Wie ihr seht, ist es nicht gerade im Bestzustand. Und wie jeder hier wahrscheinlich weiß, ist es ganz typisch für Mum. So ziemlich jedes Buch, das sie besaß, hat einen gebrochenen Rücken und Eselsohren und ist voller Notizen an den Seitenrändern. Darauf war sie stolz. Sie sagte immer: ›Daran erkennt man, dass ein Buch richtig gelesen wurde.‹«

Die Leute lachen leise, hören kurz auf zu schluchzen. Ich rede weiter.

»Vor einer Woche habe ich das Gedicht dann endlich gelesen und musste erkennen, dass ich es viel früher hätte tun sollen. Denn sie hatte recht. Es ist brillant. Im Grunde hatte sie immer recht, mit allem ...« Ich spüre, dass mir die Tränen kommen, und muss mich mit beiden Händen am Sprechpult festhalten. »Ich werde nicht den ganzen Text vorlesen, denn er ist viel zu lang. Nur den letzten Teil, den Mum dick unterstrichen und mit einem Kommentar versehen hat. Also, dann fange ich mal an.«

Ich hole tief Luft. Und als ich das Buch auf das Pult lege, sehe ich ihn.

Den Uhrenverkäufer.

Er sitzt ganz hinten in der letzten Reihe, allein auf der leeren Bank, blickt mich aus seinen blauen Augen an. Vom Rest seines Gesichts ist unter seinem Bart nicht viel zu erkennen. Er trägt immer noch denselben abgewetzten Anzug, das Jackett ist bis oben zugeknöpft, sodass nur ein kleines Stück seiner Rentierkrawatte zu sehen ist. Er nickt mir feierlich zu, und ohne nachzudenken, nicke ich zurück. Dann lächelt er traurig, und erneut erinnert er mich an Grandpa Jack. Es ist seltsam trostvoll, als wäre noch ein weiteres Familienmitglied anwesend, das mir Mut zuspricht.

In der vordersten Reihe lächelt mir auch Daphne aufmunternd zu. Drei Reihen hinter ihr tut Harv das Gleiche.

Aus irgendeinem Grund bin ich nicht mehr wütend, weil ich all das ein zweites Mal erleben muss. Ich verstehe, warum, brauche keine Erklärung.

Ich schlage das Buch auf und beginne vorzulesen.

Der gefleckte Falke stößt an mir vorüber und schilt mich,
er beklagt sich über mein Plaudern und Zaudern,
Ich bin doch nicht zahm, bin nicht unersetzbar,
Und lasse meinen barbarischen Raubvogelschrei ertönen
über die Dächer der Welt!

Das letzte Leuchten des Tages weilt noch um meinetwillen,
Es wirft mein Ebenbild zu den anderen, und treu wie nur eines, auf die schattenumwobene Wildnis.
Es lockt mich zum Nebel und Dämmerschein.

Ich schneide wie Luft, ich schüttle meine weißen Locken gegen die enteilende Sonne,
Ich lasse mein Fleisch in Wirbeln entströmen und in Fäden fortfließen.

Ich vermache mich dem Schmutz, um aus dem Grase, das ich liebe, zu keimen,
Brauchst du mich wieder, so suche mich unter deinen Stiefelsohlen!

Kaum wirst du wissen, wer ich bin oder was ich meine,
Doch bin ich für dich trotz alledem die Gesundheit,
Und kläre und kräftige dein Blut.

Kannst du nicht gleich mich erfassen, behalte nur Mut,
Triffst du mich nicht an einer Stelle, so suche woanders,
Irgendwo bleib ich und warte auf dich.

Ich schaue auf. Das Meer von Gesichtern ist hinter meinem Tränenschleier kaum zu erkennen. Aber ich habe es hinter mich gebracht. Ich habe Mum nicht im Stich gelassen.

Als ich zu meinem Sitz zurückkehre, applaudieren die Leute, und als ich an ihm vorbeigehe, klopft Onkel Simon mir auf die Schulter und flüstert: »Gut gemacht.« Und als ich Daphne erreiche, steht sie auf und nimmt mich in die Arme, und ich bin so dankbar, dass mir diese zweite Chance gegeben wurde.

Nach der Andacht tragen meine Cousins und ich unter den Klängen von Mums Lieblingslied »A Song For You« von Gram Parsons den Sarg nach draußen.

Ich schaue mich nach dem Uhrenverkäufer um, sehe ihn aber nirgendwo. Die ganze Trauergemeinde hat sich versammelt, als der Sarg in die Erde herabgelassen wird, und ich erinnere mich, was danach beim ersten Mal passierte. Ich ging einfach weg, erklärte Daphne, dass ich etwas Zeit für mich bräuchte, bevor ich mich für das anschließende Totenmahl zu Simon begeben würde. Die nächste Stunde verbrachte ich damit, ziellos durch die Straßen zu wandern und mit der Vorstellung zu ringen, den Rest meines Lebens ohne Mum zu verbringen.

Diesmal aber nehme ich Daffs Hand und frage sie, ob wir nicht noch etwas länger bleiben wollten, nur wir beide. Ich sage Simon und Harv, dass wir später nachkommen würden, und schon bald ist der Friedhof leer; nur Daphne und ich sitzen schweigend auf einer Bank vor Mums Grab.

»Ich bin froh, dass du aus dem Gedicht vorgelesen hast«, sagt Daff. »Deine Mutter wäre stolz auf dich gewesen.«

»Ich bin auch froh«, entgegne ich. »Kurz davor dachte ich noch, ich würde es nicht schaffen. Ich hatte total weiche Knie. Es tut mir leid, Daff.«

Fast wütend schüttelt sie den Kopf. »Ben, bist du verrückt? Es muss dir nicht leidtun. Es ist doch völlig normal, in so einer Situation weiche Knie zu haben. Dafür brauchst du dich doch nicht zu entschuldigen.«

»Doch, Daff. Ich wünschte, ich hätte ihr gesagt, dass … Ich wünschte, ich hätte ihr gesagt, dass es mir leidtut.«

»Jetzt sei doch nicht albern, Ben. Wofür in aller Welt hättest du dich denn bei deiner Mutter entschuldigen sollen?«

Und so beschließe ich, es ihr endlich zu erzählen.

32. KAPITEL

Es war an einem Sonntagabend, acht Tage bevor sie starb.

Daphne und ich waren bei Mum zum Abendessen eingeladen, aber kurz bevor wir uns auf den Weg machen wollten, wurde Daff zu einer Filmvorführung in Soho beordert. Deshalb fuhr ich alleine zu meiner Mutter.

Und das kam mir erst mal komisch vor, denn zu diesem Zeitpunkt hatte ich sie schon eine ganze Weile nicht mehr alleine besucht, immer nur mit Daff. Nicht nur weil Daff im Gegensatz zu mir immer gut gelaunt und ich zu der Zeit ein ziemlicher Miesepeter war, sondern auch weil sie tatsächlich etwas zu erzählen hatte. Sie berichtete Mum von aufregenden neuen Projekten oder erzählte Klatsch und Tratsch über diesen oder jenen Schauspieler oder Schriftsteller, mit dem sie beruflich zu tun hatte. Mum genoss es, sich diese Dinge anzuhören.

Bei mir dagegen lief nicht viel, ich hatte nichts zu berichten. Wenn wir also nur zu zweit waren, kam mir das Zimmer irgendwie beengter vor, und es war schwierig, überhaupt irgendein Gesprächsthema zu finden.

Und an jenem speziellen Sonntagabend war es schwieriger denn je. Ich befand mich gerade in einer beruflichen Flaute und kam deshalb mit besonders mieser Laune bei Mum an. Und im Laufe des Abendessens wurde es immer schlimmer, trotz des köstlichen Sonntagsbratens und des Yorkshire-Puddings, den es zum Nachtisch gab. Nach dem

Essen machte Mum Kaffee und legte uns eine dunkle Waitrose-Schokolade auf den Tisch, die sie so mochte.

»Und, wann kommt Daphne heute Abend nach Hause?«, fragte sie.

»Keine Ahnung«, entgegnete ich achselzuckend.

Mum verzog das Gesicht und brach sich ein Stück von der Schokolade ab. »Das arme Mädchen. Die lassen sie viel zu hart arbeiten in dieser Agentur.«

»Ach was, es macht ihr Spaß. Ihr geht's prima.«

»Na ja, ist schon schön, dass es bei ihr beruflich so gut läuft.«

Ich zuckte abermals die Achseln, riss ein Stück von der Folie ab, in die die Schokolade verpackt war, knüllte es zu einem kleinen Ball zusammen.

Mum warf mir einen Blick zu, der irgendwo zwischen Verzweiflung und Mitleid lag. »Komm schon, Ben. Es wird nicht ewig so sein. Bestimmt wird es bei ihr auf der Arbeit irgendwann ruhiger und dann wird sie wieder mehr Zeit für dich haben.«

»Ich weiß. Im Moment kriege ich sie aber kaum zu sehen. Sie muss ständig am Wochenende arbeiten, und unter der Woche kommt sie auch erst spätabends nach Hause.«

»Na ja, bei ihr läuft es eben prächtig. Das ist toll. Du solltest stolz auf sie sein.«

»Bin ich ja«, murmelte ich, aber ich klang offensichtlich nicht sehr überzeugend, denn Mum erwiderte: »Sag mir jetzt bitte nicht, dass du eine lächerliche Macho-Krise hast, weil deine Frau mehr verdient als du.«

Ich schnippte die zusammengeknüllte Folie auf den Tisch. »Hab ich nicht, Mum. Natürlich nicht.«

»Gut. So habe ich dich nämlich nicht erzogen«, sagte sie mürrisch.

»Es geht nicht darum, dass sie mehr verdient als ich«, schnappte ich. »Geld hat nichts damit zu tun. Ich freue mich für sie, dass sie etwas macht, worin sie gut ist und das sie gern tut. Es erinnert mich aber daran, dass all das bei mir *nicht* der Fall ist, das ist alles.«

Mum seufzte und fasste an ihre Halskette. Ich weiß noch, dass mir in dem Moment bewusst wurde, dass sie der einzige Mensch war, mit dem ich über derlei Dinge reden konnte: über meine frustrierende berufliche Situation und mein Gefühl, dass Daphne mich locker übertrumpfte und womöglich meiner überdrüssig wurde. Mit Daff konnte ich nicht darüber sprechen, und ich fand auch nie einen Weg, um mit Harv oder einem meiner anderen Freunde darüber zu reden. Meine Mutter war mein einziger Ansprechpartner für diese Dinge. Sie hatte immer einen klugen Rat für mich auf Lager. Aber an jenem Abend wollte ich nichts von ihr hören. Ich war auf Krawall gebürstet.

»Bei dir läuft es beruflich also nicht so gut?«, fragte sie schließlich.

Ich antwortete, indem ich die Augen verdrehte und mir Schokolade in den Mund stopfte.

»Du musst einfach am Ball bleiben, dann ergibt sich der Rest von selbst. Oder versuche es mit etwas ganz Neuem. Vergiss nicht« – sie hob einen Finger in gespieltem Ernst – »am Ende wird alles gut. Wenn es nicht gut ist, ist es nicht das Ende.«

»Mum, du bist wieder im Lehrermodus«, murmelte ich. »Wo hast du den Spruch gelesen, auf einem Kühlschrankmagneten?«

»Nein.« Sie lächelte mich an. »Auf Facebook natürlich. Wo denn sonst? Ich finde ihn ziemlich gut.«

Sie versuchte mich aufzuheitern, mich zum Lachen zu

bringen, aber ich war nicht in der Stimmung. »Ich brauche keine belanglosen Sprüche. Ich lerne nicht mehr für meine verdammte Abschlussprüfung an der Schule. Das hier ist das wahre Leben.«

Ich spürte, wie ich wieder zu einem mürrischen Teenager mutierte – was ich oft tat, wenn ich bei ihr war – und konnte nichts dagegen tun. Ich war wütend und frustriert und brauchte jemanden, an dem ich meinen Ärger auslassen konnte.

Mum trank einen Schluck Kaffee. »Was ist denn mit deinen eigenen Schreibprojekten?«, wollte sie wissen.

Ich starrte auf den Küchentisch. »Nichts. Ich habe das Schreiben aufgegeben. Ich war nicht besonders gut darin.«

Sie zwickte sich die Nasenwurzel und schaute mich traurig an. »Ich wünschte, du könntest dich so sehen, wie ich dich sehe, Ben. Du bist so hart zu dir. Dabei hast du so viel Talent. Ich wünschte nur, du hättest mehr Selbstvertrauen. In dir steckt etwas Großes, das weiß ich. Aber du gibst zu leicht auf.«

Ich öffnete den Mund, um etwas zu sagen, doch nichts kam heraus.

Mum redete weiter. »Ich spreche nicht davon, Millionen zu verdienen oder berühmt zu werden. Ich spreche davon, etwas zu tun, das dich und andere Menschen glücklich macht. Ein zufriedenes Leben zu führen.«

Wieder sagte ich nichts, aber in mir brodelte es. Ich hatte das Gefühl, dass wir plötzlich kurz davor waren, über etwas zu sprechen, worüber wir noch nie gesprochen hatten: über meinen Vater.

Ich hatte ihn an dem Tag schon im Kopf, weil ich online etwas über sein neues Stück gelesen hatte, das bald in New York uraufgeführt werden sollte. Und nun spürte ich, wie alles in mir hoch kam: die Jahre, in denen wir das Thema ausgeklammert hatten, und meine Wut darüber, dass er uns verlassen hatte und keine Anstalten machte, mit mir in Kontakt zu treten.

»Ich weiß nicht …«, begann ich. Ich spürte, wie sich die Worte in meinem Kopf aneinanderreihten, und bevor ich entscheiden konnte, ob ich sie wirklich aussprechen wollte, sprudelten sie aus mir heraus. »Wenn Dad bei uns geblieben wäre, hätte er vielleicht ein bisschen mehr auf mich abgefärbt. Ich hätte vielleicht größeren Ehrgeiz entwickelt, hätte von ihm lernen können. Vielleicht hätte ich *tatsächlich* etwas erreicht.«

Mum senkte den Blick und rieb sich den Nacken. Ihr Gesichtsausdruck war mir neu.

»Vielleicht lag es ja an mir«, fügte ich an. »Oder an uns beiden. Vielleicht waren wir ihm letztlich nicht gut genug.«

Da hob sie den Blick und sah mich stirnrunzelnd an. »Ist dir jemals der Gedanke gekommen, dass es gut war, dass dein Vater uns verlassen hat?«, fragte sie leise. »Dass es besser ist, dass er nicht so sehr auf dich abgefärbt hat? Dass unser Leben schlimmer gewesen wäre, wenn er uns nicht verlassen hätte?«

»Ich wüsste nicht, wie das Leben noch schlimmer sein könnte«, murmelte ich. Doch in acht Tagen würde es mir das Universum zeigen.

Mum seufzte. »Als du aufgewachsen bist, habe ich immer versucht, deinen Vater nicht vor dir schlechtzumachen, denn egal, was er getan hatte, er war immer noch dein Vater. Aber die Wahrheit ist, Ben, er war ein Scheißkerl.«

Der Schock, aus ihrem Mund dieses Wort zu hören, ließ mich beinahe meine Wut vergessen. Fast hätte ich aufgelacht. Ich glaube, ich hatte sie noch nie etwas Schlimmeres als »verdammt« sagen hören. Aber dann fuhr sie fort: »All die Jahre hast du an der Vorstellung von ihm als tollem, überaus erfolgreichem Kerl festgehalten, aber glaub mir, es ist gut, dass du nicht wie er bist. Du kennst ihn nicht. Zumindest nicht richtig.«

»Und für dich besteht das Problem nur darin, nicht wahr?«, sagte ich mit gehobener Stimme, als mein Groll schlagartig zurückkehrte. »Ich hatte nie die Gelegenheit, ihn richtig kennenzulernen. Jedes Mal, wenn ich mit ihm Kontakt aufnehmen wollte, hast du es irgendwie verhindert. Hast mich immer vor ihm gewarnt.«

Nun erhob auch sie die Stimme. »Weil ich nicht wollte, dass du verletzt wirst! Es hat mir das Herz gebrochen, als du im ersten Jahr nach seinem Abgang versucht hast, ein Treffen mit ihm zu arrangieren und er mehrmals abgesagt hat. Du warst elf oder zwölf, Ben! Die Kontaktaufnahme hätte nicht von dir ausgehen sollen, sondern von deinem Vater.«

Ich schüttelte den Kopf, spürte, wie es mir die Kehle verschnürte und mein Gesicht heiß wurde. »Ich weiß nicht … Er war trotzdem mein Vater, und ich hatte das Gefühl, dass du mich von ihm fernhalten wolltest. Vielleicht hätten wir ja doch eine Beziehung aufbauen können, wenn du nicht immer dazwischengefunkt hättest.«

Sobald ich es sagte, bedauerte ich meine Worte. Es war dumm und gehässig, und ich hatte es nicht im Geringsten so gemeint. Aber gesagt hatte ich es trotzdem.

Mum stellte ihre Kaffeetasse auf den Tisch, und ich werde nie vergessen, wie sie mir dann in die Augen schaute, wie ihr Lächeln erlosch und Traurigkeit in ihren Blick trat.

Sie fuhr sich mit der Hand über die Stirn, als wolle sie einen Spannungskopfschmerz lindern. Und ich wollte meine Worte zurücknehmen, um den Tisch herumgehen und Mum umarmen, aber ich tat es nicht. Ich weiß bis heute nicht, warum. Sie schüttelte den Kopf und zupfte einen Fussel vom Ärmel. Als sie wieder sprach, war ihre Stimme so leise, dass ich sie kaum verstand. »Nun, wenn du dieser Meinung bist, dann … tut es mir leid.«

Genau das hatte sie gesagt: Dann tut es mir leid. Obwohl ich derjenige war, der sich hätte entschuldigen sollen, entschuldigte sie sich. Das werde ich nie vergessen.

Und das war's. Es gab kein dramatisches Ende, keine zugeknallten Türen, keine an die Wand geworfenen Teller. Nichts dergleichen. Ich stand einfach auf und sagte: »Ich muss jetzt los«, und Mum entgegnete: »Ja, okay, in Ordnung.«

An der Haustür umarmten wir uns nicht. Ich dankte ihr für das Abendessen, dann sagten wir beide leise »Tschüss«. Es war das letzte Mal, dass ich sie sah.

Während ich vor dem Haus auf den Bürgersteig einbog, dachte ich: Das wird schon. Ich rufe sie nachher an und entschuldige mich.

Ich rief sie nicht an. Ich ließ acht Tage verstreichen, ohne mich zu melden oder sie zu sehen. Und dann war sie tot.

33. KAPITEL

Nachdem ich Daphne das alles erzählt habe, merke ich, wie erschöpft ich plötzlich bin.

Es ist, als hätte das Geheimnis mich in den letzten zwei Jahren auf den Beinen gehalten, und nachdem es nun heraus ist, muss ich mich mit aller Kraft dagegenstemmen, um nicht einfach zusammenzusacken.

Ich lehne mich auf der Sitzbank zurück, den Blick auf Mums Grabstein gerichtet, und atme tief durch. Daphne mustert mich eindringlich und zieht mich dann zu sich heran. »Oh, Ben … es tut mir so leid«, flüstert sie.

Ich löse mich von ihr und sehe sie verwirrt an. »Daff, dir muss nichts leid tun. Ich bin derjenige, dem es leidtun sollte. Die Dinge, die ich zu Mum gesagt habe …«

Sie schüttelt den Kopf und lächelt traurig. »Es war nur ein Streit. Alle Leute streiten manchmal. Es hat nichts zu bedeuten. Man streitet, und dann verträgt man sich wieder. So läuft es normalerweise. Du hattest aber keine Gelegenheit mehr dazu, dich zu entschuldigen.« Sie legt die Hände an mein Gesicht und küsst mich zärtlich. »Und darum tut es mir leid für dich.«

Ich spüre, wie ein Damm in mir bricht und wische mir über die Augen. »Ich konnte ihr nicht mehr sagen, dass ich es nicht so gemeint habe.«

»Ben, sieh mich an«, sagt sie mit Nachdruck. »Sie wusste, dass du es nicht so gemeint hast. Ein paar dumme verletzende Dinge zu sagen, wenn man schlecht drauf ist, kann unmöglich alles kaputtmachen, was man gemeinsam erlebt hat. Das musst du doch wissen. Sie war deine Mutter! Sie wusste, dass du sie geliebt hast. Nichts, was du an dem Abend gesagt hast, konnte daran etwas ändern.«

»Glaubst du wirklich?«

»Ich weiß es.«

Ich schließe die Augen und spüre, wie mich Erleichterung durchströmt. Ich habe das Geheimnis jenes Abends mehr als zwei Jahre mit mir herumgetragen, ließ es an mir nagen, hasste mich deshalb jeden Tag ein wenig mehr. Aber nachdem ich nun Daphne diese Worte sagen hörte … es ist, als würde ich reingewaschen. Ich werde immer bedauern, was ich damals zu Mum gesagt habe, aber Daff hat recht: Es darf nicht den Rest meines Lebens bestimmen. Ich glaube nicht, dass Mum es gewollt hätte.

Doch bevor dieser Gedanke mich wieder aufbauen kann, schnappt mein Verstand nach einem anderem Einwand.

»Aber was, wenn …« Ich räuspere mich, damit meine Stimme nicht so zittert. »Was, wenn der durch den Streit ausgelöste Stress zu ihrem Aneurysma geführt hat? Sie wäre vielleicht noch am Leben, wenn ich diese Dinge nicht gesagt hätte.«

Daphne sieht mich fest an, ihre Augen funkeln. »Ben, hör mir zu. Der Arzt sagte, so etwas geschehe völlig willkürlich, ohne jeden Grund. Es lag nicht an Stress oder Unzufriedenheit oder an eurem kleinen Streit. In ihrem Gehirn ist ein Blutgefäß geplatzt, einfach so.« Sie schüttelt den Kopf und drückt meine Hand. »Es ist schrecklich, aber es war nicht deine Schuld. Das darfst du nicht denken.«

Ich beuge mich vor und lege meine Stirn an ihre. »Ich glaube, du wirst nie verstehen, wie viel mir deine Worte bedeuten.«

So sitzen wir eine Weile da, Stirn an Stirn, während der Nachmittagswind uns um die Ohren pfeift. Es ist merkwürdig, dass ich mich ausgerechnet jetzt so gut fühle – sogar glücklich. Ich wünschte nur, ich hätte dieses Gespräch mit Daphne ursprünglich auch geführt.

Ich lege einen Arm um sie, und sie schmiegt sich an mich. »Ich bin froh, dass ich es dir erzählt habe«, sage ich.

»Du kannst mir alles erzählen, Schatz. Wir sind ein Team, vergiss das nicht.«

Im Kirchturm läutet die Glocke. Daff holt ihr Handy heraus und seufzt, als sie die Uhrzeit sieht.

»Komm, wir müssen zu deinem Onkel. Sie fragen sich bestimmt schon, wo wir bleiben.«

»Ja, du hast recht. Na los.« Ich stehe auf und wische mir ein letztes Mal über die Augen, bin halbwegs bereit dafür, auch den Leichenschmaus erneut zu durchleben.

Hand in Hand verlassen wir den Friedhof, und ich werfe noch einen letzten Blick auf Mums Grabstein. Es kommt mir vor, als hätten wir diesmal auf die richtige Art und Weise Abschied voneinander genommen.

Wir treten durch das schmiedeeiserne Tor und sehen, dass die Straße – auf der vorhin noch die Autos von Freunden und Verwandten parkten – nun nahezu leer ist. Nur ein einziges dunkelrotes Fahrzeug steht noch am Ende der Straße, halb verborgen unter einer hohen ausladenden Buche. Hinter der Windschutzscheibe mache ich eine Gestalt aus – einen Mann, glaube ich, der mit gesenktem Kopf so dasitzt, dass ich sein Gesicht nicht erkenne.

Ich spüre, dass ich verkrampfe. Vor Panik? Vielleicht sogar vor Aufregung? Denn ich bin mir ziemlich sicher, dass ich den Mann kenne, obwohl ich ihn seit Jahren nicht gesehen habe.

Ich trete vom Bürgersteig auf die Straße, um einen besseren Blick auf das Auto zu haben. Um mich zu vergewissern.

»Wer ist das?«, fragt Daphne.

»Ich glaube ...«, sage ich und spüre, wie mein Herz zu hämmern beginnt, »ich glaube, das ist mein Vater.«

34. KAPITEL

»Dein … *Vater*? Ben, bist du dir sicher?« Daphne sieht mich aus großen Augen an.

»Denke schon«, sage ich, obwohl ich es nun mit Gewissheit weiß.

»Er war aber nicht in der Kirche, oder?«, fragt sie. »Ich meine, du hast nichts gesagt.«

»Nein, dort war er nicht.«

Mein Kopf pocht vor lauter Fragen. Er muss auch beim ersten Mal hier gewesen sein, in dieser Straße. Der Grund, warum ich ihn damals verpasste, liegt auf der Hand: Ich eilte sofort nach der Beerdigung, als die Straße noch voller Autos war, vom Friedhof und stürmte in die entgegengesetzte Richtung davon.

Schwieriger ist es herauszufinden, warum er hier ist. Warum kommt man zu einer Beerdigung, wenn man sich vorher nicht beim Trauergottesdienst zeigt?

Daff blickt erneut auf das Auto und sieht dann wieder mich an. »Was auch immer du jetzt tust, ich bin bei dir«, sagt sie.

Ich fahre mir mit der Hand durchs Haar und zucke mit den Schultern. »Ich gehe rüber und rede mit ihm. Ich fände es besser, wenn ich es allein mache. Ist das okay für dich?«

Mit sorgenvoll gerunzelter Stirn sieht sie mich an. »Ja, klar. Wenn du dir sicher bist.«

»Bin ich. Geh du schon vor und sag Simon, dass ich nachkomme. Sag einfach, ich gehe noch eine Runde spazieren, weil ich ein bisschen Zeit für mich allein brauche.«

»Okay.«

Ich umarme sie, und als wir uns voneinander lösen, sagt sie: »Bist du sicher, dass es in Ordnung für dich ist?«

»Ja, ehrlich, versprochen. Wir sehen uns bei Simon. Ich liebe dich.«

»Ich liebe dich auch.« Sie lächelt.

Ich gehe langsam auf das Auto zu und erkenne den Mann hinter der Windschutzscheibe mit jedem Schritt deutlicher.

Ich höre meinen Herzschlag in den Ohren. Ich weiß nicht, was ich ihm sagen soll. Ich weiß nicht, was er mir sagen wird. Ich habe ihn nicht mehr gesehen, seit ich – was, dreizehn war?

Nachdem er bei uns ausgezogen war, besuchte ich ihn gelegentlich und verbrachte das eine oder andere unangenehme Wochenende in der Wohnung, in der er mit Clara lebte, der Frau, deretwegen er uns verlassen hatte. Aber diese Reisen wurden stetig weniger, bis er mir kurz vor meinem vierzehnten Geburtstag sagte, dass er von London nach Norfolk zöge.

Er versprach mir, in Kontakt zu bleiben, aber in der Folge gab es weder Anrufe noch Überraschungsbesuche von ihm. Trotz Mums Warnungen versuchte ich als Teenager immer wieder, Trips zu ihm zu arrangieren, aber er sagte sie immer in letzter Minute ab, weil er zu beschäftigt war. Schließlich gab ich es auf.

Er schickte mir weiterhin teure Hochglanz-Geburtstagskarten mit Abbildungen von *New Yorker*-Titelseiten oder Jackson-Pollock-Gemälden. Jedesmal steckte ein Geldschein darin, und jede Karte war mit »Patrick« unterschrieben, niemals mit »Dad«. Aber als ich Anfang zwanzig war, erhielt ich dann auch keine Geburtstagskarten mehr. Vermutlich dachte er, weil ich nun volljährig war, sei seine Arbeit erledigt.

Im Laufe der Jahre konnte ich mich des Gefühls nicht erwehren, dass dies alles meine Schuld war. Irgendwie war ich nicht gut genug. Es war, als ob er bei mir als Dreizehnjährigem schon erkannt hätte, dass aus mir ein Versager werden würde, dass ich den Zeitaufwand nicht lohne. Es klingt töricht, ich weiß. Aber immer, wenn später in meinem Leben etwas schieflief, war ich nie sonderlich überrascht, weil ich tief in mir wusste, dass es meine Bestimmung war, ein Versager zu sein, genau wie es mein Vater vorhergesehen hatte.

Ich bin noch etwa zehn Meter von ihm entfernt. Während ich auf die Beifahrerseite des Wagens zugehe, schaut er endlich auf und sieht mich.

Er zuckt erschrocken zusammen, und als ich sein Gesicht erkenne, mir wird klar, dass er nicht nur einfach nach unten geschaut, sondern dass er geweint hat.

Mit klopfendem Herzen stehe ich vor dem Auto, während wir einander durch die Glasscheibe ansehen. Und dann wischt er sich mit der Hand über die Augen und langt hinüber, um die Tür zu öffnen.

Ich rutsche auf den Beifahrersitz. Im Wagen riecht es nach Zigaretten und einem Minze-Duftbäumchen. Der Geruch ist mir derart vertraut, dass ich sofort wieder neun Jahre alt bin und vom Rücksitz unseres Volvos aus beobachte, wie die Verkehrsschilder vorbeifliegen, während Mum und Dad sich vorne anfauchen.

Das Auto riecht nach ihm. Wie kann man jemandes Geruch erkennen und die Person trotzdem als Fremden betrachten?

Er hustet grob in seine Faust und schnieft dann. »Ben.« Er blinzelt und schüttelt den Kopf. »Allmächtiger. Sieh dich an. Du … hast dich verändert.« Er lacht leise und unglücklich. »Entschuldigung, es ist …« Er verstummt und wendet den Kopf, schaut geradeaus durch die Windschutzscheibe. »Ich weiß nicht, was ich sagen soll«, murmelt er.

Falls ihn mein Erscheinungsbild überrascht, gilt andersherum das gleiche.

Auf den Zeitschriftenfotos, die ich von ihm kenne, ist er immer frisch rasiert und elegant gekleidet. Jetzt aber hat er einen angegrauten Stoppelbart und trägt einen zerschlissenen Wollpullover und eine alte Jeans. Sein Haar ist viel grauer, und er wirkt schmaler, die Haut am Hals schlaffer. Er sieht nicht mehr aus wie der grinsende, selbstbewusste Welteneroberer, an den ich mich aus meiner Kindheit erinnere. Er wirkt erschöpft. Besiegt.

Er schaltet das leise vor sich hin plätschernde Radio aus. »Ich wusste nicht, ob ich reinkommen soll … ob ich willkommen sein würde«, murmelt er. Ich höre das Selbstmitleid in seiner Stimme. »Mein Gott, Ben. Es tut mir so leid.«

Er schaut mich an, und plötzlich will ich ihn fragen: *Was denn? Dass Mum gestorben ist? Dass du uns verlassen hast? Dass du dich nicht bemüht hast, mir ein guter Vater zu sein?*

Aber dann verspüre ich wieder die altbekannte Befangenheit, die er früher immer bei mir ausgelöst hat. So wie damals in seiner und Claras Wohnung, als ich ihm nur ja keinen Ärger machen wollte, weil er mich sonst womöglich nicht mehr zu sich eingeladen hätte.

So murmele ich nur achselzuckend. »Schon gut.«

Er schaut auf seine Hände, die auf seinen Knien liegen. »Ich bin heute Morgen ins Auto gestiegen und losgefahren«, sagt er. »Ich wollte reinkommen, ehrlich. Aber als ich hier ankam, war es plötzlich, als ...« Er winkt ab. »Ich konnte es nicht. Ich weiß eigentlich gar nicht, warum ich hier bin«, fügt er an. »Das alles kommt mir total unwirklich vor. Ich sollte jetzt wegen des neuen Stücks in New York sein. Wir mussten die Pressetermine und all das verschieben.«

Wut wallt in mir auf, und plötzlich will ich die altbekannte erstickende Befangenheit einfach nur in Stücke reißen, *will* ihm Ärger machen. Ich schaue ihm in die Augen, und ehe ich den Mut verlieren kann, sage ich schnell: »Niemand hat dich gebeten herzukommen.«

Einen Moment lang steht ihm der Mund offen, und dann nickt er und streicht sich über die Bartstoppeln.

»Du hast jedes Recht dazu, wütend zu sein«, sagt er schließlich. »Wütend auf mich.«

»Ich bin *wütend*, weil meine Mutter gestorben ist«, sage ich und spüre, wie dabei meine Stimme bricht.

»Weißt du, auch mir hat sie etwas bedeutet, Ben«, sagt er. »Wir waren elf Jahre verheiratet. Sie war ein großer Teil meines Lebens.« Und sein ernster, selbstmitleidiger, beinahe schauspielerischer Gesichtsausdruck bringt mich endgültig auf die Palme.

»Es geht nicht um *dich*, Dad. Das hat nichts mit *dir* zu tun.«

Das Wort »Dad« hängt peinlich zwischen uns in der Luft.

Er greift nach einer zerdrückten Marlboro-Schachtel, die neben dem Schaltknüppel liegt. Mir fallen seine gelblich verfärbten Fingerspitzen auf. Sie zittern leicht, während er eine Zigarette herausfischt. Er dreht sie zwischen seinen Fingern, zündet sie aber nicht an.

»Wie kommst du zurecht?«, fragt er und schüttelt dann den Kopf. »Blöde Frage. Entschuldige bitte.« Er schließt die Augen und reibt über sein müdes Gesicht.

»Es läuft schon irgendwie«, sage ich. »Nein, Quatsch. Das stimmt nicht. Es läuft überhaupt nicht. Aber ich versuche irgendwie klarzukommen.«

»Gut. Das ist gut. Ich habe gehört, dass du verheiratet bist.« Er blinzelt. »Wie geht's deiner Frau?«

Ich muss fast auflachen. Mein eigener Vater weiß nicht, wie meine Frau heißt. Andererseits ... woher soll er das auch wissen?

»Sie heißt Daphne.«

»Daphne. Wie geht es ihr?«

»Ganz gut. Sie war mir in den letzten Wochen eine große Stütze. Ich weiß nicht, wie ich ohne sie zurechtgekommen wäre.«

»Hört sich gut an.« Er hebt das Feuerzeug und sieht mich fragend an. »Stört es dich, wenn ich ...?«

»Nein, mach ruhig.«

Er kurbelt das Fenster herunter und steckt sich die Zigarette an, nimmt einen tiefen Zug.

»Wie geht's Bianca?«, frage ich ihn. Bianca war die Frau, mit der er zusammen war, als wir das letzte Mal telefoniert hatten. Auf Clara war Lucy gefolgt, dann Fay, dann Bianca, jede ein paar Jahre jünger als die vorherige.

Er saugt an der Zigarette und reibt sich wieder über das Gesicht. »Bianca? Gott, das ist Jahre her. Bianca ist Geschichte.«

Ich nicke. »Gut.«

Er ascht aus dem Fenster und fügt an: »Am Ende war es ein einziger Albtraum mit ihr. Sie war total durchgeknallt. War ein riesiger Fehler von mir.«

Er wirft mir ein verschmitztes Halblächeln zu, das schnell erlischt, als ich es nicht erwidere. Ich erinnere mich noch vage, dass er über alle Frauen so sprach, mit denen er nach

Mum zusammen war. Jede von ihnen tat er am Ende der Beziehung als verrückt, durchgeknallt oder zu pflegeintensiv ab. Als Kind ließ ich mich davon beeindrucken, weil er auf mich wie ein lustiger selbstbewusster Mann von Welt wirkte, wenn er derlei Dinge von sich gab.

Heute finde ich es nicht im Geringsten lustig.

»Ich bin jetzt mit Erin zusammen«, fährt er fort und zieht an seiner Marlboro. »Eine Schauspielerin in meinem Stück. Sie lebt in Brooklyn.«

Ich erinnere mich, im Internet Fotos von den Proben gesehen zu haben. Erin hat die Hauptrolle. Sehr attraktiv – und ungefähr in meinem Alter.

Ich beobachte, wie sich seine Wangen aushöhlen, während er gierig an der Zigarette saugt. Und plötzlich wird mir bewusst, dass Mum letztlich recht hatte. Ich bewunderte ihn nur, weil ich ihn nicht richtig kannte. Ich hatte nur dieses *Bild* von ihm – das Bild des erfolgreichen Theaterautors, der eine junge Frau nach der anderen für sich gewann. Nun aber erkenne ich, dass ich einem Trugbild aufgesessen war. Sein Leben scheint ihn nicht glücklich gemacht zu haben, denn er wirkt einsam, verwirrt und kaputt.

So möchte ich nicht enden.

All die Jahre hatte ich angenommen, dass es mir vorherbestimmt war, ein Mann zu werden, der seine Frau betrügt, ganz wie mein Vater. Es wurde fast zu einem Vorwand für das, was in Paris passiert war. Ich redete mir ein, dass es nicht meine Schuld wäre, sondern dass es in meinem genetischen Code verankert sei. Aber das ist Unsinn. Ich hatte mich aus freien Stücken entschieden, mit Alice ins Bett zu gehen. Und wenn ich mich im Jahr 2020 mit ihr in der Hotelbar treffe, ist auch das meine eigene Entscheidung. Ich kann nicht ständig meine Fehler, Ängste und Versäumnisse auf einen Vater schieben, den ich nicht einmal kenne. Ich hatte nicht heiraten wollen, weil ich befürchtete, wie er zu werden. Ich hatte Kinder haben wollen, um beweisen zu können, dass ich ein besserer Vater sein würde als er. Alle meine großen Lebensentscheidungen hatte er auf die eine oder andere Weise beeinflusst, obwohl er im Grunde ein Fremder war.

Es ist mir peinlich, gedacht zu haben, dass ich zu ihm aufschauen müsste. Denn ich hatte Mum gehabt, die ein tausend Mal netterer, lieberer und besserer Mensch gewesen war.

Er nimmt einen letzten Zug von seiner Zigarette und schnippt sie aus dem Fenster.

»Wo findet der Leichenschmaus statt?«, fragt er.

»Bei Simon. Du kannst ruhig mitkommen, wenn du möchtest.«

Er wirft mir einen Seitenblick zu. »Willst du das denn?«

»Ich hätte nichts dagegen.« Aber ehrlich gesagt, habe ich keine Lust darauf. Ich will nur aussteigen und Daphne wiedersehen.

Er legt eine Hand auf das Lenkrad und nickt. »Nun, ich glaube nicht, dass sich die Leute freuen würden, mich zu sehen.« Wieder vernehme ich das triefende Selbstmitleid in seiner Stimme, und ich kringele mich innerlich vor Scham. Ich neige ja auch zu Selbstmitleid und verachte mich dafür. Ich muss es von ihm geerbt haben, denn von Mum habe ich es jedenfalls nicht.

Er schnieft und strafft den Rücken. »Also, Ben, hör zu. Wenn du etwas brauchst oder dich mit mir treffen möchtest, oder …«

»Du wirst in New York sein«, unterbreche ich ihn.

»Nein … Doch, ich werde in New York sein. Aber nur ein paar Wochen. Du kannst mich jederzeit anrufen, wenn du willst. Ich kann dir meine private Nummer geben.«

»Deine *private Nummer*?« Es klingt so lächerlich, dass ich beinahe auflache. Es war schon immer so: Ich rufe ihn an und versuche eine Beziehung zu ihm aufzubauen. »Nach Mums Tod trittst du jetzt also auf den Plan, verstehe ich das richtig?«, frage ich ihn. »Jetzt bist du endlich bereit, mein Dad zu sein?«

»Nein, ich habe nur ...« Er atmet schwer aus und fängt an, am Nagel seines kleinen Fingers herumzuknabbern. Ich mache genau das Gleiche, wenn ich nervös bin. Daff meckert jedesmal und zieht mir die Hand vom Mund.

»Schau, ich weiß, dass ich es verbockt habe, Ben«, sagt er langsam. »Ich habe alles vermasselt, vor allem mit dir. Aber nachdem deine Mutter und ich uns getrennt hatten, habe ich versucht, dich zu sehen. Ich habe es versucht. Aber sie hat es mir nicht immer leicht gemacht.«

Ich halte meine Stimme ruhig, als ich ihm in die Augen schaue und sage: »Ich habe heute keine Lust auf einen großen Streit. Aber wenn du meinst, meiner Mutter für irgendetwas die Schuld geben zu müssen, egal wofür, dann spreche ich nie wieder mit dir. *Okay?*«

Er reibt sich den Nacken und nickt. »Okay.«

Ich öffne den Wagenschlag und setze einen Fuß auf den Bordstein.

»Pass auf dich auf, Ben«, sagt er.

»Du auch. Viel Glück mit dem Stück.«

Er lächelt mich traurig an. »Wir sehen uns.«

Ich steige aus und werfe die Tür zu. Mir ist bewusst, dass ich ihn vielleicht nie wiedersehe, und zum ersten Mal in meinem Leben habe ich kein schlechtes Gewissen, keine Angst oder das Gefühl, versagt zu haben. Tatsächlich empfinde ich rein gar nichts für ihn.

Windumtost stelle ich meinen Jackenkragen hoch und höre, wie hinter mir der Wagen meines Vaters davonbraust.

Es ist ein eisiger Dezembertag, aber hinter den grauen Wolken schaut plötzlich die Sonne heraus.

Plötzlich sehne ich mich so sehr danach, Daphne zu sehen und mit den Menschen, die ich wirklich liebe, zusammen zu sein, dass ich losrenne.

35. KAPITEL

Der Rest des Tages ist … na ja, natürlich nicht toll. Aber deutlich besser als beim ersten Mal.

Jedenfalls überstehe ich den Leichenschmaus mit mehr Haltung und Würde und sozialer Interaktion als ursprünglich. Und als alles vorbei ist, als der schwarze Anzug wieder im Schrank hängt und ich neben Daphne im Bett liege, habe ich das Gefühl, einige entscheidende Dinge bezüglich meiner Eltern geklärt zu haben. Auch wenn keiner der beiden jemals davon erfahren wird.

Ich spüre, wie sich Daffs Körper zu entspannen beginnt, während sie neben mir in den Schlaf driftet. Aber mein Magen rumort noch immer wie verrückt. Nicht nur, weil es eine Minute vor zwölf ist und ich keine Ahnung habe, wo ich mich als Nächstes wiederfinden werde, sondern auch wegen all der Dinge, an die ich mich endlich erinnert habe, die ich in den letzten Tagen erkannt und gelernt habe.

Jener Abend in der Studentenbar, als ich diese augenblickliche Verbundenheit zu einem Mädchen spürte, das ich eben erst kennengelernt hatte; der Moment im Irrgarten, als ich absichtlich einen Zweig durchbrach, damit Daff mich fand. Die Entdeckung, dass sie die Mitarbeiter-Feier in der Agentur sausen gelassen hatte, um für mich da zu sein, als mein Manuskript abgelehnt worden war; das miese Gefühl, mit dem ich in Alices Bett in Paris aufwachte. Einige dieser Entdeckungen und Erinnerungen haben mir ein gutes Gefühl gegeben; andere haben mich krank gemacht vor Scham und schlechtem Gewissen. Aber alles hat immer zur selben Erkenntnis geführt: Daphne ist die Frau, die ich über alles liebe.

Über alles.

Mir fällt ein, was ich im Auto zu meinem Vater gesagt habe: *Sie war mir in den letzten Wochen eine große Stütze. Ich weiß nicht, wie ich ohne sie zurechtgekommen wäre*. Es stimmt. Ohne sie wäre ich verloren gewesen, wäre völlig zusammengebrochen. Aber so etwas ist eigentlich keine Beziehung, oder? Es ist ein … Abhängigkeitsverhältnis.

Als wir auf dem Friedhof saßen, sagte sie, dass wir ein Team seien. Nun, die ganze Teamarbeit erledigt seit Jahren vor allem sie. Wenn ich mit ihr zusammen sein möchte, muss ich es mir verdienen. Ich muss aufhören, ihr Tun und ihre Anwesenheit für selbstverständlich zu halten, und anfangen, meinen eigenen Beitrag zu leisten.

Ich habe so viele Jahre mit dem Versuch vergeudet, die Beziehung zu meinem Vater zu retten – eine Beziehung, die es nicht einmal wert war, gerettet zu werden. Aber meine Ehe mit Daphne ist es wert. Ich muss die Dinge besser machen. Das weiß ich jetzt.

Die Uhr an der Schlafzimmerwand zeigt jetzt 23.54 Uhr an. Ich bin im Moment nur noch zwei Jahre von der Gegenwart entfernt. Werde ich mich in fünf Minuten dort wiederfinden? Bei dem Gedanken kribbelt mein Körper vor Aufregung. Ich kann es kaum erwarten, ins Jahr 2020 zurückzukehren und mein Leben neu aufzubauen.

Der erste Schritt wird sein, mit Daff einen perfekten Weihnachtstag zu verleben. Und danach werde ich mir einen neuen Job suchen und mit Daff vielleicht sogar das Kinder-Thema neu erörtern … und wer weiß, was sonst noch alles folgt? Zum ersten Mal seit Langem scheint wieder eine lohnenswerte Zukunft vor mir zu liegen.

Im Halbschlaf dreht Daff sich zu mir um und kuschelt sich an mich.

Ich küsse sie sanft auf die Wange. »Alles wird gut, Daff«, flüstere ich. »Ich verspreche es dir. Ich liebe dich.«

»Ich liebe dich auch«, murmelt sie. »Schlaf schön.«

Der Minutenzeiger an der Wanduhr springt auf 23.58 Uhr.

Ich halte meinen Arm hoch, sodass meine Uhr und die Wanduhr nebeneinander in meinem Blickfeld liegen, und warte, bis die angezeigten Uhrzeiten übereinstimmen.

36. KAPITEL

Ich war wohl unbewusst darauf gefasst, mich auf dem harten Dachboden wiederzufinden, denn als ich die weiche Matratze unter mir spüre, wird mir seltsam mulmig.

Ich weiß, dass ich wieder durch die Zeit gesprungen bin, denn ich spüre den altbekannten Schwindel und die damit einhergehende Übelkeit. Aber als ich die Augen öffne und mich aufsetze, sehe ich, dass ich immer noch im selben Bett, im selben Schlafzimmer bin.

Aber draußen ist es inzwischen hell, und Daphne ist verschwunden. Von unten vernehme ich das vertraute Glucksen und Klappern der Kaffeemaschine. Ich nehme mein Handy vom Nachttisch und sehe nach, welches Datum wir haben: Es ist der 25. Dezember 2020.

Damit steht fest, dass ich tatsächlich in die Gegenwart zurückgekehrt bin!

Aber wie bin ich vom Dachboden runtergekommen? Und wann ist Daff nach Hause gekommen? Es gibt eine Lücke zwischen dem Zeitpunkt, als ich oben einschlief, während ich über die Gegenstände in der Keksdose nachdachte, und dem Augenblick, als ich eben hier im Bett aufgewacht bin. Und diese Lücke kommt mir extrem beunruhigend vor.

Die Armbanduhr ist immer noch fest um mein Handgelenk gebunden, die Zeiger stehen weiter bei einer Minute vor zwölf.

Mein Herz beginnt zu hämmern, aber als ich aus dem Bett steige, beschließe ich, die Beantwortung meiner offenen Fragen auf später zu vertagen. Das Einzige, was jetzt zählt, ist, dass ich zurück bin und auf der Stelle damit beginnen kann, meine Beziehung mit Daphne in Ordnung zu bringen.

Ich ziehe mich schnell an und gehe nach unten, aber als ich am Wohnzimmer vorbeikomme, sehe ich durch die halb offene Tür den Weihnachtsbaum. Er ist vollständig geschmückt, darunter liegt ein Stapel ordentlich verpackter Geschenke. Mir wird schwer ums Herz. Daff muss früh aufgestanden sein, um zu erledigen, was eigentlich ich gestern Abend hätte erledigen sollen. Nach allem, was ich gerade durchgemacht habe – und nach all meinen neu gefassten guten Vorsätzen –, sind wir wieder genau an dem Punkt, an dem wir vorher waren? Wird es in der Küche gleich den nächsten Streit geben?

Sie sitzt am Küchentisch und liest etwas auf ihrem iPad; vor ihr steht eine dampfende Kaffeetasse. Sie trägt eine Pyjamahose und ein T-Shirt, ihre Haare sind zu einem lockeren Dutt zusammengesteckt. Ich verspüre den überwältigenden Drang, geradewegs zu ihr zu gehen und sie in den Arm zu nehmen, aber sie schaut nicht mal auf, als ich reinkomme.

»Hey, frohe Weihnachten. Kaffee ist in der Kanne.«

»Ah, danke. Frohe Weihnachten …«

»Danke, dass du den Baum geschmückt und die Geschenke verpackt hast.« Sie schaut auf und lächelt kurz.

»Ich …« Ich starre sie an und versuche in ihrem Gesicht Spuren von Sarkasmus oder passiver Aggression zu erkennen. Es scheint keine zu geben. Habe ich mich tatsächlich um den Baum und die Geschenke gekümmert? Ich erinnere mich nicht daran. Aber eine kleine Erinnerungslücke zu haben wäre sicher nicht das Seltsamste, was in den letzten Tagen passiert ist.

»Keine Ursache«, sage ich vorsichtig.

Statt die Augen zu verdrehen oder irgendeine spitze Bemerkung zu machen, lächelt Daff erneut und schaut wieder auf ihr iPad. Irgendetwas stimmt hier nicht. Aber dennoch: Ich hatte mit einem Streit gerechnet, doch den scheint es glücklicherweise nicht zu geben. Also ist es wahrscheinlich am besten, die Sache erst mal auf sich beruhen zu lassen.

Ich schenke mir Kaffee ein und bleibe an der Küchentheke stehen. Daff liest schweigend weiter, und obwohl wir uns in keinem offenen verbalen Schlagabtausch befinden, spüre ich, dass die Atmosphäre zwischen uns frostig ist. Geht es hier nur um unseren gestrigen Streit, weil ich sie nicht zu ihrer Firmenfeier begleitet habe? Oder ist noch etwas anderes passiert, an das ich mich nicht erinnere?

Ich halte diese düstere eisige Spannung kaum aus, wo ich sie doch eigentlich nur in den Arm nehmen und mich entschuldigen müsste. Bevor ich abwägen kann, ob dies tatsächlich eine gute Idee ist, eile ich durch den Raum und tue es einfach.

»Ben, was …?« Sie windet sich aus meiner Umarmung und schaut mich stirnrunzelnd an. »Was soll das?«

»Ich wollte dich nur umarmen. Entschuldigung.«

»Nein, ist in Ordnung. Es ist nur …« Sie verstummt und schüttelt den Kopf.

Ich trete einen Schritt zurück. »Was ist los?«

»Nichts.« Sie fummelt an ihren Haaren herum und weicht meinem Blick aus. »Mir geht einfach vieles durch den Kopf, das ist alles.«

»Über uns?«

Sie seufzt ungeduldig. »Viele verschiedene Dinge.«

Ich knie vor ihr nieder und nehme ihre Hand. Ich versuche ganz ruhig zu klingen, doch die Worte purzeln nur so aus mir heraus. »Lass uns darüber sprechen. Wir kriegen es geregelt. Es tut mir leid, dass ich in letzter Zeit so ein Arsch war. Was immer zwischen uns kaputtgegangen ist, lässt sich reparieren und …«

Ich will ihr sagen, wie sehr ich sie liebe, aber dann zieht sie ihre Hand weg und unterbricht mich. »Nicht jetzt. Lass uns erst mal den Tag rumkriegen. Alles andere besprechen wir später.«

Ich will wieder meine Arme um sie legen, will ihr sagen, dass ich mich geändert habe und dass jetzt alles anders ist und alles gut wird. Doch ich weiß, dass dies nicht der richtige Zeitpunkt ist. Sie nimmt es seit Jahren hin, dass ich mich wie ein egoistisches Arschloch benehme – schmollend, lamentierend, mich selbst bemitleidend. Ich kann nicht erwarten, dass sich nun alles wie durch Magie von selbst fügt, nur weil ich scheinbar mal mit guter Laune aufgewacht bin.

Es sind Taten, die zählen, nicht Worte. Ich muss ihr beweisen, dass ich mich geändert habe, und das kriege ich in fünf Minuten nicht hin.

Ich stehe auf, gehe zum Küchentresen zurück, nehme einen Schluck vom Kaffee und frage: »Wie war es gestern Abend?«

»Es war schön.« Sie streicht über das Display ihres iPad. »Ein bisschen langweilig, aber okay.«

»Gibt es was zu tratschen? Ist irgendwas Besonderes passiert?«

Sie zuckt mit den Schultern. »Rich war total blau und bestand darauf, dass wir Sarahs neue Karaoke-Maschine ausprobieren. Nadia und ich sangen ›Push It‹ von Salt-N-Pepa. Das kam ziemlich gut an. Das war aber das Einzige, was berichtenswert ist. Du hast nichts verpasst.«

»Du bist also nicht verkatert?«

Sie gähnt, hält sich die Hand vor den Mund. »Nein, nur müde. Was hast du gemacht?«

»Ich war mit Harv einen trinken. Danach habe ich, äh … den Baum geschmückt und so.«

»Ach ja, stimmt.« Sie zieht die Augenbrauen hoch, den Blick weiter auf das iPad gerichtet. »Sieht mir aber aus, als hättest du dir hier auch noch etwas genehmigt.«

»Wie meinst du das?«

Ihr Blick wandert zur Küchenzeile, und ich drehe mich um und schaue hinter mich. Die Rotweinflasche, die ich fast vollständig geleert hatte, bevor ich auf den Dachboden gegangen war, starrt mich vorwurfsvoll an.

Mist. Das hatte ich völlig vergessen.

»Gott, Daff, ich bin ein Idiot. Als ich nach Hause kam, habe ich mir ein paar Gläser genehmigt. Ich weiß nicht, was ich mir dabei gedacht habe.«

Sie atmet gereizt durch ihre Nase aus. »Du wusstest doch, dass der Wein für heute gedacht war.«

»Ich gehe nachher noch mal los und kaufe einen neuen, versprochen.«

Sie seufzt nur und wischt weiter über das Display. Auch wenn sich herausgestellt hat, dass ich mich tatsächlich um den Weihnachtskram gekümmert habe, habe ich dennoch auch den vierzig Pfund teuren Haut-Médoc niedergemacht. Ich vermute, für Daphne wiegt das eine das andere auf. Was ja nachvollziehbar ist.

Und dann fällt mir etwas ein. Wenn ich den Rotwein getrunken habe, dann habe ich Alice wahrscheinlich auch die

Nachricht geschickt. Was bedeutet, dass ich unsere Verabredung absagen muss.

»Bin gleich wieder da«, sage ich.

Ich gehe aus der Küche und öffne Facebook auf meinem Handy. Da ist sie, die Konversationsliste mit Alice; die letzte Nachricht ist unsere Verabredung in drei Tagen. Eine Absage am Weihnachtsmorgen ist natürlich keine schöne Sache, aber es geht nicht anders.

Ich schreibe ihr eine Nachricht.

> Hey, Alice – frohe Weihnachten! Tut mir leid, aber für den 29. ist mir etwas dazwischengekommen, das sich nicht verschieben lässt. Daher muss ich unsere Verabredung leider absagen. In nächster Zeit wird es mit meiner Zeit ohnehin ziemlich schwierig, fürchte ich. Tut mir leid. Ben x

Ich lese den Text noch mal durch und male mir aus, wie Alice ihn aufnimmt. Er klingt zweifellos schrecklich. Er enthält keine Erklärung für meine Absage, keinen konkreten Grund. Aber ich bin zu erschöpft, um mir etwas auszudenken, und das Einzige, was zählt, ist, dass ich aus der Nummer wieder rauskomme.

Ohne weiter darüber nachzudenken, drücke ich auf Senden und stecke das Handy wieder ein. Dann gehe ich in die Küche zurück, mit der Absicht, Daphne den schönsten Weihnachtstag aller Zeiten zu bereiten.

37. KAPITEL

»So, ich glaube, ich habe alles: Chips, Dips, Bier und Orangenlimo für die Kinder. Und einen neuen Rotwein, der sogar noch ein Pfund teurer war als der andere.« Ich schwenke triumphierend die Einkaufstüten, als ich die Küche betrete.

Es ist zwei Stunden später, und ich wurde gerade zum Laden an der Ecke geschickt, um die letzten Dinge zu besorgen, die wir noch brauchten. Daffs Familie ist unterwegs, sollte jeden Moment eintreffen: ihre Mutter, Clio, ihr Vater, Michael sowie ihre Schwester Kat mit ihrem Mann Joe und den Zwillingssöhnen Charlie und Fred.

Daff geht in die Hocke und schaut auf den Truthahn im Ofen; ihre Wangen röten sich in der Hitze, die ihr entgegenwallt. Sie wischt sich über die Augen und schließt die Ofentür, und als sie sich zu mir umdreht, sehe ich, dass sie mit einem Lächeln ringt.

»Du hast extra einen teureren Wein gekauft?«

»Ja.« Ich nehme die Flasche aus der Einkaufstüte und zeige sie ihr. »Du sagtest, der andere hat vierzig Pfund gekostet. Der hier hat vierzigneunundneunzig gekostet. Es ist eine symbolische Geste, um dir zu zeigen, wie sehr ich es bereue, dass ich den Wein weggetrunken habe.«

»Mmm. Eine Neunundneunzig-Pence-Entschuldigung. Nicht schlecht.« Sie richtet ihre Aufmerksamkeit wieder aufs Kartoffelschneiden, aber ich spüre, dass das Eis zwischen uns zu tauen beginnt.

Ich mache mich daran, die Einkäufe auszupacken, und als alles auf dem Tresen liegt, greift Daff diebisch nach der Packung mit den Sour-Cream-Pringles. Sie öffnet sie und nimmt sich eine Handvoll Chips.

»Heh! Die sollen für alle sein!«

Sie zieht ein schmerzerfülltes Gesicht und fasst sich an die Stirn. »Mein Kopf tut weh, ich brauche Kohlenhydrate«, murmelt sie und stopft sich die Chips in den Mund.

»Ich hab's gewusst!« Ich lache. »Du hast *doch* einen Kater!«

Sie lächelt und hält sich den Mund zu, damit keine Pringle-Krümel herausquillen. »Ich bin überrascht, dass du keinen hast«, sagt sie. »Für jemanden, der gestern Abend eine ganze Flasche Wein getrunken hat, kommst du mir ziemlich lebendig vor.«

»Ich fühle mich tatsächlich ziemlich lebendig.«

Ich bin mir sehr wohl bewusst, dass ich mich seltsam verhalte – indem ich ausnahmesweise mal kein mürrischer unkooperativer Sack bin –, aber ich kann nicht anders. Ich bin gut drauf, aufgeregt wie ein kleines Kind. Das letzte Mal, dass ich mich so gefühlt habe, war an einem Weihnachtstag, als ich noch ein kleiner Junge war. Dieses berauschende Gefühl zu wissen, dass die nächsten Stunden nur Gutes bringen würden.

Die letzten Tage verbrachte ich damit, vergangene Begebenheiten ein zweites Mal zu erleben, und auch wenn es dabei Überraschungen gab, wusste ich immer ungefähr, was auf mich zukommt. Nun aber habe ich absolut keine Ahnung. Und es fühlt sich wunderbar an. Als hätte man mir eine zweite Chance gegeben. Ein unbeschriebenes Blatt.

Ich muss weiterhin gegen den Drang ankämpfen, Daphne zu erzählen, wie sehr ich mich verändert habe, ihr zu versprechen, dass es von nun an besser wird. Aber sie hat recht: Als Erstes müssen wir den heutigen Tag überstehen. Ab morgen kann ich mich dann darauf konzentrieren, unsere Beziehung zu kitten und ihr die Art von Ehemann zu sein, die sie verdient.

Ich habe die letzten Sachen ausgepackt. »So, der Einkauf ist erledigt, der Truthahn im Ofen, das Gemüse im Topf.« Ich klatsche die Hände. »Was kann ich sonst noch tun?«

Daff schaut mich so an wie schon den ganzen Morgen über – halb zufrieden, halb verwirrt. Ich unterscheide mich so sehr von dem mürrischen Kerl, den sie gestern Abend zu Hause zurückließ, dass ich es ihr nicht verübeln würde, wenn sie den Verdacht hätte, dass hier eine Art *Die-Körperfresser-kommen*-Szenario vorläge.

»Nun … wenn du willst, kannst du den Tisch abwischen«, schlägt sie vor. »Und danach vielleicht im Wohnzimmer staubsaugen?«

»Mach ich.« Ich nehme einen Lappen aus der Spüle und wische den Tisch, während Daff im Gemüse rührt. Auf ihrem Laptop läuft Radio und plötzlich erklingen die ersten Geigenklänge von »Gangsta's Paradise« von Coolio.

»Oh, was für ein schönes Lied«, sagt sie, den Mund wieder voller Pringles. Ihre Finger sind fettig, sodass sie die Lautstärke mit den Knöcheln aufdrehen muss.

»Ein Klassiker«, sage ich und nicke im Takt mit.

»Ich glaube, ich weiß noch den ganzen Text.« Sie schüttelt den Kopf. »Komisch, was einem alles im Gedächtnis bleibt.«

»Na dann los«, sage ich.

»Was?«

»Wenn du den Text kennst …«

Sie lacht und dreht sich zu mir um, und plötzlich rappen wir abwechselnd Coolios Textzeilen und nehmen mit den Ofenhandschuhen und der Küchenschürze alle möglichen lustigen Posen ein.

Irgendwann während der zweiten Strophe überkommt mich ein so überwältigender Liebesrausch, dass ich, ehe ich mich's versehe, durch den Raum rase und meine Arme um Daff schlinge.

Sie lacht an meiner Brust. »Heh, du hast mich unterbrochen!«

»Tut mir leid, ich konnte nicht anders.«

»Ich habe doch gesagt, dass ich den Text kenne. Ich glaube, ich wär eine coole Rapperin.«

»Glaube ich auch. Es ist nicht zu spät dafür. Du solltest deinen Job schmeißen und eine Karriere als Rapperin in Angriff nehmen.«

Ich umarme sie fester und lege mein Kinn an ihren Kopf. Einen Moment lang gibt es nur das Geräusch des sprudelnden Kochwassers und des brutzelnden Truthahns im Ofen.

Und dann murmelt Daff: »Das habe ich vermisst.«

»Was?«

»Na das hier. Uns beide. Quatsch zu machen. Miteinander Spaß zu haben.«

»Ich auch.« Ich beuge mich herab und küsse sie auf die Lippen. Es ist die Art Kuss wie damals im Irrgarten. So habe ich sie schon seit Jahren nicht mehr geküsst. »Ab jetzt wird alles anders, Daff«, flüstere ich. »Ich verspreche es dir. Ich werde mich ändern.«

Sie lacht leise. »Was ist denn gesten Abend passiert? Hat Harv dir ins Gewissen geredet?«

Ich schüttele den Kopf. Plötzlich will ich ihr alles erzählen – alles, was ich gerade durchgemacht habe. Aber ich weiß, wie wahnsinnig es sich anhören würde, und möchte nicht riskieren, alles wieder kaputt zumachen, nachdem es gerade anfängt, wieder besser mit uns zu laufen.

Deshalb sage ich nur: »Nichts ist passiert. Es ist nur, dass ich, bevor du gestern Abend zu der Weihnachtsfeier gegangen bist, das Gefühl hatte, dass es wirklich schlecht um uns stand.« Sie senkt den Blick, was ich als Zustimmung werte. »Ich schätze, bei uns war schon seit einer Weile der Wurm drin«, fahre ich fort. »Es ist alles meine Schuld, das weiß ich. Aber ehrlich gesagt, Daff, habe ich das Gefühl, die Dinge jetzt verstanden zu haben. Ab jetzt baue ich keinen Mist mehr, das verspreche ich dir.«

Sie zieht die Augenbrauen hoch, sieht zufrieden aus, aber noch nicht ganz überzeugt. Das ist auch gut so. Es liegt an mir, es ihr zu beweisen.

Die Türklingel plärrt los, und Daff löst sich aus meinen Armen.

»Das werden sie sein.« Sie gibt mir noch einen Kuss. »Ich bin froh, dass du das gesagt hast. Ich habe das Gefühl, dass wir unsere Probleme jetzt endlich in den Griff bekommen werden.«

Mein Herz hüpft vor Freude. »Das werden wir. Versprochen.«

Erneut klingelt es an der Tür, diesmal fünf Mal schnell nacheinander. Daff rollt die Augen. »Verdammt noch mal, lassen sie etwa die Zwillinge klingeln?« Sie eilt aus der Küche und lässt unsere Gäste herein. Während ich ihr in den Flur folge, ziehe ich geistesabwesend mein Handy aus der Tasche und schaue aufs Display.

Ich bleibe abrupt stehen. Es gibt eine neue Facebook-Nachricht.

Hey Ben, schade, deine Nachricht macht mich echt traurig. Bist du sicher, dass du es am 29. nicht schaffst? Ich werde die ganze Woche da sein, es könnte also auch der 28. oder 30.

sein. Ich habe mich wirklich auf dich gefreut. Es fand es so schön mit dir bei der Hochzeit, und ich hatte das Gefühl, dass wir uns noch viel zu sagen haben. Ich habe dich jedenfalls vermisst. Was damals in Paris passiert ist, hat mir viel bedeutet, und ich weiß, dass es auch dir etwas bedeutet hat. Gib mir Bescheid wegen der Alternativtermine, denn ich würde dich wirklich gerne wiedersehen. Ich hoffe, wir kriegen das hin. Frohe Weihnachten … Alice xxx

Ich höre, wie die Haustür aufgeht. Und plötzlich ist der Flur erfüllt von Lachen und aufgeregten Kinderstimmen. Ich schaue noch einmal auf Alices Nachricht und verspüre ein unangenehmes Gefühl, das ich nicht richtig einordnen kann.

Gerade als ich die Nachricht löschen will, kommen Daphnes fünfjährige Neffen auf mich zugestürmt.

»Hey, ihr beiden! Frohe Weihnachten!«

Ich stecke das Handy weg und bücke mich, um die Jungs zu umarmen.

Nach dem Essen begeben wir uns ins Wohnzimmer, pappsatt vom Truthahn und schläfrig vom Wein.

Bis jetzt ist der Tag perfekt gelaufen, abgesehen davon, dass ich mir beim Anschneiden des Truthahns beinahe den Finger abgesäbelt hätte. Ich glaube, Daffs Familie ist von meiner blendenden Laune genauso überrascht wie Daff selbst; sonst war ich immer miesepetrig wie eh und je. Und das Seltsame ist, dass ich mich nicht mal verstellen muss. Ich fühle mich einfach blendend.

Ab und an kommt mir Alices Nachricht in den Sinn, aber ich bemühe mich, sie gleich wieder zu vergessen. Ich habe mir vorgenommen, sie einfach zu ignorieren. Ich habe die

Verabredung abgesagt, das ist das Wichtigste. Jetzt ist es an der Zeit, mir Alice endgültig aus dem Kopf zu schlagen und mich auf Daphne zu konzentrieren.

Wir machen es uns im Wohnzimmer gemütlich und sehen zu, wie der Teppich sich in ein buntes Meer aus Geschenkpapier verwandelt, während Charlie und Fred sich durch ihre Präsente wühlen.

Kat und Joe sitzen auf dem Sofa neben mir, während Daff mit ihren Eltern auf dem anderen sitzt. Charlie und Fred haben gerade unsere Geschenke für sie ausgepackt – für jeden einen Nerf Zombie Strike FlipFury Blaster – und rennen los, um die Knarren mit Schaumstoffgeschossen zu laden.

»Das sind der *Hammer*!«, ruft Fred.

»Ich wette, ihr trefft mich nicht!«, sage ich, und ihre Augen leuchten auf, als sie anfangen, mich durch den Raum zu jagen und wild auf mich zu schießen.

Ich werde immer wieder getroffen und lasse mich schließlich dramatisch zu Boden fallen. Die Jungs springen auf mich, und Daffs Mutter, Clio, lacht.

»Du gehst so gut mit ihnen um, Ben. Ist er nicht toll mit den beiden, Daphne?«

»Ja, Mum«, seufzt Daff gehorsam und wirft mir einen Grinseblick zu. Als Griechin ist Clio immer brutal offen und geradeaus. Normalerweise fragt sie uns immer innerhalb von drei Minuten nach ihrer Ankunft, wann Daphne und ich ihr endlich auch ein paar Enkelkinder schenken werden. Ehrlich gesagt überrascht es mich, dass sie das Thema heute noch nicht angesprochen hat.

Kat kichert, während mich die Zwillinge weiter auf dem Teppich traktieren. »Im Ernst, Ben, wenn ihr die Jungs für ein paar Tage zu euch nehmen wollt, hätte ich nichts dagegen. Wir könnten eine Pause gebrauchen.«

»Amen«, sagt Joe.

Clio schnalzt mit der Zunge. »Sie sollen eure Kinder nehmen? Nichts da! Sie sollen gefälligst eigene in die Welt setzen!«

Alle brechen in Gelächter aus, und Daffs Vater schüttelt kichernd den Kopf. »Clio, also bitte!«

Seit ich die beiden kenne, läuft es so zwischen ihnen: In ihrer unverblümten Art haut Clio einen verrückten Spruch raus, und Michael (ganz der Engländer) täuscht für sie Verlegenheit vor. Es klingt seltsam, aber es funktioniert. Aus irgendeinem Grund ergänzen sich die beiden perfekt, und sie sind offensichtlich immer noch schwer verliebt ineinander. Plötzlich wünschte ich, Mum wäre auch hier, um diese weihnachtliche Familienzusammenkunft zu vervollständigen. Mit Daphnes Eltern hat sie sich immer toll verstanden.

Clio klopft auf die Armlehne des Sofas, lässt sich nicht beirren. Sie ruft: »Ich meine es ernst! Wann schenkt ihr beiden Charlie und Fred endlich ein paar kleine Cousins und Cousinen?«

»Lass es gut sein, Mum, in Ordnung?«, sagt Daff lächelnd. »Wenigstens für heute.«

Clio winkt in gespielter Verärgerung ab, und die Zwillinge betrachten dies als Startsignal für einen weiteren Angriff auf mich. Unter schwerem Nerf-Beschuss rappele ich mich vom Boden auf. »Na gut, ihr beiden, versucht mich zu fangen!«

Ich hechte über das Sofa und renne in den Flur hinaus, verfolgt von donnernden Kinderschritten.

In der Küche feuern die Zwillinge ihre gesamte Schaumstoffmunition auf mich ab. Ich fasse mir an den Bauch und sinke schwer getroffen zu Boden.

»Noch mal! Noch mal! Noch mal!«, ruft Fred.

»Gleich!«, flehe ich. »Habt ihr denn keine Lust auf Eis?«

»Doch!«, rufen sie unisono.

Ich fülle mehrere Schälchen mit Vanilleeis und Erdbeeren und gemeinam tragen wir sie ins Wohnzimmer.

Charlie stürmt durch die Tür mit der Ansage: »Es gibt Eis!« Aber niemand reagiert. Es kommt mir vor, als wären alle verstummt, sobald wir hereinkamen, und mir schlägt ein seltsames betretenes Schweigen entgegen.

»Ben, was ist das?«

Daff steht auf und kommt auf mich zu. Ihre Augen schimmern, und ihre Kiefermuskeln sind angespannt, als würde sie sich bemühen, nicht in Tränen auszubrechen. Ich spüre einen Stich in der Brust. Sie hält etwas in ihrer Hand. Mein Handy. Ich klopfe instinktiv auf meine leere Hosentasche. Es muss mir rausgerutscht sein, als ich mich unter dem Nerf-Beschuss am Boden wälzte.

»Es gibt Eis!«, ruft Charlie erneut und hält Daphne ein Schälchen hin. Kat zieht ihn sanft von ihr weg. »Nicht jetzt, Liebling.«

Ihre ganze Familie schaut mich stirnrunzelnd an. Das Herz schlägt mir bis zum Hals, und mein Nacken fühlt sich plötzlich sonderbar heiß an.

»Was geht hier vor?«, frage ich, obwohl ich es im Grunde längst weiß.

Daff sagt nichts. Sie gibt mir nur mein Handy.

Auf dem Display sieht man die gesamte Liste meines Nachrichtenverkehrs mit Alice.

Am unteren Rand ist eine neue Bildnachricht, die vor einer Minute gesendet wurde. Auf dem Bild sieht man uns in der Fotokabine bei Mareks Hochzeit, wie wir mit geschlossenen Augen unsere Lippen aufeinanderpressen.

38. KAPITEL

Ich sitze an einem Ecktisch im Raven, zwei Gläser Guinness vor mir, und versuche die Blicke der Solo-Trinker am Tresen zu ignorieren.

Es überrascht mich nicht, dass sie zu mir herüberstarren. Mit meinen rot geränderten verheulten Augen sehe ich bestimmt aus wie ein Häufchen Elend, während ich mir binnen kürzester Zeit das vierte Bier hinter die Binde kippe. Aber scheiß drauf: Lass sie starren. Um die Kerle kann es auch nicht allzu gut bestellt sein, wenn sie am Weihnachtstag allein im Pub sitzen.

Ich nehme einen großen Schluck vom Guinness und zucke zusammen, während das Bier mir eiskalt durch die Kehle rinnt. Ich fühle mich benebelt, bin jetzt schon betrunken und will nur noch aufhören zu denken. Aber ich kann es nicht. Ich bekomme nicht Daphnes Blick aus dem Kopf, als sie mir das Handy reichte. In ihren braunen Augen schimmerte der Schmerz, als könne sie einfach nicht glauben, was ich getan habe. All die Witze, die sie im Laufe der Jahre gerissen hat, dass Alice auf mich stehen würde. All die Male, in denen ich darüber gelacht habe. Der Verrat, die Demütigung, die sie beim Lesen der Nachrichten und beim Anblick des Kussfotos empfunden haben muss. Ich ertrage kaum den Gedanken daran.

In jenem Sekundenbruchteil brach die ganze Welt um mich herum zusammen. Es kam mir ein wenig so vor wie das Erwachen nach einem Zeitsprung: die Mischung aus Verwirrung, Schwindel und Übelkeit, als hätte man mich im Kreis herumgewirbelt und mir einen Schlag in die Magengrube verpasst.

Bevor dieser ganze Zeitreise-Wahnsinn begann, fragte ich mich, ob es vielleicht das Beste wäre, wenn Daphne und ich uns trennen würden; am Vorweihnachtsabend oben auf dem Dachboden träumte ich von einem Neuanfang.

Tja, und nun weiß ich es: Eine Trennung ist nicht das Beste. Zumindest nicht für mich.

Ich kann den Gedanken nicht ertragen, Daff verloren zu haben, und wie viel Alkohol ich auch in mich hineinschütte, der Schmerz wird nicht vergehen.

Ich trinke noch einen Schluck und merke, dass ich wieder weine, die Tränen tropfen stetig auf die klebrige Tischplatte. Ich mache mir nicht mal die Mühe, mir über das Gesicht zu wischen. Mir ist egal, wie ich aussehe.

»Geht es dir gut, mein Sohn?«

Ich schaue auf, erwarte fast, den Uhrenverkäufer vor mir zu sehen. Doch er ist es nicht. Nur irgendein älterer Typ mit einem freundlichen Lächeln.

»Ja, alles in Ordnung«, entgegne ich mit belegter Stimme.

Er klopft mir tröstend auf den Arm und stapft zum Tresen zurück.

Die Tür geht auf, und in seinen riesigen Parka kommt Harv hereingeschneit, gefolgt von einem Schwall kalter Abendluft. Ich wische mir mit dem Ärmel über die Augen und versuche mich einigermaßen zusammenzureißen.

Harv blickt sorgenvoll drein, noch bevor er mich überhaupt sieht. Es ist nachvollziehbar, denn ich habe ihm nicht verraten, warum ich ihn am Weihnachtstag abends um acht unbedingt sehen muss, im selben Pub, in dem wir uns erst gestern getroffen haben.

Als er sich zu mir setzt, schiebe ich ihm das volle Bierglas entgegen.

»Guinness?« Er rümpft Nase. »Haben wir dieses Gespräch nicht schon gestern geführt?«

»Mist, stimmt. Entschuldigung. Habe ich völlig vergessen.«

Er schiebt das Glas zur Seite und schaut mich an. »Wie viele hattest du schon?«

»Das ist mein Viertes.« Ich bekomme einen Schluckauf und schmecke Preiselbeersauce im Rachen. Ich merke, dass ich mich kaum konzentrieren kann. »Hab ich dich von dem Familienkram weggeholt?«

»Nein, ich wollte heute Abend sowieso herkommen«, sagt er. »Meine Schwester hat mich hergefahren.«

»Wie war dein Weihnachten? Alles klar mit deinen Eltern?«

Er winkt ungeduldig ab. »Ist doch egal. Was ist los? Was tun wir hier?«

Ich will es ihm erklären, aber habe Angst, dass ich wieder losheulen könnte. Also rufe ich stattdessen Alices Nachrichten auf und schiebe dann mein Handy über den Tisch.

Während er herunterscrollt, wird Harvs Blick immer ungläubiger. Als er schließlich beim Bild aus der Fotokabine angelangt ist, sieht er aus, als hätte er mehrere Gespenster gesehen.

Er schaut mich an. »Ist das dein *Ernst*?«

Ich nicke.

»Alice? Unsere Alice von der Uni?«

Ich nicke erneut.

»Wann ist das passiert? Wie lange läuft die Sache schon? Und was meint sie mit Paris? Was ist dort geschehen?«

Ich beschließe, lieber einen großen Schluck von meinem Guinness zu nehmen, statt die Fragen zu beantworten.

Harv schaut wieder auf mein Handy. »Und Daff hat das alles gesehen? Die Nachrichten, das Foto? Alles?«

»Japp.« Ich nehme noch einen Schluck und versuche dabei den Klos in meinem Hals hinunterzuschlucken. »Das Handy ist mir aus der Tasche gerutscht. Ich habe versucht, ihr alles zu erklären und mich zu entschuldigen, aber sie wollte, dass ich gehe. Sie sagte, sie müsse nachdenken. Ihre ganze Familie war dabei, und die Art, wie sie mich ansahen …« Ich kneife mir in die Nasenwurzel und spüre, wie meine Stimme zu zittern beginnt. »Ich kann den Gedanken nicht ertragen, ihr wehgetan zu haben. Ich bin so ein Idiot, Harv.«

»Alter …« Er seufzt und schüttelt den Kopf. Einige Sekunden lang sitzen wir schweigend da und lauschen Shane MacGowans und Kirsty MacColls zankenden Stimmen aus der Musikanlage. Ich bin Harv unheimlich dankbar, dass er mich nicht verurteilt – oder zumindest nicht laut über mich urteilt. Ich bin mir nicht sicher, ob ich zusätzlich zu meiner eigenen auch noch die Verachtung eines anderen Menschen ertragen könnte.

Schließlich sagt er: »Also, du und Alice … habt ihr so was wie eine Affäre?«

»Nein! Überhaupt nicht. Ich weiß nicht, was ich mir dabei gedacht habe. Ich schätze, all diese Dinge sind passiert, weil es zwischen mir und Daff schon seit einer ganzen Weile ziemlich schlecht läuft. Vielleicht habe ich mich deshalb mit Alice verabredet – weil ich dachte, dass Daff ohne mich besser dran wäre.«

Harv kratzt sich an den Bartstoppeln und runzelt die Stirn. »Nun, das ist ganz schön herablassend.«

»Was? Wieso?«

»Weil Daphne erwachsen ist, Ben. Sie ist nicht irgendeine schwache unterwürfige Idiotin. Sie allein entscheidet, ob sie ohne dich besser dran ist. Es ist nicht deine Entscheidung. Wenn sie mit dir zusammen ist, dann nur, weil sie mit dir zusammen sein möchte. So einfach ist das.«

Ich starre ihn an, lasse seine Worte nachhallen. Selbst mit meinem Guinness-getränkten Hirn erkenne ich, dass er recht hat. Wieder einmal habe ich die Verantwortung für meine Taten von mir selbst auf jemand anderen abgewälzt. Ich spüre ein scharfes Stechen der Schuld und Scham in der Brust. »Du hast recht«, murmelte ich. »Du hast völlig recht.«

»Jetzt tu doch nicht so überrascht«, sagt Harv naserümpfend. »Ganz blöd bin ich ja nicht.« Er nimmt sein Bier und trinkt einen Schluck.

Ich komme nicht umhin zu lächeln. »Ich dachte, Guinness sei schlimmer als ein Zinger Burger?«

Er wischt sich den Schaum von der Oberlippe. »Dies sind besondere Umstände.«

Ich lache fast, aber dann fällt mir ein, *wie* besonders die Umstände sind.

»Sag mal, kann ich heute bei dir pennen?«, frage ich ihn.

»Klar. Du kannst bleiben, so lange du willst.«

»Echt? Ich werde dir und deiner Tinder-Fitnesstrainerin nicht im Weg sein?«

»Quatsch. Ich glaube eh nicht, dass es etwas Langfristiges mit ihr ist.«

»Okay. Danke, Mann. Ich weiß es echt zu schätzen.«

»Kein Ding, Alter. Die Sache ist gebongt.«

Ich seufze schwer und lehne mich auf meinem Stuhl zurück. Für Harv war es erst gestern Abend, dass wir genau an dieser Stelle saßen, während ich überlegte, wie ich ihm meine Gefühle offenbaren sollte. Diesmal muss ich nicht lange mit mir ringen. Ich bin betrunken und erledigt, und alles sprudelt einfach aus mir heraus.

»Was zum Teufel soll ich jetzt machen, Harv?«, lalle ich.

Er rutscht verlegen auf seinem Stuhl herum. Noch bevor er den Mund aufmacht, weiß ich, dass er das Feuer auf die bewährte Art und Weise zu löschen versuchen wird. »Du kannst erst mal bei mir wohnen«, sagt er. »So lange du willst. Es wird wie in alten Zeiten sein. Wir kaufen uns zwei Goldfische und benennen sie nach Rappern. Wir sitzen den ganzen Tag in unseren Jogginghosen rum und spielen FIFA. Das wird cool.«

Ich versuche mich an einem Lachen, doch heraus kommt nur ein ersticktes Schluchzen. Ich spüre, dass meine Augen wieder zu brennen anfangen. Ich werde hier vor ihm losflennen und kann nichts dagegen tun.

»Ich glaube, meine Ehe ist vorbei«, flüstere ich. Und während ich mich die Worte sagen höre, trifft mich die bittere Erkenntnis mit voller Wucht. All diese Zeitsprünge waren vergebens. Dadurch wurde mir lediglich klar, wie sehr ich Daphne liebe. Nun aber bin ich hier – in der realen Welt, in der Taten Konsequenzen haben –, und ich habe es gründlich verbockt.

Ich habe sie verloren. Vielleicht für immer.

Ich lege eine Hand über die Augen, spüre aber, wie die Tränen zwischen meinen Fingern hindurchsickern.

»Tut mir leid, Mann«, stammele ich.

Ich kann Harv nicht sehen, aber ich spüre, dass er mir die Hand auf die Schulter legt. »Kumpel, bleib cool«, sagt er leise. »Wir reden hier von dir und Daphne. Es kann nicht vorbei sein. Ihr seid eindeutig füreinander bestimmt.«

Bei seinen Worten schießen mir neue Tränen in die Augen. »Meinst du wirklich?«, stammele ich.

»Natürlich.« Er tätschelt meine Schulter. »Es ist offenkundig, ist es immer gewesen. Das kannst du wieder hinbiegen. Du musst dir nur sicher sein, dass du es wirklich möchtest.«

»Möchte ich«, sage ich. »Mehr als alles andere.«

»Warum hast du es ihr dann nicht erzählt?«

»Was erzählt?«

»Na, von Alice.«

Ich nehme meine Hand herunter und sehe ihn an. »Weil … Bist du verrückt? Du hast doch gehört, wie sie reagiert hat, als sie es herausfand.«

Er nickt. »Das ist der springende Punkt. Sie hat es herausgefunden. Das ist etwas ganz anderes, als wenn du es ihr aus freien Stücken erzählt hättest. Du möchtest doch, dass es mit euch beiden funktioniert, sagst du. Aber wie soll das gehen, wenn du Geheimnisse vor ihr hast?«

Ich schniefe laut und starre auf den Rest meines Biers. »Du hast so was von recht, Harv.«

Er nimmt einen weiteren Schluck von seinem Guinness und rutscht wieder auf dem Stuhl herum. »Weißt du«, sagt er, »die Sache ist ein bisschen so wie mit Liv und mir.«

Er spricht im gleichen gezwungen lockeren Tonfall wie Alice in Paris, als sie mich nach mir und Daphne fragte. Er bemüht sich, es wie eine beiläufige Bemerkung klingen zu lassen, wie etwas, das keine große Sache ist. Aber ich weiß genau, dass das Gegenteil der Fall ist.

Ich räuspere mich und schiebe mein Bier weg. »Wie meinst du das?«

Er weicht meinem Blick aus, spielt stattdessen mit seinem Bieruntersetzer. »Du weißt noch, dass sie mich mit diesem Typen aus *Made in Chelsea* betrogen hat, oder?«

»Ja.«

»Nun, das ging schon eine ganze Weile so. Sie hat es mir nicht erzählt – ich habe es zufällig rausgefunden. Genau wie Daphne. Und das ist ... Auch wenn es das Schlimmste war, was ich je erlebt hatte, und der Gedanke, sie zu verlieren, mich krank machte, wusste ich, dass es ohne gegenseitiges Vertrauen nicht funktionieren kann. Deshalb musst du vollkommen ehrlich zu Daff sein. Erzähl ihr alles, was geschehen ist, und dann sagst du ihr, dass es nie wieder passieren wird. Aber du musst dir sicher sein, dass du es wirklich ernst meinst.« Er nimmt einen weiteren Schluck vom Guinness und schaut mir in die Augen. »Letztlich war Liv es nicht wert, um sie zu kämpfen. Daphne aber ist es wert. Sie ist einfach großartig, das fand ich schon immer.«

Ich blinzele und nicke, fühle mich plötzlich leichter. Zum ersten Mal, seit ich vor drei Stunden unsere Wohnung verließ, sehe ich ein winziges Licht in der Dunkelheit. Mein Herz pocht, und plötzlich bin ich viel nüchterner als noch gerade eben. »Du hast recht«, sage ich. »Ich muss um sie kämpfen. Hoffentlich ist es noch nicht zu spät.«

»Es ist nicht zu spät, Kumpel.« Harv lächelt. »Vertrau mir.«

Er nimmt noch einen Schluck vom Bier. Seine Wangen sind gerötet – vermutlich wegen des Umstands, dass wir endlich mal über etwas von Bedeutung reden. Er stellt das Glas ab und leckt sich über die Lippen. »Gott, wie ich es vermisst habe, ein kaltes Guinness zu trinken. Wodka Tonic kann da nicht mithalten.«

Ich lache. »Harv, ich wollte dir schon lange mal sagen, dass mir das mit Liv wirklich leidtut. Ich habe das Gefühl, dass ich dir die ganze Zeit über ein beschissener Freund war.«

Er schüttelt den Kopf. »Nein, warst du nicht, Mann. Ich hatte mich völlig von meinem Freundkreis entfernt. Ich hatte mich total an Liv und ihre Bekannten rangehängt, war mit ihnen in diese schrecklichen Privatclubs gegangen, hatte mir diese entsetzliche House-Musik reingezogen. Ich hatte versucht, jemand anderes zu sein, denke ich. Das Ganze war also auch meine Schuld.«

»Trotzdem hätte ich mich mehr bemühen sollen, für dich da zu sein, als es drauf ankam. Aber ich bin froh, dass wir …« Ich mache eine Pause, weil mir nichts Besseres einfällt, um den Satz zu beenden, als »wieder zueinander gefunden haben«.

»Wieder zueinander gefunden?«, wiederholt Harv grinsend.

»Ja, genau.«

»Ich bin auch froh.«

Wir sehen uns an und lachen. Und für einen kurzen Moment fühle ich mich richtig gut, obwohl mein Leben in Trümmern liegt.

Auf den Lautsprechern ertönen nach den Pogues nun die guten alten Slade, was den betagten Kerlen am Tresen ein leises Jubeln entlockt. »Wir sollten öfter über die wichtigen Dinge des Lebens reden«, sage ich zu Harv. »Nicht nur über Fußball und Hip-Hop.«

Er zieht die Augen zusammen. »Benjamin, es gibt nichts Wichtigeres auf der Welt als Fußball und Hip-Hop.«

»Stimmt.« Ich fummele an meinen Handy herum, das vor mir auf dem Tisch liegt, und atme tief durch. »Also, meinst du, ich soll Daff eine SMS schicken? Oder sie anrufen?«

Harv trinkt sein Guinness aus und überlegt kurz. »Nein. Ich finde, wir sollten zu mir gehen, damit du wieder einen klaren Kopf bekommst, und morgen rufst du sie dann an.«

Morgen. Zum ersten Mal seit einer Ewigkeit werde ich tatsächlich ein Morgen haben. Ich blicke instinktiv auf meine Uhr. Der Hauptgrund, warum ich diesen Pub als Treffpunkt gewählt habe, war die Chance, den Uhrenverkäufer wiederzusehen. Hier sind wir uns zum ersten Mal in der realen Welt begegnet, also besteht sicherlich die Möglichkeit auf ein neuerliches Wiedersehen.

Aber nein: Er ist nicht hier. Ich schätze, seine Aufgabe – was auch immer sie war – ist erledigt.

»Hast du zufällig den alten Kerl irgendwo gesehen?«, frage ich Harv abwesend, während ich noch einmal prüfend durch den Schankraum blicke. »Den von gestern Abend?«

Harv runzelt die Stirn. »Welchen alten Kerl?«

»Du weißt schon, der alte Kerl mit dem Wuschelbart.« Ich hebe mein Handgelenk. »Der Kerl, der mir diese Uhr geschenkt hat.«

Harv schüttelt langsam den Kopf. »Ich kann dir nicht folgen, Benjamin. Gestern hattest du diese Uhr nicht um, oder? Und wir haben jedenfalls keinen alten Knacker mit Wuschelbart getroffen.«

»Aber du hast mich doch mit ihm sprechen sehen …« Ich lasse meine Worte verklingen, während sich Harvs Stirnrunzeln vertieft. Es ist keine Überraschung, dass er sich nicht an unseren Hausbesuch beim Uhrenverkäufer im Jahr 2010 erinnert, aber es ist weniger als vierundzwanzig Stunden her, dass er den alten Mann mit eigenen Augen gesehen hat, hier in diesem Pub, in der realen Welt.

Es sei denn …

Harv steht auf. »Komm, lass uns zu mir gehen. Ich koche dir einen Kaffee. Anscheinend bist du betrunkener, als ich dachte. Der einzige nicht existierende bärtige Kerl, über den du heute reden solltest, ist der Weihnachtsmann. Oder Jesus.«

Ich stehe mit ihm auf, aber meine Gedanken überschlagen sich.

Ich kann mich nicht erinnern, dass Daff nach Hause gekommen ist. Ich erinnere mich nicht daran, vom Dachboden gestiegen zu sein. Ich erinnere mich nicht daran, den Weihnachtsbaum geschmückt und die Geschenke eingepackt zu haben. Und jetzt erinnert sich Harv nicht mehr an den Uhrenverkäufer von gestern Abend, obwohl ich die Uhr immer noch trage.

Was geht hier vor, verdammt noch mal?

Harv drückt die Tür auf, und ich werfe einen letzten Blick durch den Raum, bevor ich ihm in die eisige Nachtluft folge.

39. KAPITEL

Vor dem Pub sehen wir, dass der kleine Platz auf der anderen Straßenseite voller Menschen ist. Sie strömen von beiden Seiten heran und blockieren unseren Weg.

In ihrer Mitte, genau in der Mitte des Platzes, gibt eine Gruppe von Weihnachtssängern eine enthusiastische Version von »God Rest Ye Merry, Gentlemen« zum Besten, und die Leute grölen aus voller Brust mit, beseelt von der Festtagsstimmung und reichlich Glühwein.

»Da hast du's«, sagt Harv und stupst mich mit seiner Schulter an. »Genau das brauchen wir jetzt – ein bisschen ausgelassene Weihnachtsstimmung.«

Ich protestiere – mich zu einer Gruppe betrunkener Weihnachtssänger zu stellen ist so ziemlich das Letzte, worauf ich Lust habe –, aber Harv geht schon über die Straße und bahnt sich einen Weg durch die Menge.

Ich folge ihm durch das Gewimmel, immer noch mitgenommen von unserem Gespräch im Pub. Sobald er einen Platz gefunden hat, legt Harv einen Arm um mich und klopft mir immer wieder auf die Schulter, bis ich endlich anfange mitzusingen. Und vielleicht ist es die ausgelassene Stimmung auf dem Platz – oder, was wahrscheinlicher ist, der Anblick meines besten Freundes, der sich fröhlich mit den hohen Tönen bei »Oh-oh tidings of comfort and joy« abmüht –, aber für ein paar Sekunden lasse ich mich tatsächlich mitreißen und vergesse kurz meine missliche Lage.

Und dann sehe ich ihn.

Er ist einer der Weihnachtssänger und grölt laustark mit, noch enthusiastischer und unmelodischer als seine Kollegen. Als er meinen Blick auffängt, legt er den Kopf schief und zwinkert mir zu.

Mein Magen vollführt mehrere heftige Vorwärtsrollen. Der Alte sieht kein bisschen anders aus als bei Mums Trauergottesdienst, unserer letzten Begegnung. Er trägt immer noch den gleichen zerschlissenen Anzug und die Rentierkrawatte, sein Haarschopf ist verstrubbelt wie eh und je.

Verwirrt stoße ich Harv an und deute auf den Uhrenverkäufer.

»Ah ja.« Harv lacht. »Er geht wirklich aufs Ganze. Der Kerl könnte locker Brian Blessed die Stirn bieten.«

Auf Harvs Gesicht gibt es keinen Hinweis darauf, dass er den Mann erkennt. Er hat ihn eindeutig noch nie gesehen – vor allem nicht in den letzten vierundzwanzig Stunden.

Bevor ich mir klarmachen kann, was das bedeuten könnte, beginnt jemand, rote Zipfelmützen an die Weihnachtssänger zu verteilen. Ich beobachte, wie der alte Mann sich die ihm dargereichte Mütze schief auf den Kopf setzt und dabei ausgelassen weitersingt, und wieder einmal fällt mir seine frappierende Ähnlichkeit mit Grandpa Jack auf.

Als das Lied zu Ende ist, brechen die Zuschauer in frenetischen Applaus aus und stampfen mit den Füßen, während die Sänger sich immer wieder verbeugen. Ein paar Zipfelmützen werden hochgeworfen, und die Leute brüllen »Frohe Weihnachten!« Einige der Sänger mischen sich unter die Leute und schütteln Sammeldosen mit dem Heilsarmee-Logo, und ehe ich mich's versehe, steht der Uhrenverkäufer vor uns.

»Habt ihr eine kleine Spende, Jungs?«, fragt er fröhlich.

Harv greift in die Tasche und fischt eine Pfundmünze heraus. »Hier, Kumpel. Frohe Weihnachten.«

»Dir auch«, sagt der Mann.

»Gut gesungen. Ich habe meinem Freund hier gesagt, dass Sie eine großartige Gesangsstimme haben.«

Dem Uhrenverkäufer entgeht nicht die Ironie in Harvs Stimme. »Meine mangelnde Technik mache ich mit Enthusiasmus wett.«

»Das hört man.« Harv grinst und schaut dann über die Straße zum Pub. »Ben, wartest du kurz? Ich muss mal schnell aufs Klo.« Er wendet sich dem Uhrenverkäufer zu. »Hab eine lange U-Bahn-Fahrt vor mir und bin kein Bier gewohnt.«

Der Uhrenverkäufer lacht höflich. »Nein, Sie mögen eher Wodka Tonic, stimmt's?«

»Äh … stimmt«, sagt Harv stirnrunzelnd. Er wirft mir einen verwirrten Blick zu und stiefelt los.

Der alte Mann lächelt mich an. »Du hast ihn also wieder dazu gebracht, Bier zu trinken …« Er zieht die Augenbrauen hoch. »Es ist das Zeichen wahrer Freundschaft, wenn der eine für den anderen seine Diätpläne über Bord wirft.«

Ich bin zu versessen auf Antworten, um auf seine Bemerkung einzugehen. »Würden Sie mir bitte verraten, was hier vorgeht?«, flüstere ich ihm zu. »Bin ich wieder in der realen Welt gelandet oder nicht?«

Er zupft seine schief sitzende Zipfelmütze zurecht. »Was sagt dir denn dein Bauchgefühl?«, fragt er und sieht mich eindringlich an.

»Dass es den heutigen Tag in Wirklichkeit gar nicht gibt …«, entgegne ich langsam und spüre, wie in meiner Brust ein Hoffnungsfunken aufglimmt. »Wenn ich irgendwann wieder in der Realität bin, wird Daff sich also nicht daran erinnern, Alices Nachrichten gesehen zu haben. *Falls* ich je wieder in die Realität zurückkehre.« Die Hoffnung weicht meiner aufflammenden Wut, und ich sehe den alten Mann scharf an. »Oder werde ich weiter von einem willkürlichen Moment zum nächsten durch die Zeit springen? Ohne Zukunft, ohne Konsequenzen?«

Der Uhrenverkäufer streicht seine Rentierkrawatte glatt und kichert. »Oh, die Zukunft erwartet dich, mein Freund, mach dir keine Sorgen«, sagt er und seine Augen funkeln. Bevor ich fragen kann, was er damit meint, fügt er an: »Denk einfach daran, was H. G. Wells geschrieben hat: ›Wenn dir dein Leben nicht gefällt, dann ändere es.‹«

»Das hat er geschrieben?«, frage ich. »Von dem ist doch *Die Zeitmaschine,* oder? Wahrscheinlich stehen Sie deshalb so auf ihn.«

Er lacht herzhaft, und abermals fühle ich mich so sehr an Grandpa Jack erinnert, dass es mir eiskalt über den Rücken läuft. »Unter anderem. Aber *Die Zeitmaschine* ist natürlich kein *Und täglich grüßt das Murmeltier.*«

Ich erkenne meine Chance, ihm die Frage zu stellen, die mir schon seit einer ganzen Weile auf den Nägeln brennt. »Hören Sie, kennen wir uns vielleicht? Sie erinnern mich total an meinen Großvater, Grandpa Jack.«

Der Uhrenverkäufer lächelt verschmitzt. »Dann dürfte er ja ein gut aussehender Kerl sein. Aber nein, ich habe wohl nur eines dieser Gesichter, in das die Leute alles Mögliche hineininterpretieren. Ich höre immer wieder, dass man mich für jemand anderen hält.«

»Oh, okay.«

Ich bin mir nicht ganz sicher, ob ich ihm glauben soll, aber ich erkenne, dass ihm diesbezüglich nichts mehr zu entlocken ist. Wir stehen einige Sekunden schweigend da, während sich die Menschenmenge um uns herum langsam auflöst. Ich fühle mich wie immer, wenn ich in seiner Gegenwart bin: unwirklich. Als wäre ich durch einen Riss in der Realität gefallen und in einem verborgenen Winkel gelandet, den sonst niemand sehen kann.

»Warum können Sie mir nicht einfach sagen, was los ist?«, frage ich ihn schließlich.

»Weil du es bald selbst herausfinden wirst«, sagt er.

»Kommt mir aber nicht so vor.«

Auf der anderen Straßenseite sehe ich, wie Harv aus dem Pub tritt. Ich reibe mir mit dem Jackenärmel über die Augen, fühle mich plötzlich total erschöpft.

Der alte Mann legt mir seine faltige Hand auf die Schulter. »Vertrau mir«, sagt er freundlich. »Du hast es fast geschafft.«

Das Bettsofa fühlt sich an, als bestünde es aus zerbrochenen Kleiderbügeln.

Nach einigem Hin und Her ist es uns gelungen, das klapprige Gestell aus Harvs Sofa herauszuziehen, und nun fläzen wir uns auf der Überdecke, futtern Haribo Tangfastics und schauen uns im Fernsehen *Tatsächlich Liebe* an.

»Gleich kommt die Stelle mit den Schildern«, verkündet Harv, den Mund voller überzuckerter Gelatine.

»Die Stelle mit den Schildern?«

»Du weißt schon – wo der Typ aus *The Walking Dead* mit den selbst gebastelten Schildern in Keira Knightleys Haus reinmarschiert.« Er greift nach der Haribo-Tüte und schaufelt sich weitere Tangfastics in den Mund. »Ich habe mich immer gefragt, was er getan hätte, wenn nicht Keira, sondern sein Kumpel die Tür aufgemacht hätte. Wie hätte er ihm die Schilder mit den aufgemalten Herzen und den Liebesschwüren erklärt?«

Ich wende mich Harv zu. »Wie oft hast den Film gesehen?«

Er errötet. »Keine Ahnung. Zwei, drei Mal. Sie bringen ihn ständig im Fernsehen.«

Er trifft meinen Blick, und wir prusten los.

Nach unserem offenen Gespräch im Pub scheint Harv nun der Meinung zu sein, dass wir die ernsten Themen für den Rest des Abends am besten ausklammern. Seit wir vor einigen Stunden den Uhrenverkäufer auf dem Platz verlassen haben, hat er Daphne oder Alice kein einziges Mal erwähnt. Offenbar ist er der Ansicht, dass die beste Methode, um mich von der Horrorshow meines Lebens abzulenken, darin besteht, so zu tun, als sei nichts passiert, als stünde meine Ehe nicht vor dem Aus, als sei dies ist ein ganz normaler Abend, der wie immer damit endet, dass wir auf dem Sofa liegen und uns einen Richard-Curtis-Film ansehen.

Und ehrlich gesagt, finde ich es gut so. Nicht nur, weil ich zu erschöpft bin, um weiter über tiefgründige deprimierende Dinge zu reden, sondern auch, weil seine Taktik sich als angemessener erweist, als ihm bewusst ist. Es ist nämlich rein gar nichts passiert.

Denn dies ist nicht die Realität.

Es bedeutet, dass Daphne die Nachrichten nicht gesehen hat und dass ich weiterhin die Chance habe, unsere Beziehung wieder auf Vordermann zu bringen. Im Moment ist dieser Gedanke das Einzige, was mir Kraft gibt.

Jedes Mal, wenn ich an ihren Gesichtsausdruck denke, als sie mir mein Handy gab, zucke ich zusammen. Ich ertrage die Vorstellung nicht, wie viel Schmerz ich ihr bereitet habe. Es muss einen Weg geben, es wieder in Ordnung zu bringen. Es *muss* einen Weg geben.

Ich schaue auf mein Handy, das auf der Armlehne des Sofas liegt. Es ist 23.47 Uhr. In zwölf Minuten wird all das verschwinden, und obwohl ich keine Ahnung habe, wo und wann ich zurückkehre, weiß ich, dass ich Daphne wiedersehen muss. Ich muss ihr die Wahrheit erzählen – über alles. Irgendwie muss ich ihr klarmachen, wie viel sie mir bedeutet.

Aber nicht, indem ich mit einer Ladung gruseliger Schilder auf ihrer Türschwelle erscheine.

Harv stopft sich eine weitere Handvoll Tangfastics in den Mund. Offenbar war das Guinness der Anfang einer wenig erbaulichen Entwicklung, denn wir haben nun außer dem Döner und den Chips, die wir auf dem Heimweg in der U-Bahn verdrückt haben, bereits anderthalb Haribo-Tüten weggefuttert.

Wäre dies die Realität, würde ich ganz entschieden einschreiten. Ich schaue noch mal aufs Handy: 23.48 Uhr. Es ist, als würde die Zeit absichtlich langsamer vergehen, nur um mich zu verwirren.

»Ben, komm schon«, sagt Harv leise.

»Was?«

Er deutet auf die Armlehne. »Hör auf, ständig aufs Handy zu schauen. Sie schickt dir heute keine SMS mehr.«

»Ja, ich weiß.«

Ich lege das Handy zurück, und schweigend sehen wir dem *Walking Dead*-Typen bei seiner herzerwärmenden Stalker-Nummer zu. Und dann sagt Harv unvermittelt, den Blick weiter auf den Bildschirm gerichtet: »Mach dir keinen Kopf, Mann. Das wird schon wieder mit dir und Daphne.«

Ich stoße ein Seufzen aus. »Ich hoffe, aber sicher bin ich mir nicht.«

»Sei nicht so pessimistisch, Alter«, entgegnet er. »Du musst positiv denken.«

»Ich weiß nicht, ob ich das kann.«

»Natürlich kannst du es. Stell dich nicht so an.« Harv schaltet den Ton stumm und mustert mich. »Hör zu, Mann, du musst dir richtig Mühe geben, wenn du die Sache noch mal hinbiegen willst. Hörst du? Du hast es nämlich ziemlich verbockt.«

»Vielen Dank, Harv. Du musst mich nicht daran erinnern.«

»Muss ich doch. Denn du wirst Daphne nicht zurückgewinnen, indem du dich in deinem Elend suhlst. Du musst mehr an dich glauben.«

Ich zucke mit den Schultern. »An mich selbst zu glauben fällt mir nicht gerade leicht.«

Er verdreht die Augen. »Dafür quillt dir umso mehr Selbstmitleid aus den Ohren.«

Mit welcher Präzision Harv hier ins Schwarze trifft, lässt mich schaudern. Ich denke an Mums Beisetzung, an das triefende Selbstmitleid meines Vaters im Auto. Ich darf dieser Seite meiner selbst nicht nachgeben. Ich muss mich zusammenreißen. Nicht nur für Daff, sondern auch für mich selbst.

Harv lässt sich in die Kissen zurücksinken und fährt fort: »Es wird nicht leicht sein, ihr Vertrauen zurückzugewinnen. Es könnte das Schwierigste sein, was du je getan hast. Aber ist es nicht die Mühe wert?«

»Natürlich ist es die Mühe wert. Sie ...« Meine Stimme gerät ins Stocken. »Sie ist alles für mich.«

Harv nickt entschieden. »Na also. Genug der aufmunternden Worte.« Er schaltet wieder den Ton an. »Können wir jetzt bitte zur wohl größten cineastischen Errungenschaft des einundzwanzigsten Jahrhunderts zurückkehren?«

Ohne nachzudenken, schaue ich erneut auf mein Handy: 23.52 Uhr.

»Hör auf damit!«, schnappt Harv. »Im Ernst, sonst nehme ich es dir weg.«

»Tut mir leid.«

Er seufzt. »Morgen, Ben. Morgen kannst du all diese Dinge in Angriff nehmen.«

Ich kann nur beten, dass er recht hat. In acht Minuten erhalte ich vielleicht eine weitere Chance. Vielleicht erwache ich wieder neben Daphne, und falls dem so sein sollte, werde ich mich augenblicklich daranmachen, unsere festgefahrene Beziehung wieder in Gang zu bringen.

Bei dem Gedanken vollführt mein Herz einen Freudensprung, während ich im Kopf die Sekunden herunterzähle.

40. KAPITEL

Ich vernehme einen hohen Klingelton, wie von einem Telefon oder Wecker.

Ich setze mich auf und versuche meine japsende Atmung zu beruhigen, während sich das grelle Geräusch in meine Gehörgänge bohrt.

Ich bin im Bett. Glaube ich zumindest. Denn es ist deutlich bequemer als Harvs Sofa. Meine Augen sind weit aufgerissen, aber es ist stockdunkel, und ich kann nichts erkennen. Das Klingeln geht immer weiter, wird mit jeder Sekunde lauter und aggressiver.

Ich taste blindlings in der Dunkelheit herum, versuche herauszufinden, woher der Klingelton kommt. Meine Hand berührt etwas Kühles auf dem Nachttisch – ein iPhone, das ich nicht erkenne –, und ich schalte schnell die Weckfunktion aus und lege das Handy wieder hin. Meinem kurzen Blick aufs Display zufolge ist es kurz nach neun. Und das Datum unter der Uhrzeit lautet …

Nein, stopp! Das kann nicht sein!

Ich will abermals nach dem Handy greifen, aber dann spüre ich eine Bewegung neben mir. Die Bettdecke verrutscht, als sich jemand zu mir umdreht.

»Mmm. Guten Morgen«, murmelt eine Frauenstimme. »Frohe Weihnachten.« Ein Arm legt sich über meine nackte Brust, und ein Kopf mit verwuschelten Haaren schmiegt sich an mein Kinn.

Ich erstarre. Ich weiß, dass es nicht Daphne ist. Es ist stockdunkel, aber irgendwie weiß ich es.

Mein Herz pocht wie wild. Ich versuche mich zu räuspern, doch meine Kehle ist dermaßen ausgedörrt, dass ich kein Wort herausbekomme.

»Ben? Geht es dir gut? Du zitterst ja.«

Die Stimme klingt jetzt klarer, nicht mehr so schlaftrunken. Diesmal erkenne ich sie, und der Schock trifft mich wie ein Tritt in den Bauch.

»Was ist los?«

Ich kriege immer noch keinen Ton heraus. Ich spüre, wie sie sich aufsetzt und zur anderen Bettseite hinübergreift. Ein Licht geht an, und wegen der plötzlichen Helligkeit kneife ich schnell die Augen zu.

»Oh mein Gott, du siehst grauenvoll aus! Du bist weiß wie ein Bettlaken!«

Ich blinzele ein paar Mal, und während ich allmählich meine Umgebung zu erkennen beginne, merke ich, dass einfach zu viele beunruhigende Informationen auf mich einstürzen, um sie alle gleichzeitig zu verarbeiten. Beunruhigend ist, dass ich das Bett oder selbst das Schlafzimmer, in dem ich mich befinde, nicht erkenne. Noch mehr aber verstört mich, wer die halb nackte Frau ist, die neben mir sitzt.

Ich kriege nur ein einziges Wort heraus: »Alice …«

Sie runzelt die Stirn und steigt aus dem Bett. »Ich hole dir ein, zwei Nurofen. Du darfst heute nicht krank sein, Ben. Das geht einfach nicht. Es wäre so peinlich.«

Sie schlüpft in einen Morgenmantel und marschiert aus dem Raum.

Ich liege in dem fremden Bett, in einem fremden Schlafzimmer, gelähmt vor Panik. Alice hatte recht: Ich zittere, kann nichts dagegen tun. Ich dachte, ich hätte mich mittlerweile daran gewöhnt – an den Wahnsinn, mich unvermittelt in einer anderen Zeit und an einem anderen Ort wiederzufinden. Aber das hier ist etwas völlig anderes. Ich bin an einem gänzlich neuen Ort, einem Ort, an dem ich noch nie zuvor war.

Ich bin in meinem ganzen Leben nur einmal neben Alice aufgewacht, und zwar in ihrer Pariser Wohnung.

Aber das hier ist nicht ihre Pariser Wohnung.

Was bedeutet …

Ich schaue auf mein Handgelenk, um zu prüfen, ob die Uhr noch da ist. Sie ist noch da, die Zeiger stehen weiterhin auf der altbekannten Uhrzeit. Ich greife langsam nach dem unbekannten iPhone auf dem Nachttisch. Ich kann mich kaum dazu bringen, das Display zu berühren.

Ich muss mich verguckt haben. Ganz bestimmt.

Zögerlich tippe ich mit dem Daumen auf das Display, und als es aufleuchtet, sackt mir der Magen in den Keller, als wäre ich gerade in einer Achterbahn in den ersten Looping hineingerast.

Die Datumsanzeige lautet: 25. Dezember 2023.

Ich schalte das Handy aus und wieder ein. Das Datum lautet immer noch 25. Dezember 2023.

Mein Herz klopft jetzt so schnell, dass ich Angst kriege, ich könnte ohnmächtig werden. Dann sehe ich gegenüber von mir auf der Kommode ein weiteres Handy liegen – es muss Alices sein. Ich gehe rüber, um auf das Display zu schauen. Auch hier dasselbe Datum: 25. Dezember 2023.

Es besteht kein Zweifel: Ich befinde mich in einem mir unbekannten Schlafzimmer um kurz nach neun am Weihnachtsmorgen drei Jahre in der Zukunft.

Ich sinke wieder auf die Bettkante und schlage die Hände

vor das Gesicht. Der Schock ist so heftig, dass ich nichts mehr spüre – mein ganzer Körper ist taub, und mein Verstand gleicht einem Fisch auf dem Trockenen, der nichts tun kann, außer sich hilflos hin und her zu werfen.

Ist es das? Hierher hat es mich verschlagen? Habe ich gerade einfach so drei Jahre meines Lebens übersprungen, nur um bei Alice zu landen?

Ich höre ihre Schritte im Flur. Die Schlafzimmertür geht auf, und Alice kommt herein, mit einem Glas Wasser und zwei kleinen weißen Pillen in der Hand.

»Gott, du siehst wirklich nicht gut aus. Wie fühlst du dich?« Sie macht sich nicht die Mühe, auf eine Antwort zu warten, was wahrscheinlich das Beste ist, da ich keine Antwort geben kann. Stattdessen drückt sie mir das Glas und die Pillen in die Hände und sagt: »Nimm sie einfach, okay? Ich mache jetzt Frühstück. Sie werden um halb zwölf hier sein.« Gereizt schnippt sie vor meinem Gesicht mit den Fingern. »Ben? *Okay?*«

»Ja, okay«, krächze ich.

Sie macht auf dem Absatz kehrt und marschiert aus dem Raum.

Es ist immer noch nicht ganz hell im Zimmer, aber selbst mit den zugezogenen Vorhängen konnte ich erkennen, wie anders Alice aussieht. Am offensichtlichsten ist, dass ihre Haare nun viel länger sind – die Amélie-Frisur, die sie noch bei Mareks Hochzeit trug, ist verschwunden, und ihre dunkelblonden Locken wallen ihr jetzt bis auf Schultern herab.

Ich starre auf das Wasserglas und die Pillen. Mir brummt der Kopf, und mir ist tatsächlich leicht übel, sodass ich beschließe, die Pillen einzuwerfen. Während ich sie mit einem Schluck Wasser hinunterspüle, beschäftigt mich nur eine einzige Frage: Wo ist Daphne? Was zum Teufel ist passiert, dass ich hier gelandet bin?

Ich stehe unsicher auf und ziehe mich an, bevor ich mich in den Flur hinauswage und mich einer ungewissen Zukunft stelle.

41. KAPITEL

Bei flüchtiger Betrachtung unterscheidet sich 2023 nicht sonderlich von 2020, wie sich mir bei einem kurzen Blick aus dem Fenster im Obergeschoss offenbart: Zu meiner Enttäuschung sehe ich weder Flugautos noch jemanden mit einem Raketenrucksack auf dem Rücken. Die nähere Inaugenscheinnahme des Handys neben dem Bett hat ergeben, dass es ein iPhone 13 ist – was eigentlich eine tolle Sache wäre, wenn es nicht genauso aussähe wie mein altes iPhone 8, nur dass die Rückseite etwas stärker schimmert.

Es gibt weder Flugautos noch Raketenrucksäcke, und Apple zieht uns weiterhin massiv das Geld aus der Tasche: Drei Jahre sind eindeutig nicht genug, um dem Planeten ein gänzlich neues Gesicht zu geben.

Ich schleiche die Treppe hinunter, die mit Fotos von Alice und ihren Familienangehörigen gesäumt ist, und als ich wieder einen Blick auf die Straße vor dem Haus erhasche, wird mir klar, dass ich absolut keine Ahnung habe, wo ich eigentlich bin. Ist das hier überhaupt noch London?

Auf meinem neuen iPhone 13 öffne ich Google Maps und sehe, dass ich mich in Hammersmith befinde. Nur wenige Meilen von Daffs und meiner Wohnung in Kensal Rise entfernt.

Allerdings dürfte es nicht mehr Daffs und meine Wohnung sein …

Erneut überkommt mich Panik. Ist sie noch dort, in unserem alten Zuhause? Was macht sie wohl gerade?

Plötzlich verspüre ich den Drang, sie anzurufen, aber der Anblick meines Gesichts im Flurspiegel bringt mich sofort von dieser Idee ab. Ich muss tatsächlich einen Aufschrei unterdrücken, als ich mich sehe. Die Außenwelt mag unverändert erscheinen, von meinem Gesicht lässt sich das allerdings nicht behaupten.

Mein Haaransatz ist sichtlich zurückgewichen, und ich habe viele neue Falten an Stellen, wo ich früher keine hatte, zum Beispiel neben der Nase. Meine Schläfen sind deutlich angegraut, und meine buschigen Augenbrauen lassen mich fast eulenhaft wirken. Einige der Härchen sind so lang, dass ich sie über die Stirn bis zu meinem zurückweichenden Haaransatz ziehen kann.

Ich bin jetzt siebenunddreißig Jahre alt, und man sieht es mir deutlich an.

Ich streiche mir übers Gesicht. Die Welt kommt mir unwirklicher denn je vor, aber das ändert nichts an dem Umstand, dass dies dennoch die Realität sein könnte, in der ich fortan leben werde. Bei dem Gedanken dreht sich mir der Magen um. Und dann höre ich vom Flurende:

»Ben, komm endlich! Frühstück!«

Ich reiße mich von meinem siebenunddreißigjährigen Spiegelbild los und folge dem Klang des klirrenden Geschirrs durch den Flur. Als ich die Küchentür aufschiebe, sehe ich Alice am Tresen stehen, mit dem Rücken zu mir; sie schüttet gerade Mandelmilch in eine Schale mit etwas, das aussieht, als ob es eigentlich den Boden eines Hamsterkäfigs bedecken sollte.

»Hey«, sagt sie, ohne sich umzuwenden. »Wie geht's dir jetzt?«

»Ich …«

»Werd mir bloß nicht krank, hörst du?«, unterbricht sie mich. »Nicht am Weihnachtstag. Ich will, dass du heute in Hochform bist, ein Charmebolzen par excellence.«

Sie dreht sich um und hält mir die Schale mit dem feuchten Sägemehl hin, boxt mir unterdessen drei Mal leicht in den Bauch, fast schon aggresiv: »Nicht – krank – werden!« Sie lächelt, presst dabei aber die Zähne zusammen. Tut sie nur so oder ist sie wirklich verärgert? Schwer zu sagen.

»Okay?«, fügt sie an.

Ich nicke. »Japp. Okay … Ich fühle mich schon besser.«

»Großartig. Gut.« Sie geht zur Küchenzeile zurück, und während sie die Löffel aus der Besteckschublade nimmt, bietet sich mir die Gelegenheit, sie eingehend zu betrachten. Genau wie ich hat sie einige Falten bekommen, aber sie sieht immer noch toll aus. Sogar wunderschön. Die längeren Haare stehen ihr ausgezeichnet.

Doch all das macht die Situation nicht weniger schrecklich, lässt sie nicht weniger falsch erscheinen.

»Bin gleich zurück. Ich packe nur schnell die letzten Geschenke ein.« Sie geht aus der Küche, und ich stelle die Schale auf den Tisch und nutze die Gelegenheit, mich in meinem neuen Zuhause umzusehen.

Das Erste, was mir ins Auge fällt, ist ein großes gerahmtes Schwarz-Weiß-Foto von Alice und mir. Es hängt im hinteren Teil der Küche an einem Ehrenplatz über dem oberen Ende des Tisches.

Es muss von einem professionellen Fotografen aufgenommen worden sein, denn wir sind perfekt positioniert – unter einer vermutlich künstlichen Lichtquelle – inmitten eines seltsam malerischen Gartens. Alice sitzt auf einem Korbstuhl in einem langen fließenden Kleid, und ich stehe neben ihr in einem mir unbekannten Anzug, meine Hand auf ihrer Schulter. Wir lächeln in die Kamera, aber während Alice glücklich und erhaben wirkt, sehe ich aus, als litte ich unter körperlichen Schmerzen.

Das Ganze ist so lächerlich, dass ich fast einen Lachanfall kriege. Plötzlich muss ich an 2020 denken, an den Vorweihnachtsabend auf dem Dachboden, als ich im Programmheft unseres Theaterstück das alte Foto von mir entdeckte. Ich erkannte den grinsenden unbekümmerten Neunzehnjährigen nicht wieder, genauso wenig wie jetzt den lächerlichen Siebenunddreißigjährigen auf diesem Foto. Nie im Leben hätte ich für eine derart künstliche Aufnahme posiert – selbst wenn Daphne es vorgeschlagen hätte.

Aber Daphne wäre mir nie mit einem solchen Vorschlag gekommen.

Das einzige Foto von uns, das offen in unserer Wohnung hing, klebte an einem Magneten am Kühlschrank und war schon ziemlich zerknittert. Es zeigte uns beide lachend und sturzbetrunken beim Bestival 2017 – sie als Ultimate Warrior, ich als Hulk Hogan verkleidet. Ich liebe dieses Foto.

Während ich auf die goldgerahmte Monstrosität an der Wand starre, komme ich nicht umhin, mir Daphnes Reaktion darauf vorzustellen. Bestimmt hätte sie sich auf die Schenkel geklopft vor Lachen.

Was ist nur aus mir geworden?

Neben dem absurden Foto hängt ein Kalender an einem kleinen Haken über der Wi-Fi-Box. Ein Blick darauf bestätigt mir das heutige Datum, und unter den heutigen Tag hat jemand – vermutlich Alice – geschrieben: WEIHNACHTSDRINKS! und unter morgen – dem Boxing Day – MITTAGESSEN BEI M & D.

Dann entdecke ich einen weiteren Eintrag, und zwar für den 29. Dezember, in vier Tagen. Es ist nur ein einziges Wort, umrahmt von roten Filzstiftkringeln, als hätte das Wort Feuer gefangen: HOCHZEITSPLANERIN!

Mein Blut gefriert zu Eis.

Ich schaue auf meine linke Hand und sehe, dass mein Ehering verschwunden ist.

Ich werde Alice heiraten. Ich bin von Daphne geschieden und werde Alice zu meiner neue Frau machen.

Die Küchentür schwingt auf, und sie kommt wieder herein, leicht atemlos. »Okay, die Geschenke sind eingepackt … Ich muss noch die Kuchenglasur fertig machen und den Wein bereitstellen. Was ziehst du eigentlich an, Ben? Wie wäre es mit dem Hemd, das mir so gefällt …?«

Als sie endlich zu mir herüberschaut, verstummt sie.

»Ben, was tust du?«, fragt sie scharf. »Wieso starrst du auf den Kalender?«

»Ich … ich … Hochzeitsplanerin?«

Ich bin jetzt seit einer halben Stunde in der Zukunft und habe immer noch keinen zusammenhängenden Satz herausgekriegt.

Alice entgleiten die Gesichtszüge, und sie fasst sich an die Stirn. »Ben, das ist jetzt nicht dein Ernst, oder? Das ist ein Scherz, stimmt's? Ich habe dir doch von dem Termin erzählt.« Sie schüttelt verärgert den Kopf. »Wahrscheinlich hast du mal wieder geträumt. Gott, du warst in letzter Zeit so was von daneben. Ich habe das Gefühl, dass ich alles selbst mache. Was natürlich in Ordnung ist, denn du wärst mir sowieso keine Hilfe.« Sie lacht in sich hinein, dann versteigt sie sich wieder in hektische Aktivität, indem sie Alufolie aus dem Schrank und einen großen Kuchen aus dem Kühlschrank holt.

Ich habe das Gefühl, dass ich in diesem Gespräch nicht allzu wichtig bin – dass Alice wahrscheinlich meistens *zu* statt *mit* mir spricht.

»Es sind nur noch vier Monate bis zur Hochzeit, Ben«, sagt sie. »Es wäre schön, wenn du dich ein bisschen engagierter zeigen würdest, okay?«

»Ja, natürlich«, nuschele ich.

Vier Monate. In vier Monaten werde ich Alice heiraten.

Sie fährt fort: »Wie gesagt, bei dem Termin mit der Hochzeitsplanerin werden wir über die Blumen und unsere Gelübde sprechen. Und über das Streichquartett.«

Ich starre sie an. »Das Streichquartett?«

»Ja, das Streichquartett. Davon habe ich dir auch schon erzählt.« Sie verzieht den Mund zu einem höhnischen Lächeln. »Es ist so lustig – Becks wird total angefressen sein, weil es uns gelungen ist, die Streicher zu engagieren. Sie wollte sie für ihre Hochzeit auch buchen, aber die konnten an dem Tag nicht. Sie wird kochen vor Wut.« Ein schadenfroher Unterton hat sich in ihre Stimme geschlichen, derselbe Unterton, in dem sie in Paris über ihre Kollegen herzog.

Sie blickt auf mein Müslischälchen und seufzt. »Ben, du hast dein Frühstück nicht mal angerührt. Ich weiß, das Zeug ist nicht besonders lecker, aber wir haben vereinbart, die Hochzeitsdiät gemeinsam durchzuziehen.« Sie schiebt mir das Schälchen über den Tisch hinweg zu. »Ich finde auch, wir sollten uns heute beim Alkohol etwas zurückhalten«, fügt sie an. »Ein, zwei Gläser Wein sollten genügen. Ich weiß, es ist Weihnachten und so, aber wenn wir es nach der Hochzeit versuchen wollen, sollten wir gesundheitsmäßig im Topzustand sein. Becky sagt, sie und Phil wären sechs Monate, bevor sie anfingen, es zu versuchen, sogar von

Kaffee auf Tee umgestiegen. Und nach zwei Wochen wurde sie schwanger.«

»Ja … okay … wir werden anfangen, es zu versuchen.« In vier Monaten werden Alice und ich also versuchen, ein Kind zu zeugen. Ich drücke meine Fingerspitzen sanft auf meiner Lider.

»Babe, im Ernst, ist alles in Ordnung mit dir?«, fragt sie mich.

Babe. Ich kann mich nicht erinnern, dass Alice mich jemals so genannt hätte. Daff und ich haben uns immer lustig gemacht, wenn wir hörten, dass ein Paar sich untereinander mit »Babe« ansprach.

Wo ist Daff? Was zum Teufel ist geschehen?

»Hast du die Nurofen auch wirklich genommen?«, fragt Alice. »Ich möchte doch, dass es dir heute gut geht.« Stirnrunzelnd beugt sie sich über den Tisch. »Oh, da fällt mir noch etwas anderes ein: Sprich heute lieber nicht über das, was du mir letzte Woche erzählt hast, okay?«

Ich schüttele den Kopf. »Was habe ich denn erzählt?«

Sie verdreht die Augen. »Na, dass du bei Wyndham's aufhören und eine Lehrerausbildung beginnen willst.«

»Eine Lehrerausbildung?« Ich versuche diese Information zu verarbeiten, aber plötzlich kommt mir Mum in den Sinn. Sie sagte immer, dass ich einen guten Lehrer abgeben würde. »Hättest du nicht Lust, in die Fußstapfen deiner Mutter zu treten?«, fragte sie mich oft scherzhaft. Aber ich war zu versessen darauf, in die Fußstapfen meines Vaters zu treten.

»Ich möchte nur nicht, dass du es vor Becky und Phil und den anderen erwähnst«, sagt Alice. »Nicht, bis wir *ausführlich* darüber gesprochen haben. Ich habe Becks gesagt, dass du bei Wyndham's nur kündigen wirst, falls du etwas … du weißt schon, etwas Einträglicheres findest. Ich meine, der Lehrerjob ist ja okay, aber der Wow-Faktor ist nicht gerade hoch, oder? Es ist eher etwas, das man tut, wenn man nichts anderes kann.«

Es schnürt mir die Kehle zusammen, während ich mir ins Gedächtnis rufe, mit welcher Leidenschaft Mum von ihrer Arbeit sprach. Am Schuljahresende kam sie jedes Mal mit Unmengen von Weinflaschen und Pralinenschachteln und stapelweise Grußkarten von Eltern und Schülern nach Hause. *Vielen Dank! Sie sind meine Lieblingslehrerin! Ohne Sie hätte ich es nicht geschafft!*

Noch lange nachdem die Schüler die Schule verlassen hatten – manchmal Jahrzehnte danach – waren derartige Grußkarten bei uns eingetroffen. Nicht wenige davon hatten mit dem Satz geendet: *Sie haben mein Leben verändert.*

Alice schaut mich an, die Besorgnis steht ihr ins Gesicht geschrieben. »Ich finde einfach, du solltest noch ein bisschen länger bei Wyndham's bleiben, Babe«, sagt sie. »Ich weiß, dass es im Moment langweilig ist, und auch, dass Unternehmensberatung nicht ganz dein Ding ist, aber Dad ist sich sicher, dass in den nächsten sechs Monaten eine bessere Position frei wird.«

Mir fällt ein, dass Alice irgendwann erzählt hat, ihr Vater sei Unternehmensberater. Und jetzt bin ich anscheinend auch einer.

Ich muss raus aus dieser Wohnung. Mir brummt der Kopf, mein Magen rumort, während das Nurofen tut, was es tun soll. Ich muss nach draußen. Ich muss allein sein. Ich muss ernsthaft darüber nachdenken, was zum Teufel hier vorgeht.

»Wann kommen unsere Gäste noch mal?«, frage ich und stehe auf.

»Um halb zwölf«, sagt Alice. »Warum?«

»Ich wollte nur …« Ich zerbreche mir den Kopf nach einer Ausrede und spüre mein Telefon in der Tasche. »Ich wollte nur schnell Harv anrufen. Ihm frohe Weihnachten wünschen und so.«

Sie zuckt zusammen. »Harvey? Was? Warum? Du hast seit Jahren schon keinen Kontakt mehr zu ihm.«

Ich kneife mir in die Nasenwurzel. *»Was?«*

»Es sei denn, du hast in letzter Zeit mit ihm gesprochen und mir nichts davon erzählt. Ist es so?«

Mir ist nicht danach, jetzt groß darüber nachzudenken. Ich muss nur nach draußen. »Nein, ich habe in letzter Zeit … nur daran gedacht, wieder mit ihm in Kontakt zu treten«, stottere ich. »Also dachte ich, ich rufe ihn heute an.«

»Ben, soll das ein Witz sein?«, schnappt Alice. »Du weißt doch, wie komisch er war, als du und ich zusammenkamen. Er riet dir zu versuchen, wieder mit Daphne zusammenzukommen, nachdem ihr euch getrennt hattet, um Himmels willen! Ich dachte, wir waren uns einig, dass es besser ist, wenn du ihn nicht mehr triffst.«

Habe ich dem wirklich zugestimmt? Ich schaue auf das Schwarz-Weiß-Foto an der Küchenwand und sehe mein dümmmliches Gesicht darauf. Was ist aus mir geworden? Bin ich wirklich jemand, der seinen besten Freund im Stich lässt, nur weil seine Verlobte es von ihm verlangt?

»Du verwirrst mich, Ben«, sagt Alice. »Und das ist wirklich kein guter Tag dafür.«

»Ich weiß, tut mir leid.« Ich gehe auf die Tür zu. »Ehrlich gesagt, bin ich noch nicht ganz auf dem Damm. Ich glaube, ein bisschen frische Luft wird mir gut tun.«

Sie seufzt. »Na schön, aber nicht zu lange. Du musst mir bei ein paar Sachen helfen.«

Ich haste durch den Flur, schnappe mir eine Jacke von der Garderobe und eile zur Tür. Es kommt mir vor, als würden die Wände mich erdrücken, während ich pausenlos mein falsches Lächeln auf dem Foto vor Augen habe.

Sobald ich draußen an der eisigen frischen Luft bin, ziehe ich das iPhone 13 aus der Tasche und scrolle durch das Adressbuch.

Doch bevor ich zu H wie Harv gelange, gelange ich zu D wie Daphne.

42. KAPITEL

Es ist noch die alte Nummer.

Ich tippe auf das kleine Profil-Foto neben ihrem Namen, um es zu vergrößern. Mir wird ganz flau, als ich erkenne, dass darauf zwei Personen sind, die Arm in Arm vor einem Sonnenuntergang am Strand stehen. Daff erkenne ich sofort an ihrem lockigen schwarzen Haar, aber das Foto wurde aus so großer Entfernung aufgenommen, dass das Gesicht des Mannes unter seinem Sonnenhut nicht auszumachen ist.

Aber es ist auf jeden Fall ein Mann.

Daff hat einen Neuen. Vielleicht ist sie sogar mit ihm verheiratet.

Mit klopfendem Herzen gehe ich meine Nachrichten durch und sehe, dass ich mit ihr zuletzt im Juni 2022 in Kontakt war – vor anderthalb Jahren. Ich hatte ihr einen langen, leicht verzweifelt klingenden Text voller Fragen geschickt – Wie geht's dir? Wie läuft der Job? Alles in Ordnung mit deinen Eltern? –, und Daff hatte kurz und knapp geantwortet: Ja, alles bestens, danke – Ich hoffe, bei dir auch.

Als ich ein Stück hochscrolle, sehe ich, dass ich ihr vier und fünf Monate vor der letzten Nachricht zwei ganz ähnliche geschickt hatte. Auf die hatte Daphne nicht einmal geantwortet.

Ich blicke auf die unbekannte Straße vor mir. Mein Leben steht auf dem Kopf. Ich verstecke jetzt Nachrichten von Daff, damit Alice sie nicht findet.

Nicht, dass es viel zu verstecken gäbe: Daphne hat eindeutig kein Verlangen, mich zu sehen oder von mir zu hören. Die Erkenntnis trifft mich mit einem dumpfen Knall. Ich kriege keine zweite Chance: Ich habe Daff verloren. Ich versuche an Harvs Ratschlag über positives Denken festzuhalten, aber die Worte erscheinen mir nun bedeutungslos. Ich kann mir ein Leben ohne Daphne nicht vorstellen.

Mein Daumen schwebt über ihrem Profilfoto. Ich will mit ihr sprechen, will herausfinden, was geschehen ist – wann und wie und warum wir uns getrennt haben. Aber das verschwommene Gesicht des Mannes neben ihr hält mich davon ab, sie anzurufen. Würde ich die Antworten auf meine Fragen überhaupt verkraften?

Ich höre, wie hinter mir die Haustür aufgeht. »Ben? Wo bleibst du? Ich sagte, ich brauche deine Hilfe!«

In den nächsten zwei Stunden folge ich Alice wie ein Butler-Roboter durch die Wohnung und helfe ihr ungeschickt beim Kuchenguss, beim Kaltstellen der Weinflaschen und beim Aufbauschen der Sofakissen. Auf eine seltsame Art und Weise ist es angenehm, herumkommandiert zu werden – nicht selbst denken zu müssen –, da es mein Hirn davon abhält, ständig zu Daphne zurückzuspringen. Doch als es auf halb zwölf zugeht, überkommt mich eine neue Art von Panik.

Denn ich habe keine Ahnung, was auf mich zukommt. Gestern – im Jahr 2020 – war es aufregend, nicht zu wissen, was geschieht (bis Daff Alices Nachrichten fand), nun aber erfüllt mich mein Unwissen mit einem bangen Gefühl der Angst. Ich habe keine Ahnung, wer unsere Gäste sind, woher ich sie kenne, was ich zu ihnen sagen soll …

»Ben?«

Alice reißt mich aus den Gedanken, indem sie vorwurfsvoll auf das Sitzkissen deutet, das ich behutsam zurechtlege, und sagt: »Wie lange dauert das denn noch?!«

»Entschuldigung.«

Nach getaner Arbeit gehen wir nach oben ins Schlafzimmer, wo Alice – ziemlich entschieden – vorschlägt, dass ich ein blau-rosa Gingham-Hemd und cremefarbene Chinos anziehen soll: eine Kombination, die mich wie ein Tory-Abgeordneter im Urlaub aussehen lässt.

Sobald die David-Cameron-Kostümierung abgesegnet ist, schickt Alice mich raus, um sich ihr eigenes Outfit zusammenzustellen. Ohne ihren wachenden Blick im Rücken kann ich endlich in Angriff nehmen, was ich schon seit dem Aufwachen tun will – überall herumschnüffeln und versuchen, die letzten drei Jahre meines Lebens zu rekonstruieren.

Stünde ich nicht völlig neben der Spur, wäre das Ganze fast schon aufregend. Ich komme mir vor wie in einem Film, in dem ich das Gedächtnis verloren habe: Ich schleiche durch die Wohnung und suche nach Hinweisen, um das Puzzle meiner Vergangenheit zusammenzusetzen. Wie Guy Pearce in *Memento*. Oder wie Goldie Hawn in *Ein Goldfisch fällt ins Wasser*.

Das Erste, was mir auffällt, als ich mich umzusehen beginne, ist, dass es fast keine Weihnachtsdekoration gibt. Mum und Daphne überschlugen sich um diese Zeit immer in ihrem Bemühen, die Zimmer in ein lamettagesättigtes Weihnachtsparadies zu verwandeln, und deshalb verbrachte ich fast jeden Dezember meines Lebens in einem festlich geschmückten Haus. Hier aber – wie auch in Alices Pariser Wohnung – ist der einzige Hinweis auf Weihnachten ein kleiner Weihnachtsbaum in der Wohnzimmerecke, spärlich geschmückt mit dickem weißem Lametta, das auch als

Federboa herhalten könnte, und einigen grapefruitgroßen Gold- und Silberkugeln. Das Ganze wirkt teuer und gediegen und doch seltsam kalt. Wenn dieser Weihnachtsbaum ein Mensch wäre, dann hieße er Anna Wintour.

Der Rest des Zimmers sieht aus wie eine Fotografie in einem Design-Hochglanzmagazin: eine minimalistische Mischung aus Chrom und Glas. Es gibt zwei niedrige graue Sofas, die aussehen, als stammten sie vom *Mad Men*-Set, und einen schmalen Couchtisch, auf dem ein aufgeschlagener Fotoband mit Banksy-Wandmalereien liegt.

Das Zimmer hat die Ausstrahlung eines trendigen Hotels in Soho: nett für einen Cocktail oder ein schickes Abendessen, aber wohnen wollen würde ich hier eher nicht.

Und doch bin ich hier.

Ich schleiche wieder nach oben, am Badezimmer vorbei, wo ich glaube, einen Blick auf zwei identische Frotteebademäntel für Sie und Ihn zu erhaschen –, aber ich bin zu traumatisiert, um hineinzugehen und nachzusehen, ob meine Beobachtung stimmt. Ganz hinten in der Wohnung stoße ich auf eine enge überfüllte Abstellkammer, die mein Büro zu sein scheint. Versteckt zwischen Alices vakuumverpackten Kleidern steht ein kleiner Holzschreibtisch mit einem Laptop, auf dem mein E-Mail-Posteingang zu sehen ist. Es ist ein Arbeitskonto, und beim Durchklicken finde ich nichts als unverständliche Unternehmensberatung-Nachrichten, die meisten davon mit knallroten Ausrufezeichen markiert. Ich spüre, wie mein Blutdruck steigt, während ich sie nur anschaue.

Das also soll mein Beruf sein? Und ich habe noch keinen Herzinfarkt bekommen?

Ich versuche eine der Mails zu lesen, aber ich verstehe nur ungefähr jedes sechste Wort. In der Schreibtischschublade entdecke ich jedoch etwas ganz anderes. Unter einem weiteren Stapel erschreckender Geschäftspapiere befindet sich eine dünne Pappmappe mit einer Werbebroschüre für eine einjährige Kurz-Ausbildung zum Sekundarschullehrer. Darunter liegen seitenweise kompliziert aussehende Formulare, und so wie es aussieht, bin ich schon zu drei Vierteln mit dem Ausfüllen fertig.

Meinem Ich im Jahr 2023 ist es offenbar ernst damit – mit dem Lehrerjob –, und zum ersten Mal spüre ich einen Anflug von Stolz auf mich statt der bisherigen Mischung aus Scham und Verlegenheit.

Es schnürt mir die Kehle zu, als mir auf einem der Formulare eine meiner längeren Antworten ins Auge fällt: *Ich fühle mich wegen meiner Mum zum Lehrerberuf hingezogen*, beginnt der Absatz. Doch bevor mich die Erinnerungen an meine Mutter überkommen, klingelt es an der Tür.

Ich schiebe schnell die Schublade zu, während ich sehe, wie Alice in einem langen dunkelblauen Kleid die Treppe hinuntereilt, und plötzlich ist der Flur erfüllt von lauten Stimmen und dem Geschmatze von Wangenküsschen.

»Hallo! Hallo! Frohe Weihnachten!«, höre ich sie fröhlich ausrufen. Und dann, weniger fröhlich: »Ben! Sie sind da!«

Ich gehe nach unten und erblicke ein wahnsinnig gut aussehendes Pärchen, das mich anstrahlt. Sie wirken wie aus einer IKEA-Werbung. Der Mann trägt eine Jeans und hat die Hemdsärmel hochgekrempelt, ein trendiger Dreitagebart bedeckt seine Captain-America-Kieferpartie. Die Frau hat golden schimmerndes Haar, schneeweiße Zähne und eine für diese Jahreszeit untypische Gesichtsbräune. Außerdem ist sie hochschwanger.

»Ben! Frohe Weihnachten! Wie geht es dir?«

Sie zieht mich heran und gibt mir über ihren Gymnastikball-Bauch hinweg zwei flüchtige Küsschen auf die Wangen.

»Ups – Achtung Bauchhöcker!«, sagt sie lachend. »Tut mir leid, daran kann ich momentan nichts ändern.«

»Ja, pass auf, Kumpel«, sagt der Mann grinsend. »Der kleine Scheißer tritt im Moment wie verrückt um sich – wenn du ihr zu nah kommst, besteht die Gefahr, dass du einen Stiefel an die Brust kriegst.«

Die Frau schiebt in gespielter Verärgerung ihre Unterlippe vor. »Phil! Bitte nenn unseren ungeborenen Sohn nicht ›kleiner Scheißer‹.«

»Entschuldigung …« Der Mann hebt die Hände. »Ich meinte natürlich ›großer Scheißer‹ – falls er nach mir kommt!«

Beide kringeln sich vor Lachen, und ich befinde, dass entweder das Humor-Niveau im Jahr 2023 erheblich gesunken ist oder dass diese Leute absolut schrecklich sind.

»Wie auch immer, frohe Weihnachten«, sagt der Mann und klopft mir kräftig auf den Rücken. »Schön, dich zu sehen.«

Alice steht da, die Hände in die Hüften gestemmt, und sieht die Frau ehrfürchtig an.

»Ehrlich, Becks, du leuchtest förmlich! Stimmt doch, Ben, oder?«

»Ja, stimmt«, sage ich. »Du leuchtest förmlich.«

Becks zuckt mit den Schultern und gluckst zufrieden. Als sie Alice ins Wohnzimmer folgt, beugt sich der Mann – Phil – zu mir und flüstert: »Das wird in ein paar Monaten dein Leben sein, Kumpel. Null Sex und ständig wird man wegen geschwollener Knöchel zugetextet. Sag nicht, ich hätte dich nicht gewarnt!«

Er bedenkt mich mit einem unangenehmen Grinsen, das mich an Jonno von *Thump* erinnert.

Im Wohnzimmer stehen wir im Kreis neben dem Anna-Wintour-Baum, der verächtlich zuschaut, während Alice ein Tablett mit Pastetchen herumreicht.

»Oh Gott, sind die lecker, Ali!«, sagt Becky mit Blätterteigkrümeln am Mund. »Hast du die selbst gemacht?«

Alice errötet leicht. »Nein, sie sind von Waitrose.«

»Ah.« Becky legt den Kopf schräg und lächelt. »Egal. Jedenfalls schmecken sie köstlich.«

Wir alle murmeln beipflichtend, und ich schwöre, ich sehe ein leichtes Zucken an Alices linkem Auge, als sie das Tablett zurücknimmt.

»Ein Schluck Cava?«, fragt sie in die Runde und hält die Flasche hoch.

»Alkohol?« Phil klatscht in die Hände »Gerne!«

Becky legt eine Hand auf ihren Bauch. »Nur Wasser für mich, Ali.«

»Ooch … wirklich?« Alice runzelt die Stirn. »Es heißt doch, ein kleines Glas sei erlaubt, oder?«

Becks lächelt sie freundlich an, wie eine Grundschullehrerin, die eine Schülerin korrigiert. »Ja, so heißt es. Aber es kommt mir irgendwie verantwortungslos vor, weißt du, was ich meine? Wenn ihr demnächst auch ein Baby erwartet, werdet ihr das verstehen.«

»Sicher«, sagt Alice zähneknirschend.

»Mich kannst du aber abfüllen«, lacht Phil. »Wenn Frauchen für zwei futtert, dann trinke ich eben für zwei!«

Dies wird mit einer weiteren Lachsalve belohnt, und plötzlich wünschte ich, Harv wäre hier, damit ich jemanden hätte, mit dem ich mich in Gedanken über diese Leute bepfeifen könnte. Doch in dieser Realität habe ich seit Jahren nicht mit Harv gesprochen. Ich habe meinen besten Freund gegen das nervigste Paar der Welt getauscht.

»Na, dann Prosit!«, sagt Phil, während wir anstoßen. »Weihnachten mit Freunden zu verbringen statt mit der Familie ist so was von fortschrittlich.«

»Mmm«, stimmt Becky zu. »Ist schön, mir nicht anhören zu müssen, wie Phils Großmutter über die Leute in ihrem Pflegeheim ablästert.«

Phil verdreht die Augen. »Grandma ist ein ziemliches Lästermaul, das stimmt.«

»Trefft ihr deine Eltern?«, fragt Becky Alice.

Alice nickt. »Wir fahren morgen hoch.«

»Wie nett.« Becky sieht mich traurig an. »Gerade an Weihnachten vermisst du deine Mum bestimmt ganz besonders, nicht wahr?«

»Ja, ich ... ja.« Ich kratze mich im Nacken. »Weihnachten war immer ...«

»Wie laufen denn die Hochzeitsvorbereitungen?«, fragt sie zu Alice gewandt.

»Wunderbar! Ganz wunderbar!«, trällert Alice. »Genau, das wollte ich dir schon die ganze Zeit erzählen: Wir hatten Glück mit den Streichern. Wir kriegen sie! Das Oceano String Quartet!« Sie zieht die Stirn kraus. »Ihr wolltet sie doch auch buchen, oder? War das nicht so?« Sie wirkt wirklich so, als wüsste sie es nicht genau, und ich komme nicht umhin, über ihre schauspielerische Leistung zu staunen. Sie ist definitiv eine bessere Schauspielerin als damals an der Uni.

Über ihrem steifen Lächeln blitzen Beckys Augen. »Oh! Wow! Großartig! Ja, wir haben auch überlegt, ob wir sie engagieren sollen, aber letztlich hatten wir das Gefühl, ein DJ ist nicht so ... *angeberisch*. Es passt besser zu uns. So ist es doch, Phil, nicht wahr?«

»Klar«, sagt Phil mit einer Pastete im Mund. »Und er war ein verdammt guter DJ.«

»Toll«, sagt Alice.

»Wusstest du, dass er auch auf Dermot O'Learys Hochzeit die Musik gemacht hat?«, fragt er.

»Ja, Becks hat es erwähnt. Ein paar Mal sogar.«

Ich beobachte Alice, während sie ihr passiv-aggressives Wortgefecht gegen die Frau fortsetzt, die angeblich ihre beste Freundin ist. Und ich komme unterdessen nicht umhin, mich zu fragen: War sie in Paris genauso? Oder bei Mareks Hochzeit?

Ich weiß mit Gewissheit, dass sie an der Uni nicht so war, als wir beide schmuddelige Kapuzenshirts trugen und uns von Chips und Wurstsandwiches ernährten. Aber als ich kürzlich unsere Begegnung in Paris von Neuem erlebte, bemerkte ich auf jeden Fall schon erste Hinweise auf diese neue Seite von ihr: die Schnippigkeit, das Konkurrenzdenken, die Fixierung auf Arbeit und Geld. Beim ersten Durchgang – wie auch bei der Hochzeit – war ich dagegen einfach nur hin und weg von ihr, weil sie auf mich zu stehen schien. Jedwede Zweifel gingen in ihren ständigen Armberührungen und ihrem Lächeln unter.

Nun aber scheint die Anziehungskraft, die ich früher auf sie ausgeübt habe, durch Missmut, Frustration und Langeweile ersetzt worden zu sein. Sie wird mich heiraten – will mit mir ein Kind zeugen –, aber sie scheint mich nicht mal zu *mögen*.

Plötzlich sehne mich auf eine Art und Weise nach Daphne, die mir körperlich wehtut, nach ihrer Albernheit, ihrer Aufrichtigkeit, ihrer … Nun, eben nach *ihr*.

Wir setzen uns alle auf die *Mad Men*-Sofas – die Frauen auf das eine, die Männer auf das andere –, und während Becks und Alice ihren verbalen Schlagabtausch lächelnd fortsetzen, fragt mich Phil: »Wie läuft die Arbeit, Kumpel?«

»Es ist, ähm …« Ich denke an die roten Ausrufezeichen in meinem Posteingang. »Stressig.«

Phil schnaubt laut. »So ein Scheiß! Du vögelst die Tochter des Chefs! Du könntest in den Sitzungssaal kacken und würdest trotzdem die anstehende Beförderung kriegen.« Er greift über mich hinweg, um sein Glas aufzufüllen. »Weißt du, ich habe Freunde, die würden für einen Job bei Wyndham's töten. Du hättest ihre Gesichter sehen sollen, als ich ihnen erzählte, dass du dort einfach reingeschneit bist und trotz null Erfahrung ein coolen Job klargemacht hast.« Er stößt sein Glas gegen meines. »Listiger Drecksack.«

Ich nicke. »Yeah, danke.«

»Ich habe gehört, bei euch geht es ziemlich verrückt und lustig zu. Mittagspausen mit allem möglichen Schnickschnack. Ist bestimmt ein Spaß, dort zu arbeiten.«

»Ja, ist es«, sage ich. »Ein riesiger Spaß.«

Ich merke, dass meine Unruhe steigt und ich zu schwitzen beginne. Denn was mache ich, wenn er weiter nachfragt? Ich habe keine Ahnung, was ich überhaupt bei Wyndham's tue, weiß nicht mal die Namen meiner ach so verrückten lustigen Kollegen. Falls ich ihm keine Antworten auf die grundlegendsten Fragen zu meiner Arbeit geben kann, wird es mehr als nur ein bisschen seltsam aussehen. Ich werde ihm erzählen müssen, dass ich vor Kurzem eine Kopfverletzung erlitten habe oder so.

Ich verspüre den überwältigenden Drang, das Zimmer zu verlassen, aber bevor mir ein Vorwand einfällt, klingelt es an der Tür, und Alice springt auf.

»Oh, das werden Marek und Dipal sein!«

43. KAPITEL

»Marek?«, frage ich.

Alice sieht mich stirnrunzelnd an. »Was ist heute nur los mit dir?«

»Nichts. Tut mir leid.«

Sie geht hinaus, um die Tür zu öffnen, und Phil schlägt mir auf den Rücken. »Eure Hochzeit ist erst in vier Monaten, und ihr klingt schon wie ein altes Ehepaar!«

»Alles in Ordnung, Ben?«, fragt Becky und beugt sich auf dem Sofa zu mir vor. »Du siehst ein wenig kränklich aus.«

»Nein, nein, mir geht's gut«, sage ich. »Ich bin nur … müde.«

»Frohe Weihnachten, ihr Arschlöcher!«

»Marek!«, quiekt Becky, und plötzlich steht der Regisseur, Autor und Hauptdarsteller von *The Carol Revisited* vor mir und zerquetscht mir fast die Hand. Sein Haar ist noch genauso zerzaust wie bei seiner Hochzeit vor dreieinhalb Jahren, aber es ist nun fast ganz grau, passend zu seinem ordentlich getrimmten Spitzbart. Er trägt einen schwarzen Rollkragenpulli und eine Brille mit durchsichtigem Rahmen und sieht aus wie eine bizarre Mischung aus David Brent, Richard Ayoade und Steve Jobs.

Seine Frau Dipal – Dee – küsst mich eilig auf beide Wangen, bevor sie kreischend zu Becky rüberrennt und deren Babybauch betätschelt.

Marek nimmt von Alice ein Glas Cava entgegen. »Und, wie geht's dir, Benjamin?«, fragt er mich.

»Gut, danke«, lüge ich. »Und dir?«

Er nickt und nimmt einen tiefen Schluck vom Sekt. »Ausgezeichnet. Unmengen an Regie-Jobs, immer ist was los. Aber so gefällt es uns ja.«

Im Jahr 2023 erkundet Marek anscheinend bisher unbekannte Ebenen der Anmaßung, indem er von sich im Pluralis Majestatis spricht.

»Gestern Abend habe ich dein neuestes Meisterwerk im Fernsehen gesehen, Kumpel«, lacht Phil und wechselt in einen scherzhaften Ami-Akzent. »McCain Tiefkühlpommes: für eine glückliche gesunde Familie!«

Marek lächelt verkniffen, und ich habe den Eindruck, dass Alice-gegen-Becky nicht das einzige passiv-aggressive Ressentimentspiel des Tages sein wird.

»Na ja, stimmt schon. Ist kein Oscar-Material«, sagt er mit mahlendem Kiefer. »Habe aber gutes Geld damit verdient, das ich für eine anspruchsvollere Arbeit verwenden werde, falls du verstehst, was ich meine. So läuft das in dieser Industrie«, fügt er herablassend an. »Ein Projekt für die, eins für dich selbst.«

»Es sind aber eher zwanzig Projekte für die und keins für dich selbst, nicht wahr, Kumpel?«, lacht Phil, und Becky und Alice kichern leise.

Marek übergeht den Spruch und kontert scheinbar gut gelaunt mit einer eigenen Frage. »Und, wie läuft es in der faszinierenden Welt der Buchhaltung, Philip? Am Schreibtisch zu sitzen und auf den Taschenrechner einzuhämmern klingt wahnsinnig spannend.«

Phil grinst und boxt Marek an die Schulter. »Wie auch immer, Kumpel.«

Becky drückt Dees Arm. »Oh, ich liebe es, wenn die Jungs in den Alpha-Mann-Modus verfallen.«

Darauf folgt neues Gelächter – auch von »den Jungs« –, und ich sehe Marek schmunzeln, als er nach einer Pastete greift.

Es ist seltsam, wie wenig er sich seit der Uni verändert hat. Das Feuer und die Arroganz des Neunzehnjährigen sind immer noch voll da, trotz des Umstands, dass er seinen Erwartungen an sich selbst – und den Erwartungen seiner Mitmenschen – nicht gerecht geworden ist. Auf der Uni war uns allen klar, dass Marek ein Superstar werden würde. Der nächste Tarantino, der nächste Shane Meadows – oder wenigstens der nächste Guy Ritchie. Jedenfalls der nächste *Jemand*.

Nach seinem Abschluss schien jedoch nichts mehr zu klappen. Die Filmschule erwies sich als Sackgasse, also ging er in die Werbung. Es sollte eine Notlösung sein, eine Möglichkeit, ein bisschen Geld zu verdienen, um seine eigenen unabhängigen Filme zu finanzieren. Im Laufe der Jahre hielt er an dieser Idee fest und bewahrte sich den Kleidungsstil und die Prahlerei eines von der Kritik gefeierten Autors, obwohl er eigentlich vor allem Fast-Food-Werbung drehte. Bei seiner Hochzeit im Jahr 2020 erzählte er mir, dass er mit dieser Art von Arbeit »eine Mörderkohle« mache, aber ich sah, dass er auf der Hut war. Vermutlich weil er befürchtete, dass ich ihn daran erinnern könnte, wie er während unserer Studentenzeit betrunken in Pubs reinzumarschieren und die Bill-Hicks-Zeile zu brüllen pflegte: »Falls hier jemand in der Werbung oder im Marketing tätig ist … bring dich um.«

Ich schätze, aus keinem von uns ist das geworden, was er sich mit neunzehn ausgemalt hat. Wir alle haben Fehler und Zugeständnisse gemacht, haben falsche Entscheidungen getroffen.

Mir wird klar, dass ich in Gedanken ganz woanders bin, und als ich mich wieder auf die Unterhaltung konzentriere, stelle ich fest, dass das Gesprächsthema nun nicht mehr Alices und meine anstehende Hochzeit ist, sondern die Geschichte des Heiratsantrags von Phil an Becky. Jeder im Raum scheint diese Anekdote zur genüge zu kennen, aber man sieht, dass es den Protagonisten mächtig Spaß macht, sie ein weiteres Mal aufzuwärmen.

»Zeig ihnen noch mal das Foto, Phil!«, quietscht Becky.

»Klar doch.« Phil reicht mir sein iPhone – ein iPhone 14, wie ich feststelle –, und ich schiele auf das Bild. Es ist aus großer Entfernung aufgenommen, wie ein Paparazzi-Foto mit Teleobjektiv, und zeigt Phil und Becky auf einem protzigen Speedboat. Er hockt auf einem Knie vor ihr und hält ihr eine kleine offene Samtschatulle hin, während Becky ihre beste Macaulay-Culkin-Imitation in *Kevin – Allein zu Haus* zum Besten gibt: schreiend, die Hände vor das Gesicht geschlagen.

»Wo wart ihr da noch mal?«, frage ich Phil.

»In Cancún, Kumpel«, sagt er selbstgefällig.

»Richtig, ja. Und wer hat das Foto gemacht?«

»Das haben sie doch schon hundert Mal erzählt, Ben«, murmelt Alice.

»Ich hatte vorher jemanden engagiert«, erklärt Phil. »Den Türsteher unseres Hotels. Ich gab ihm zwanzig Pesos, damit er mit meiner Nikon ein paar Fotos schießt, sobald ich vor Becky aufs Knie gesunken war.«

Ich schaue Becky an. »Den ganzen Tag stand also irgendein Fremder am Ufer, der dich durch eine Kamera beobachtete, ohne dass du davon wusstest?«

»Ja!« Becky neigt ihren Kopf zu Phil. »Das ist total romantisch, oder?«

Alle pflichten ihr bei, obwohl »romantisch« nicht unbedingt das Wort ist, das ich verwenden würde. Für mich klingt die Geschichte wie die Art von Stunt, den der *Walking Dead*-Typ abziehen könnte, falls es jemals eine Fortsetzung von *Tatsächlich Liebe* geben sollte.

»Und wie hast *du* um Alices Hand angehalten, Ben?«, fragt mich Marek.

Becky klatscht in die Hände. »Oh ja! Ich liebe diese Geschichte!«

Alle fünf schauen mich erwartungsvoll an, doch ihr Lächeln verblasst schnell, während ich ihre Blicke in stiller Panik erwidere.

»Ha! Er erinnert sich nicht mal dran!«, ruft Phil.

»Ich, äh … Doch, natürlich erinnere ich mich … ich kann nur …« Ich merke, dass ich erröte und schaue zu Alice hinüber. »Du erzählst die Geschichte viel besser, Babe.«

Babe. Was zum Teufel passiert mit mir?

In Alices Augen ringen Verwirrung und Wut miteinander, doch es gelingt ihr, sich zu beruhigen. »So ist er eben, mein Verlobter …« Die anderen lachen höflich, dann fährt sie fort. »Nun … wir waren in New York, am Broadway, und wollten uns *Natürlich blond: Das Musical* ansehen. Ben bückte sich, tat so, als würde er seine Schnürsenkel zubinden, und dann schaute er plötzlich zu mir auf und hielt eine kleine Schatulle hoch …«

»Toll«, sagt Dee.

»Süß«, sagt Becky.

»Der Klassiker«, sagt Phil.

Alice nickt. »Ja. Es war eine totale Überraschung, und ich …«

»Ach komm schon, Ali«, spottet Becky. »Du hattest seit Monaten gewusst, dass es passieren würde.«

Wieder lachen alle, doch plötzlich liegt eine seltsame Spannung in der Luft.

»Quatsch, ich habe es nicht gewusst!«, sagt Alice, ihre Stimme plötzlich eine Tonlage höher. »Habe ich es gewusst, Babe?«

Sie sieht mich an, und ich schüttele den Kopf. »Nein, hast du nicht, Babe.«

»Ich war total überrascht«, wiederholt sie.

»Ich glaube, das waren wir alle!« Phil stößt mich mit der Schulter an. »Wir dachten, du bläst immer noch Trübsal wegen deiner Ex!«

Diesmal lacht niemand.

Dee senkt den Blick. Marek hüstelt.

»Phil«, sagt Becky vorwurfsvoll, aber dennoch mit einem Lächeln auf den Lippen.

»'tschuldigung«, sagt Phil und hebt die Hände. »War nur ein Witz. Ging leider nach hinten los.«

Alice lacht gezwungen. »Schon gut.«

»Ja, ist schon gut«, pflichte ich ihr bei, obwohl es mir alles abverlangt, Phil nicht am Hemdkragen zu packen und zu verlangen, dass er mir die Hintergründe seiner Bemerkung erklärt. Was ist damals geschehen? Wie kam ich vom »Trübsal blasen« wegen Daphne dazu, Alice am Broadway einen Antrag zu machen?

»Wie auch immer. So eine romantische Geschichte«, sagt Dee schließlich.

»Total süß«, stimmt Becky zu, noch immer ein leises Lächen auf den Lippen.

»Kann ich irgendwo rauchen, Alice?«, fragt Marek und zieht seine Zigarettenschachtel aus der Tasche.

Becky legt schützend die Hände auf ihren Babybauch, und Alice runzelt die Stirn. Ich vermute, dass ihre Pariser

Gauloises-Tage lange hinter ihr liegen. »Du kannst in den Garten gehen, wenn du willst«, sagt sie zu ihm.

Ich erkenne meine Chance auf etwas frische Luft und eine dringend benötigte Pause von diesem dystopischen Albtraum.

»Warte, Marek … ich leiste dir Gesellschaft.«

Wir stehen bibbernd im kleinen Garten hinterm Haus, während Marek sich eine Zigarette ansteckt.

»Willst du eine?«, fragt er und hält mir die Packung hin.

»Nein. Eigentlich … Doch, ja.« Ich habe seit etwa fünfzehn Jahren nicht mehr geraucht, aber im Moment habe ich das Gefühl, dass ich eine Zigarette brauche.

Er sieht mich sonderbar an, während er mir eine reicht und mir Feuer gibt. Wir pusten den Rauch in die Luft und beobachten, wie er zum bleiernen Dezemberhimmel aufsteigt.

»Gott, Phil kann manchmal so ein Schwachkopf sein, findest du nicht?«, sagt Marek.

»Äh, ja, finde ich auch.« *Wir dachten, du bläst immer noch Trübsal wegen deiner Ex!* Was hat er damit gemeint?

»Wie erträgst du es nur, dass ihr euch ständig mit den beiden trefft? Ich würde durchdrehen.«

»Na ja …« Ich zucke mit den Schultern. »So schlimm sind sie gar nicht.« Warum zum Teufel verteidige ich die beiden? Ich nehme noch einen Zug. Von der Zigarette wird mir übel. Ich weiß nicht, warum ich überhaupt rauche. Ich habe das Gefühl, meine Handlungen nicht mehr kontrollieren zu können. Ich frage mich, ob ich die Zigarette einfach fallen lassen soll. Würde Marek es bemerken?

Er erzählt weiter. »Es ärgert mich nur, das ist alles. Es ist so frustrierend, über seine Arbeit mit Leuten zu sprechen, die keine Ahnung haben, wie es ist, kreativ zu sein. Die

Sachen, die wir für McCain gemacht haben, sind ziemlich bahnbrechend. Niemand war je so respektlos und verspielt wie wir … so eine Werbung für Tiefkühlpommes hat es noch nie gegeben. Wir haben ganz neues Terrain betreten mit dem Spot. Deshalb ärgert es mich, dass Phil meint, meine Arbeit schlechtmachen zu müssen, obwohl er keine Ahnung hat, wovon er spricht.« Er stößt eine Rauchwolke aus und sieht mich an. »Ich meine, du kapierst es, weil du … Nun, du warst doch mal eine Art Schriftsteller, oder? Hast es wenigstens versucht.«

»Ja.« Zu einer anderen Zeit, in einem anderen Leben, hätte seine Bemerkung mich schwer getroffen. Im Moment aber löst sie in mir kaum etwas aus.

Ich muss mehr darüber herausfinden, was Phil gesagt hat. Wie lange habe ich wegen Daphne Trübsal geblasen? Weiß Marek, was mit uns passiert ist?

»Der Kerl ist gerade mal Buchhalter«, seufzt Marek. »Nur weil er einen todlangweiligen Job hat, muss er sich nicht über andere auslassen.«

»Stimmt«, entgegne ich. Ich habe genug von dem Thema, und ehe ich mich's versehe, füge ich in bemüht beiläufigem Ton an: »Hey, es war lustig, was Phil vorhin über mich gesagt hat. Dass ich wegen Daphne Trübsal geblasen hätte!«

Marek schaut zu Boden. »Ja, ich weiß.« Es folgt eine Pause, während der er an seiner Camel Blue zieht. »Nun, du hast damals tatsächlich Trübsal geblasen wegen Daphne. Aber Alice hat sich am Ende durchgesetzt!«

»Wie meinst du das?«

Mir ist bewusst, dass ich ihn mit einer wahrscheinlich beunruhigenden Intensität anstarre. Doch mir ist egal, wie verrückt oder seltsam ich auf ihn wirken mag. Ich brauche Antworten.

Marek räuspert sich und verlagert das Gewicht von einem Bein aufs andere. »Na ja, als du und Daphne euch getrennt habt und Alice dann wieder aus Manchester zurückzog, dachten wir alle, dass ihr beide wahrscheinlich zusammenkommen würdet. Ich meine, wir alle wissen ja, dass sie einen langen Atem hat, dieses Mädchen. Außerdem hatte sie sich erst ein paar Monate davor von Seb getrennt, also, du weißt schon …« Er grinst. »Sie war offenbar auf der Suche nach einem neuen Verlobten. Irgendwann hat sie dich dann platt gemacht!«

Er stößt mich mit dem Ellbogen an, während er dies sagt; es ist eindeutig als Witz gemeint. Aber wie bei jeder anderen Bemerkung auf dieser schrecklichen Party kommt es mir so vor, als würde sich dahinter noch etwas anderes, etwas Dunkleres verbergen.

Ist es tatsächlich so passiert? Als ich sie bei Mareks Hochzeit traf, hatte sich Alice gerade von Seb, dem Kerl, den sie in Manchester heiraten wollte, getrennt. Wollte sie einen Ersatz für ihn finden, und ich war eben zufällig dort?

Mir ist plötzlich schwindelig. Ich muss zu Daphne. Ich muss sie sehen.

Ich stütze mich mit der Hand an der Hauswand ab.

»Ben? Geht's dir gut?« Marek runzelt die Stirn. »Du hast deine Zigarette fallen lassen.«

»Oh, so 'n Mist.«

»Macht doch nichts …« Er nimmt einen letzten Zug und tritt dann seine Camel aus. »Hast du noch Kontakt zu Daphne?«, fragt er unvermittelt.

Ich schüttele den Kopf.

»Ich habe sie immer gemocht«, sagt Marek. »Sie war total nett.« Zum ersten Mal bei unserer heutigen Begegnung klingt er völlig aufrichtig und unverstellt, und das reißt etwas in mir auf. Wie kann ich sie wiedersehen? Ich *muss* mir etwas einfallen lassen.

Er öffnet die Tür und geht ins Haus zurück. »Wie auch immer, am Ende habt du und Alice es ja hinbekommen, was?«

44. KAPITEL

Im Laufe der nächsten Stunden türmt sich der Drang, mit Daphne zu sprechen – nur um ihre Stimme zu hören – zu einer Art Besessenheit auf.

Ich bin hin- und hergerissen zwischen dem quälenden Wunsch, sie anzurufen, und der schrecklichen Angst vor dem, was sie mir sagen könnte. Falls sie überhaupt ranginge. Unser Schriftverkehr zeigt ja, dass sie es nicht besonders eilig hat, mit mir zu kommunizieren.

In gewisser Weise ist es also ein Segen, dass ich keine Gelegenheit habe, es zu versuchen.

Sobald Marek und ich ins Wohnzimmer zurückkehren, hilft man uns in unsere Mäntel und bugsiert uns aus dem Haus. Da es, wie Alice sagt – »eine Qual ist, das Weihnachtsmenü selbst zuzubereiten«, haben wir, wie ich nun erfahre, einen Tisch für sechs Personen in einem schicken Gastro-Pub in der Nähe des Queen's Park reserviert.

Zwanzig Minuten später sind wir dort und lassen uns im eichenvertäfelten Hinterzimmer vor einem knisternden Kaminfeuer nieder, während man uns Gänsebraten mit allem Drum und Dran serviert. Der Rotwein fließt in Strömen, und als der Mittag in den späten Nachmittag übergeht, ist meine Hoffnung, mich kurz davonstehlen zu können, um Daphne anzurufen, im Äther verflogen.

Das Tischgespräch ist weniger eine Unterhaltung als vielmehr ein andauernder Versuch, den anderen zu übertrumpfen. Becky und Dee flüstern Alice ein, dass sie unbedingt dieses neue Restaurant in Soho besuchen müsse, denn »jeder, der etwas auf sich hält«, sei schon dort gewesen. Dann hält Becky einen Vortrag über die besten Kindergärten und Schuleinzugsgebiete, und als Dee und Alice abweichende Ansichten äußern, entgegnet Becky höflich, aber bestimmt, dass ihre Recherchen womöglich etwas fundierter seien, da sie ja schließlich ein Kind erwarte.

Auch Phil und Marek setzen ihren verbalen Schlagabtausch unverblümt fort, ihre Stimmen werden lauter, während sich die leeren Weinflaschen mehren. Phil kann »ernsthaft nicht glauben«, dass Marek noch nie in Südamerika war – er und Becky verbrachten letzten Sommer drei Wochen in Argentinien, und es war »ikonisch«. Marek revanchiert sich mit einem Namedropping-Sperrfeuer: Letzte Woche hatte er ein »episches« Treffen, bei dem es darum ging, mit Tim Henman (»ein verdammt netter Kerl«) eine Softdrink-Werbekampagne zu entwickeln. Und eine ermutigende Skype-Unterhaltung mit dem überraschend bodenständigen Piers Morgan über einen Werbespot für Manschettenknöpfe.

Während des Essens beobachte ich sie alle genau – meine neue Partnerin und meine neuen Freunde – und mir fällt auf, dass sie eigentlich gar nicht *miteinander* reden; sie sagen einfach abwechselnd etwas, jeder bereitet sich auf seinen nächsten Monolog vor, bei dem es immer darum geht, warum sie den besten Job oder das schönste Haus haben oder die besten Restaurants, TV-Serien oder Urlaubsorte kennen.

Am erschreckendsten ist, dass Alice mit den anderen am härtesten konkurriert. Sie fällt ihnen ins Wort, sobald sie eine Anekdote übertrumpfen kann, und zuckt ärgerlich zusammen, wenn jemand eine ihrer Anekdoten toppt.

Ich versuche nach Kräften, mich an der Unterhaltung zu beteiligen, aber es wird immer schwieriger, je weiter der Nachmittag voranschreitet. Nicht nur, weil meine Gedanken immer wieder zu Daphne zurückkehren, sondern auch, weil Alice auf praktisch alles, was ich sage, anspringt, indem sie es entweder rundheraus abtut oder es benutzt, um die anderen zum Lachen zu bringen.

Irgendwann stellt Phil mir wieder Fragen über Wyndham's, und ich murmele etwas Unverfängliches darüber, wie gut ich dort zurechtkomme. Augenblicklich meldet sich Alice zu Wort und schnappt: »Jetzt sei doch nicht so bescheiden, Ben, du leistest fantastische Arbeit.« Sie wendet sich Becky und Dee zu: »Mein Dad sagt, Ben werde demnächst befördert.«

Phil verzieht das Gesicht und murmelt: *»Mein Dad sagt …«*

Alice wirft mir einen ärgerlichen Blick zu, bevor sie sich wieder abwendet. Sie scheint meine Zurückhaltung als persönliche Beleidigung aufzufassen, scheint zu glauben, dadurch in ein schlechtes Licht gerückt zu werden. Sie will bei unseren Freunden unbedingt den Eindruck erwecken, dass ich beruflich erfolgreich bin, weil sie sich so in meinem Erfolg sonnen kann, vor allem weil sie meine künftige Ehefrau ist.

Andererseits nutzt sie jede Gelegenheit, um mich vor den anderen niederzumachen. Als Marek beginnt, von dem »extrem anspruchsvollen« Roman zu erzählen, den er gerade liest, stöhnt Alice auf und schaut zu mir herüber.

»Oh Gott, Ben, weißt du noch, dein eigener Roman?« Sie schlägt die Hände vor das Gesicht und stößt ein resigniertes Seufzen aus.

»So schlecht war er?«, fragt Phil und lacht schallend.

Alice sieht mich achselzuckend an. »Ich weiß, ich bin gemein, Babe. Aber dein Roman war wirklich nicht toll.«

»Stimmt«, sage ich leise. »Er *war* schrecklich.«

»Ah, es war aber süß, dass du ihn ihr trotzdem gezeigt hast«, sagt Dee und nimmt mir die Worte aus dem Mund – wobei ich nicht »süß«, sondern »verrückt« gesagt hätte.

Alice setzt einen gespielt schuldbewussten Blick auf. »Ich fand das Manuskript in einem seiner Umzugskartons, als wir hier einzogen.« Sie schneidet eine Grimasse. »Er kam ins Zimmer, während ich kichernd darin las.« Eine kurze Pause, dann: »Und es war keine Komödie!«

Am Tisch erhebt sich lautes Gelächter, und ich tue mein Bestes, um mitzulachen.

»Gut, dass du letztlich deine Nische gefunden hast, Ben«, kichert Marek. »Ein Unternehmensberater verdient bestimmt ein bisschen mehr als ein Möchtegern-Autor.«

Alice lacht. »Mmm. Und auch mehr als ein Verfasser von Pressemeldungen.«

Neuerliches Gelächter hebt an – allerdings vor allem von Alice und Marek. Es ist seltsam, dass es mir erst jetzt einfällt, aber während des ersten Uni-Jahres haben die beiden das oft getan: Nach ein paar Drinks in der Studentenbar haben sie gern die Köpfe zusammengesteckt und über mich hergezogen, was mir mehr als einmal unangenehm aufgestoßen ist. Es war ein weiterer Grund dafür, warum ich mich im zweiten Jahr mit Daphne und Harv so viel wohler gefühlt habe.

Schließlich werden unsere Teller abgeräumt, und wir bekommen dampfenden Weihnachtspudding serviert. Nach dem Dessert verfalle ich in Schweigen, nicke zu allem, was gesagt wird, und werde unterdessen immer betrunkener. Ich sehe, wie sich Alices Blick jedes Mal, wenn ich mein Glas auffülle, verfinstert, und mir fällt ihre Ermahnung ein, dass wir heute nicht so viel trinken sollten. Aber ich kann mich nicht dazu bringen aufzuhören. Der Gedanke, dass dies von nun an mein Leben sein könnte, lastet mir wie ein Bleigewicht auf der Seele. Ich spüre förmlich, wie es mich niederdrückt, während ich darüber nachdenke.

Es muss einen Ausweg geben, einen Weg zurück.

Als wir aus dem Restaurant taumeln, versinkt allmählich die fahle Sonne am Horizont.

In dicke Schals und Wollmützen gehüllt, schlendern wir durch den Queen's Park und versuchen unsere angefutterten Kalorien wieder loszuwerden. Phil wankt leicht nach seinem übermäßigen Weinkonsum, während er uns seinen Neujahrsvorsatz, ein Segelboot zu kaufen, umreißt. Becky scheinen seine nautischen Ambitionen gänzlich kalt zu lassen – und seine Trunkenheit offenbar auch.

Ich fühle mich ziemlich benommen nach all dem Alkohol, und mir wird schlagartig bewusst, dass Daff und ich auch manchmal auf diesem Weg durch den Park spazierten, kurz nachdem wir unsere Wohnung in Kensal Rise gekauft hatten. Wir gingen Hand in Hand zwischen den Bäumen hindurch, setzten uns ins Gras und lasen ein Buch oder beobachteten die Leute vor dem Musikpavillon.

Ich lasse mich ein Stück zurückfallen, verloren in meinen Erinnerungen, und höre nur halb zu, während Alice von irgendeinem *Game of Thrones*-Spin-Off erzählt, das wir uns offenbar regelmäßig anschauen – »Ben mag die Serie nicht, aber ich bin süchtig danach. Stimmt doch, Babe, oder?« –, als uns plötzlich ein knallroter kleiner Gummiball abrupt stehen bleiben lässt.

Er rollt vor uns durch das Gras, dicht gefolgt von einem zotteligen kleinen Hund, der den Ball in sein sabberndes Maul nimmt und damit triumphierend auf uns zutrottet.

»Gott, ich wünschte, die Leute würden ihre Köter an der Leine lassen«, zetert Becky.

Ich blicke in die Richtung, aus der der Hund angeprescht kam, und bin schlagartig nüchtern, und mein Herzschlag verdreifacht sich.

Auf der anderen Seite der Rasenfläche winkt uns ein bärtiger alter Mann in einem schäbigen Anzug zu.

»Ja, okay, Kumpel, ist schon gut«, murmelt Phil und winkt zurück. »Entschuldigung angenommen!«

Das bleierne Gewicht auf meiner Seele ist verschwunden, und mein ganzer Körper ist plötzlich leicht und voller Hoffnung. Er ist da!

Ich schaue mich verzweifelt nach einem Ort um – irgendwo –, wo ich mit ihm unter vier Augen reden kann, aber die anderen gehen weiter. Der kleine Hund bleibt wie angewurzelt stehen und sieht mich schwanzwedelnd an. Ich habe den merkwürdigen Eindruck, dass er sich erst rühren wird, wenn ich mit ihm gehe.

»Hey, ich komme gleich nach«, sage ich.

Alice dreht sich um. »Was?«

»Ich habe gerade jemanden gesehen, den ich von der Arbeit kenne. Ich gehe kurz rüber und wünsche ihm frohe Weihnachten. Ich komme gleich nach.«

Alice scheint von meiner Ankündigung nicht allzu erbaut zu sein, aber sie macht keine Anstalten, mich davon abzuhalten. »In Ordnung … gut. Wir treffen uns am Musikpavillon.«

»Okay.«

Ich muss mich zusammenreißen, um nicht im Sprint-Tempo zu dem Uhrenverkäufer hinüberzurennen. Ich gehe mit schnellen, weit ausholenden Schritten auf ihn zu, während das Hündchen frohgemut neben mir her trabt. Der Uhrenverkäufer hat sein übliches zerknittertes Grandpa-Jack-Grinsen im Gesicht, und als ich mich nähere, hebt er fröhlich eine Hand zum Gruß.

»Schöner Tag für einen Weihnachtsspaziergang!« Er nickt in Richtung von Alice und den anderen. »Scheint ein freundlicher Haufen zu sein.«

»Hören Sie, was zum Teufel –«, fange ich an, aber er hebt einen Finger, um mich zum Schweigen zu bringen.

»Kleinen Moment.«

Er nimmt dem Hündchen den Ball aus dem Maul und schleudert ihn quer durch den Park – mit beeindruckender Kraft für einen Mann, der gut und gern auf die siebzig zugehen könnte. Das Hündchen prescht dem Ball hinterher, und der alte Mann sieht ihm mit einem wohlwollenden Lächeln dabei zu.

»Er wird ziemlich zappelig, wenn wir herumstehen und uns unterhalten. Nun denn …« Er klopft mir sanft auf die Schulter, und wir setzten uns langsam in die Richtung in Bewegung, in die der Hund losgeprescht ist. »Was denkst du?« Er blickt durch den Park. »Ist es so, wie du es dir erhofft hast?«

Ich ignoriere die Frage und äußere stattdessen den Gedanken, der schon den ganzen Tag an mir nagt. »Das ist sie nicht, oder? Dies ist nicht die Gegenwart, in der ich letztlich lande, stimmt's?«

Der alte Mann zuckt mit den Schultern. »Warum denn nicht? Das ist es doch, was du wolltest, oder etwa nicht? An dem Abend im Pub, als ich dich kennenlernte, war es exakt das, worauf du zugesteuert hast. Du bist hier nur etwas schneller angekommen als erwartet, das ist alles.«

Ich bleibe stehen und sehe ihn an. Die Hoffnung, die ich eben noch hegte, beginnt mit dem schwindenden Sonnenlicht zu verfliegen. »Sie sagen also, dass dies die letzte Station ist?«, frage ich ihn atemlos.

»Das Leben basiert auf den Entscheidungen, die man trifft«, sagt der Uhrenverkäufer in seiner typischen vagen Art. »Deine Entscheidungen haben dich an diesen Punkt geführt.«

Irgendwie kriege ich das Ganze nicht in meinen Schädel. »Aber … ich kann hier nicht feststecken!«, rufe ich aufgebracht. Einige Leute schauen neugierig zu uns herüber. »Es muss einen Weg zurück geben!«

Nachdenklich zupft der alte Mann an seinem Bart. »Aber willst du denn wirklich zurückkehren? Du weißt doch genauso gut wie ich, was du am Vorweihnachtsabend 2020 gedacht hast: dass du falsche Entscheidungen getroffen und den falschen Weg eingeschlagen hast. Vielleicht ist dies der richtige Weg.«

»Dies ist nicht der richtige Weg!«, brülle ich.

»Woher weißt du das?«, fragt er mich mit ernsthaftem Interesse, den Kopf zur Seite neigt, die blauen Augen zusammengezogen.

Ich spüre meine brodelnde Verzweiflung. »Weil ich Alice nicht liebe! Ich liebe Daphne! Sie ist …« Ich merke, dass ich die Stimme senken muss, weil meine Kehle schon ganz rau ist. »Sie ist mein Ein und Alles«, sage ich leise. »Ich muss zu ihr zurückkehren. Ich *muss*. Wenn ich sie nur sehen könnte, mit ihr reden könnte, nur für eine Minute …« Meine Augen brennen jetzt, und ich wische mir mit der Hand darüber. »Ich möchte herausfinden, was geschehen ist und ob es ihr gut geht.«

Der alte Mann hört mir stillschweigend zu, während das Hündchen mit dem Ball im Maul zu uns zurückkehrt.

Der alte Mann beugt sich nach unten, um den Hund zu streicheln.

»Okay«, sagt er leise. Und dann sieht er etwas – oder jemanden – hinter mir.

Ich drehe mich um, um seinem Blick zu folgen, und die ganze Welt beginnt an den Rändern zu verschwimmen.

45. KAPITEL

Daphne ist nicht allein.

Das ist das Erste, was mir auffällt. Neben ihr sitzt jemand auf der Bank am anderen Ende der Rasenfläche.

Er ist zu weit weg, um ihn deutlich erkennen zu können, aber ich weiß sofort, wer es ist, und plötzlich ist mir völlig klar, wer der Mann mit Sonnenhut auf ihrem Profilfoto ist.

Der alte Mann sagt etwas, das ich nicht verstehe, weil ich ihn stehen lasse und wie auf Autopilot auf die Sitzbank zugehe. Ich fühle mich wie in einer heftig durchgeschüttelten Schneekugel. Ich möchte stehen bleiben, aber ich kann nicht. Ich muss näher herangehen. Brauche letzte Gewissheit.

Sie sitzen dicht nebeneinander und unterhalten sich angeregt. Ich kann nicht sagen, ob sie Händchen halten, aber es könnte sein. Daphne ist von mir abgewandt; ich habe ihr Gesicht noch nicht gesehen.

Und als ich näher komme, denke ich nur: Ich allein bin dafür verantwortlich. *Das Leben basiert auf den Entscheidungen, die man trifft.* Nun, das war meine Entscheidung. Die schlimmste, die ich je getroffen habe.

Plötzlich dreht sich Rich um und schaut in meine Richtung. Panik fasst mich und lässt mich abrupt stehen bleiben. Ich sehe, wie er etwas sagt, und dann wendet sich auch Daphne in meine Richtung und starrt aus weit aufgerissenen Augen zu mir herüber.

Die beiden stehen auf, und in den wenigen Sekunden, die ich brauche, um sie zu erreichen, werde ich stocksteif. Fast erstaunt es mich, dass mein Körper nicht zerbricht.

»Hey«, sagt Daphne. »Seltsame Überraschung. Frohe Weihnachten.«

Ihr Haar ist zu einem Pferdeschwanz zurückgebunden, und die eisige Dezemberluft hat ihre Wangen und die Nasenspitze gerötet. Sie trägt einen eleganten schwarzen Mantel, den ich nicht kenne, und einen roten Schal, der ihr locker um den Hals hängt. Sie sieht keinen Tag älter aus als bei unser letzten Begegnung. Tatsächlich sieht sie so schön aus, dass ich wegschauen muss.

»Frohe Weihnachten«, bringe ich irgendwie heraus.

Rich mustert mich argwöhnisch und nickt knapp. »Frohe Weihnachten, Benjamin.«

»Ist lange her.« Daphne lächelt. Verdammt, dieses wunderschöne Lächeln. Sie schlingt sich im kalten Wind die Arme um den Leib. »Und ... wie geht's dir, Ben? Was machst du hier?« Sie schaut um sich. »Bist du allein hier?«

Ich schlucke schwer und versuche mit aller Kraft, meine Stimme ruhig klingen zu lassen. »Nein. Mit Alice ...« Ich nicke in Richtung des Musikpavillons.

»Oh, okay. Geht es ihr gut?«

»Ja.«

»Schön. Und hey – Glückwünsche sind doch angebracht, oder?« Sie tippt auf den behandschuhten Ringfinger ihrer linken Hand. »Ich habe ihre Postings auf Facebook gesehen.«

»Oh. Ja. Danke.«

»Ja, gut gemacht, Benjamin.« Rich nickt erneut, ohne zu lächeln. »Herzlichen Glückwunsch.«

Er scheint nervös zu sein – als wäre er nur zu gewillt, mir einen Kinnhaken zu verpassen, falls ich noch einen Schritt näher käme. Daff dagegen wirkt total locker. Es ist fast so, als wären wir Arbeitskollegen, die sich zufällig treffen und obligatorischen Small Talk machen.

Ich weiß nicht, welche Reaktion ich von ihr erwartet habe. Wahrscheinlich habe ich mir vorgestellt, dass sie in Tränen ausbrechen, mich anschreien und mir wüste Beschimpfungen an den Kopf werfen würde. Was immer ich mir ausgemalt habe, ihre tatsächliche Reaktion ist eine Million Mal schlimmer.

Es ist, als würde sie mich kaum kennen.

»Also …« Rich verlagert das Gewicht von einem Bein aufs andere. »Eigentlich müssen wir gleich wieder los, Ben. Wir sind nur hergekommen, um eine kleine Verschnaufpause von Daphnes Eltern zu kriegen.«

»Japp.« Daff sieht ihn augenrollend an, halb verärgert, halb belustigt. An den Blick erinnere ich mich nur zu gut, und er versetzt mir den nächsten Tiefschlag. »Meine Mutter hat sich über den Sherry hergemacht«, sagt sie. »Du weißt ja, wie sie dann ist. Sehr … griechisch.«

»Ja«, sage ich. »Ich erinnere mich.«

Ich starre sie wohl zu sehr an, denn sie senkt den Blick, und Rich legt schützend einen Arm um sie. Bei dem Anblick dreht sich mir der Magen um.

Er *ist* gealtert, seit ich ihn das letzte Mal gesehen habe, aber wahnsinnigerweise sieht er heute besser aus als früher. Damals, im Jahr 2020, war er ein schmaler, hagerer Typ, fast knabenhaft, aber seitdem muss er sich im Fitnessstudio schwer ins Zeug gelegt haben, denn er hat sich zu einem gut aussehenden breitschultrigen *Mann* entwickelt. Er trägt einen Dreitagebart, und sein Haaransatz ist keinen Millimeter zurückgewichen. Es lässt sich nicht leugnen: Er und Daff geben ein hübsches Paar ab. Die Erkenntnis trifft mich wie ein Fausthieb.

Mein Blick springt zurück zu ihr. Ist sie glücklich mit ihm? Ist es das, was sie will? Ist sie mit ihm glücklicher als mit mir? Mein Kopf pocht vor lauter Fragen, aber gerade als ich tief durchatme, räuspert sich Rich vernehmlich und wirft Daphne einen fragenden Blick zu.

»Nun …«, sagt sie. »War schön, dich zu treffen, Ben. Pass auf dich auf, ja?«

»Du auch«, ist alles, was ich herauskriege.

Dann schaut sie mir in die Augen, und in diesem Moment sehe ich es. Etwas blitzt zwischen uns auf. Schmerz vielleicht – derselbe Schmerz, den ich in ihren Augen sah, als sie Alices Nachrichten in meinem Handy fand. Oder es ist Bedauern um das, was wir verloren haben. Um das, was wir *meinetwegen* verloren haben.

Was es auch ist, es ist nur für eine Sekunde da, ehe es wieder verschwindet.

»Mach's gut«, sagt sie. Rich nickt mir zu, und dann gehen sie los, in Richtung Parkausgang, Richs Arm weiter fest um Daphnes Taille.

Der Schmerz ist real – physisch –, wie eine Klinge in meiner Brust. Ich spüre, wie meine Augen zu brennen beginnen. Ich muss weg von hier.

Ich drehe mich um und will losgehen und sehe, dass der Uhrenverkäufer und sein Hund verschwunden sind.

46. KAPITEL

Der Weihnachtstag 2023 kriecht seinem Ende entgegen.

Es geht auf Mitternacht zu, und wir sind wieder zu Hause, im Schlafzimmer. Alice sitzt im Nachthemd am Schminktisch und schmiert sich verschiedene, stark duftende Cremes ins Gesicht. Ich liege hinter ihr auf dem Bett und spüre … eigentlich nicht mehr allzu viel. Ich bin einfach nur fix und alle, will, dass dieser Tag endlich vorbei ist, und ich habe Angst vor dem, was als Nächstes kommen könnte.

Der Rest des Abends verging in einem unwirklichen Nebel, als würde ich alles hinter einer verschmierten Glasscheibe beobachten. Die anderen kamen auf Kaffee und Kuchen zurück zu uns nach Hause, und ich spielte so gut es ging mit. Doch es war – und ist es noch immer –, als wäre etwas in mir zerbrochen. Ich kann nicht aufhören, an Daphnes Blick beim Abschied zu denken. Dieses traurige Flackern in ihren Augen, das mir verriet, dass es ihr auch noch wehtut.

»Wir müssen morgen spätestens um halb zehn losfahren«, sagt Alice. »Der Verkehr am Boxing Day ist schrecklich, und du weißt ja, wie mein Vater über Verspätungen denkt.« Auf mein Schweigen hin verzieht sie spöttisch das Gesicht und sucht im Spiegel meinen Blick. »Ben? *Ist alles in Ordnung?* Spätestens um halb zehn.«

»Ja, sicher.«

»Das bedeutet, dass wir gegen halb acht aufstehen.«

»Okay.«

Sie dreht sich zu mir um. »Und versuch morgen nicht so gefrustet rüberzukommen wegen Wyndham's, okay? Dad wird dich natürlich fragen, wie es läuft. Es war peinlich, dass du vor Phil und den anderen so vage und einsilbig warst. Du solltest stolz darauf sein, dort zu arbeiten. Ist es etwa nicht besser als das, was du vorher gemacht hast?«

»Ja, ist es.« Ich nicke. »Tut mir leid – ich wollte nicht gefrustet rüberkommen.«

»Es ist ein toller Job, Ben.«

»Ich weiß. Ich bin dankbar dafür. Ich werde morgen in besserer Form sein, versprochen. Vielleicht nehme ich noch eine Nurofen.«

»Ja, nimm *irgendetwas*.« Sie dreht sich zurück zum Spiegel und greift nach der nächsten Creme. »Ich weiß nicht, was mit dir los ist, ehrlich …«

Ich schüttele den Kopf. Ich weiß es auch nicht. Ich fühle mich völlig losgelöst – als würde ich langsam in tiefem dunklem Wasser versinken.

Ich habe keine Ahnung, was als Nächstes kommt: Werde ich weiterhin willkürlich vorwärts durch die Zeit springen? Werde ich an meinem Hochzeitstag mit Alice aufwachen und danach in den Flitterwochen? Und falls ja, wann wird es aufhören? Was, wenn ich einfach weiter willkürlich von Monat zu Monat, von Jahr zu Jahr durch ein Leben springe, das ich gar nicht führen will?

Der Gedanke macht mich schwindlig, als würde ich vom Dach eines Hochhauses in die Tiefe blicken.

Was aber, wenn der Uhrenverkäufer recht hat? Im Jahr 2020 wollte ich, dass all dies geschehen würde; in diese Richtung entwickelte sich mein Leben. *Das Leben basiert auf den Entscheidungen, die man trifft*, hat er gesagt. Also ist dies nun vielleicht wirklich die Realität, und ich werde *wirklich* morgen früh aufwachen und Alice zu ihren Eltern begleiten. Und am 29. werde ich *wirklich* die Hochzeitsplanerin treffen, und am 3. Januar werde ich dann *wirklich* wieder zur Arbeit gehen. Es könnte sein, dass ich irgendwie weitermachen muss, dass ich dieses Leben weiterführen und versuchen muss, das Beste daraus zu machen.

Falls es dazu kommen sollte, steht eines fest: Ich müsste in den sauren Apfel beißen und Alice sagen, wie ich mich fühle.

Es wäre nicht fair, bei ihr zu bleiben – sie zu heiraten –, obwohl ich eine andere Frau liebe. Natürlich wäre sie außer sich vor Wut und Enttäuschung, aber letztlich wäre es für uns beide das Beste. Ich glaube nämlich, dass auch sie mich nicht wirklich liebt. Ich spüre es. Vielleicht hat sie nur Angst, in ihrer Lebensplanung zu weit hinter Becky und Dee zurückzufallen.

Die Frage ist aber: Was würde ich danach tun? Daphne wäre keine Option. Sie ist jetzt mit Rich zusammen, und es wäre unfair, ihr das kaputtzumachen. Nein, ich hatte meine Chance bei ihr. Ich hatte Hunderte von Chancen und habe sie alle vermasselt.

Eine ungewisse ungeschriebene Zukunft liegt vor mir, genau wie vor all den Jahren im Uni-Irrgarten. Aber diesmal erfüllt mich die Aussicht nicht mit freudiger Aufregung, nur mit hoffnungsloser schwindelerregender Furcht.

Alice schraubt wieder den Deckel auf den letzten Creme-Topf und legt sich zu mir ins Bett. Sie seufzt müde. »Puh, letztlich war es doch noch ein schöner Tag, oder?«

»Ja, war es.«

»Obwohl Becky es beim Essen ein bisschen übertrieben hat, finde ich.«

»Was meinst du?«

»Na, sie hat nur noch von ihrem Baby gesprochen. Irgendwann ist dann ja auch mal genug, oder?«

»Ja.«

Sie beugt sich zur Seite, um das Licht auszuknipsen, und plötzlich muss ich an Daphne und ihre beste Freundin Jamila denken; an die Art und Weise, wie sie miteinander umgehen. Die beiden sind das absolute Gegenteil von Alice und Becky. Ich werde nie vergessen, wie ich einige Wochen nach unserer Hochzeit eines Abends nach Hause kam und die beiden sturzbetrunken auf dem Sofa liegen sah, mit Beuteln tiefgekühlter Erben auf den Schultern. Wie sich herausstellte, hatten sie sich den Hals verrenkt, als sie etwas zu wild zu »Whip My Hair« von Willow Smith getanzt hatten. Ich weiß noch, wie sie mir prustend davon erzählten. Ich weiß nicht, ob es möglich ist, jemanden mehr zu lieben, als ich Daphne in diesem Moment liebte.

Alice dreht im Dunkeln ihr Kissen um. »Bitte sei morgen nicht so komisch zu meinen Eltern, okay? Versuch einfach … normal zu sein.«

»Okay.«

»Und sag auf keinen Fall etwas zu Dad über deinen Plan, Lehrer zu werden.«

»Mach ich nicht.«

Sie seufzt erneut und dreht sich auf die Seite, kehrt mir den Rücken zu. »Okay. Gute Nacht, Babe.«

»Gute Nacht.«

Mein iPhone 13 auf dem Nachttisch verrät mir, dass es gerade 23.58 Uhr geworden ist. Aus irgendeinem Grund beschließe ich herauszufinden, ob ich die nächsten sechzig Sekunden die Luft anhalten kann. Als würde ich, falls es mir gelänge, dadurch das System besiegen und diesmal nicht in die Zukunft, sondern zurück in die Vergangenheit springen.

Als ich kurz davor bin zu platzen, wird aus 23.58 Uhr 23.59 Uhr.

Erleichtert stoße ich die Luft aus. Ich bin immer noch da.

Das war's. Ich stecke für den Rest meines Lebens in dieser Realität fest.

Alice murmelt etwas und dreht sich zu mir um.

»Wie bitte?«

»Ich habe gefragt, was das für ein Geräusch ist?«, murmelt sie.

Ich lausche aufmerksam. »Es ist, ähm … ich glaube, es ist …«

Ich halte mein Handgelenk ans Ohr.

Die Uhr tickt. Sie geht wieder.

47. KAPITEL

Als Kind hatte ich jahrelang diesen wiederkehrenden Traum.

Ich bin in meinem Zimmer zu Hause bei Mum, und es klingelt an der Tür. Ich laufe aus dem Zimmer und den Flur hinunter, und als ich die Treppe erreiche, sehe ich unten hinter der Buntglasscheibe in der Haustür die Silhouette einer Person.

Ich setze mich aufs Treppengeländer und rutsche anmutig hinunter, doch während ich auf die Tür zugehe, kann ich immer noch nicht erkennen, wer hinter der Buntglasscheibe steht. Ich greife nach dem Türriegel und … nichts.

Dann wachte ich entweder auf oder der Traum zerfaserte.

Das Ganze begann, als ich zehn war, kurz nachdem mein Vater uns verlassen hatte. Man braucht also keinen Sigmund Freud, um darauf zu kommen, dass es in dem Traum um meinen Vater ging und um meinen verzweifelten Wunsch, dass er zurückkehren möge.

Jedenfalls habe ich den besagten Traum seit Jahrzehnten nicht mehr gehabt, habe nicht mal an ihn gedacht.

Bis jetzt.

Sobald ich die tickende Uhr an mein Ohr halte, wird alles dunkel, und da bin ich wieder, in meinem Zimmer zu Hause bei Mum und höre, wie es unten an der Tür klingelt.

Wie immer renne ich in den Flur und sehe unten die Silhouette hinter der Buntglasscheibe. Und wie immer rutsche ich das Treppengeländer hinunter und gehe zur Tür. Aber diesmal ist die Gestalt klarer zu erkennen – ich sehe, dass es ein Mann ist, der einen blauen Anzug und eine bunt bedruckte Krawatte trägt. Der Traum geht weiter, ich greife nach dem Riegel.

Aber als ich die Tür öffne, steht dort niemand. Es ist nicht einmal unsere Haustür – es ist die Tür zu einem ganz anderen, mir unbekannten Raum, schummrig und grau und spärlich möbliert; zwei Leute sitzen auf einem Sofa in der Mitte des Raumes.

Plötzlich begreife ich, was ich da vor mir sehe, und obwohl ein Teil von mir weiß, dass es ein Traum ist, bin ich dennoch tief erschüttert.

Eine der beiden Personen bin ich als alter Mann, die andere ist Alice als alte Frau.

Schweigend, mit hängenden Köpfen sitzen wir an den entgegengesetzten Enden des Sofas – so weit auseinander, dass wir Fremde sein könnten.

Ich rufe irgendetwas – ich bin mir nicht sicher, was –, doch mein Altes Ich schaut auf, und ich verspüre den gleichen Anflug von Panik wie in dem Moment im Park, als Rich mich sah. Diesmal rührt die Panik jedoch nicht daher, entdeckt worden zu sein, sondern von dem Schreck über die bitteren Züge, die sich tief in mein verwittertes altes Gesicht geätzt haben. Meine Augen sind glasig und leer. Ich sehe müde, gebrochen und besiegt aus.

Und in dem Moment endet der Traum plötzlich und fällt auseinander, der Raum kollabiert nach und nach, löst sich auf und zerschmilzt, bis nichts mehr übrig ist außer …

»Ben? Ben, bist du wach?«

48. KAPITEL

»Ben?«

Ich versuche den Kopf zu heben, doch es gelingt mir nicht. Er ist zu schwer.

Ich bleibe liegen, mein Gesicht auf einer harten Oberfläche. Mein ganzer Körper fühlt sich spröde und steif an, als hätte ich mich seit Tagen nicht bewegt.

Es gibt keine Übelkeit und Schwindelgefühl wie normalerweise nach einem Zeitsprung; es kommt mir einfach so vor, als hätte ich zehn Jahre lang geschlafen, als würde mein Hirn nun langsam vom Grund eines tiefen dunklen Sees an die Oberfläche steigen.

»Ben? Was ist los?«

Es ist Daphnes Stimme. Oh mein Gott, Daff …

Ein Lebensfunke entzündet sich in mir, und es gelingt mir, die Lider zu heben. Nach und nach nimmt meine Umgebung Konturen an, und als ich aufschaue, steht Daff über mir, die Hände in die Taille gestemmt, ihr Gesicht voller Verwirrung und Sorge.

»Geht's dir gut?«, fragt sie. »Was machst du hier oben?«

Ein Schwall reinen Glücks schießt wie ein Stromstoß durch meinen Körper. Ich kann nicht glauben, dass sie wirklich hier ist. Aus meinem Mund kommt ein Geräusch, das halb Keuchen, halb Stöhnen ist. Halluziniere ich? Träume ich noch?

»Daff?«, krächze ich.

»Hast du hier oben *geschlafen*?«

Ich schaue blinzelnd um mich, mein Körper noch angespannt und schwer, aber der seligmachende Stromstoß lässt ihn unweigerlich erwachen.

Ich bin ... ich bin auf dem Dachboden. Ich bin mit Daphne auf dem Dachboden in unserem Haus. Neben mir liegt eine offene Keksdose, in der sich verschiedene Gegenstände befinden: eine abgerissene Eintrittskarte, ein altes Programmheft für ein Theaterstück und ein Spielzeugrevolver.

Eine Flutwelle der Erleichterung stürzt krachend auf mich herab, und ich starre Daff freudig und ungläubig an, mein Herz pocht gegen meinen Brustkorb.

»Ben ..., hey, was tust du?«

Ich habe keine Kontrolle über das, was ich tue, denn ehe ich mich's versehe, habe ich mich aufgesetzt, Daff zu mir herangezogen und erdrücke sie fast.

»Oh Daff ...«, stammele ich. »Oh mein Gott ... ich kann es nicht glauben ... ich kann nicht glauben, dass du wirklich hier bist!«

»Wo soll ich denn sonst sein? Was ist los, Ben? Was ist passiert?«

Mir ist vage bewusst, dass ich weine – die Tränen rinnen mir heiß über die Wangen und benetzen Daffs Haar –, aber ich kann nicht anders. Ich dachte, ich würde sie nie wiedersehen, dachte, ich hätte sie verloren.

»Ich dachte, ich würde ...« Ich versuche es ihr zu sagen, aber die Worte bleiben mir im Hals stecken.

»Okay Ben, im Ernst, langsam wird mir unheimlich. Was geht hier vor?«

Sie löst sich von mir und rutscht ein Stück zurück, sieht noch verwirrter aus als davor. Mein Gott, sie ist wunderschön. Mit einem weiteren Anflug von Euphorie stelle ich fest, dass sie die gleiche Bluse und die gleiche Jeans trägt wie am Vorweihnachtsabend 2020, bevor ich mich mit Harv im Pub traf. Ich bin mir immer noch nicht ganz sicher, ob dies alles real ist oder ob ich mir es nur einbilde. Ich habe das Gefühl, dass die Szene sich jeden Moment vor meinen Augen auflösen könnte, genau wie der Raum in meinem Traum. Der Gedanke, dass Daff wieder verschwinden könnte, ist mir unerträglich, und ich will sie wieder an mich ziehen, als sie neben mir die Keksdose entdeckt.

Ihr besorgtes Stirnrunzeln verwandelt sich in ein überraschtes Lächeln. »Oh mein Gott …« Sie kniet sich hin und lacht leise. »Warum hast du dir das alte Zeug angesehen?« Sie nimmt den Spielzeugrevolver und das Programmheft in die Hand. »Die Sachen habe ich seit Jahren nicht mehr gesehen …«

Ich möchte wieder nach ihr greifen und sie an mich drücken, aber stattdessen höre ich mich sagen: »Ich kann nicht glauben, dass du die Sachen aufgehoben hast …«

Sie zieht die Augenbrauen hoch. »Ja, nun, es gibt noch mehr Zeug in der Art.« Sie greift in den Karton hinter mir und zieht eine weitere, größere Dose heraus, nimmt den Deckel ab und hält mir die Dose hin, damit ich sehen kann, was drin ist.

Der nächste Stromstoß jagt durch meinen Körper, als mir klar wird, was meine müden Augen da sehen. Unter den verschiedenen Briefen, Postkarten und Fotos stechen vier Gegenstände heraus: ein vollständig geöffneter Adventskalender mit vierundzwanzig Bildern von Larissa Oleynik; eine klobige Glastrophäe, auf deren Unterseite BESTER NEUER MITARBEITER DES JAHRES steht; eine billige Schneekugel mit einem Diorama des Dodo Manège in Paris und eine zarte getrocknete weiße Lilie von einem Trauerkranz.

Ich versuche meinen ausgetrockneten Mund zu befeuchten. Daff nimmt die Trophäe heraus und wiegt sie in der Hand. »Ich glaube, von dem Ding habe ich dir nie erzählt …« Seufzend sieht sie mich an. »So hast du also den Abend verbracht? Betrunken in der Vergangenheit geschwelgend? Wie ich sehe, ist unten der Baum noch nicht geschmückt …«

Ohne nachzudenken, ziehe ich sie wieder zu mir und seufze erleichtert, als ich sie spüre und ihren Duft einatme. »Oh mein Gott, Daff«, flüstere ich. »Ich habe dich so vermisst.«

»Oh-kay.« Sie lacht unsicher. »Ich war doch nur ein paar Stunden weg. Wie viel hast du eigentlich getrunken?«

Ich beuge mich zurück und sehe sie an. »Welcher Tag ist heute?«

Sie lacht müde und zieht ihr Handy aus der Tasche. »Nun, genau genommen ist jetzt Weihnachten. Es ist fünf Minuten nach Mitternacht am Weihnachtstag.«

Sie hält mir das Handy hin. Auf dem Display steht das Datum: 25. Dezember 2020.

»Frohe Weihnachten«, sagt sie.

»Frohe Weihnachten«, entgegne ich leise und merke, wie meine Brust anschwillt vor Glück. Denn es ist wahr: Ich habe eine zweite Chance erhalten. Ich weiß nicht, wie oder warum, aber ich war noch nie im Leben so dankbar für etwas.

»Ist die neu?«

Sie schaut auf mein Handgelenk. Die Uhr zeigt fünf Minuten nach Mitternacht an. Ich hebe sie an mein Ohr. Sie tickt stetig. Ist meine Reise durch die Zeit damit vorbei? Bin ich endlich wieder dort, wo ich hingehöre?

Ich schaue zu Daff auf. Ich darf es nicht vermasseln. Ich weiß nun genau, was ich zu tun habe.

»Sie ist … ein Geschenk«, sage ich langsam. »Von Harv.«

Daff steht auf und klopft sich den Staub ab. »Okay, nun komm schon«, sagt sie. »Wir können das Zeug morgen wegpacken. Lass uns ins Bett gehen.«

»Nein, Daff … warte.«

Sie seufzt. »Ben, bitte. Es war ein anstrengender Abend. Und jetzt bin ich zurück, und du bist betrunken und sonderbar und …«

Verzweifelt falle ich ihr ins Wort. »Es tut mir leid, es tut mir so leid. Aber ich bin nicht betrunken, ich schwöre es.«

»Unten steht eine fast leere Weinflasche, die etwas anderes behaupten würde.«

»Ich weiß, aber …« Ich spüre, wie die Worte in mir aufkochen und nach außen drängen. »Hör zu, Daff, es gibt etwas, das ich dir sagen möchte – etwas, das ich dir sagen muss – und ich weiß, dass Weihnachten ist und dass es spät ist und dass dies nicht der ideale Ort oder Zeitpunkt für ein großes ernsthaftes Gespräch ist, aber es ist das Wichtigste, was ich dir jemals sagen werde. Und ich möchte einfach – bitte –, dass du mir zuhörst.«

Während meines manischen Gebrabbels schlägt Daffs leicht irritierter Gesichtsausdruck in den echter Besorgnis um. Sie starrt mich aus großen Augen an, fast schon ängstlich.

»Was?«, fragt sie zögerlich. »Was willst du mir sagen?«

Ich nehme ihre Hand und ziehe sie sanft herunter, damit Daff sich zu mir auf den Boden setzt. Und während ich tief in ihre großen haselnussbraunen Augen schaue, kommt alles zurück – alles, was ich gerade erlebt habe.

Der augenblickliche Funke zwischen uns im Pub nach der Uni-Aufführung und die Erkenntnis, dass ich sie im Irrgarten dazu *gebracht* hatte, mich zu finden. Die Erinnerung an sie und Mum, wie sie mich über den Tisch hinweg liebevoll ansahen. Meine Scham, weil sie ihre Preisverleihung sausen ließ, um nach Hause zu kommen und mich zu trösten; dann der Pantomime-Abend, als wir Revels-Schokonüsse mampften und uns über die Anfänge unserer Beziehung unterhielten. Die brennende Schuld und das Bedauern über das, was mit Alice in Paris passiert ist. Die Art und Weise, wie Daff nach Mums Tod für mich da war – wie sie immer für mich da war, egal, was passiert ist. Und dann das widerliche hoffnungslose Entsetzen, das ich 2023 empfand, als ich glaubte, sie für immer verloren zu haben.

Und schließlich der Rat, den Harv mir gab, als ich auf seinem Sofa lag und mein Leben ein Scherbenhaufen war: *Es wird nicht leicht sein, ihr Vertrauen zurückzugewinnen. Es könnte das Schwierigste sein, was du je getan hast. Aber ist es nicht die Mühe wert?*

Dies ist meine letzte Chance. Ich darf nicht riskieren, sie noch einmal zu verlieren. Ich muss das Richtige tun – selbst auf die Gefahr hin, dadurch alles kaputtzumachen.

»Ben?«, sagt Daff und sieht mich fragend an. »Was ist es?«

Ich schlucke den Kloß hinunter, der ständig in meiner Kehle aufsteigt. »Ich muss … Es gibt einige Dinge, die ich dir sagen muss. Aber vorher möchte ich mich entschuldigen. Dafür, wie ich in den letzten Jahren – und vermutlich auch davor – gewesen bin. Es tut mir so leid. Du bist … Daff, du bist das Beste, was mir je passiert ist, und ich liebe dich so so sehr.«

Ihr schönes Gesicht ist noch immer von Furcht gezeichnet. »Ich … liebe dich auch«, sagt sie zaghaft.

»Okay … also los geht's.«

Dann hole ich tief Luft, dort oben auf dem Dachboden wenige Minuten nach Mitternacht am Weihnachtstag und offenbare Daphne die Wahrheit. Die Wahrheit über alles.

Ich erzähle ihr, was ich zu Mum vor ihrem Tod gesagt habe und wie mich seither die Schuldgefühle zerfraßen. Ich entschuldige mich dafür, sie in den Monaten nach Mums Tod weggestoßen zu haben, statt mit ihr gemeinsam zu trauern, aber ich sei zu dumm und egoistisch gewesen, um dies zu erkennen. Ich erzähle ihr von meinem Vater: dass ich jahrelang entweder befürchtete, mich in ihn zu verwandeln, oder ihm verzweifelt beweisen wollte, dass es ein Fehler gewesen war, mich zu verlassen. Ich erzähle ihr, dass all meine Ängste und Zweifel über Arbeit, Ehe und Kinderkriegen mit seinem damaligen Weggang zusammenhingen und dass ich fünfundzwanzig Jahre lang versucht habe, dieses Geflecht zu entwirren, aber nun glaube, es endlich geschafft zu haben.

Und Daff weint und küsst mich und sagt, dass es okay sei und sie es verstehe und dass sie so glücklich sei, diese Dinge von mir zu erfahren. Und es ist das schönste Gefühl der Welt, von ihr so gehalten zu werden, aber irgendwie gelingt es mir, mich von ihr zu lösen, denn ich muss ihr noch mehr sagen, und falls mir in ihren Armen zu behaglich wird, dann sage ich es womöglich nicht.

Und so erzähle ich ihr als Nächstes, was mir in Paris mit Alice passiert ist und wie mies ich mich danach gefühlt habe. Dann, was bei Mareks Hochzeit in der Fotokabine passiert ist. Ich erzähle ihr, dass Alice diejenige war, die mich geküsst hat, und nicht umgekehrt, aber ich räume ein, sie nicht weggestoßen zu haben. Ich zeige ihr die Nachrichten in meinem Handy und verrate ihr, dass ich mich in drei Tagen mit Alice treffen wollte, aber dass ich die Verabredung absagen werde. Weil ich verstanden habe, dass ich damit das Beste kaputtmachen würde, was mir je passiert ist, und dass ich mich den Rest meines Lebens dafür hassen würde. Ich entschuldige mich wieder und wieder und räume ein, dass ich ein totaler Idiot gewesen sei. Ich verspreche ihr, dass so etwas nie wieder passieren werde – und meine es wirklich, *wirklich* ernst.

Ich sage ihr, dass ich alles dafür tun werde, um ihr fortan ein guter Ehemann zu sein, weil sie meine Frau sei und der Mensch, den ich auf der ganzen Welt am meisten liebe. Es sei das Einzige in meinem Leben, dessen ich mir völlig sicher bin, und ich wisse, dass ich sie wieder glücklich machen kann, wenn sie mir noch eine Chance gebe.

Die Worte strömen unkontrolliert aus mir heraus, und obwohl ich mich bei den meisten von ihnen schäme und es mich zerreißt zu sehen, wie sehr sie Daphne verletzen, ist es eine Erleichterung, ihr endlich alles zu erzählen. Endlich ehrlich zu sein.

Die nächsten Stunden vergehen in einem Wirbelsturm aus Tränen, Wut und Unglauben. Ich habe ihr alles erzählt, was ich zu sagen hatte, und höre nun ihr für den Rest der Nacht zu.

Daff ist anfangs ruhig. Sie scheint fast benommen zu sein und schüttelt fortwährend den Kopf, als würde sie immer noch alles verarbeiten, was ich ihr offenbart habe. Aber als sie zu reden beginnt, flammt das Feuer in ihr auf, und Wut und Schmerz brechen aus ihr heraus. Sie weint und schreit mich an, und ich nehme es hin, weil ich es verdiene und kaum ertrage, den Schmerz zu sehen, den ich ihr zugefügt habe. Unter Tränen erzählt sie mir, wie einsam sie sich in den letzten Jahren gefühlt habe und wie qualvoll es gewesen sei zu spüren, dass wir uns auseinanderleben, ohne dass einer von uns es je angesprochen hätte.

Irgendwann, mit blitzender Wut in den Augen, erzählt sie mir, dass Rich mehrmals Interesse an ihr bekundet habe, sie aber, selbst als die Dinge zwischen uns am schlimmsten standen, nie auch nur im Entferntesten daran gedacht habe, darauf einzugehen.

Dadurch verdampft das letzte bisschen an Kraft, das mir noch geblieben ist, und ich kann nur noch atemlos weinen und wie eine kaputte Schallplatte immer wieder wiederholen, wie leid es mir tue, immer und immer wieder.

Wir bewegen uns von Zimmer zu Zimmer durch das Haus, weinen und reden und brüllen abwechselnd, bis wir schließlich, als draußen die Sonne aufgeht, in stiller gebrochener Erschöpfung an den gegenüberliegenden Enden des Wohnzimmersofas sitzen.

Daff geht nach oben und packt eine Tasche. Sie sagt mir, dass sie zu ihren Eltern gehe und etwas Zeit brauche, um über alles nachzudenken. Ich entgegne, dass das natürlich in Ordnung sei, sie soll sich so lange Zeit nehmen, wie sie wolle.

Und dann geht sie und kommt vorerst nicht zurück.

49. KAPITEL

Der ungeschmückte Weihnachtsbaum starrt mich von der anderen Seite des Wohnzimmers an. Es scheint verrückt zu sein, von einem leblosen Objekt zu vermuten, dass es mich verspotte, aber so kommt es mir vor.

Meiner Uhr zufolge ist es halb elf am Vormittag, und draußen höre ich die fröhliche Geräuschkulisse des Weihnachtstages: Kinderlachen, Hundegebell, Kofferräume, die geöffnet und mit Geschenken beladen werden. Nachbarn, die sich im Vorübergehen »Frohe Weihnachten!« wünschen.

Und hier bin ich: allein zu Hause, die Vorhänge zugezogen, neben mir auf dem Sofa zwei offene Keksdosen voller Andenken. Ich bin mir nicht sicher, warum ich sie überhaupt geholt habe. Um mich an gemeinsame Erlebnisse mit Daff zu erinnern? Um mir einzureden, dass am Ende alles in Ordnung kommen wird?

Sie ist jetzt seit ein paar Stunden weg, und obwohl ich die ganze Nacht kein Auge zugetan habe, fühle ich mich nicht im Geringsten müde. Ich weiß nicht, was ich wirklich fühle. Natürlich bin ich am Boden zerstört, weil ich ihr wehgetan habe. Es bricht mir das Herz, dass sie nicht mehr da ist. Ich habe Schiss, weil ich nicht weiß, wann – ob – sie zurückkehrt.

Aber so verrückt es auch klingt, ich verspüre auch eine seltsame Art von friedlicher Stille. Jetzt liegt alles auf dem Tisch; zum ersten Mal seit Jahren waren wir völlig ehrlich zueinander. Ich habe mich meinen Fehlern gestellt, dem Schmerz, den sie verursacht haben, und nun kann ich mich darauf konzentrieren, sie wiedergutzumachen.

Als Daff zur Tür hinausging, überkam mich das bestürzende Gefühl, dass mein Ausflug ins Weihnachten der Zukunft womöglich wahr werden könnte. Dass ich, indem ich Daff von Paris und allem anderen erzählt hatte, eine Zeitlinie in Gang setzte, die mich unweigerlich zu Alice und Marek und Phil und Becky und Wyndham führen würde.

Aber sobald mir dieser Gedanke kam, schob ich ihn beiseite. So werde ich nicht enden. Das weiß ich. Ich habe mich zu lange treiben lassen, mich selbst zum Beifahrer in meinem eigenen Leben gemacht und anderen die Schuld für meine Fehler gegeben. Es ist nicht Daffs Schuld oder Alices Schuld oder die Schuld meines Vaters, dass ich es vermasselt habe; es ist *meine* Schuld. Die Verantwortung für all das trage allein ich. Nur ich selbst.

Wenn dir dein Leben nicht gefällt, dann ändere es.

Der Uhrenverkäufer hatte recht damit. Und mit etwas anderem hatte er auch recht. All diese Zeitsprünge zu den verschiedenen Weihnachtstagen ließen mich unmissverständlich erkennen, was ich wirklich will.

Daphne.

So war es, so ist es, und so wird es immer sein. Auch falls ich sie nie wieder halten, küssen oder gar wiedersehen werde, weiß ich nun mit abschließender Gewissheit, dass sie die Frau meines Lebens ist. Deshalb muss ich um sie kämpfen, auch falls es mir alles abverlangen sollte, was in mir steckt. Falls sie sagt, es sei vorbei, werde ich es akzeptieren – ich muss es akzeptieren –, aber ich muss versuchen, ihr zu beweisen, dass ich mich geändert habe und ihr der Ehemann sein kann, den sie verdient.

Auf der Keksdose klappert mein Handy: eine Nachricht von Alice. Ich schalte es aus. Damit kann ich mich später befassen. Ich habe ihr vor einer Stunde eine SMS geschickt, in der ich unsere Verabredung abgesagt und mich für alles, was in Paris und danach bei Mareks Hochzeit passiert ist, entschuldigt habe. Ich schrieb ihr, dass ich Daphne immer noch liebe und dass ich alles dafür tun würde, meine Beziehung zu retten. Was auch immer Alice geantwortet hat, dies – heute – wird das letzte Mal sein, dass wir miteinander Kontakt haben.

Ich schaue wieder auf meine Uhr. Nach all der Zeit ist es ungewohnt für mich, dass sie tatsächlich läuft. Ich frage mich, ob ich den Uhrenverkäufer jemals wiedersehen werde. Und ob er die Wahrheit gesagt hat, als ich ihn auf seine Ähnlichkeit mit Grandpa Jack ansprach. Plötzlich kommt mir der verrückte Gedanke, dass es vielleicht wirklich mein Großvater war, der von Gott weiß woher auf die Erde zurückgeschickt wurde, um auf mich aufzupassen. Wahrscheinlich ist es am besten, auch diesen Gedanken gleich wieder beiseitezuschieben. Ich bin mir nicht sicher, ob ich jemals die Wahrheit herausfinden werde. Wie auch immer, ich empfinde ihm gegenüber eine wahnsinnige Dankbarkeit. Trotz seines nervigen Hangs zur Vagheit habe ich auf dieser Zeitreise, auf die er mich geschickt hat, vieles über mich und die Welt gelernt, über die Liebe und wie man sie zeigt. Ein Teil von mir fragt sich permanent, ob ich das Ganze nur geträumt habe, aber tief im Inneren weiß ich, dass es wirklich geschehen ist. Ich kann nicht erklären, warum; ich weiß es einfach.

Draußen wird ein Motor angelassen, und das Autoradio erwacht mitten in »I Wish It Could Be Christmas Everyday« zum Leben. Als sie losfahren, höre ich die Familie im Wagen mitsingen. Aus irgendeinem Grund erfüllen die Klänge mich mit tiefer Traurigkeit. Meine Familie waren Mum und Daphne. Die eine ist tot, und die andere könnte nun auch aus meinem Leben verschwunden sein.

In mir beginnt sich wieder mein altbekanntes Selbstmitleid zu regen: das kindliche Gefühl der Ungerechtigkeit, die Neigung, sich zu verstecken, die Wut auf Dinge und Kräfte, die ich weder sehen noch definieren kann.

Ich muss dagegen ankämpfen. Ein weiterer von Harvs Ratschlägen kommt mir in den Sinn: *Du wirst Daphne nicht zurückgewinnen, wenn du dich in deinem Elend suhlst. Du musst mehr an dich glauben.*

Er sagte es aus dem Bauch heraus, glaube ich – aus schierer Frustration über mein Gejammer –, aber aus irgendeinem Grund geben seine Worte mir Kraft. Ich kann es schaffen. Ich kann ein besserer Mensch sein. Ich kann Mum stolz machen, Daphne stolz machen, mich selbst stolz machen.

Ich atme tief durch und stehe auf, und als ich die Vorhänge aufziehe, flutet Sonnenschein ins Zimmer. Der Himmel ist strahlend blau, es ist kalt, frisch und hell dort draußen: ein wunderschöner Weihnachtstag.

Ich drücke die Deckel auf die Keksdosen, verschließe sie. Genug in der Vergangenheit gegraben. Die Gegenwart ist, was zählt. Als ich die Dosen wieder auf den Dachboden bringe und das Durcheinander aufräume, entdecke ich noch etwas gänzlich anderes: die Schachtel mit dem Christbaumschmuck. Ich habe Daphne versprochen, den Baum zu schmücken. Und auch wenn es zu spät ist, wird es Zeit, dass ich anfange, meine Versprechen zu halten.

Unten, im sonnendurchfluteten Wohnzimmer, öffne ich die Schachtel und beginne, Lametta und Lichterketten um den Weihnachtsbaum zu legen, so wie meine Mutter, als ich noch ein Kind war.

Ich weiß, es ist nicht viel, und niemand ist hier, um es zu sehen, aber trotzdem … Es kommt mir vor wie der erste Schritt auf dem langen Weg, der vor mir liegt.

50. KAPITEL

London, 25. Dezember 2021

Der Kessel kocht, der Speck brutzelt, und das Rührei hat genau den richtigen Punkt zwischen zu flüssig und zu fest erreicht.

Ich verteile das Essen auf zwei Teller und summe dabei »Jingle Bell Rock« mit, das gerade im Radio auf dem Kühlschrank läuft. Ich bewege mich flink durch die mit Lametta geschmückte Küche, schnappe mir die Cafetière und schenke zwei Tassen frisch aufgebrühten Kaffee ein, dazu zwei Gläser frisch gepressten Orangensaft. Ich stelle alles ordentlich auf die Tabletts und trete einen Schritt zurück, um meine Arbeit zu bewundern: perfekt.

Ich schalte das Radio aus, aber gerade als ich mich auf den Weg ins Schlafzimmer machen will, frage ich mich, ob ich sie nicht doch noch etwas länger schlafen lassen sollte.

Ich schaue auf meine Uhr – *die* Uhr –, die immer noch einwandfrei funktioniert. Es ist nicht mal acht, und wir waren gestern Abend lange unterwegs. Nun, lange für unsere Verhältnisse.

Zum ersten Mal seit Langem bin ich verkatert – der Eierlikör war tödlich –, aber heutzutage kann ich einfach nicht mehr ewig im Bett liegen bleiben. Früher schlief ich manchmal bis vormittags und versuchte mich stundenlang dazu durchzuringen, endlich aufzustehen. Heute hingegen habe ich eine Art inneren Wecker und stehe meistens um Punkt halb sieben auf. Nicht, dass ich den Wecker bräuchte: Ich freue mich jetzt jeden Morgen darauf, in den Tag zu starten.

Die letzten Monate waren vielleicht die glücklichsten meines Lebens, was wirklich verrückt ist, wenn ich mir vor Augen führe, wie das Jahr begann. Am Weihnachtstag 2020 hätte ich mir nie vorstellen können, dass das nächste Weihnachten so werden würde. Nicht zum ersten Mal in diesem Jahr wird mir bewusst, welches unglaubliche Glück ich habe.

Ich nehme die Tabletts. Ich werde jetzt einfach hoch gehen und schauen, ob sie wach ist.

Ich gehe langsam aus der Küche und versuche, nichts zu verschütten, und als ich am Wohnzimmer vorbeikomme, sehe ich dort unseren prachtvoll geschmückten Weihnachtsbaum stehen. Ich muss lächeln, als mir die elegante, kaum geschmückte Tanne einfällt, die mich am Weihnachtstag 2023 in dieser fremden Wohnung begrüßte. Wenn das die Anna Wintour der Weihnachtsbäume war, dann ist unserer hier wahrscheinlich Dame Edna Everage. Und seien wir ehrlich, genau so sollte ein anständiger Weihnachtsbaum aussehen, nur ohne lila Haare und extravagante Brille.

Mit den Tabletts in Händen steige ich vorsichtig die Stufen hinauf. Jedes Foto oder Bild an der Wand, an dem ich vorbeikomme, ist mit Stechpalme, Efeu oder Lametta drapiert, und am oberen Treppenabsatz umrahmt eine Kombination aus allen dreien den Rahmen meines Lieblingsfotos. Ich habe es erst vor Kurzem gefunden, als ich einige von Mums Sachen durchging. Es zeigt mich, Daphne und Mum, in dicken Mänteln und Schals im Queen's Park am Vorweihnachtsabend 2011. Wir liegen uns in den Armen, lachen fröhlich in die Kamera, unsere Wangen rosig von der Kälte.

Am Flurende, direkt vor unserem Schlafzimmer, hängt noch ein weiteres Bild an der Wand, das ich in der gleichen Kiste entdeckt habe. Dieses ist von Mum und ihrem Vater – Grandpa Jack – am Strand von Whitley Bay. Mum muss darauf etwa neunzehn sein. Sie grinst, ein Handtuch um die Schultern gelegt, während mein Großvater mit strahlenden blauen Augen neben ihr steht. Immer wenn ich es sehe, lässt mich das Foto lächeln.

Mit der Schulter schiebe ich die Schlafzimmertür auf und versuche so leise wie möglich zu sein, falls sie noch schläft. Aber sie schläft nicht. Sie sitzt im Bett und liest in einem Buch. Ihre Haare sind locker hochgesteckt, und sie trägt mein verwaschenes *Rick and Morty*-T-Shirt als Pyjama-Oberteil.

Einen Moment lang stehe ich in der Tür und schaue sie an, balanciere die Tabletts auf meinen Händen.

Daff. Manchmal kann ich es immer noch nicht glauben, dass sie zu mir zurückgekehrt ist.

Als sie auf den Tag genau vor einem Jahr dieses Haus verließ, glaubte ich, sie verloren zu haben. Sie blieb Wochen lang bei ihren Eltern, und wir sprachen nur am Telefon: zuerst sporadisch, dann immer öfter – lange, schwierige Gespräche über Dinge, über die wir vorher nie geredet hatten. Ich hörte genau zu, während sie mir erzählte, wie isoliert sie sich in den letzten Jahren gefühlt habe, dass sie das Gefühl gehabt habe, nicht mehr zu mir durchzudringen, und dass sie sich – noch bevor ich ihr von Alice erzählte – gefragt habe, ob wir wirklich füreinander bestimmt seien. Es tat weh, dies zu hören. Entsetzlich weh. Aber sie sagte auch, dass sie trotzdem nie aufgehört habe, mich zu lieben, und ich merkte, dass es noch Hoffnung gab.

Auf ihren Vorschlag hin versuchte ich es mit professioneller Trauerbegleitung, um Mums Tod endlich mit einem

Fachmann aufzuarbeiten. Zunächst zögerte ich, aber ehrlich gesagt, war es mit das Beste, das ich je getan habe. Ich spüre inzwischen, wie ich anfange, Dinge loszulassen, die mich seit Jahren oder Jahrzehnten belasten. Ich lerne, dass es in Ordnung ist, meine Mutter so sehr zu vermissen, dass es wehtut, aber dass es mich nicht davon abhalten soll, die Menschen, die ich liebe, an mich heranzulassen.

Als der Winter allmählich in den Frühling überging und wir anfingen, uns wieder persönlich zu treffen, begann Daphne wohl, eine echte Veränderung bei mir zu erkennen. Eine Veränderung, die auch ich gerade erst anfing wahrzunehmen. Nach und nach gewann sie ihren Glauben in mich zurück, als ich ihr immer wieder versicherte, sie nie wieder anzulügen oder etwas vor ihr zu verheimlichen. Allmählich begann sie, mir zu verzeihen.

Und vor einigen Monaten, kurz nachdem ich mit der Ausbildung begann, kehrte sie schließlich nach Hause zurück.

Zu behaupten, dass seitdem alles Friede, Freude, Eierkuchen ist, wäre gelogen. Es bleibt weiterhin schwierig. Tatsächlich hatte Harv recht, als er sagte, dass es das Schwierigste wäre, Daffs Vertrauen zurückzugewinnen. Ich weiß immer noch nicht, ob es mir vollständig gelungen ist. Aber wir haben gelernt, absolut ehrlich miteinander zu kommunizieren, und deshalb habe ich den Eindruck, dass es um uns besser bestellt ist als je zuvor.

Und heute werden wir allen die Neuigkeit verraten. Die Neuigkeit, die wir selbst noch nicht so richtig fassen können …

Plötzlich quietschen die Dielen unter mir, und mir wird bewusst, dass ich dastehe und Daff seit einer Weile anstarre, die womöglich über das romantische Maß hinausgeht und in den Bereich des *Walking-Dead*-Typs in *Tatsächlich Liebe* gerutscht ist. Als ich das Zimmer betrete, schaut sie auf und schenkt mir die volle Wattzahl ihres unglaublichen Lächelns.

»Da bist du ja. Ich fragte mich schon, wo du …« Und dann bemerkt sie die Tabletts. »Oh, mein Gott! Ich traue meinen Augen nicht.«

Ich nicke. »Trau ihnen ruhig. Hier kommt das Überraschungsweihnachtsfrühstück im Bett.«

Kopfschüttelnd legt sie ihr Buch nieder. »Wow. Das ist toll. Gibt es so etwas im wirklichen Leben überhaupt? Ich dachte, so etwas gibt es nur in Sitcoms und Spielfilmen.«

»Was soll ich sagen? Ich bin eben ein wirklich toller Typ.«

Sie nickt feierlich. »Scheint tatsächlich so zu sein.«

Ich stelle ihr das Tablett behutsam auf den Schoß, und sie lacht. »Dank dir.« Sie nimmt meine Hand und drückt sie. »Das ist wirklich lieb von dir.«

Ich erwidere ihren Händedruck. »Gern geschehen. Wie fühlst du dich?«

Sie nimmt einen Bacon-Streifen und beißt hinein. »Mmm. Großartig.«

»Du oder der Bacon?«

Sie lacht. »Beides. Der Bacon und ich sind beide großartig.«

»Gut.« Ich rutsche neben ihr ins Bett und stelle mein eigenes Tablett auf die Bettdecke.

»Die größere Frage ist, wie *du* dich fühlst«, sagt Daff mit einem Lächeln auf den Lippen.

Ich zucke zusammen. »War ich gestern Abend so schlimm?«

Sie grinst. »Nein, du warst toll! Meine Kollegen fanden dich klasse. Ich glaube, sie waren ein bisschen verwirrt, weil du so amüsant warst. Sie hatten dich von der vorletzten Weihnachtsfeier ganz anders in Erinnerung.«

»Ich weiß, ich weiß. Erinnere mich nicht daran.«

Sie legt ihren Kopf an meine Schulter. »Ich fand es schön, wie du ihnen von deiner Ausbildung erzählt hast.«

»Ha! Hoffentlich habe ich nicht zu viel geschwafelt.«

»Überhaupt nicht! Es war großartig zu sehen, wie stolz du bist auf das, was du tust. Und du warst so lustig mit Nadia und Sarah.« Sie küsst meinen Nacken und schaut zu mir auf. »Du hast dich nicht verstellt, oder? Du hast dich wirklich amüsiert?«

Ich lege meinen Arm um sie. »Ja, hab ich.«

Das meine ich ernst. Daffs alljährliche Weihnachtsfeier auf der Arbeit war mir früher immer ein Gräuel. Ich machte mir schon Wochen vorher Gedanken darüber, in der Gewissheit, dass alle dort heimlich auf mich herabschauen oder sich fragen, warum Daff sich noch mit mir abgibt. Aber gestern Abend kam mir keiner dieser Gedanken. Zum ersten Mal gelang es mir, mich zu entspannen und Spaß zu haben.

»Ich will aber ehrlich sein, ich bin ein bisschen verkatert«, füge ich an und gähne breit. »Es hat dich hoffentlich nicht gestört, dass ich ein bisschen über die Stränge geschlagen habe.«

»Ich war entsetzt«, gibt sie trocken zurück. »Nein, Quatsch, alles in Ordnung. Ist schon komisch: Ich vermisse es gar nicht, Alkohol zu trinken. Zumindest noch nicht. Und es ist lustig zu beobachten, wie die Leute um einen herum allmählich betrunken werden.«

Ich lache. »An was erinnerst du dich von gestern Abend, das ich in meiner Trunkenheit vielleicht vergessen habe?«

»Warte …« Nachdenkich kaut sie auf ihrem Rührei herum. »Dass du und Rich zusammen Karaoke gemacht habt, war ein echter Höhepunkt.«

»*Daran* erinnere ich mich nur zu gut.«

»Ich glaube nicht, dass die anderen es jemals vergessen werden. Nads hat das Ganze übrigens gefilmt.« Sie tippt auf ihr Handy, das neben ihr auf dem Nachttisch liegt. »Sie hat es schon auf unsere WhatsApp-Gruppe hochgeladen.«

»Freut mich zu hören. Wer hätte gedacht, dass Rich den Text von ›Gettin' Jiggy wit wit wit‹ kennt? Ich schwöre, er hat kein einziges Mal auf den Monitor geschaut.«

Grinsend trinkt Daff einen Schluck Kaffee. »Hey – hast du dich mit seiner neuen Freundin unterhalten? Miranda?«

»Ja, ein bisschen. Sie scheint nett zu sein.«

»Ziemlich attraktiv.« Sie schüttelt ungläubig den Kopf. »Noch attraktiver als seine letzte.«

Ich schaufele Rührei auf meine Gabel. »Das Erste, was Rich gestern Abend zu mir sagte, bevor er überhaupt Hallo sagte, war, dass Miranda mal bei einer *Corrs*-Tribute-Band vorgesungen habe, aber abgelehnt wurde, weil sie – und das ist ein Zitat – ›zu attraktiv‹ sei.«

Daff prustet in ihren Orangensaft. »Ach, Rich. Er hat das Herz am rechten Fleck, aber als Mann ist er einfach nur lächerlich.«

Vor einigen Monaten hätte ich Daff nach einer solchen Bemerkung wahrscheinlich prüfend angesehen, hätte nach einem Hinweis auf eine verborgene Bedeutung Ausschau gehalten. Ich hätte automatisch an Weihnachten 2023 im Park gedacht – daran, wie Rich den Arm um ihre Taille geschlungen hat. Nun aber zucke ich mit keiner Wimper.

Es stört mich nicht, wenn Daff und Rich bis spätabends im Büro sitzen oder wenn sie gemeinsam zu Theaterstücken oder Filmvorführungen gehen. Denn ich weiß, dass wir uns lieben. Ich glaube an uns.

Ich schätze, Harv hatte letztlich recht: Alles, was ich brauchte, war ein bisschen weniger Selbstmitleid und ein bisschen mehr Selbstvertrauen.

Wir sitzen für einige Sekunden zufrieden schweigend da, nippen an unserem Kaffee und blicken in den Sonnenschein, der durch die Vorhänge hindurchströmt.

»Wann ist noch mal diese Weihnachtssache mit deinen Lehramtsanwärtern?«, fragt Daff.

»Am neunundzwanzigsten«, sage ich ihr. »Wäre schön, wenn du hinkommst.«

»Mal sehen. Ich bin an dem Abend mit meinen Mädchen verabredet, aber vielleicht kommen wir später einfach auf einen Drink vorbei.«

»Macht das – jeder ist willkommen. Ich habe Harv auch eingeladen.«

Sie stupst mich mit dem Ellbogen an. »Versuchst du immer noch, ihn mit Iron Woman zu verkuppeln?«

Ich lache. »Hör auf, sie so zu nennen. Sie ist doch nicht Margaret Thatcher.«

»Entschuldigung. War nur ein Scherz – du weißt doch, dass ich Isha toll finde.«

»Ja, das beruht auf Gegenseitigkeit. Sie erzählt ständig, wie nett sie dich findet. Jedenfalls glaube ich, dass sie und Harv gut zusammenpassen.«

Sie nickt. »Denke ich auch.«

Isha (alias Iron Woman) ist eine von vielen neuen Kolleginnen, die ich Anfang des Jahres im Rahmen meiner Lehrerausbildung kennengelernt habe. Sie ist großartig: klug und lustig und vielleicht sogar noch fitnessbesessener als Harv. Sie macht jedes Wochenende einen Triathlon, und da sie seit Kurzem Single ist, liege ich Harv bei jeder sich bietenden Gelegenheit mit ihr in den Ohren.

Daff nimmt einen letzten Schluck vom Kaffee und stellt die Tasse auf den Nachttisch. »Ich kann immer noch nicht glauben, dass du nächstes Jahr um diese Zeit ein richtiger Schullehrer sein wirst.«

Ich neige mich zu ihr und küsse ihre Haare. »Sag das nicht, das bringt Unglück. Erst muss ich noch die Prüfungen bestehen.«

Sie lächelt mich an. »Das ist doch ein Klacks für dich, Ben. Du weißt genau, dass du sie bestehen wirst.«

Lächelnd zucke ich mit den Schultern. Ich weiß, dass sie recht hat.

Ich bin nun seit vier Monaten als Lehramtsassistent an einer örtlichen Gesamtschule tätig, und als ich das erste Mal vor einer Klasse stand, hat es bei mir Klick gemacht. Es war eine Englischstunde, und ich musste meinen Schock unterdrücken, als ich das Buch sah, das wir durchnehmen würden: *Mr. Polly* von H. G. Wells. Ein Buch, das die Zeile enthält: *Wenn dir dein Leben nicht gefällt, dann ändere es.*

Wie auch immer, ich stehe noch ganz am Anfang meiner Berufslaufbahn, aber es macht mir riesigen Spaß. Nächsten Sommer werde ich – vorausgesetzt, dass ich die Prüfungen bestehe – ein voll qualifizierter Lehrer sein. Der Gedanke daran erfüllt mich mit einer Wahnsinnsfreude.

Daff isst ihren letzten Bacon-Streifen und schiebt ihr Tablett beiseite. »Wow, das war lecker. Dank dir.«

»Hab ich gern gemacht«, sage ich. »Obwohl ich irgendwie enttäuscht bin, dass du immer noch ganz normal isst. Ich dachte, du würdest mittlerweile seltsame Fressgelüste haben. Ich freue mich schon darauf, wenn ich dir Sardinen mit Himbeermarmelade beschmieren soll.«

Sie lächelt mich an, ihre braunen Augen funkeln. »Dann

hast du also die Broschüre gelesen, die uns die Frauenärztin gegeben hat?«

»Ähm, ich glaube, das habe ich aus einer Folge von *Friends*, in der Phoebe schwanger war.«

»Ausgezeichnet.« Sie nickt. »Gut zu wissen, dass du das Ganze ernst nimmst.«

Ich schiebe mein Tablett auch zur Seite und kuschele mich an sie. »Also … wir verkünden heute die große Neuigkeit?«

Daff zuckt mit den Schultern. »Ja, aber erst, wenn alle da sind. Meine Familie, dein Onkel, deine Tante und deine Cousins und alle anderen. Harv und Jamila kommen auch vorbei, so gegen elf. Dann lassen wir die Bombe platzen.« Sie schlägt sich mit der Faust in die Handfläche. »Bumm!«

Ich küsse ihre Schulter. »Deine Mutter wird ausflippen vor Freude.«

»Ich weiß«, lacht sie. »Ich mache mir ernste Sorgen. Ich denke, wir sollten alle zerbrechlichen Gegenstände verstecken.«

»Das sollten wir sowieso tun, wegen deiner Neffen.«

Sie küsst mich auf die Stirn. »Ich wünschte, deine Mum wäre heute auch hier«, sagt sie plötzlich. »Das wäre so schön.«

»Ich weiß«, sage ich leise. »Ich habe viel an sie gedacht, seit wir es wissen.«

Wir liegen eine Weile Stirn an Stirn da. Ich frage mich, ob es jemals leichter wird – dass ich Mum so vermisse. Wahrscheinlich nicht. Aber wenigstens habe ich Daff inzwischen an mich herangelassen. Jetzt können wir sie wenigstens gemeinsam vermissen.

Daff seufzt und sagt: »Tja, war schon ein seltsames Jahr, oder?«

Ich lache. »Kann man wohl sagen.« Behutsam lege ich eine Hand auf ihren Bauch.

»Und nächstes Jahr wird noch seltsamer werden«, sagt sie. »Ich meine, da ist ein kleiner Mensch drin.« Sie deutet auf ihren Bauch. »Eine echte Person.«

»Bernard«, sage ich.

»Japp. Der kleine Bernie.«

»Mister B.«

Sie kuschelt sich an mich. »Bald müssen wir uns einen richtigen Namen überlegen. Für einen Kugelbauch ist Bernard ja ganz lustig, aber für unser Kind wünsche ich mir etwas anderes.«

»Okay«, sage ich. »Uns wird schon etwas einfallen.«

In letzter Zeit ist »Jack« mein Favorit, falls es ein Junge wird. Ich habe es Daff noch nicht erzählt. Vielleicht mache ich es im neuen Jahr.

Das Ganze erscheint mir noch immer nicht real. Als im Oktober Daffs Periode ausblieb, hatten wir noch nicht wieder über gemeinsame Kinder gesprochen. Wir waren immer noch dabei, unsere Ehe zu kitten. Aber ich wusste längst, dass ich mit Daphne eine Familie gründen wollte, und als sie mir dann erklärte, dass sie dies auch wolle, bekam ich vor lauter Freude für einige Stunden keinen zusammenhängenden Satz mehr raus.

Sie legt ihre Hand auf meine, und als sie sich berühren, höre ich das leise Klirren unserer Eheringe.

»Ich liebe dich, Daff«, sage ich.

»Ich liebe dich auch. Und hey – wir haben vergessen, uns noch etwas anderes zu sagen.« Sie schenkt mir ihr schönstes Lächeln. »Frohe Weihnachten.«

»Stimmt! Frohe Weihnachten.«

Wir küssen uns, unsere Finger auf ihrem Bauch verschränkt, und es fällt mir schwer, mich an einen Moment zu erinnern, an dem ich glücklicher war als in diesem Augenblick.

In wenigen Stunden werden unsere Familien und unsere besten Freunde hier sein, und bei einem Glas Champagner werden wir sie wissen lassen, dass wir ein Kind bekommen.

Heute wird ein großartiger Tag werden.

»In Ordnung«, sage ich schließlich, klettere wieder aus dem Bett und sammele die Tabletts ein. »Du bleibst liegen. Ich kümmere mich um den Truthahn und die Sauce und versuche meinen Kater loszuwerden. Haben wir Nurofen im Haus?«

»Im Bad unterm Waschbecken.« Sie setzt sich auf und windet sich unter der Bettdecke hervor. »Ich komme runter und helfe dir.«

»Auf keinen Fall«, sage ich. »Du rührst heute keinen Finger.«

Sie lacht. »Diese Einstellung kannst du dir für das dritte Trimester aufheben, wenn ich wirklich den Verstand verliere.« Sie geht um das Bett herum und nimmt meine Hand. »Komm, wir bereiten das Essen gemeinsam zu. So ist es am schönsten.«

Unten in der Küche schalten wir das Radio ein und hören Michael Bublé trällern, was er sich zu Weihnachten wünscht, während wir Gewürze und Schneidebretter und alles andere, was wir für die Zubereitung unseres Festmahls brauchen, aus dem Küchenschrank herausnehmen.

Ehrlich gesagt, bin ich ganz schön nervös, denn ich möchte ein guter Ehemann, ein guter Vater und ein guter Lehrer sein. Das alles ist ziemlich einschüchternd, beängstigend sogar.

Aber ich kann es auch kaum erwarten.

Daphne hat recht: Wir werden alles gemeinsam tun. So ist es am schönsten.

EPILOG

London, 16. Juni 2022

»Noch einen Drink?«

Harv hebt sein leeres Wodkaglas und sieht mich hoffnungsvoll an.

Ich schaue auf die Uhr. »Nein, es ist schon nach acht, ich geh jetzt besser«, sage ich ihm. »Sorry. Daff ist allein zu Hause, und ich sagte ihr, dass es nicht allzu spät werden würde.«

Er verdreht die Augen. »Kumpel, wahrscheinlich genießt sie es, etwas Zeit für sich haben! In etwa zehn Tagen wird sie nie wieder allein sein. Und du auch nicht.«

»Ich bekomme ein Kind, Harv, keinen siamesischen Zwilling.«

»Trotzdem. Dies ist deine letzte Chance, um noch mal ein bisschen egoistisch zu sein. Du weißt, was ich meine.«

Ich lache. »Ja, ich weiß, was du meinst. Ich gehe jetzt aber trotzdem.«

Harv seufzt, während wir aufstehen und unsere Gläser zurück an die Bar bringen. »Ich dachte, wir wollten richtig abfeiern«, sagt er. »Du darfst jetzt offiziell Kinder anbrüllen und kriegst Geld dafür. Eigentlich sollten wir mächtig auf die Pauke hauen.«

Ich rief ihn nach dem Vorstellungsgespräch spontan an. Ich war immer noch ganz benommen davon, dass mir die

Stelle nun offiziell angeboten worden war, für die ich mich zehn Monaten lang ausbilden ließ. Wenn das neue Schuljahr im September beginnt, werde ich Englischlehrer an der Belmont Comprehensive School in Willesden sein.

Es ist ein absolut unglaubliches Gefühl.

Wir haben gerade zwei höchst angenehme Stunden damit verbracht, in einem kleinen Pub neben Harvs neuem Büro in Bloomsbury auf die Neuigkeit anzustoßen, aber jetzt möchte ich unbedingt nach Hause zu Daff. Sie sagt mir immer, ich solle mir keine Sorgen machen, aber ich kann nicht anders. Außerdem komme ich nun mal gerne zu ihr nach Hause.

Als wir aus dem Pub treten, ist immer noch T-Shirt-Wetter, die Sonne brennt vom klaren blauen Himmel herab.

»Gehst du zu dir?«, frage ich Harv.

Er schüttelt den Kopf. »Nein, ich schlafe heute bei Isha.«

»Okay …« Ich grinse ihn an. »Ich kann immer noch nicht glauben, dass es schon sechs Monate sind. Ich komme mir wie der größte Verkuppler aller Zeiten vor. So in etwa muss sich Paddy McGuinness fühlen, wann immer es bei *Take Me Out* eine Hochzeit gibt.«

»Wer spricht denn von Hochzeit?«, entgegnet Harv. Ich schwöre, ich sehe, wie er errötet, während er gegen ein verlegenes Lächeln ankämpft. Bin ich hier auf etwas gestoßen, das er ernsthaft in Erwägung zieht?

Bevor ich nachhaken kann, setzt er sich in Bewegung. »Okay«, sagt er, »bis wir in der U-Bahn sitzen, müssen wir jeden Torschützenkönig der Premier League seit 1993 genannt haben. Ohne zu googeln.«

»Alles klar.« Ich nicke und freue mich auf die anstehende Aufgabe.

Doch als wir um die Ecke gehen, kommen wir an einem Straßenschild vorbei, auf dem Foster Road steht, und plötzlich spüre ich ein seltsames elektrisches Kribbeln auf der Haut.

Harv geht mit geschürzten Lippen neben mir her. »Okay ... 93 ... Nun, das müsste Alan Shearer sein, stimmt's? Oder vielleicht Dingsbums ... der Typ, der sich mal als Rapper versucht hat ... Andy Cole! Oder warte, vielleicht ...« Er bricht mitten im Satz ab. »Wow. Seltsames Haus.«

Ich stehe wie erstarrt neben ihm, während ich mit offenem Mund das Gebäude vor uns anstarre: ein gedrungenes rotes Backsteinhaus mit einem seltsam schrägen Dach und einem windschiefen Schornstein. Es ist fast so, als wäre es versehentlich auf diese Straße gefallen – ein fauler Zahn in einem ansonsten perfekten Gebiss.

»Wirkt ein bisschen wie aus Harry Potter«, sagt Harv. »Wer da wohl wohnt?«

Ich höre kaum zu. Mit pochendem Herzen nehme ich meine Uhr ab und schaue auf die Rückseite des Gehäuses. Die Inschrift lautet: 15 Foster Road, Bloomsbury, WC1A.

Es kam mir nie in den Sinn, hierher zurückzukommen. Tatsächlich wird mir bewusst, dass ich seit meinem Besuch im Jahr 2010 nicht mehr an diese Adresse gedacht habe. Es ist, als wäre jener Nachmittag bis jetzt vollständig aus meinem Gedächtnis gelöscht gewesen.

Dieses seltsame Gefühl der Unwirklichkeit überkommt mich, dasselbe Gefühl, das ich damals in Gegenwart des Uhrenverkäufers hatte. Als wäre ich irgendwie aus der Realität gerutscht, in einen geheimen Winkel, den niemand sonst sah.

»Ich muss mal kurz was prüfen«, murmele ich.

Ich überquere die Straße und gehe zu den Stufen, die zu der purpurnen Haustür hinaufführen. Die goldenen Ziffern eins und fünf schimmern scharf im Sonnenlicht.

»Was tust du?«, fragt Harv und tritt zu mir heran. »Weißt du, wer hier wohnt?«

»Nicht genau, aber …«

Bevor ich den Satz beenden kann, geht die purpurne Haustür auf und ein Mann und eine Frau treten heraus. Sie sind etwa in meinem Alter, plaudern miteinander, der Mann trägt einen Kinderwagen herunter. Sie lächeln freundlich, als sie an uns vorbeigehen.

Einen Moment lang höre ich nichts außer meinem Herzschlag.

»Kennst du die beiden?«, fragt Harv.

»Nein, ich …« Ich starre zur Tür hoch. Es ist einfach nur ein Haus, in dem irgendwelche Leute wohnen. Aber ich weiß *genau*, dass ich schon mal hier war. Ich weiß, dass der Uhrenverkäufer real war. Denn die Veränderungen, die er in mir bewirkt hat, sind real.

Ich schaue auf meine Uhr und spüre, wie mich ein behagliches Gefühl durchströmt, als ich den Sekundenzeiger stetig ticken sehe. Ich lege sie mir wieder ums Handgelenk.

»Na los«, sage ich zu Harv. »Auf nach Hause.«

Dann wende ich mich um und gehe los, neben mir mein bester Freund, am Himmel die schwindende Sommersonne. Ich kehre zurück zu Daphne, zum nächsten Kapitel unseres gemeinsamen Lebens.